T0047899

AUGUSTO
CRUZ
GARCÍA-MORA

LONDRES DESPUÉS
DE MEDIANOCHE

OCEANO exprés

Edición: Martín Solares
Diseño de la colección: Estudio Sagahón
Imagen de portada: Beatriz Díaz Corona J.

LONDRES DESPUÉS DE MEDIANOCHE

© 2012, Augusto Cruz García-Mora

D.R. © 2016, Editorial Océano de México, S.A. de C.V.
Eugenio Sue 55, Col. Chapultepec Polanco
Del. Miguel Hidalgo, C.P. 11560, México, D.F.
Tel. (55) 9178 5100 • info@oceano.com.mx

Primera edición en Océano exprés: febrero, 2016

ISBN: 978-607-735-663-9

Impreso en México / Printed in Mexico

A Elisa
A Forrest J. Ackerman

1

Forrest Ackerman vivía para los monstruos, y algunos monstruos, los más legendarios, se mantenían con vida gracias a él. Mi impresión, el día que solicitó mis servicios, fue la de un hombre perseguido por el tiempo, el cual, a pesar de sus noventa y un años no dejaba de revisar documentos ni conversar por teléfono, al tiempo que escribía e intentaba aplastar una hormiga que paseaba por el borde de su escritorio. A su espalda se apilaban torres de devedés, de videocasettes beta y VHS, cintas de súper 8 y 16 milímetros y latas para almacenar negativos. De cada centímetro de las paredes colgaban fotos donde se le veía abrazado por dinosaurios, extraterrestres y otros seres extraños que saludaban con entusiasmo a la cámara. Todos los anaqueles, repletos de libros, amenazaban con venirse abajo en cualquier momento, mientras que tres archiveros que no lograban cerrar parecían a punto de escupir de sus entrañas centenares de documentos: si no se lo tragaban los monstruos que habitaban su oficina, sin duda lo harían esas montañas de papel. Su oficina era un caos, pero cuando tuvo necesidad de localizar algún documento lo encontró de inmediato. El hombre que se hallaba frente a mí se movía en ese lugar como un creador en su universo. Vestía una camisa de seda de color rojo y un pantalón café con un cinturón negro, el cual usaba muy por encima del ombligo. Un fino y delgado bigote se extendía sobre sus labios desde las fosas nasales, encima de las que se montaban unos gruesos anteojos de armazón negro. Cuando finalmente colgó, apartó con el brazo derecho un grupo de documentos a fin de crear un oasis en su escritorio:

—Lo mejor será ahorrar tiempo con las presentaciones, ¿no cree? Conozco su expediente así como usted seguramente conoce el mío —dijo, y no le faltaba razón.

Como pude averiguar antes de dirigirme a su casa, me encontraba frente al primer coleccionista en todo el mundo de películas de horror y ciencia ficción. A medida que trabajaba como escritor, editor y agente, Forrest J. Ackerman —también conocido como *Ackermonster, Forry, Dr. Acula, Uncle Forry* o *Mr. Sci-Fi*, por haber sido él quien impuso la abreviatura más famosa del género—, logró reunir la más extensa colección de objetos empleados en este tipo de películas. Si bien comenzó imprimiendo fanzines con historias fantásticas en viejos mimeógrafos, a principios de los años treintas, Ackerman era reconocido por haber librado durante décadas una batalla de proporciones galácticas junto a jóvenes escritores de ciencia ficción, para que el género que conquistaba universos se ganara un poco de respeto entre los humanos. Su colección llegó a ser tan vasta que construyó su propio museo, al cual bautizó como "la Ackermansión"; sin embargo, en los últimos años, debido a gastos médicos, a disputas legales y a siempre haberse rehusado a cobrar la entrada, se vio obligado a vender en el patio de su casa una gran parte de la colección que reunió durante más de setenta y cinco años de bucear en sótanos de estudios cinematográficos, botes de basura de compañías fílmicas y áticos de jubilados que alguna vez fueron especialistas en efectos especiales. No pude soportarlo, dijo en una entrevista a propósito de la venta de su colección, era como si con cada pieza que se iba me arrancaran no sólo una historia sino un pedazo de piel; sabía que en la noche, cuando todo hubiera terminado y me mirara frente al espejo, la imagen que este me devolvería sería la de un hombre incompleto, alguien a quien le han despojado de partes de sí mismo que nunca volverán. Tras este fracaso decidió instalar los restos de su museo en su propia casa, mucho más pequeña y modesta, y donde la única pieza exhibida que tenía movimiento era él mismo. Su exceso de confianza le costó más de un robo, ya que a cualquiera que tocaba el timbre le abría para mostrarle su colección. Ackerman, que creció entre monstruos y seres infernales provenientes de otros universos, nunca comprendió que la verdadera maldad se concentraba en el tercer planeta de este sistema solar. Conservó para sí algunos objetos especiales que se rehusó a vender, a pesar de las ofertas millonarias de estudios de cine y coleccionistas privados. El día que lo visité juntó sus manos bajo la barbilla, como si rezara, y me mostró dos de los más preciados: en la mano derecha el anillo usado por Bela Lugosi en *Drácula*, y en la izquierda uno con forma de escarabajo que Boris Karloff portó en *La momia*, los cuales, según afirmaban sus seguidores, lograban alargar la vida del coleccionista. Luego se puso de pie y caminó por el salón con una vitalidad notable para alguien de noventa y un años −tal vez los anillos funcionaban después de todo−. Como el último descendiente de una antigua dinastía venida a menos, como Drácula al mostrarle su castillo a Jonathan Harker, Ackerman me dio un paseo por los restos de su museo, mientras me contaba sus vicisitudes para rescatar del olvido o la destrucción algunos de los objetos más valiosos: el estegosaurio que apareció en la primera versión de *King Kong*, la capa de Drácula usada por Bela Lugosi, el traje del monstruo de la laguna negra, máscaras alienígenas de *La guerra de los mundos* y el robot de *Metrópolis*, de Fritz Lang. La colección Ackerman era como el Fort Knox de la ciencia ficción.

−Imagino que después de haber trabajado durante tantos años en el FBI bajo las órdenes de Hoover estos monstruos no deben inspirarle demasiado terror −afirmó.

Nos detuvimos frente a una vitrina en cuyo interior acolchonado de terciopelo rojo se encontraban un sombrero negro de copa y una afilada dentadura. Entonces Forrest Ackerman abrió la vitrina y acarició ambos objetos mientras cerraba los ojos:

−¿Es verdad que resolvió todos los casos que le fueron encomendados en el FBI?

−De algunos fui separado antes de que se cerrara la investigación −contesté.

Forrest Ackerman se quitó los lentes, los empañó con su aliento y los limpió antes de colocárselos nuevamente.

—¿Nunca ha tenido la sensación, señor Mc Kenzie, de que su vida está incompleta, que hace falta un pequeño detalle, encontrar cierta información, un simple objeto para saber que puede irse con tranquilidad de este mundo? —devolvió los objetos a la vitrina y la cerró cuidadosamente. Me miró por unos segundos y aclaró su garganta, como quien bombea un par de veces el acelerador de un auto antes de arrancar.

—Le voy a contar una historia que inició hace setenta y nueve años, cuando yo acababa de cumplir los once y usted ni siquiera había nacido: la serie de extraños sucesos que han rodeado a *Londres después de medianoche,* el filme perdido más buscado en la historia del cine.

«Se me acusa de haber elevado a Santo Grial 5 692 pies de película de nitrato. De convertirlos, a través de mi revista *Famous Monsters of Filmland,* en el Necronomicón de nuestros días. De provocar que cientos de adolescentes, como caballeros de la edad media en busca de dragones y unicornios, huyeran de sus casas para perseguir con más fe que pruebas científicas esos siete rollos, que tal como estuvieron por un tiempo las sagradas escrituras del mar muerto, permanecen ocultos en algún mohoso sótano o protegidas por murciélagos en un desván lleno de telarañas, en espera de ser recuperados. Pues bien, señor Mc Kenzie, me declaro culpable de todos los cargos. Somos piezas de un gran rompecabezas que el destino une de manera misteriosa, dijo Ackerman. Luego aclaró su garganta y empezó a contar: Tod Browning huyó de su casa a los dieciséis años para unirse al circo, donde trabajó como mago, bailarín y presentador del *Hombre salvaje de Borneo* hasta que el engaño fue descubierto; logró cierta notoriedad al emplearse como el cadáver viviente que enterraban durante un fin de semana en cada pueblo donde el circo se presentaba. Por su parte, Lon Chaney pasó toda su niñez con sus padres sordomudos, comunicándose sólo mediante pantomima; algo que sin duda no sólo le ayudó en sus actuaciones, sino que le predispuso a interpretar seres torturados, grotescos, lisiados y afligidos. Su capacidad de transformarse en cualquier personaje le llevó a ser conocido como *El hombre de las mil caras*. Usted, yo, todos los hombres cabían en ese maletín, aseguró Ackerman, señalando una vitrina donde se exhibían el estuche de maquillaje del actor, con botellas, tintes, frascos con cremas, dientes, ojos y barbas falsas. Una broma común de aquellos años, recordó, era gritar señalando al suelo: *No pises esa araña, podría ser Lon Chaney*. Así de grande fue Chaney, una de las primeras grandes estrellas del cine. Irving Thalberg los presentó en 1918, y a partir de ese momento, Chaney y Browning se convirtieron en la primera dupla exitosa actor-director en la historia del cine, primero en la Universal Studios y posteriormente en la MGM. Juntos realizaron las más extrañas, fascinantes, macabras y bizarras cintas de la época, como *The Unholly Three, Road to Mandalay* y *Unknow*, donde la interpretación de *Alonso*, un hombre sin brazos que lanza cuchillos en un circo, convirtió a Chaney en mito, vea el cartel, insistió Ackerman, apuntando a la pared. Browning, continuó, llegaba con la idea de un personaje, al que ambos iban dando forma, para posteriormente construir la historia; Chaney trabajaba la caracterización, preparaba los maquillajes y la utilería requerida para causar un efecto hipnótico en el público. No sólo fue el mejor actor de su época, aclaró, sino el primero que consideró al maquillaje como una herramienta capaz de crear una atmósfera propia y acentuar la actuación; pocos saben que escribió los primeros textos que se conocen sobre las técnicas de maquillaje. El punto máximo de la colaboración creativa de ambos llegó en julio de 1927, cuando Browning dirigió nuevamente a Chaney, y luego de 24 días, un tiempo récord de rodaje, terminaron *Londres después de medianoche*. La cinta, que costó 152 000 dólares, arrojó beneficios netos por 540 000, convirtiéndose en una de las más taquilleras de aquellos años. El 3 de diciembre de 1927, congelándose en la fila del cine en espera de que abriera la taquilla, un niño de once años apretaba el dinero exacto para el boleto dentro de su abrigo; realizó toda clase de trabajos durante dos semanas: desde pequeños encargos domésticos como pasear perros, hasta palear nieve de las puertas de sus vecinos, con tal de asistir el día del estreno de la cinta. De una diversión familiar, el cine había terminado por convertirse en un lujo que sus padres no podían pagarle, y menos aún ante la proximidad de las fiestas navideñas y los rumores de una inminente crisis económica. Sus amigos de mejor condición económica pudieron pagar boletos de balcón, mientras que él tuvo que conformarse con una silla en la platea. Cuando las luces se apagaron y la música comenzó, una sensación extraña se apoderó de todos en la sala. Los rumores entre la gente contaban que todo el rodaje se hizo durante las noches, porque en la cinta fueron incluidos vampiros reales. Quien haya visto en pantalla los afilados dientes de Lon Chaney, sus ojos hundidos, inyectados de furia y la expresión macabra de su rostro, no podrá olvidarlos jamás, señor Mc Kenzie. El hombre que tocaba en el piano la partitura de la cinta se detuvo un par de veces, aterrorizado, sin que nadie le reclamara. Decenas de hombres abandonaron molestos la sala, pero en el fondo estaban lo suficientemente asustados para olvidar sus sombreros y no regresar por ellos. Mujeres y niños comenzaron a gritar y corrieron por el pasillo de la sala en busca de la protección de la luz del lobby. El cine aún era algo nuevo, y el misterio que siempre rodeó la personalidad de Chaney hizo creer a más de uno que en verdad era un vampiro; ni siquiera Bela Lugosi, en *Drácula,* también dirigida por Browning, causó tal efecto en el público. El niño de once años sonreía fascinado, expectante, el terror era tal que le impedía levantarse de la butaca, pero sabía muy bien que aun cuando pudiera, no habría dejado la sala por nada del mundo. Cuando la cinta terminó, y las luces se encendieron, observó a los asistentes; alguna clase de alivio parecía reflejarse en sus rostros. Desgraciadamente los amigos del niño habían huido asustados; por lo que tuvo que regresar solo a su casa, en medio de una tormenta de nieve, sospechando que en cada hombre con sombrero de copa y abrigo con el que se topaba en la calle se escondía un vampiro. Pero volvamos a la historia, señor Mc Kenzie, dejémonos de remembranzas que no llevan a nada, intentemos enfocarnos únicamente en los datos duros. Han pasado más de 79 años, y la última información que se tiene del filme es un inventario realizado por la MGM en 1955, que lo registra como guardado en la bóveda número siete, la misma bóveda que en 1967 fue destruida completamente por un incendio. La MGM siempre fue extremadamente cuidadosa, por no decir desconfiada en lo referente a la propiedad y recolección de sus filmes, por lo que, como pude comprobar durante los últimos cuarenta años, es muy poco probable que algún proyeccionista veterano haya guardado una copia para sí. La misma MGM inició en los años setentas una búsqueda a nivel mundial que terminó en un completo fracaso. En 2002, cuando los derechos de propiedad intelectual del filme estaban por expirar, un preformato fue llenado en la oficina de registros de derechos de autor en la biblioteca del Congreso con el título de la cinta, lo cual significa que alguien ya la encontró. Sé lo que está pensando, porque la misma idea cruzó por mi mente, pero cuando investigamos los datos de la persona que llenó el prerregistro todos resultaron falsos. Además, el Congreso extendió veinte años más las leyes de *copyright*, de manera que no será hasta 2022 cuando cualquiera que posea una copia de la película pueda registrarla para sí mismo o negociar algo a cambio. Yo no puedo esperar tanto, señor Mc Kenzie: recientemente me detectaron Alzheimer y aunque tengo registros escritos de todo para luchar contra el olvido, un día olvidaré lo que significan las palabras, al siguiente cómo leer, y poco a poco cada objeto, los filmes, las máscaras, los anillos, la capa de Bela Lugosi, todo perderá sentido para mí. Es probable que sea la única persona con vida que haya visto el filme, afirmó. Mi memoria, se tocó con el dedo índice la frente, se desintegra lentamente, como el nitrato del que está compuesta la cinta. *Londres después de medianoche* es el Santo Grial del séptimo arte, el sueño de coleccionistas, estudiosos de cine y de ese niño de once años. Le ofrezco la oportunidad de resolver uno de los mayores misterios en la historia del cine. Su misión, si decide aceptarla, continuó Ackerman, será encontrar *Londres después de medianoche* para que yo la vea. No importa que su expediente señale que se encuentra usted retirado, señor Mc Kenzie, desde que lo vi entrar por esa puerta reconocí la inquietud en su mirada; usted, como yo, aún continúa buscando algo, y sé que por ese mismo motivo no dudará en tomar este caso como suyo.

«No puedo pagarle mucho, apenas más que sus gastos, y una prima de cincuenta mil dólares si encuentra la película. La vida sin asuntos que resolver es lo más cercano a estar muerto.»

Él tenía un caso, y yo, desde mi retiro del FBI, pese a haber rechazado todos los que me habían propuesto, seguía en busca de uno.

—Debo suponer por la expresión de su rostro y por el hecho de que aún sigue aquí, que ha decidido aceptar mi ofrecimiento—, concluyó Ackerman; por primera vez su voz no parecía ni autoritaria ni didáctica, sino extrañamente amigable. Le observé en silencio. Técnicamente estaba ante mi primer cliente.

2

¿HAY ALGO EN ESPECIAL QUE USTED AÑORE, SEÑOR MC KENZIE?, me preguntó Ackerman, sin esperar mi respuesta. Lo que nunca se tuvo se anhela, pero aquello que se tuvo y se perdió se añora. ¿Qué sentiría si algo que usted ha creado, o bien, que ha considerado como suyo, en lo que plasmó una parte de sí, desapareciera para siempre? La biblioteca de Alejandría, la crucifixión de Jesús, la caída de Constantinopla, ¿no le parece que cuando el último testigo de un gran momento en la historia muere, ese momento desaparece con él para siempre, y sólo nos sobreviven versiones distorsionadas de lo que en verdad ocurrió? Perdone que divague, pero debe entender que no está buscando un simple cacharro, una herramienta perdida, o el trineo infantil de un magnate moribundo. En algo tan simple como esto radica el éxito de su misión. De todos los filmes realizados durante la época del cine mudo, menos del quince por ciento sobrevivió hasta nuestros días. ¿No es acaso una pérdida tan grande como la de la biblioteca de Alejandría? Alfred Hitchcock, Laurel y Hardy, Stroheim, Griffith, Eisenstein: prácticamente ninguna gran estrella se salvó de la destrucción total o parcial de su obra; de Theda Bara, que en la década de mil novecientos diez fue tan famosa como Chaplin o Pickford, sólo se conservan tres de los cuarenta filmes que hizo; de los cincuenta y siete de Clara Bow veinte están definitivamente perdidos y cinco incompletos; de la actriz infantil Baby Peggy, que en 1923, a la edad de cinco años ganaba un millón y medio de dólares anuales, sólo sobreviven algunos cortos y cuatro largometrajes. Imagino que su primera pregunta será por qué se pierden los filmes, por qué algo que fue apreciado por millones terminó por caer en un descuido tal que su propia existencia se vio comprometida. No voy a perder el tiempo, cada minuto que pasa es importante, sólo le mencionaré que el nitrato, aunque más económico, siempre fue altamente inestable: humano, demasiado humano si me permite la expresión, capaz de encenderse por cambios de temperatura, o descomponerse rápidamente por ligeros caprichos ambientales si no era debidamente protegido. Descomposición lenta o combustión espontánea podrían asentarse como causas en el certificado de defunción. Como la televisión aún no llegaba a las masas, muchos filmes mudos que no fueron transferidos a formatos seguros terminaron sepultados en bodegas insalubres, mohosas e inundadas; lo sé porque me sumergí en ellas durante años, a veces creo que demasiados. Con el interés de los espectadores por el cine hablado, los estudios concluyeron que después de su corrida comercial ningún filme mudo volvería a generar dinero, así que para tener espacio en sus instalaciones decidieron destruir todo el material fílmico de esa época, junto con la utilería y los fastuosos decorados: en algunos casos, los mismos empleados que tomaron parte en su creación fueron los encargados de lanzar todo aquello a la basura. El propio Georges Méliès, ilusionista, cineasta, padre del espectáculo cinematográfico, quemó sus casi 500 filmes al quedar en bancarrota, pensando que ya nadie se interesaría en el cine. ¿No le parece macabro?, me dijo, como quien espera que la otra persona comparta sus sentimientos. ¿Por qué *Londres después de medianoche* resulta tan atrayente, por qué su manto mágico una vez que nos cubre lo hace para siempre? Lo ignoro, señor Mc Kenzie, algunos objetos tienen ese don, que algunos llaman maldición, de consumir años de nuestra vida en su búsqueda. Usted sabe a lo que me refiero, esa clase de inquietud, de insatisfacción por el caso no resuelto que todas las noches nos aborda momentos antes de dormir. Creo adivinar cuál será su siguiente pregunta porque me la hago en todo momento: ¿si el filme apareciera, no perdería su magia, su encanto de objeto perdido e inalcanzable? Es posible, pero sólo hay una manera de saberlo: encontrándolo. Para mí esta cinta es tan importante como *Metrópolis, Casablanca, El acorazado Potemkin*. Dígame: ¿no sería maravilloso encontrar una película perdida tan buena como *Casablanca*? Es cierto, a lo largo de los años el filme ha tenido sus detractores. *Una narrativa algo incoherente*, le llamó el *New York Times* días después de su estreno. *No agrega nada al prestigio actoral de Chaney ni tampoco incrementa su valor en taquilla*, escribieron en *Variety*. Los críticos de cine William K. Everson y David Bradley, especialistas en la historia del cine mudo, aseguran que no es para nada una obra maestra: allá ellos, a pesar de que afirman haberla visto en los cincuentas, dudo que así haya sido. ¿Que la nueva versión del propio Browning, *La marca del vampiro*, con Bela Lugosi en el papel de Chaney, es mejor que nuestro filme perdido? No lo creo, pero claro, dirán que estoy senil y que considero a la película como un recién fallecido a quien se le minimizan defectos y exaltan cualidades que nunca tuvo. Como el Yeti o el monstruo del Loch Ness, el filme tiene la extraña capacidad de reaparecer o fingir que lo hace cada cierto tiempo, como si buscara mantener vivo su recuerdo y su extraña atracción sobre nosotros, ¿no es así como se forman los mitos?, me sonrió Ackerman.

«En 1987, durante la ceremonia de los premios Ann Radcliffe de la Count Dracula Society, mientras cenábamos Robert Bloch, Vincent Price, Barbara Steele y Ray Bradbury, escuché golpear un cubierto contra una copa de cristal. Forrest, dijo Ray, como quien ha descubierto a un extraterrestre bajo su cama y se enorgullece de presentarlo, este joven a mi lado acaba de afirmar que vio *Londres después de medianoche* la semana pasada. Sentí que el cordón de la capa de Drácula me apretaba el cuello como un nudo punjab. ¿La de Lon Chaney? El joven asintió. Caminé hasta él y puse mi mano en su hombro, mis colmillos de utilería cayeron sobre su plato de sopa pero a nadie pareció importarle. Claro, señor Ackerman, en ese pequeño teatro, no recuerdo su nombre, el de la calle Ashbury, en San Francisco, pero eso fue la semana pasada. No sé por qué tanto asombro, me dijo. Se supone que hasta la última copia del filme está perdida, afirmé. Pues para estar extraviada se encuentra en muy buen estado. Me senté a su lado: ¿Era un filme mudo? Asintió. ¿Actuaba Lon Chaney? Asintió por segunda vez. ¿Con un sombrero de copa y unos dientes afilados, como de vampiro? ¿Usted también la vio? preguntó. El joven había bebido demasiado, y al ver que atraía la atención de todos nosotros comenzó a jactarse de lo que sabía: Somos un grupo de amigos, amantes de las viejas películas, tenemos una asociación, bueno, si puede llamársele así, y nos reunimos una o dos veces al año para ver cierta clase de filmes. A medida que describía la historia yo no daba crédito a lo que escuchaba, era como si ese joven hubiera estado junto a mí en aquel cine, sesenta años antes; sus respuestas al resto de las preguntas que le hice fueron más que precisas: tenía que haber visto el filme, no había manera de que alguien inventara la totalidad del argumento, el estilo con que fueron filmadas las escenas, los momentos más intensos de la historia, ni la parte en la que Edna Tichenor, quiero decir *Luna the Bat Girl,* suspendida en el techo, despliega amenazante sus alas en forma de telaraña; sin duda se trataba de *Londres después de medianoche,* aseguró Ackerman. El joven prometió ponerme en contacto con la misteriosa asociación, y brindamos por la inesperada buena fortuna. No sabe la cantidad de películas antiguas que tenemos, Forry, me dijo, ya entrado en confianza por la bebida, sobre todo rarezas del cine mudo que le sorprenderían, catálogos completos de compañías fílmicas que quebraron y ningún otro gran estudio absorbió, al decir esto se inclinó hacia adelante, como quien va a revelar un secreto, es como tener su propia máquina del tiempo, me susurró. Un par de horas después, sin soltar su copa, el joven se puso de pie y caminó en dirección al baño. Mientras le miraba alejarse pensé en George Loan Tucker, el primer gran director de su tiempo, y de quien sólo se conservan un par de sus sesenta películas; en la versión completa de nueve horas de *Codicia,* la obra maestra de Von Stroheim; en el inmenso acervo que la Fox Films perdió en el incendio de 1935, en el debut de Greta Garbo en Norteamérica, o *El Kaiser: la bestia de Berlín,* de 1919, el primer filme de propaganda bélica, filmado cuando aún la guerra continuaba; la lista en mi mente crecía y crecía. Había que celebrar, por lo que pedí al mesero sirviera otra copa de lo mismo que estaba bebiendo el joven. ¿Qué joven?, me preguntó. Me percaté que seguía sin regresar del baño, por lo que fui a buscarlo. Para quien entrara al sanitario, la imagen debió ser más que curiosa: un viejo vestido de *Drácula*, buscando desesperadamente detrás de los inodoros; pero todo fue inútil: el lugar se encontraba vacío. Las ventanas estaban abiertas, pero nos hallábamos en el tercer piso, sin embargo, la puerta de incendios, a un costado, permitía salir sin ser visto. Regresé a la mesa y pregunté a los demás si habían visto al joven, pero se encontraban demasiado animados para reparar en su ausencia. Forry, parece que has perdido a tu extraterrestre, comentó Ray Bradbury, alzando su copa, mientras Bárbara Steele, con sus expresivos ojos y largas pestañas, me dedicó una enigmática sonrisa. Bloch contaba su próxima novela a Vincent Price, quien elegante, vestido de etiqueta y sombrero de copa, le escuchaba con atención; Price lucía idéntico a su maniquí en silla de ruedas de *House of Wax,* que conservaba en mi colección. Como en un avistamiento extraterrestre, las evidencias habían desaparecido, ni siquiera la copa con sus huellas dactilares se encontraba en la mesa, y sólo quedaba el testimonio de un grupo de escritores, actores y fanáticos del cine de terror y ciencia ficción, que habían bebido toda la noche. Tengo la certeza, enfatizó Ackerman, que ese joven no mentía, y a medida que la conversación avanzaba cayó en la cuenta de su imprudencia, tras lo cual prefirió escapar. Pensé que pudo haber sido una broma, cada *April´s fool* me llegan a casa invitaciones para ver la cinta en los más extraños lugares del país; pero en esa ocasión, todo me hizo pensar que estuve cerca de una pista importante. Luego de una noche sin dormir, continuó Ackerman, viajé a la mañana siguiente a San Francisco. Localicé el pequeño teatro de la calle Ashbury, en cuyo interior se ensayaba el performance de un hombre que se hacía llamar *El Mexterminator*; ninguna de las personas con penachos, trajes de mariachi y ropa de cuero negro sabían algo de la exhibición de la cinta; parecían más interesados en clavar diminutas agujas con las banderas de los países en el cuerpo desnudo de una bella mujer. Encontré en la basura algunos programas con el nombre de la cinta y los horarios de proyección. Por desgracia, la supuesta asociación no tenía otra forma de contacto que un apartado postal del que jamás recibí respuesta.

La historia no termina allí. En 1998, a petición del propietario del edificio, la policía tuvo que entrar en un negocio de videos y curiosidades conocido como *The End*. Las luces del local llevaban una semana encendidas sin actividad aparente en su interior, y los vecinos reportaban que un grupo de extraños sujetos acostumbraba llegar a altas horas de la noche a tocar la puerta como si quisieran derribarla. En el interior del local se encontraron decenas de videos arrojados a través de la rendija de la puerta, donde, salvo la caja registradora, que aún contenía seiscientos dólares, y unas quemaduras extrañas en la pared, no había nada fuera de lo común. Un mes después, mientras rompían una pared para instalar la imagen del payaso ese, el de las hamburguesas, apareció una caja que guardaba en su interior el catálogo de la tienda de video. En él, junto con otros títulos cuyos nombres no pude obtener se encontraba escrito: *Londres después de medianoche*. El propietario de *The End*, quien jamás fue encontrado, estuvo hace años bajo investigación federal, la policía tenía sospechas de su participación en una red de tráfico de videos prohibidos. Rumores sin confirmar lo señalaban como la persona que vendió la sesión grabada de la autopsia del presidente Kennedy a un coleccionista japonés, junto con una película casera aún más reveladora que la de Zapruder, y que no fue incluida en el informe de la comisión Warren.

En los últimos treinta años hemos encontrado pistas importantes, pero todas nuestras pesquisas resultaron infructuosas. He mantenido una búsqueda metódica, casi científica, hasta donde me ha sido posible, y aunque reconozco que aún en la ciencia hay espacio para el azar, para la buena fortuna o las manzanas de Newton, mis esfuerzos han fracasado. Por eso no espero que levante una alfombra y mágicamente aparezca el filme, señor Mc

Kenzie, ni que un sueño revelador le indique dónde encontrarlo. Aunque los registros de la MGM, el American Film Institute o la biblioteca del Congreso así lo manifiesten, me niego a aceptar que *Londres después de medianoche* se encuentra irremediablemente perdido. A mi entender un objeto se pierde cuando las últimas personas que lo recuerdan han fallecido, dijo, observando al vacío a través de la ventana. Yo lo he visto cada noche durante setenta y siete años, señor Mc Kenzie, y sólo en el momento en que muera o mi memoria termine de desvanecerse, la cinta habrá dejado de existir. Le doy la oportunidad de encontrar ese filme, señor Mc Kenzie, de rescatarlo de la muerte y regresarlo como a Lázaro al mundo de los vivos. Ackerman colocó un expediente de pastas negras en el pequeño oasis de su escritorio de tal forma que pudiera leer el título: Es el informe de nuestros avances, explicó; antes de empezar le recomiendo que visite a Phillip J. Riley, encargado de nuestros archivos. Entonces la voz de una enfermera sonó por el interfón y dijo que era hora de tomar las medicinas. En ese instante Ackerman lució realmente cansado, pareciera que de repente los anillos hubieran perdido parte de su poder. El viejo se levantó con gran esfuerzo de la silla, como si su cuerpo sostuviera la pesada estructura de un viejo robot espacial, y se alejó sin decir palabra. ¿Quiere que lo ayude? No gracias, respondió, tomaré el atajo. Pasamos a la habitación contigua y el viejo se dirigió hacia un pasillo hecho de paredes circulares, que, no me costó reconocerlo, sin duda perteneció a la escenografía de la serie televisiva *El túnel del tiempo*. Las líneas espirales de color blanco y negro parecían engullirlo a medida que avanzaba hacia el centro de una cebra imaginaria. Antes de desaparecer, Ackerman se detuvo por un momento y volteó hacia mí: La diferencia entre aquellos que persiguen hombres de las nieves, unicornios o dragones y nosotros, señor Mc Kenzie, es que lo que estamos buscando en verdad existió: no es un rumor, un mito, ni un monstruo. Ackerman debió recargarse en un interruptor oculto, porque el lugar quedó sumido en la oscuridad, y cuando todo se iluminó de nuevo, parecía haberse perdido como Tony Newman y Douglas Phillips, en alguno de los infinitos laberintos del tiempo.

3

Después de la visita a Ackerman me propuse desper-
sonalizar el caso al máximo, evitar todo contacto con los fanáticos perseguidores del filme y no interesarme por las variables
románticas de la ecuación sino por los datos duros. A pesar de
lo que Ackerman creyera, el principal error de un investigador
consiste en tomar un caso como algo personal: nada está más
cerca de llevarlo al fracaso. El director Hoover siempre nos advirtió: El éxito de toda investigación radica en lograr que el caso
les pertenezca a ustedes, no ustedes al caso. En cuanto terminé
de leer el informe de Riley decidí visitarlo, tal como sugirió Ackerman. Había algunos detalles en su reporte que atrajeron mi
atención. La primera impresión que tuve al verlo fue la de estar
en presencia de un músico de *rock and roll* de los setentas, al que
la madurez y los años le han recortado el cabello y enfundado
en un traje hecho a la medida con corbata de seda. No fueron
necesarias las presentaciones: como ocurrió con Ackerman,
cada quien había investigado previamente al otro. Phillip Riley
era reconocido a nivel mundial no sólo como uno de los más
importantes arqueólogos de filmes perdidos, sino como una autoridad en cine de ciencia ficción y fantasía. Algunos de los más
importantes descubrimientos de filmes y objetos de las películas
de horror y ciencia ficción de principios del siglo xx se debían a
él. Sus conocimientos sobre Lon Chaney, por poner un ejemplo,
apenas eran igualados por los del mismo Ackerman y por Mi-
chael Blake, el biógrafo del famoso actor. Al contrario de lo que

piensa Forrest, me dijo luego de estrecharme la mano, considero que su contratación es una pérdida de tiempo y dinero: no hará más que recorrer un camino por el cual he pasado de ida y vuelta durante décadas, siempre sin resultados alentadores. Mi opinión, y créame que no es fácil aceptarlo, es que el filme está irremediablemente perdido: las últimas copias debieron quemarse en el incendio de la famosa bóveda siete de la MGM, hace más de cuarenta años. Riley miró su reloj y me preguntó abruptamente: ¿De qué quiere hablar? Yo me puse a mis anchas en el sillón y le dije: De la única duda que tuve al leer su reporte: ¿por qué dice que la buena y la mala suerte juegan un papel en todo esto? Riley se rascó con insistencia el dorso de la diestra. Al fin encendió un cigarro y preguntó: ¿Es usted un hombre religioso, señor Mc Kenzie? ¿Considera que como está escrito en la Biblia, los caminos del Señor son misteriosos?

En 1968, Henri Langlois llegó diez minutos antes de lo habitual a la Cineteca Francesa; como la puerta principal aún se encontraba cerrada decidió ingresar por la parte trasera del edificio, en donde se encontró a un grupo de empleados que lanzaban cajas a la basura. Algo, nómbrelo como quiera: intuición, sexto sentido, corazonada o buena suerte, lo llevó a preguntar a uno de los trabajadores qué estaban haciendo. Este le respondió que el jefe de mantenimiento necesitaba espacio en el sótano, por lo cual les ordenó deshacerse de todo aquello que estorbara. Si bien las cajas contenían en su mayor parte documentación inservible, enmohecida y prácticamente devorada por las ratas, un antiguo baúl sin cerradura exterior llamó la atención de Langlois. Los empleados reconocieron que en ningún momento trataron de abrirlo, ya que sus instrucciones consistían en tirar todos los objetos lo más rápido posible. Después de una minuciosa revisión, no logró encontrarse ningún tipo de cerradura ni mecanismo para poder abrirlo, por lo que siguiendo las órdenes de Langlois, forzaron uno de sus extremos. El baúl, finamente labrado en madera, aunque carcomido en ciertas partes por la polilla, constituía en sí mismo una pieza de colección Una vez abierto, y después de sacar de su interior otros documentos sin valor, Langlois encontró varias latas para guardar películas, que no presentaban ningún tipo de información sobre el contenido. Langlois las agitó, y al sentir que había algo dentro decidió llevarlas a su oficina. Al abrir la primera una inoportuna ventisca provocó que una fina nube de polvo de nitrato le entrase por nariz y boca, lo que le provocó un fuerte acceso de tos y le dejó un molesto sabor en la lengua. Al poner a contraluz las cintas para buscar algún título o referencia sobre su contenido, comprendió que ese día no iba a ser como cualquier otro, y el mal sabor desapareció. Esa fría mañana de noviembre Langlois se encontró con dos *Lázaros* en sus manos. No lo considere una exageración, ese es el nombre que le damos a los filmes perdidos cuando son encontrados. Después de más de cuarenta años, dos de los más extraños y fascinantes trabajos de Lon Chaney, *The Unknown* y *The Mockery*, ambos de 1927, regresaban de las regiones oscuras del olvido, completos, y en muy buen estado. Los empleados de mantenimiento terminaron por reconocer que llevaban más de cuatro semanas vaciando el sótano de la Cineteca, sin preocuparse por verificar qué clase de objetos se iban a la basura. ¿Cuántos filmes que ahora buscamos pudieron encontrarse ahí? Nunca lo sabremos. Pero si esa mañana Langlois se hubiera levantado diez minutos más tarde, hubiera perdido el vagón del metro, u ordenado un *café au lait* en vez de un *express*, la historia del cine sería diferente. Intentamos obtener copias de las cintas a través de una petición formal a Langlois, pero sólo recibimos una nota escrita a mano: *Vaya usted al Louvre y pida la Mona Lisa prestada, ¿a ver qué le contestan?* Por desgracia, lo que le cuento no representa sino un triunfo aislado entre cientos de derrotas; los primeros filmes de Chaney, como *Tower and Lies, Blind Bargain, The Big City*, continúan perdidos, al igual que *Divine Woman,* donde actúa Greta Garbo, de la que recientemente se encontró un rollo de nueve minutos en un archivo en Rusia. A mí me llevó más de diez años de abrir baúles en sótanos, de revisar pulgada por pulgada viejos almacenes llenos de ratas, pero finalmente logré encontrar el famoso estuche de maquillaje de Lon Chaney, *el hombre de las mil caras*; y no sólo eso, sino que en su interior también descubrí dentaduras falsas de vampiro, viejos anteojos y los lentes de contacto que Chaney usó en *West of Zanzibar*. En esta y otras búsquedas aparecieron dos dinosaurios de *Lost World*, el anillo que Boris Karloff usó en *La momia*, y fotografías perdidas de *Islands of Lost Souls*; las cuales seguramente habrá observado en lo que queda del museo Ackerman. En otra ocasión, mientras miraba la filmación de *New York, New York* di una vuelta equivocada y en lugar de llegar al edificio Thalberg, terminé en las calderas de los estudios. Imagine mi sorpresa cuando me percaté de que un intendente con un trapeador que no dejaba de escurrir un líquido jabonoso portaba un antiguo sombrero de copa. Fue un golpe de suerte, señor Mc Kenzie, lo que me hizo reparar en ese objeto y luego pedírselo para observarlo mejor. En su interior tenía adherida la etiqueta del departamento de guardarropa del estudio con el nombre de Chaney y el número de producción. Le di mi Stetson y doscientos dólares a cambio, y así conseguimos el sombrero de copa que se usó en *Londres después de medianoche*. Tuve algunos golpes de suerte, no lo niego, pero sólo fueron eso, golpes, ningún nocaut efectivo. Una foto a sus espaldas retrataba a Ackerman y Riley como si fueran un par de cazadores que exhiben orgullosos la cabeza de su presa: el famoso sombrero de copa, que el viejo coleccionista sostiene en su mano, con una disimulada sonrisa de satisfacción.

Aunque había algo de verdad en sus palabras, tuve la impresión de que Riley estaba divagando, a fin de evitar el tema central. Así que le planteé mi segunda pregunta: Ackerman tiene la impresión de que usted ha continuado la investigación por sus propios medios. ¿Es verdad? Riley exploró por un instante la parte superior de su oficina, como si se esforzara por aprehender una zona de su memoria que se encontrara flotando: Mi último contacto con *Londres después de medianoche* ocurrió la mañana de navidad hace dos meses. Fui a visitar a mi amigo Jim Earie, jefe del departamento de investigación de la biblioteca de la MGM, quien me recibió en compañía de un colega al que presentó como Robert Rodgers, y que estuvo en silencio la mayor parte de nuestra entrevista. Hay malas y regulares noticias, me dijo. Siento ser yo quien te lo diga, Phillip, pero cuando se devolvió todo el material con soporte de nitrato a la casa Eastman-Kodak en los sesentas, ni la copia ni el negativo aparecieron. Eso, sumado al incendio en la bóveda número siete fueron el último clavo en el ataúd de la primera película americana de vampiros, o para ser más precisos, la estaca en el corazón: *Londres después de medianoche* fue oficialmente colocado en la lista de los filmes perdidos del cine, y el resto es una historia que nadie mejor que tú, que lo has buscado por décadas, conoce; siento no poder ofrecértelo como regalo de navidad, pero está perdido, irremediablemente perdido. No hay filme ni negativos ni copias, sólo una versión novelada de la historia: cincuenta fotos de la producción que sobrevivieron al incendio de nuestra biblioteca en Nueva York, y lo poco que tú mismo has descubierto a lo largo de estos años. La versión novelada no es lo mismo, le dije, es una pena que no exista el guión. Esa es la novedad, agregó Jim y miró a su colega, que por fin abrió la boca: El guión no está registrado como *Londres después de medianoche*, pero lo hemos encontrado. Al igual que Langlois, hubo una ocasión en que Robert Rodgers se presentó por azar en el lugar y el momento adecuados: pocos días antes de que Jim me convocara, Rodgers verificaba el acervo del departamento, y cuando ya se iba escuchó un ruido cerca de un viejo maletín, al que iluminó con su lámpara. Pensó que eran ratas, así que para evitar que dañaran el material lo abrió para inspeccionarlo. Encontró unos cuantos roedores recién nacidos, y una vez que se deshizo de ellos sacó los documentos mordisqueados que les sirvieron de nido. Entre ellos apareció un guión titulado *El hipnotista*, y que estuvo a punto de clasificar en un archivo, pero al hojearlo brevemente y encontrar en él los nombres de Browning y Chaney supo de inmediato de qué película se trataba. Yo no podía creer lo que oía: aunque revisamos centímetro a centímetro el sótano el filme no apareció, continuó Rodgers. ¿Quiere consultar el guión? Debo advertirte que se encuentra en muy mal estado. Descendí con ambos por una serie de escalones de madera que crujían bajo nuestro peso y daban la impresión de estar a punto de venirse abajo en cualquier momento. Nos alumbramos con dos lámparas a lo largo del camino; pasamos junto a viejas escenografías, decorados, trajes y máscaras; monstruos, héroes y villanos que nos miraban en silencio, pequeños animales que se deslizaban de un rincón a otro. Llegamos hasta un escritorio y Rodgers jaló una de las gavetas, de donde sacó una caja metálica y alzó una de sus tapas. Entonces desdobló poco a poco un paño amarillento y escuché el crujir de las hojas que se quebraban levemente. Aunque el guión se encontraba seriamente dañado, Jim me permitió instalarme en una oficina del edificio Thalberg para examinarlo con más detenimiento. Durante las siguientes semanas trabajé en un rompecabezas. Debí imaginar las palabras que faltaban donde los dientes de las ratas habían devorado el papel, localizar y ordenar párrafos completos que habían arrancado. Un par de semanas después, con la ayuda de los fotogramas existentes y de la versión novelada de Mary Coolidge-Rask, pude terminar la reconstrucción. Riley tomó un pequeño paquete que estuvo junto a él durante toda nuestra charla: Voy a entregarle una copia para usted y otra para Ackerman. En el momento en que iba a tomarla, Riley me agarró por el brazo: Una maldición parece perseguir a ese filme en particular, señor Mc Kenzie, afirmó con gravedad. Los sitios que lo han resguardado terminaron destruidos, y con ellos no sólo valiosas cintas sino seres humanos; en su lugar tendría cuidado, no sea que corra la misma suerte de aquellos que trataron de encontrarlo. A lo lejos comenzaron a escucharse una serie de campanadas provenientes de una iglesia. El batir de alas de un ave pareció ocurrir a mis espaldas. Sentí una fría ventisca entrar por la ventana y estremecer mi cuello, pero Riley no pareció inmutarse. Intenté observar al ave por el reflejo del cristal de un cartel de cine pero no distinguí nada, a pesar de seguir escuchándola. Las campanadas continuaban una tras otra sin parar. Cuando di media vuelta el ave o lo que fuera había desaparecido. La velocidad de las campanadas pareció aumentar. En lo que a mí respecta, dijo Riley, la búsqueda de ese filme ha terminado, lamento informarle que en este momento empieza la suya, finalizó con seriedad, al tiempo que arrojaba sobre el escritorio un par de paquetes atados con cordeles. En ese preciso instante las campanas dejaron de sonar, y un puente silencioso que ninguno cruzaría se tendió entre nuestras miradas.

4

Debí reconocer que el informe de Riley era exhaustivo y preciso. La mayoría de las cinetecas del mundo respondieron a sus múltiples solicitudes de información en los mismos términos: confirmando que el filme no se encontraba en sus archivos. Lo mismo ocurrió con cine clubes, universidades y colecciones privadas. Sin embargo, Riley sabía que la cinta podría encontrarse en el lugar menos sospechado. Décadas antes, raras películas de Laurel y Hardy, habladas en español por los propios actores, aparecieron en el sótano de la biblioteca pública de Ratón, Nuevo México, y a mediados de los ochentas, una versión completa de *La pasión de Juana de Arco*, de Carl Dreyer, fue descubierta en los sótanos de un manicomio en Suecia. El número de copias existentes de *Londres después de medianoche* en 1927 no llegaba a más de cien, así que cotejé la lista de los cines que la exhibieron contra los recibos de los archivos: el saldo arrojaba que nueve no fueron devueltas a la MGM. De esas copias, tres desaparecieron en el incendio del mismo número de cines, con saldo de quince personas muertas: el nitrato seguía pasando factura, dos más nunca fueron devueltas por los cines Rialto y Excélsior debido a una queja del distribuidor, y del resto se desconocía su paradero, según se asentaba en los formatos de devoluciones. Coloqué los nombres de los cines Rialto y Excélsior en mi lista, consulté las direcciones y me di cuenta que ni el número ni la calle de ambos habían cambiado desde 1927. Un par de llamadas telefónicas me regresaron a la realidad: el edificio que albergaba al Excélsior se había convertido en el moderno parque de diversiones *Eureka*, y el del Rialto era sólo un gran terreno baldío. Las siguientes semanas verifiqué los reestrenos del filme en los anuarios cinematográficos pero esto resultó infructuoso; con la popularidad que obtuvo el cine sonoro los filmes mudos no encontraron lugar ni siquiera como complemento en los programas dobles de los cines de pueblo. A nivel internacional fue más difícil acceder a los registros, debido a que la MGM nunca fue muy clara sobre el número de filmes que enviaba al extranjero. Si exceptuamos Canadá y Europa, en el resto del mundo el estreno ocurrió un año después que en Estados Unidos; sin embargo, dos copias enviadas a Argentina y México jamás fueron devueltas. Me llevó varias semanas, y el uso de muchos contactos averiguar lo que ocurrió en Argentina. Debido a una demanda judicial, los bienes de un poderoso empresario fueron embargados en su totalidad, entre los que se encontraban una cadena de cines. La orden surtió efecto sobre todos los objetos que se hallasen en las propiedades del empresario, por lo que las cintas que se exhibían en ese momento en los cines también fueron requisadas. Un par de meses después, según constaba en los archivos públicos de comercio, todas las propiedades y mercancías fueron rematadas. Desafortunadamente los registros y recibos por dichas ventas se perdieron durante un traslado de expedientes por el cambio de edificio de las instalaciones del Registro de Comercio. En México tuvo lugar un extraño hecho que pasó desapercibido para Ackerman y Riley. Mientras revisaba una copia de los registros de la cineteca mexicana, me topé con una sección de cine mudo que incluía una serie de filmes con títulos muy extraños y de muchas partes del mundo, y centenares de cintas pendientes de clasificar. Pude tener acceso a esa lista por medio de un amigo de mis tiempos del FBI, que decidió hacer de ese país su lugar de retiro. En 1928 apareció en los registros un filme norteamericano con la duración aproximada de *Londres después de medianoche*, pero que sólo fue registrado con las iniciales LDM. Seguramente este descuido burocrático provocó que la cineteca respondiera negativamente a la solicitud del filme hecha por Riley, ya que además de ser etiquetado con las iniciales, fue archivado erróneamente el año de su estreno en México, no el de su producción, sin tomar en cuenta que la cinta fue exhibida en ese país con el título de *El hipnotista*. En los años ochenta la política se encargó de jugar una mala pasada al filme. La cineteca mexicana, dirigida por la sobrina del entonces Presidente del país se encontró en riesgo de ser descubierta en un escandaloso fraude, ya que al parecer se usó a la dependencia para desviar recursos del gobierno hacia actividades no oficiales. Si bien eso en México no podía representar gran riesgo –todos en el Bureau y en los círculos políticos de Estados Unidos sabemos que en esos países los presidentes tienen poder absoluto– los implicados prefirieron acudir a la solución fácil: provocaron un incendio que acabó con las instalaciones, las oficinas y toda la documentación existente. Para evitar un mayor escándalo depositarían la totalidad de los filmes en una bodega preparada para tal efecto; sin embargo, debido a un error de coordinación y a la inasistencia de varios empleados, la sección de cine mudo fue pasada por alto y ninguno de estos filmes logró ponerse a salvo antes del incendio. Ahí acababa la pista mexicana.

Tampoco entre las posesiones de Tod Browning, Lon Chaney o Waldemar Young aparecieron copias del filme. No tuve suerte con los herederos del fotógrafo, ni con los parientes de las actrices Marceline Day o Polly Moran, entre otros participantes que jamás llegaron a alcanzar verdadera fama en el cine. El director Hoover siempre se mostró renuente a aceptar que cosas tales como los presentimientos, el olfato, o las corazonadas fueran utilizadas por sus agentes en la resolución de casos. Siempre pensó que el proceso de investigación era como tejer poco a poco una red, y llegado el momento ajustarla sobre un problema específico. Una vez que dicha red entraba en acción, nada podía escapar a ella. Para entonces, toda mi oficina se hallaba invadida por copias de los expedientes que Riley me envió. Desde el comienzo, un fotograma del filme llamó mi atención. En él, Tod Browning se inclina para encender una linterna que Chaney sostiene; junto a ellos, una hermosa mujer de tez tan blanca como la nieve, túnica oscura y maquillaje negro, que le daba el aspecto de un mapache, los mira mientras junta las manos a la mitad del pecho. En el guión el personaje sólo aparece mencionado como *The Bat Girl*, y se indica que fue interpretado por Edna Tichenor. Según pude comprobar, su nombre había sido registrado con diferentes errores a lo largo de los años, de manera que Tichenor llegó a aparecer como Tischenor.

El edificio y las oficinas generales del Sindicato de Actores eran todo lo que se podía esperar en eficiencia y modernidad. Antiguas fotografías de actores clásicos de todas las épocas contrastaban con escaleras eléctricas, elevadores y computadoras. Los empleados caminaban de un lado a otro sin dejar de hablar a través de diademas de comunicación o audífonos con micrófonos integrados. Allí dentro los actores eran mercancía, el activo a cuidar para que la empresa siga creciendo de manera saludable. La experiencia me llevó a buscar a uno de los empleados de mayor edad. Me hice pasar por un profesor universitario que escribía un libro sobre actrices desconocidas del cine mudo, entre ellas Edna Tichenor. El anciano se mostró interesado en ayudarme, feliz de que el cine mudo aún fuera tema de estudio. Por la misma razón, dije, deseo entrevistar a la familia, ver si hay objetos que le hayan pertenecido, usted sabe, hacerle un poco al detective. Sí, al detective, respondió. Se incorporó y desapareció tras una puerta de la que colgaba un letrero: *Sólo Personal Autorizado*. Su escritorio bien podría llevarse el premio al empleado del año: documentos tan bien acomodados que ni los bordes de los papeles sobresalían de las carpetas, ninguna clase de fotografías personales o de hijos, sobrinos o nietos adornaban su lugar, incluso el bote de basura se encontraba limpio. Quince minutos después regresó y se sentó frente a mí. Miró en silencio el expediente, lo hojeó sin prisas, me observó nuevamente y continuó su lectura. Edna Tischenor, o Tichenor, la letra S aparece y desaparece a lo largo del documento, dijo, confirmando mis sospechas. ¿Actuó en muy pocas películas, verdad? Asentí. Su papel más famoso fue en *Londres después de medianoche*, informé. Sí, aquí aparece que el filme está reportado como perdido, por esa actuación sólo cobró el sueldo y una compensación especial. Hermosa, terminó por comentar, mostrándome una foto de orillas amarillentas. Miré el renglón del sueldo recibido por esa cinta y descubrí que estaba marcado con un asterisco y la letra C. Entenderá que los registros no están actualizados, dijo, no hay fecha de defunción y salvo los datos de un familiar para enviarle las regalías, no hay nada más. ¿Qué significa esta letra C?, pregunté. Un pago en especie, contestó, la C significa "copia". Algunas veces, como parte del sueldo y para evadir impuestos, se les daba a los actores una copia del filme donde actuaban. Funcionaba con los actores principiantes, pero también con algunas estrellas del cine mudo, afirmó, señalando una foto enmarcada en la pared, Mary Pickford, *la novia de América*, estipulaba en sus contratos que se le entregara un negativo de las cintas en las que actuaba. Nadie pensaba que el cine llegaría a ser un arte, para muchos era sólo un invento curioso, nada más. Muchos actores del cine mudo se desesperaron, hallaron un mejor empleo o regresaron a sus pueblos y jamás se volvió a saber de ellos. Algunos, muy seguramente como Edna Tichenor, volvieron a sus vidas normales tan sólo con una película bajo el brazo. No sería aventurado pensar que en algún momento le pidieron al proyeccionista del pueblo que la pusiera de nuevo, sólo para recordar, dijo, alejando el documento de mi vista. Le voy a apuntar la última dirección, agregó, mientras me entregaba un papel. Gracias, me incorporé, espero tener suerte. Caminé hasta la puerta y puse la mano en la perilla. Solicitaron el mismo expediente hace un mes, dijo, como quien se guarda lo mejor para el final. Di media vuelta y lo miré. Estuvo sentado en el mismo lugar que usted, conversó conmigo durante una hora en lo que mi asistente encontraba los documentos que le acabo de mostrar. Trataba de hacerse el simpático, agregó. ¿Lo reconocería si lo volviera a ver? ¿Notó algo raro en él? El viejo asintió: Sólo su acento, que era un poco afrancesado... y que nunca parpadeó durante todo el tiempo que estuvo aquí; lo sé porque no le quité la vista de encima. Me dio mala espina, ¿sabe?, era la clase de sujeto al que ni siquiera Dios le daría la espalda. ¿Dijo a qué se dedicaba? Sí, respondió el empleado, mirándome y articulando una cínica sonrisa, aseguró ser profesor universitario y estar preparando un libro sobre actrices desconocidas del cine mudo, pero ¿sabe?, creo que mentía.

5

El director Hoover nunca confió en las coincidencias. Cuando suceden dos actos que en circunstancias normales no deberían ocurrir es porque algo o alguien está detrás de ellos. ¿Por qué después de tantos años de búsqueda, y en especial, por qué después de mi contratación, alguien visitaba el Sindicato de Actores poco antes que yo, preguntando precisamente por Edna Tichenor? Me sentía como el participante de una carrera de cien metros planos que observa sorprendido a uno de sus rivales salir en falso sin que nadie lo sancione. Decidí ser más precavido al enviar mis reportes a Ackerman, y expresarme con ambigüedad al notificarle qué personas o lugares planeaba visitar en los próximos días. Entré al edificio del FBI con cierta reticencia, nunca fui de aquellos que gustan de regresar a sus trabajos anteriores, ni siquiera a saludar. En mi opinión no importa lo bueno que hayan sido tus compañeros, el jefe, el café, todo, absolutamente todo queda atrás cuando el lazo laboral se termina. Retornar, en mi caso, implicaba eludir otra vez las preguntas molestas. Todos recordaban que fui la persona de confianza del director Hoover en el FBI, y la última con quien conversó. Que siempre me he reservado cuáles fueron las últimas palabras del hombre más poderoso de los Estados Unidos. El ambiente de las oficinas distaba mucho del de aquella época; todos los escritorios y cubículos parecían copias del contiguo, como si dos espejos los repitieran hasta el infinito. Me recordaron los laberintos para ratones de laboratorio. Lejos de escucharse algún comentario sobre el partido de fútbol del lunes por la noche, el béisbol, o la temporada de básquet, el lugar daba la impresión de ser una maquinaria bien aceitada, y sus empleados, un grupo de engranes vestidos con traje y corbata que dejaban de girar a las seis de la tarde, regresaban a sus casas y a la mañana siguiente volvían a ocupar su lugar en el mecanismo.

Por fortuna Don Serling aún laboraba como Director en Jefe de los sistemas de información del FBI. Serling inició su carrera en el Bureau desde muy joven, y esa misma juventud e inexperiencia le llevó a cometer una grave equivocación que pudo costarle el puesto. Sin embargo no fue así, debido a que acepté ese error como mío; faltaban dos días para mi jubilación y mi expediente estaba por cerrarse mientras que el suyo apenas comenzaba. Intentó enviarme diversos obsequios en un par de ocasiones —dos navidades seguidas llegó a enviarme un jamón de la más alta calidad—, pero me las arreglé para regresárselos luego de fingir ante sus mensajeros que había cambiado de domicilio. Finalmente comprendió el mensaje: mis nexos con el FBI se habían cortado para siempre, y salvo la pensión, ningún jamón los haría renacer. Serling sin duda había aprendido de aquel error de juventud, como demostraba la importancia de su puesto. La secretaria de Serling, de nombre Mary Lou Kaufman, preguntó dos veces mi nombre, sonrió y me invitó a tomar asiento. Caminó hasta un archivero como si estuviera por una pasarela de modas, y no le faltaban motivos: su rostro era bello, tenía una linda sonrisa, y una nariz delicada aunque un poco ancha; las opulentas formas de su cuerpo parecían estar a punto de romper su ajustada ropa. Una carpeta resbaló de sus manos y se inclinó para levantarla. Alguien tendría que dar una condecoración a esa falda y brassiere por su heroica resistencia. Un par de minutos después me acompañó por un pasillo hasta que entramos a la oficina de Serling. El orden y la pulcritud en cada centímetro del lugar eran tales, que harían sentir incómoda a una molécula de polvo. Me recibió con calculada cortesía hasta que su secretaria cerró la puerta tras de sí; entonces se volvió un poco más amistoso. Frente a él se encontraba el hombre al que debía su carrera en el FBI, aquel que le había devuelto dos jamones. Ha pasado mucho tiempo, dijo. Demasiado, Don, casi no pude reconocer el edificio. Las cosas han cambiado mucho desde su retiro, me dijo, ¿qué pensaría el director Hoover si viera la nueva decoración? Al director nunca le interesaron los edificios, sino lo que ocurría dentro de ellos, contesté. A pesar de haber transcurrido casi cuarenta años desde su muerte, muy pocos funcionarios del Bureau se atrevían a llamarlo Hoover, sino que anteponían respetuosamente "el director" Hoover, como si temieran que el director pudiera regresar desde la muerte y venir por ellos. Serling se pasó la mano por la barbilla mientras meditaba, y un breve silencio se elevó en el ambiente, sólo roto por las descargas de aromatizante de un dispositivo colocado en una esquina de la pared, que bien podría albergar una cámara oculta. Siento mucho lo de su familia, afirmó, únicamente por decir algo, como pudo haber comentado sobre el clima, el Súper Tazón o la Serie Mundial; me enteré durante una reunión en Europa y no me fue posible asistir a… usted sabe. Por un momento Serling fue víctima de las formas, pero logró contenerse a tiempo; como todos los que me conocieron sabía muy bien que no hubo servicios religiosos aunque Janice, la hermana de mi esposa, me lo pidiera en más de una ocasión. Fue algo tan simple como misterioso: una mañana de octubre conversas por teléfono con tu esposa y tu hija, que deberían alcanzarte en Chicago, y ellas te informan que prefieren viajar en auto en vez de tomar un avión. Esa es la parte sencilla, la misteriosa empezó cuando jamás llegaron a su destino. A pesar de la búsqueda efectuada por la mayoría de las agencias, las policías locales y estatales, nunca fue posible dar con ellas ni con el auto y mucho menos con alguna pista que indicara qué les sucedió. Si las canas lo hacen a uno parecer viejo, la conmiseración termina por llevarnos a un asilo. Le expliqué a Don el motivo de mi visita de la manera más escueta que pude. Su mirada se distrajo hacia la pantalla de su teléfono durante algunos momentos, pero tuvo la cortesía de no interrumpir mi relato, salvo para teclear un par de datos en su computadora. Usted mejor que yo lo sabe, Mc Kenzie: el FBI siempre tuvo una relación muy cercana con el cine, sobre todo en los tiempos del director Hoover. Seguramente recuerda bien el proyecto *Máscaras*, que tan buenos resultados dio hasta que el imbécil de Elvis lo echó todo a perder. ¡Por Dios!, ¿A quién se le ocurre entregar un revólver al Presidente Nixon en la Casa Blanca, y precisamente en ese momento político tan delicado?, ¡y por si fuera poco, todavía le ofrece su ayuda en la lucha contra las drogas como agente especial! Es verdad que cuando arrestamos a alguien incautamos toda clase de material: fílmico, escrito o fotográfico, desde álbumes familiares hasta películas caseras, uno nunca sabe, pero este filme en particular, *Londres después de medianoche* no aparece en nuestros registros, lo acabo de verificar. De tenerlo seríamos los primeros en sacarlo a la luz, sería buena publicidad, ¿no lo cree? FBI resuelve una de las desapariciones fílmicas más famosas del siglo XX. Sin embargo, por lo que me ha contado, Serling aún dudaba en tutearme, hay un par de pistas que podemos seguir. Tomó una tarjeta membretada y escribió algo en ella, para luego entregármela. Creo que la pista más sólida viene del prerregistro firmado que se realizó en 2002: Kandinsky puede ayudarle. Extendió la tarjeta hasta mí, la tomé y guardé en la bolsa de mi traje sin mirarla. Gracias, respondí. Es un placer, Mc Kenzie, la vida no siempre nos da la oportunidad de hacer algo por quienes nos han ayudado. Mc Kenzie... Serling me detuvo cuando colocaba mi mano sobre la perilla. ¿Sí? Usted fue la última persona que conversó con el director Hoover... e hizo una pausa esperando un comentario de mi parte, que nunca llegó. ¿Se encontraba bien, es decir, no física, sino mentalmente? Sí, respondí, se encontraba todo lo bien que puede estar un director de FBI con cuarenta y ocho años en el puesto. ¿Nunca encontraron sus archivos, no es así? No respondí. ¿En verdad llevaba un archivo especial de todos aquellos a quienes consideraba importantes o peligrosos en potencia? Ya sabe lo que decían en el Bureau, contesté, si algún día Dios pierde la memoria, sólo tiene que marcarle al director Hoover. Fue la última vez que vi personalmente a Serling; con el tiempo llegó a ser director del FBI, y cuando el gran jurado le llamó a declarar sobre un caso relacionado con el tráfico de armas, un sorpresivo derrame cerebral le impidió dar su testimonio.

Kandinsky me recibió en su oficina un poco más tarde. Sin duda estaba al tanto del motivo de mi visita, pero aún así leyó la nota de Serling con detenimiento, como si se tratara de un criptograma que era preciso descifrar. Guardó silencio por unos segundos, mientras sus ojos me revisaban de arriba abajo, como lo haría una máquina de rayos X con un esqueleto. Luego rompió la nota en tres partes: una terminó en el triturador de documentos, otra fue rasgada nuevamente y lanzada al bote de basura de su oficina, mientras que la restante la metió en su saco. Así que usted es el hombre que busca un filme perdido, comentó mientras me escrutaba con curiosidad.

Trabajamos juntos un par de semanas, durante las cuales no hablamos de ningún asunto que no estuviera relacionado con la cinta. Dirigimos nuestras pesquisas en dos direcciones: averiguar quién había llenado el prerregistro, y buscar por el lado de los impuestos dónde localizar a Mary Coolidge-Rask, la escritora que realizó la versión novelada. Según me informó Kandinsky, la novelización de los filmes llegó a ser algo común en los inicios del cine: las encuadernaciones anunciaban en la portada a actores y directores, se transcribía el contenido de la mejor manera posible y la compañía productora le añadía un par de fotos del filme. Kandinsky estaba casi seguro de que una copia del filme debió serle proporcionada a Mary Coolidge-Rask, de manera que pudiera consultarla con frecuencia mientras realizaba su trabajo. Pero ni el departamento del IRS ni el Writers Guilds of America tenían registros de Mary Coolidge-Rask. No era posible que el nombre hubiera sido el pseudónimo de otro escritor, ya que los registros de esos años se hacían de manera personal, pero aunque lo hubiera sido la mayoría de los archivos que podrían brindar información estaban incompletos o desaparecidos. Entretanto, Kandinsky consiguió las grabaciones de la cámara de seguridad de un estacionamiento contiguo al edificio de derechos de autor, y luego de una labor de varias horas, conseguimos descartar a decenas de sospechosos y ubicar el momento exacto en que el hombre que llenó el prerregistro salió de la oficina. Desafortunadamente un camión de mudanzas cruzó en ese preciso instante por la calle, obstruyó el ángulo de visión y nos impidió identificar un rostro a partir del cual hubiese sido posible iniciar la búsqueda. El resto del video únicamente mostraba la silueta de una espalda alejarse por la acera. Sentí una gran decepción, pero de golpe algo cambió. El hombre detuvo su marcha y se subió a un auto estacionado. Mediante una serie de acercamientos y ampliaciones fue posible apreciar los números de la placa, que correspondían a un vehículo vendido por un lote de autos usados con sede en Canadá. El comprador, un sujeto de nombre Gray Mc Guffin, pagó en efectivo, proporcionó un domicilio y una tarjeta de conducir falsos. Los canadienses son demasiado confiados. Con eso fue imposible seguir el rastro y nos encontramos frente a dos laberintos. Bueno, le dije, por el momento eso será todo. Kandinsky prometió seguir investigando, y en caso de que descubriera algo digno de interés se pondría en contacto conmigo, lo cual, yo estaba seguro, no sucedería.

6

Conduje el auto por la vía rápida rumbo a Wilshire, y tomé la última salida a la altura de Westwood. Poco a poco, conforme me alejaba del distrito comercial las casas fueron disminuyendo en tamaño y lujo, los centros comerciales se convirtieron en pequeñas tiendas, y los *lounges* y *cocktail's bar* en licorerías de mala muerte, con ebrios tumbados a sus puertas y perros que los olisqueaban. Cuando me detuve frente a la luz roja del semáforo, un vagabundo avanzó desde la acera y golpeó la ventanilla de mi auto con una taza de metal. Debía ser el tipo más afortunado de Los Ángeles, porque el mensaje escrito con faltas de ortografía en un cartón que colgaba de su cuello aseguraba que todos los problemas de su vida se resolverían con cien dólares. Emprendí la marcha justo en el momento en que recargó su mano sobre el vidrio. La silueta sucia de sus dedos quedó impresa en el cristal y me acompañó todo el camino. El cielo comenzó a nublarse, y un relámpago se divisó a la distancia. La dirección proporcionada en el Sindicato de Actores correspondía a un grupo de vetustos edificios, los cuales parecían mantenerse en pie gracias a las oraciones de sus inquilinos. Frente a las maltrechas construcciones heridas de muerte se encontraban los oxidados juegos de un parque recreativo, a los que ningún niño se acercaba y que los vecinos preferían utilizar para secar sus ropas. Una ventisca agitó las prendas, y un par, colgadas en los pasamanos, cayeron a la tierra. Entonces descendí.

A unos metros del edificio, en un porche construido con maderas de tamaños y formas desiguales, un grupo de hombres de aspecto latino, con overoles manchados de grasa, tomaban cerveza, mientras que dos ancianas se balanceaban en sus mecedoras. Nubes negras comenzaron a oscurecer el cielo, y un aire fresco provocó pequeños remolinos de tierra. Un enano maquillado como payaso asaba carne en una parrilla improvisada con una reja montada sobre unos tabiques. Todos, con excepción del enano que cuidaba la carne, tenían la mirada perdida en el horizonte, como quien ve alejarse un desfile inexistente. De improviso, una fuerte lluvia cayó sobre nosotros. Enormes gotas golpearon los tejados y autos con la fuerza del granizo. El enano metió rápidamente la carne en una bolsa, intentó arrastrar con gran esfuerzo la reja pero se quemó las manos y la soltó. El humo brotó de los carbones. Resguardado en el porche, me senté en silencio en una banca sin mirar a nadie más de lo necesario. Un anciano de piel morena, con la piel agrietada como si una fuerte sequía se hubiese asentado en su rostro, sacó de su estuche un acordeón con los colores y el escudo de la bandera de México. Lo extendió y contrajo un par de veces sin tocar ninguna nota: un suave silbido, como aire que se escapa de un balón, se escuchó débilmente. El músico golpeó el suelo con la punta de su zapato un par de veces y comenzó a tocar. Dos tipos ayudaron al enano a improvisar un nuevo asador, usando esta vez un soplete y una máquina soldadora para calentar la carne. La lluvia continuaba. Un par de mujeres corrieron hacia el parque para recoger la ropa mojada que colgaba en los juegos, mientras que el resto permanecieron sentadas mirándolas correr. Un hombre gordo, alto, mal encarado, en camiseta, y que tenía un enorme tatuaje de la virgen de Guadalupe en el pecho me miró y se acercó. El tatuaje no debió protegerlo mucho, porque sobre él se apreciaban largas cicatrices provocadas por heridas de arma blanca. ¿Y a usté que se le perdió aquí, paisa?, preguntó en español. A pesar de no haber olvidado por completo ese idioma, nunca suelo hablarlo en la oficina, ni con los amigos, ni cuando alguien con aspecto de inmigrante me pregunta en la calle alguna dirección. Había jurado no hacerlo. El enano dejó de vigilar la carne por un instante y giró para examinarme; su maquillaje, corrido por la lluvia, daba la sensación de que el rostro se le separaba de la cara. La canción que tocaba el viejo del acordeón hablaba de un hombre sumido en la tristeza, porque a las once una chica de nombre Lupita se iba en un barco de vapor, y él, desesperado, deseaba mandar un chubasco para impedir que la nave zarpara. Busco al administrador del edificio, respondí. No ha llegado, dijo el hombre de la camiseta, a lo que el enano agregó: Se me hace que a lo mejor no llega, dicho lo cual volvió a centrar su atención en la carne y arrojó un chile a las brasas. Dos mujeres extendieron un mantel bordado con flores de color rojo sobre una mesa de concreto. Un niño de once años leía un cómic titulado *Chanoc*. Todos me miraron con sospecha. El olor del chile calentándose envolvió el ambiente y no pude reprimir las ganas de toser; los ojos se me irritaron y tuve que desviar la mirada para que las lágrimas no brotaran. Recordé un caso que leí en los periódicos, ocurrido en un país latinoamericano: una solitaria anciana dueña de un edificio de departamentos murió de un ataque al corazón, y los inquilinos, ante el temor de que los departamentos fueran vendidos y ellos expulsados, decidieron enterrar el cuerpo, con misa y todo, y seguir depositando la renta en el banco. Se hicieron cargo de la luz, del correo, e incluso limpiaban la casa de la anciana. Como nadie la visitaba, pasaron años antes de que finalmente fueran descubiertos. Quizás era el mismo caso del administrador. Un hombre de alrededor de cuarenta años llegó cargando una rejilla con envases de Coca-Cola de vidrio, que dejó en el suelo. No los había visto desde mi niñez, pero esta era otra parte de mi vida que también trataba de olvidar. El mismo hombre de los envases hundió su mano en una hielera de metal que anunciaba una marca de cerveza mexicana, sacó un par de refrescos que destapó y puso en la mesa. Uno quedó frente a mí. Recordé que la mujer de la limpieza, de origen mexicano, afirmaba que la Coca-Cola envasada en botella de vidrio sabía mejor que la americana: había ciertas creencias culturales que no valía la pena discutir. El mexicano es un animal de nostalgias, y las cajas de refresco traídas desde su tierra eran una prueba palpable de ello. Las gotas de hielo resbalaban por las curvas de la botella. El logo de Coca-Cola y las palabras *Hecho en México* se apreciaban claramente sobre el líquido negruzco. ¿Gusta comer?, preguntó una señora que acomodaba los platos con una mano y cargaba a un niño con la otra. La señora me hizo una seña para que aceptara el refresco. Debo admitir que lucía tentador. Olvidé las indicaciones del médico y tomé el envase para comprobar si tenían razón la señora de la limpieza y sus compatriotas; lo apreté con fuerza y sentí el frío del vidrio entumecer la palma de mi mano. Es un hecho, la nostalgia mejora todo: el recuerdo, la añoranza, incluso el sabor de los refrescos. El administrador es aquel que va llegando, dijo el viejo del acordeón. Luego se puso de pie, tomó un chile de la parrilla y después de rozarlo con la punta de la lengua le dio un mordisco. Solté el envase, que siguió escurriendo gotas heladas sobre la mesa. Gracias, les dije. No me importó que la lluvia continuara con fuerza respetable, caminé por el sendero lodoso hacia el edificio principal sin detenerme ni mirar atrás a ese grupo de mexicanos con sus refrescos indocumentados.

La oficina del administrador del edificio contenía montañas de documentos, algunos humedecidos por las goteras, otros desparramados por el piso, y unos más, pegados con cinta en las ventanas rotas, servían para detener las corrientes de aire. El lugar olía a humedad y a animal muerto. El administrador no pidió disculpas por el desorden, así que ese debía ser el estado natural de la oficina. Le expliqué a quiénes buscaba y respondió que no podía ayudarme. Tengo apenas dos meses en este empleo, pero siento como si fueran dos años, hay cantidad de reparaciones por hacer, estos mexicanos destruyen todo, son peores que las ratas; y encima de todo debo ordenar este lugar, que no es precisamente la biblioteca del Congreso, usted sabe. Déjeme ver si por el apellido encuentro algún expediente. El desorden y el caos eran tales, que a menos que el documento que buscábamos se pusiera de pie y nos llamara a silbidos, no veía muchas posibilidades de que el encargado encontrara algo. Lo siento, dijo, no hay nada en la letra T, y mire, le soy sincero, podría estar en cualquier lado... Espere, ¿Tichenor dijo que se llamaba? Ya, es que ese es el segundo apellido, creo recordar algo, acompáñeme. Avanzamos entre cajas y muebles apolillados hasta otra oficina, con un escritorio igual de desordenado, y una bandeja llena de papeles, algunos ya amarillentos, que tenían escrito a plumón: *Pendientes hoy*. El administrador comenzó a revolver los papeles hasta que encontró algunos atados con un cordel. Algunos inquilinos dejan su dirección por si llega el correo, el anterior administrador me dejó una lista, aquí está la persona que busca. Solicitaron que todo lo que llegara fuera enviado a un apartado postal, mire, este es el número. ¿Puedo llevarme la correspondencia?, pregunté. ¿Por qué no?, la verdad no tengo tiempo para enviarla, y esto no es el Ritz, usted sabe.

En la oficina de correos tuve menos suerte. El apartado postal había sido cancelado un año antes y todas las cartas que llegaron fueron devueltas al remitente. Luego de mostrar mi identificación del FBI, conseguí la dirección en que fue contratado el apartado, con la excusa de enviarle la correspondencia reciente. Manejé durante una hora hasta el condado de Segaran, y después media hora más por una vereda hasta el poblado de Hitchcock, California. Un chico y una chica esperaban sentados sobre sus maletas del ejército la llegada del camión de la Greyhound. El pueblo era lo suficientemente tranquilo, aburrido y apacible para que los ancianos dejaran pasar la vida sentados en los porches de sus casas. Nadie supo darme algún informe sobre la familia Tichenor. Como ya había comprobado, la guía telefónica no los registraba, y el lugar donde debía encontrarse la casa era un terreno baldío. Sí, los recuerdo, me dijo el cartero en la oficina postal, les llegaba muy poca correspondencia y jamás firmaron nada de recibido, preferían que se devolvieran los paquetes, todo se metía en el buzón de la puerta; nunca los vi enviar una carta, ni siquiera tarjetas de San Valentín o de navidad, nada. Una vez a la semana, Joe, el de la tienda de abarrotes les surtía de alimentos. Los vecinos cuentan que no salieron a la calle ni cuando se incendió el City Hall, y eso que todos fuimos a ver las llamas. Nunca supimos exactamente cuánta gente vivía en esa casa, no es que nos importara, pero ya sabe, no hay mucho que hacer por aquí. Las cartas por las que pregunta son como las que usted trae, siempre con el mismo nombre y apellido, y la inicial "T" al final; ah, y cada mes llegaba un sobre de un banco, siento no poder ayudarlo más, dijo antes de alejarse por la calle, cargando la bolsa del correo.

Cuando se inicia una investigación con años de retraso, situaciones como estas no son ninguna sorpresa. Antes de partir me detuve en la única cafetería del pueblo y ordené un sándwich *Montecristo*, con jamón, pavo y queso suizo; me aseguré que supieran prepararlo y que además de remojar y freír los panes en huevo batido, no olvidaran espolvorearle azúcar en polvo, ni incluir las frutas secas y un recipiente con jarabe de arce en el plato. Pensé en pedirlo para llevar, pero me sentí cansado y decidí comerlo allí mismo con una jarra de limonada, la mitad con agua natural y la otra mitad con agua mineral y sin azúcar. Realmente estaba buena, los trozos de la pulpa del limón se atoraban en el popote, y pedazos de cáscara retorcidos flotaban entre los hielos. Edna Tichenor, *Luna*, *The Bat Girl*, o cualquiera que fuera su verdadero nombre quedaba oficialmente fuera de la investigación. Lo único realmente seguro en mi futuro se acercaba lentamente en la forma de un emparedado *Montecristo*, en una bandeja de plástico sostenida por una chica de nombre Nancy. Se lo dejo aquí para no ensuciar sus cartas, dijo antes de retirarse. Las cartas: desde el punto de vista legal, abrir la correspondencia se considera un delito federal, pero habiendo sido yo un funcionario federal, no habría delito que perseguir. Clara Bowles T., muy probablemente nieta de Edna, debía diez dólares en una tienda de lencería fina, perdió la oportunidad de participar en una pirámide que quintuplicaría su inversión, y se privó de los servicios del abogado Phill Boggus. La última carta fue la que llamó mi atención: un pequeño sobre color blanco, algo sucio, con las esquinas rotas. Lo rasgué por una esquina y desdoblé dos pliegos de papel escritos con fina caligrafía. David J. Skal, historiador de cine, quería obtener el permiso de algún familiar de Edna Tichenor, para incluir su foto en un libro sobre actrices que trabajaron con Tod Browning, patrocinado por la universidad de Madison. Tomé los datos de Skal de la tarjeta impresa que venía en el sobre, cambié dos dólares en la barra y me dirigí al teléfono de la cafetería. Al no recibir contestación doce tonos después, regresé a la mesa y di un par de mordidas al empareda-do. Los hielos de mi limonada se habían derretido y el nivel de la bebida subió tanto que se desbordó. En la barra de la cafetería se encontraba un aparador, donde la mitad de un *pie* de zarzamora giraba bajo las luces como una vieja estrella de cine que recorre la alfombra roja por última vez. La mermelada de zarzamora, espesa, de color azul oscuro se desplazaba como un iceberg en proceso de deshielarse. Sentí un cosquilleo en las mandíbulas y regresé al emparedado. El doctor me había asegurado que de mantener una dieta rigurosa, y reducida en azúcares llevaría una vida tan normal como puede tenerla alguien a quien se le prohí-be comer un *pie* de zarzamora. Entonces dio inicio la cadena de extraños acontecimientos. El teléfono sonó al final de la barra. Una, dos, tres veces. La mesera se encontraba en la cocina y no daba indicios de volver. Sonó una cuarta, una quinta, y una sexta vez. A la séptima descolgué y guardé silencio. Una respiración se escuchó al otro lado de la línea. Ninguno de los dos hablaba, por lo que decidí toser un par de veces. ¿Quién es?, preguntaron. ¿A quién busca?, contesté con otra pregunta. Soy David J. Skal, tengo una llamada de ese número. Señor Skal, contesté, creo que usted y yo debemos hablar.

7

A LOS DIEZ AÑOS NO LE TEMÍA A NINGÚN MONSTRUO, AL contrario, ellos estaban para protegernos, salvarnos de la guerra nuclear y evitar el fin del mundo, dijo David J. Skal. Una noche de 1962, mientras mis padres observaban con preocupación las noticias en TV sobre la crisis de los misiles soviéticos en Cuba, me fui a la cama sin cenar y comencé a escribir una carta. Suponía, a pesar de tener sólo diez años, que aun siendo tan distintos entre sí debían conocerse, por lo que hice una carta para todos: Estimados Conde Drácula, Señor Frankenstein, Don Hombre-Lobo, Querida Momia, Señorita Novia de Frankenstein, y así continuaba. A medida que escribía con mi enredada caligrafía, que mi maestra comparaba con auténticos jeroglíficos, les expliqué mis temores de que un misil cayera en nuestro patio, y que el mundo quedara destruido en un par de minutos. No sabía exactamente cómo lo resolverían, pero si en alguien debía confiar el género humano era en sus monstruos. Al día siguiente mi padre me acompañó a dejar la carta en el buzón de la esquina. Cosas de un niño que veía mucha televisión. ¿Qué pasó finalmente? Skal me miró con seriedad. Véalo por usted mismo: la crisis de los misiles se resolvió, seguimos vivos, y todo se lo debemos a estos seres, dijo mientras señalaba las figuras que lo rodeaban. Entonces sonrió un poco.

David J. Skal era a los vampiros lo que Forrest Ackerman a la ciencia ficción. De cincuenta y cinco años, cabello café, bigote canoso y lentes de aro delgado, Skal mantenía su estudio en perfecto orden —a diferencia de Ackerman. Las figuras de tamaño natural de los principales monstruos de las películas de la Universal: Frankenstein, la Momia, Drácula y el Hombre Lobo, se encontraban estratégicamente colocadas contra un fondo negro en cada esquina del estudio, e iluminadas por luces suaves, dignas de un museo. La alfombra blanca lucía inmaculada, como si nunca hubieran pisado sobre ella. Los sillones, perfectamente barnizados y engrasados, tampoco emitían ningún rechinido, sin importar cuánto nos moviéramos él y yo. Seguramente tanto orden y pulcritud le habían permitido conseguir su más sonado éxito. Además de publicar una de las mejores antologías conocidas sobre vampiros, Skal escribió libros, programas e investigaciones de gran resonancia sobre las principales figuras del cine de terror. Con frecuencia impartía conferencias a lo largo del país, incluida una ya clásica durante la noche de Halloween. De entre todos los especialistas, fue elegido por la Universal para comentar en pantalla todos los filmes clásicos de monstruos. Durante décadas se dedicó a investigar el destino de la versión completa en español de *Drácula*, de 1931, catalogada por su rareza como uno de los filmes perdidos más buscados, debido al curioso hecho de haber sido filmada con actores de habla hispana de manera simultánea a la de Browning y Lugosi, y de ser considerada por los críticos como superior a la versión en inglés. Recorrió cines de mala muerte en pueblos miserables de México, España y Argentina, visitó las casas de los descendientes de algunos de los actores, así como los archivos de cinetecas de más de diez países. Cuando en 1989 corrió el rumor de que durante la demolición de un cine de barrio en Matanzas, Cuba, se encontró un baúl con decenas de viejos filmes, Skal no perdió tiempo y tramitó con insistencia una visa como investigador ante el Departamento del Tesoro, a fin de que le permitieran visitar La Habana. No sabe lo difícil que fue convencer a esos burócratas de Washington de que el tiempo estaba en nuestra contra, me confesó, los filmes podían descomponerse o incendiarse con una facilidad increíble si eran copias en nitrato, era angustioso desconocer el estado en que se encontraban, ignorar cuántos rollos habían sido descubiertos. No creo que pueda imaginarse la sorpresa, la excitación cuando me entregaron la llave de un viejo baúl con bordes metálicos. Me coloqué el cubre boca y los guantes y ordené que encendieran el abanico a nuestras espaldas para alejar cualquier clase de hongo o espora. Me sentía como el buscador de tesoros frente al cofre pirata que ha perseguido durante toda su vida. La mano me tembló cuando introduje la llave y la giré tres veces. Lo primero que vi cuando pude abrirlo fue una lata para película con una descolorida cinta que tenía escrita *La voluntad del muerto*, una versión en español de *The Cat Creeps*, actuada por Lupita Tovar y Antonio Moreno. Me decepcionó encontrarla vacía. Algo parecido pasó con la segunda, la tercera y la cuarta, que sólo contenían facturas. Estaba cada vez más desmoralizado cuando por fin abrí la quinta, y debajo de una serie de papeles sin interés apareció, por fin, una copia de la versión en español de *Drácula*. Parecía encontrarse completa, por lo menos el número de rollos coincidía con los registros originales. Deseaba que ese baúl no tuviera fondo, que mis manos siguieran extrayendo joyas perdidas del cine que cobraran nuevamente vida en mis manos, pero no encontré nada más, salvo montículos de polvo; como si fueran los restos de un vampiro al que la luz del sol hubiera desintegrado décadas atrás. Al extender el negativo y examinar los fotogramas descubrí que si bien no se hallaban infectados por hongos o dañados por la humedad, era urgente restaurarlos con tecnología de la que los cubanos carecían. Más difícil que encontrar la cinta fue sortear los trámites burocráticos del gobierno cubano y del nuestro. Fue preciso que las universidades de cada país intervinieran, pero aún así, las negociaciones llevarían por lo menos seis meses, tiempo en que la exposición de la cinta al medio ambiente terminaría por dañarla seriamente. Me sentí como esos exploradores que encuentran el tesoro, lo sujetan por breves instantes, únicamente para perderlo por extraños designios del destino. Momentos antes de subir al avión en el aeropuerto de la Habana un funcionario del ministerio de cultura me alcanzó. Convencí al comandante Castro de que su cinta de vampiros vestidos de etiqueta pertenecía más a los burgueses de Batista que a los seguidores de nuestra revolución, me dijo, entregándome un talonario de equipaje. Le miré extrañado. El negativo de la cinta viajará con usted en ese avión, aseguró, no nos interesa conservar monstruos ajenos, señor Skal. Me extendió una mano que estreché con agradecimiento, finalizó Skal, echando su cuerpo hacia atrás, satisfecho, como quien termina de contar su más grande hazaña a un grupo de desconocidos en un bar. Ahora, ¿en qué le puedo servir?, preguntó.

¿Usted buscaba contactar a los familiares de Edna Tichenor?, pregunté, al momento que le entregaba la carta que le enviara a la actriz. La desconfianza se dibujó en su rostro. En efecto, contestó Skal, después de pensarlo por algunos instantes, esa familia parecía de gitanos, no duraba un año en el mismo lugar. Pero insistí, una foto familiar en el libro me evitaba pagar derechos a los estudios. ¿No hay mucha información sobre la vida de esta actriz?, pregunté nuevamente. No es tan raro, muchos actores del cine mudo desaparecieron así, dijo al tiempo que tronaba los dedos. Un día representan los sueños de miles de espectadores y al siguiente un cuerpo anónimo que mendiga por las calles. Les sucedió a muchos, famosos y desconocidos, principalmente de la época del cine mudo. Louise Brooks, ¿la recuerda?, ¿la del peinado de burbuja? Fue una de las personalidades más impactantes del Hollywood de su época, imitada por hordas de mujeres que llevaban su famoso peinado de burbuja. Durante los veintes, miles cayeron enamorados a sus pies, impactados por su personalidad y la sexualidad que, se decía, ejercía libremente sobre hombres y mujeres. Y sabe, tan pronto se retiró del cine en 1938 terminó de vendedora en Saks Fifth Avenue, por cuarenta dólares a la semana. Cientos de historias de aquellos años tienen finales parecidos. ¿Entre ellas la de Edna Tichenor?, pregunté. Skal me examinó sin pudor alguno: ¿Exactamente, por qué está investigando la vida de Edna, señor Mc Kenzie? No creo que sea crítico de cine, tampoco parece saber mucho del tema, si me permite decirlo. Estoy buscando un filme perdido donde ella actuó… Conozco el nombre, no es necesario que lo mencione.

Voy a ahorrarle tiempo y esfuerzo. Lo que usted busca no existe. ¿Por qué está tan seguro?, pregunté. Porque pasé quince años de mi vida haciendo el mismo trabajo, que muy seguramente usted acaba de empezar. ¿Y por qué no renunció a buscar la versión en español de *Drácula*?, pregunté. Son situaciones diferentes, señor Mc Kenzie. El filme que usted busca, ignoraba por qué Skal se negaba a mencionar el título, ¿cómo decirlo? Le voy a ser franco: tratar de encontrarlo no fue bueno para mi salud, y no creo que lo sea para la de nadie, ¿me entiende? No es una búsqueda segura. Ninguna lo es, respondí. No me refiero a la posibilidad de encontrarlo, sino a su seguridad personal. Si fuera usted dirigiría mis esfuerzos a otras cintas, obtendrá mejores resultados. Como las personas, continuó, hay filmes que piden no ser encontrados. Yo tuve que interrumpir la cacería...

Para ser un hombre que se sentía protegido por los monstruos, el filme en cuestión parecía causarle los mismos temores que la crisis de los misiles hace cuarenta y cinco años. ¿Piensa que de haber continuado la búsqueda lo habría encontrado? Hace años que he tratado de olvidar esa pregunta, señor Mc Kenzie, por salud mental, usted me entiende, así que no venga a insistir. Observé el monstruo de Frankenstein que se encontraba a sus espaldas, acompañándolo como un fiel guardián. El resto de las criaturas se hallaban dispuestas de forma tal que, de cobrar vida, podrían inutilizar de un salto a un visitante incómodo como yo. La luz que iluminaba el rostro del Hombre lobo comenzó a fallar, se encendía y apagaba de manera intermitente. Skal abrió un cajón de su escritorio, sacó una bombilla eléctrica y se levantó de la silla. Caminó con lentitud, apoyándose en el bastón. Respiró con dificultad durante todo el trayecto, que debió parecerle un viacrucis. Finalmente cambió la bombilla inservible y el rostro del Hombre lobo volvió a surgir, amenazador. Debió ser una figuración de mi parte, pero antes de regresar a su lugar me pareció que Skal palmeaba la espalda del monstruo. Luego abrió un cajón en su escritorio, hurgó un poco y volvió a sentarse junto a mí. Edna Tichenor nació en 1901, de padres periodistas, continuó, el mismo año en que su hermana mayor murió, pero eso es probable que ya lo sepa. Lo que pocos saben es que se casó con un mecánico llamado Robert J. Springer en 1919. Cuando Edna y Robert se divorciaron en 1930, ella regresó a vivir con sus padres. Como muchos de su época, su carrera no sobrevivió a la llegada del sonido y después de 1934 desapareció para siempre. Diciendo esto, Skal me entregó un libro y una carta, cuyo matasellos estaba fechado cuatro meses antes. El nombre en el remitente era Emma Philbin Springer. No busque por el apellido Tichenor sino por Springer, así fue como di con la bisnieta de Edna, afirmó Skal. Ahora, si me disculpa...

Mientras trataba de agradecer el tiempo que me dedicó, Skal me acompañó al pasillo y esperó hasta que llegara el elevador. Dentro había un repartidor de pizzas que lucía apresurado. Entré. ¿Sube, verdad?, preguntó. Antes de que las puertas se cerraran, Skal comentó: Seis de las únicas nueve películas en que ella tomó parte fueron para la MGM, y cuatro de ellas con Tod Browning como director. Es muy probable que al margen de la inesperada muerte de Lon Chaney y las disputas entre la MGM y la Universal, tanto él como Edna Tichenor hubieran protagonizado *Drácula*, en lugar de Bela Lugosi y Helen Chandler. ¿Se imagina? La versión que conocemos hubiera sido completamente distinta... ¿Tantas posibilidades tenía Edna? Skal asintió: recuerde el aspecto de las mujeres que intentan seducir a Harker en la primera versión de *Drácula*, son todas idénticas a las fotos que se conservan de Tichenor, tal como apareció en, bueno, ya sabe a qué filme me refiero. El repartidor de pizzas miró su reloj, seguramente la garantía de entrega estaba por expirar. Las puertas comenzaron a cerrarse pero lo impedí colocando mi mano sobre el haz de luz. ¿La visitó personalmente?, le pregunté. El repartidor me miró con molestia, el olor a pepperoni invadió el elevador. No, obtener el permiso para reproducir la foto fue más que suficiente, no quiero tener ningún contacto con ese filme. Por quinta vez, Skal omitió decir el nombre de la película. Aparté la mano del sensor electrónico y las puertas se cerraron. El elevador ascendió por varios segundos hasta detenerse. Un par de pisos después, al ver camino libre, el repartidor corrió por el pasillo. Entretanto Skal debió entrar a su departamento, deslizar con prisa el pasador doble, poner la cadena y regresar a la segura protección que sus monstruos le ofrecían. Un instante después, en algún departamento del piso ocho, una pizza de pepperoni fue entregada.

8

Poco después de salir del departamento de Skal tuve la impresión de que alguien me seguía, así que me detuve de improviso un par de veces: si había alguien tras mis pasos tenía que ser muy bueno, incluso para un ex agente del FBI. No escatimé precauciones, y luego de asegurarme que no había nada extraño me dirigí a mi edificio.

Al abrir la puerta de mi departamento tres llamadas resplandecían en la pantalla del contestador automático. En la primera, un miembro de la iglesia *Pare de Sufrir* habló durante seis minutos con veintiocho segundos sobre cómo lograr la salvación de mi alma y evitar el sufrimiento. El segundo era un mensaje de Ackerman para conocer mis avances en la investigación: sonaba serio y distante. La tercera pertenecía a Kandinsky, quien en forma breve, casi telegráfica, me citó en un café cerca del Archlight Cinema al día siguiente. Hizo particular énfasis en la puntualidad. Fue la única que respondí: le comenté mi visita a Skal pero sin entrar en detalles. Kandinsky se disculpó por casi dos minutos, mientras lo escuchaba mover documentos con prisa, diría que hasta con cierto nerviosismo, y maldijo en voz baja. Es preciso que no llegue tarde, recalcó, es de suma importancia. Y colgó sin despedirse.

A la mañana siguiente me desperté temprano, me duché y salí para evitar el tráfico. A medida que me acercaba a la ciudad, las sinuosas curvas de Sunset Boulevard que descendían de las montañas fueron sustituidas por largos y aburridos segmentos de avenida con semáforos cada dos cuadras. Los comercios se apilaban uno junto a otro cual sardinas. Logré estacionar el auto después de rodear tres veces la misma cuadra. Dos calles más adelante, una multitud se mantenía expectante en las aceras. Súbitamente los comercios comenzaron a vaciarse de clientes, y aquellos que no pudieron bajar de los pisos superiores debieron resignarse a mirar sorprendidos desde su lugar. La mole fue reflejándose en los ventanales de los grandes edificios, por instantes perdía la forma, pero la recuperaba al acercarse a la siguiente construcción. Había suficientes motivos para correr pero todos permanecían en su sitio: un dinosaurio avanzaba con pasmosa lentitud por Sunset Boulevard sin que nadie lo detuviera. A pesar de vivir en una ciudad que lo ha visto todo, *los angelinos* quedaron paralizados: *Bertie* era la nueva sensación en el país. Por designio de un grupo de hábiles agentes publicitarios logró destronar a *Barney el dinosaurio*, y obtuvo un lugar superior en la selección natural. Tenía en su haber tres filmes: *Bertie Salva la navidad*, *Bertielandia en peligro*, y la más reciente, que motivaba el desfile promocional: *Bertie salva América*. El carro alegórico transportaba al animal, que subía y bajaba una pata mecánica con la cual aplastaba maniquíes disfrazados como guerrilleros árabes. Los niños, que alzaban réplicas del animal, sentados en los hombros de sus padres, festejaban cada que esto ocurría. Los publicistas habían pensado en todo, hasta en colocar en el suelo turbantes ensangrentados para lograr mayor credibilidad. El denominador común de todas las películas de *Bertie* era la estupidez: mientras más tonterías cometía mejor le iba, más rápido salvaba al mundo y lograba triunfar. Los niños lo adoraban. Parecía ser sólo un reflejo de lo que sucedía en el país desde la década de los ochentas, cuando la ineficiencia empezó a ser recompensada con altos puestos y salarios generosos. Sin prestar atención al desfile, un grupo de obreros de origen latino trabajaba en la instalación de un estrado para un concurso de imitadoras de Avril Lavigne, organizado por una estación de radio. El ruido de sus martillos, taladros y sierras pasaba inadvertido a causa del sonido de un megáfono que anunciaba el inminente paso del dinosaurio estelar. Una adolescente, vestida a la moda de Avril Lavigne y que bien podría pasar por la doble de la cantante, terminó de delinearse los ojos junto a un enorme cartel que promovía el disco *Girlfriend*. Sin duda alguna sería la triunfadora. A un par de metros de ella un guardaespaldas vestido de civil vigilaba discretamente a quienes se le acercaban. La chica se miró por última vez al espejo y guardó su estuche de maquillaje en una bolsa, de la cual sobresalía la punta de un martillo. Recordé una anécdota que contaba el director Hoover: Charles Chaplin, me dijo, entró a un concurso de imitadores suyos y quedó en tercer lugar: nunca dé nada por seguro, Mc Kenzie. A espaldas de la chica, una ferretería anunciaba descuentos de hasta el setenta por ciento por cierre del negocio. Entonces volví a tener la sensación de que alguien me seguía. Era imposible cruzar al otro lado de la calle pero logré encontrar un espacio entre dos vallas de seguridad y avancé rumbo al café. Me detuve a medio camino para ver si detectaba a mi perseguidor, pero lo único que vi fue al dinosaurio avanzar majestuosamente hacia mí. La pata mecánica se elevó una vez más y cayó sobre el maniquí del enemigo de América.

Todas las mesas del café se hallaban vacías, por lo que elegí la última del pasillo, junto a la salida de emergencia y la cocina, donde podía mirar de frente a todo aquel que entrara por la puerta principal. Dos espejos colgados en las esquinas permitían observar a mis espaldas, por lo que me encontraba seguro. Un mesero llamado Pedro me dejó un menú y sirvió agua fría en una copa de cristal sin que nadie lo solicitara. El menú mostraba a *Bertie* en la portada, sonriendo y recomendando el platillo infantil del día. La campanilla de la puerta sonó y Kandinsky observó los espejos, la puerta de la cocina y la barra antes de venir a sentarse en mi mesa. El entrenamiento básico no había cambiado mucho desde los tiempos del director Hoover. El tráfico está imposible, por poco y soy yo el que llega tarde, dijo a modo de disculpa. Pedro se acercó con otro menú y sirvió otra copa con agua para Kandinsky, quien al igual que yo, se percató de que el mesero tenía un martillo haciendo bulto bajo su delantal. Preferimos esperar hasta que se alejara. Los tiempos han cambiado desde que se retiró, señor Mc Kenzie. Más que tender una red, las investigaciones equivalen a extender una gran telaraña cibernética. Tarde o temprano, un dato, una persona o una acción, pasarán dos veces por el mismo lugar y entonces tendremos no una pista, sino un hecho. Las pistas, las corazonadas son cosas del pasado, estamos en el tiempo de la información... Encontré algo interesante a partir de su informe. ¿Recuerda al joven que dijo haber visto el filme en San Francisco? ¿El que desapareció en la cena con Ackerman y Ray Bradbury?, pregunté. Exacto, contestó Kandinsky, la noche que se entregaron los premios de la Sociedad Conde Drácula; aquí tiene las fotos de la reunión. Extendió una docena de fotografías sobre la mesa. Cada rostro tenía escrito un nombre con tinta roja: Robert Bloch, Vincent Price, Barbara Steele, Ray Bradbury, Ackerman. Todos famosos, menos él. Sacó el plumón y encerró la cara de un joven dentro de un círculo y bajo un signo de interrogación. Yo no podía dejar de mirar la foto. Tendremos que preguntarle a Ackerman si este fue el sujeto que aseguró haber visto el filme, afirmé. Por primera vez me di cuenta que al igual que Skal yo evitaba llamar a la cinta por su nombre. No creo que sea necesario, Kandinsky miró su reloj, ya casi es hora. Se puso de pie para sentarse a mi lado, de frente a la entrada, la misma por la cual Pedro, el mesero, había salido un par de momentos antes sin preguntar si algo más se nos ofrecía.

Todo sucedió en menos de un minuto. Cuarenta y nueve segundos, según los noticiarios. A la misma hora, en el mismo momento casi un centenar de personas, hombres y mujeres sacaron sus martillos y comenzaron a destrozarlo. *Bertie* fue incapaz de defenderse. Pronto parecieron obedecer a un mismo ritmo, a una misma nota. Empezaron por las patas y en segundos los golpes fueron haciéndose cada vez más presurosos. Los asistentes al desfile observaban paralizados, mientras los golpes arreciaban. La pata izquierda fue la primera en quebrarse y *Bertie* cedió poco a poco, se balanceó progresivamente hacia un costado como un animal herido de muerte. El grupo de trabajadores latinos en la construcción del estrado se detuvo para observar el ataque. El clon de Avril Lavigne subió hasta la cabeza y golpeó la nariz con fuerza y rapidez, como si tuviera prisa por regresar el martillo. Pronto un ojo quedó perforado y la luz del sol se filtró por el agujero. El clon de Avril Lavigne seguía abrazada a aquel enorme cuello. Los policías que cuidaban las vallas pedían instrucciones a sus jefes, incapaces de reaccionar. El costado derecho del animal cayó, dejando al descubierto el armazón de vigas, alambres y cartones que conformaban el cuerpo. La sonrisa estúpida de *Bertie* fue despedazada a martillazos. Cuando los agresores desaparecieron con la rapidez de la marabunta, los niños que no habían sido retirados por sus padres miraron los restos de *Bertie* y comenzaron a llorar. Sus padres los llevaron en silencio a sus autos, a la tienda de helados o al interior del centro comercial más cercano con la esperanza de que un cono *waffle cookie and cream* les ayudara a olvidar lo ocurrido. Pedro el mesero regresó sudoroso al café, el bulto del martillo bajo el delantal. Arrojó la herramienta detrás de la barra, miró hacia nuestra mesa y preguntó si todo se encontraba bien.

¿Sabía que iba a pasar esto?, le pregunté a Kandinsky, quien miraba el menú en silencio. Mi colega sonrió y se limitó a pedir un café expresso. Se iniciaron a mediados de los noventas, como una iniciativa de un editor del *Harper´s Magazine*, claro, la primera vez la policía llegó antes y fueron aprehendidos, nosotros reportamos la amenaza. No sabíamos exactamente qué pensar de esta clase de actividades. Un grupo de personas que se reúnen sin ningún motivo para hacer algo loco, casi estúpido por breves momentos y luego desaparecen. *Flashmobs*, les terminaron por llamar. ¿Por qué no detenerlos de una vez?, pregunté. Muchas cosas han cambiado desde que dejó el FBI, Mc Kenzie. En sus tiempos se necesitaban principalmente confesiones, visitas, pesquisas, seguir rumores. La tecnología nos ha facilitado nuevos métodos, más seguros y eficaces. Cuando la gente se siente libre habla, y habla mucho: por internet, celular, mensajes de texto, el medio no importa, sino que hablen, y es así como los descubrimos. Se sorprendería de lo que la gente hace y dice cuando cree que nadie la vigila. Esta clase de actos, continuó, les hacen creer que aún pueden sorprendernos. ¿No les vio la cara de satisfacción cuando se iban? Tenían la certeza de habernos engañado, y es mejor que sigan así. Además, ese dinosaurio siempre me pareció muy estúpido.

El mesero llegó con el expresso. Refutando la violencia que acabábamos de presenciar acomodó una cuchara para que quedara alineada con los demás cubiertos y colocó delicadamente dos sobres de azúcar junto a la taza. Kandinsky guardó silencio hasta que se retiró. Entonces sacó un segundo juego de fotos de su carpeta, eligió una y la puso sobre la mesa. Era el mismo joven de la cena con Ackerman. Su rostro transmitía la serenidad con que la muerte nos envuelve cuando llega. Tenía un ojo tan morado e hinchado que parecía una enorme bellota, y su nariz, digna de un viejo boxeador italiano del Bronx, sangraba con abundancia, como si alguien hubiera tratado de enderezar una barra de acero con ella. La copia es para usted, dijo, sin duda Ackerman confirmará que es la misma persona que lo abordó en la cena. Kandinsky dio un pequeño sorbo a su expresso. Luego de que usted se fuera decidí investigar a un grupo que se dedicaba a proyectar películas raras, difíciles de conseguir: desde aparentes *snuff movies* hasta ejecuciones, filmes caseros donde aparecía gente importante, autopsias de líderes asesinados, orgías de gente famosa, todo lo que estos tipos lograban conseguir por medios extraños… No creo que se compare con la colección Hoover, ¿o no? ¿Cuál colección? La colección del director Hoover… Se dice que cuando se realizaba alguna detención importante todas las fotos y materiales fílmicos eran requisados por él. Eso es un procedimiento de rutina, contesté. Desde hacía más de treinta y cinco años siempre me realizaban las mismas preguntas, y cambié de tema, como siempre. Uno es dueño de lo que calla y esclavo de lo que habla, como decía la mexicana que hacía la limpieza en mi casa. Kandinsky comprendió que no iba a obtener respuesta y prosiguió: Se reunían dos veces al año, en una de cuatro ciudades: Nueva York, Chicago, San Francisco o Los Ángeles. Lo que exhibían por lo regular no era tan escandaloso como para preocupar al Bureau. Los miembros no llegaban a quince y sorteaban quién sería el encargado de la siguiente exhibición; nunca rentaron nada a su nombre, no firmaron contratos y pagaban en efectivo; hasta donde sabemos, si bien es probable que se conocieran entre sí, no lo manifestaron ni mantuvieron contacto personal fuera de las exhibiciones. Lo interrumpí: ¿Otros miembros de ese grupo sufrieron ataques violentos? Kandinsky me miró con asombro: Me sorprende, Mc Kenzie, todo indica que usted era tan bueno como se dice en el FBI. ¿Es verdad que nunca fracasó en ningún caso? Me mantuve en silencio, no me gustan los halagos. Mi colega supo que había soltado el anzuelo demasiado pronto y volvió al tema principal: Casi todos los que vieron el filme esa noche en San Francisco murieron en el transcurso de los siguientes dos meses. ¿No necesito decirle cómo, o sí? Asesinato en sus propios domicilios, respondí, se simularon intentos de robo y todas las pertenencias estaban vueltas de cabeza, como si se hubiera buscado algo con violencia. Kandinsky asintió. Algo que no encontraron, continuó, porque de ser así el resto de los integrantes no hubiera muerto, o por lo menos, no de la misma forma. ¿Hay sobrevivientes?, le pregunté. Sólo uno.

El timbre de la puerta sonó y el clon de Avril Lavigne entró a la cafetería. Kandinsky esperó hasta que la muchacha se sentó en una mesa alejada de la nuestra. En el otro extremo de la cafetería, la chica simulaba leer las sugerencias del día colocadas sobre el servilletero. Pedro el mesero se le acercó con el menú, se miraron por unos segundos, durante los cuales la chica sonrió y pareció ordenar algo. Él apuntó el pedido, sin cambiar de expresión. Entonces retiró el menú y fue a apoyarse en un extremo de la barra.

Necesito localizar al único sobreviviente de esa proyección, comenté. No creo que le tome mucho tiempo, Kandinsky me entregó la copia de un reporte policial, que contenía una foto. Se diría que hace años alguien había derramado café sobre el papel fotográfico, de manera que había una mancha color sepia en el rostro de David J. Skal.

Un timbre metálico fue accionado desde la cocina para indicar que el pedido estaba listo. El sonido, similar al de una campana que anuncia un nuevo asalto de box, fue debilitándose hasta perderse por completo. Según el reporte, me esperaba una segunda entrevista con un hombre al que sus monstruos no pudieron proteger de un asalto domiciliario y siete puñaladas.

9

Su edificio se encontraba sin energía eléctrica, lo cual me pareció extraño, así que no toqué el interfón ni el timbre de su departamento, sino que subí por las escaleras hasta su piso y aporreé la puerta tres veces: Es el FBI, grité. Pronto unos pasos se acercaron, alguien deslizó la mirilla y no pudo contener un ataque de tos. Finalmente escuché el ruido de dos candados y dos llaves. Skal sostenía junto a su rostro una linterna y no había quitado la cadena de seguridad. ¿Por qué no me contó lo de su ataque?, quise ahorrar explicaciones. ¿Quiere saber si valió la pena? Pensé que nunca me dejaría entrar pero por fin quitó la cadena, se dejó caer en el sillón de su escritorio y cerré la puerta tras de mí. Skal miró a sus monstruos, iluminados por resplandecientes veladoras, que les imprimían un aspecto todavía más tétrico, y tomé asiento. A pesar de que la ventana estaba abierta no se sentía la más leve brisa por el departamento. Era la primera vez que asistía a una de esas reuniones, comentó, ¿y dicen que los debutantes siempre tienen suerte? Había escuchado rumores de la existencia de ese grupo, pero nunca les presté atención, ni soñé con unirme a ellos; en primer lugar porque lo que proyectaban no era muy relevante, y en segundo, porque iba en contra de lo que yo hacía. Yo descubro, bueno, titubeó, *descubría* filmes perdidos, de manera que verlos una vez y dejar que volvieran al anonimato era como encontrar la cura contra la polio, aplicarla a un grupo de personas y esconderla para siempre. Una aberración, ¿no lo cree?, algo tan *anti natura* como estos monstruos. ¿El filme aún existe? No lo sé, señor Mc Kenzie. No sé cómo explicarlo, pero algo no estaba bien esa noche, podía percibirse en el ambiente, hasta respirarse. Nunca se había retrasado tanto una proyección, el amigo que me había invitado no podía ocultar su preocupación, estas reuniones siempre duran un par de horas y *hasta la vista, baby.* Esto no es normal, recalcó, mientras miraba a los demás asistentes, quienes también se mostraban muy inquietos. Esperé treinta minutos más y me fui. No sabe la cantidad de bromas que se han jugado con presuntas exhibiciones del filme a lo largo de más de tres décadas, esa parecía ser una más, y no iba a perder mi tiempo. Así que lamento decepcionarlo, fui apuñalado sin motivo. Los que le atacaron buscaban el filme, ¿sabe que es el único sobreviviente de esa noche? ¿Cómo? La reacción de Skal me pareció natural. Sabía de la muerte de su amigo pero siempre creyó que su deceso fue parte de un asalto, y le volvió la tos cuando le conté de todas las demás. ¿Por qué alguien mataría por este filme? Ni siquiera se sabe si es tan bueno... El mundo es un lugar extraño, señor Mc Kenzie. Algunos coleccionistas desarrollan deseos e impulsos demasiado fuertes por ciertas piezas, sobre todo por aquellas que son únicas. Poseer algo único, irrepetible, puede cambiar a más de un ser humano, no lo dude. El cine es diferente, hay la posibilidad de que exista más de una copia de un objeto, y eso, como coleccionista, corroe, enoja, consume. ¿Qué haría usted si tuviera la única copia del filme y de repente supiera que existe una más? La buscaría y destruiría. El perro, intervino Skal, cuando ya no puede comer más, orina lo que queda de alimento. Nuestra naturaleza también es egoísta. Si Da Vinci hubiera pintado una copia de *La Gioconda* para sí mismo, ¿la que se encuentra en el Louvre tendría el mismo valor? Poseer algo singular nos vuelve únicos, diferentes al resto de los mortales, nos hace especiales, y nadie, créamelo, nadie quiere volver a ser ordinario en un mundo como este.

Colocó una serie de papeles sobre el escritorio: Yo también seguí las mismas huellas que usted, pero con mejores resultados, dijo Skal. Leí con cierta dificultad debido a la escasa luz y comprendí que eran cartas y documentos dirigidos a Emma Philbin Tichenor. Las fechas y ciudades en los matasellos del correo le daban la razón: las mujeres de la familia Tichenor se movían como si por sus venas corriera sangre gitana. Cuando una persona se cambia con tanta frecuencia de un lugar a otro sólo hay dos causas: persigue algo o es perseguida. Debía averiguar en cuál de esas dos se encontraba esa mujer. Una serie de estados de cuenta bancarios llamaron mi atención. Había dos meses entre uno y otro, el mismo tiempo en que tarda en procesarse un cambio de domicilio ante el banco. Abrí el primero. Es delito federal violar la correspondencia, dijo Skal, con una leve sonrisa. En cuanto terminé de leer el contenido, supe que la nieta de Tichenor no podría escapar otra vez.

Cuando Browning se decidió a filmar la cinta, relató Skal, omitiendo nuevamente el título, como quien evita pronunciar una palabra tabú, buscaba capitalizar las noticias del éxito que la versión teatral de *Drácula* tenía en Londres; la viuda de Bram Stoker ya había logrado mediante un juicio por plagio quemar casi todas las copias de *Nosferatu*, por lo que nadie se arriesgaría a filmar algo que pudiera parecerse a la novela; sin contar que en aquellos años, los estudios no estaban interesados en historias sobrenaturales si no tenían una explicación lógica, agregó. El maquillaje de Chaney, como seguramente debe saber, resultó escalofriante: se fabricó una dentadura afilada de caucho endurecido, tan incómoda que sólo podía usarla algunos minutos, expandió sus párpados con la ayuda de alambres, y se untó yema de huevo en los ojos para que lucieran vidriosos. Su fama no radica únicamente en ser considerada la primera película norteamericana de vampiros, situación que podría discutirse, sino en que se convirtió en la primera cinta de terror envuelta en el escándalo, al ser acusada de incitar un crimen, relató Skal. El 23 de octubre de 1928, en Londres, un carpintero de 28 años llamado Robert Williams y Julia Mangan, una criada de 22, fueron encontrados en Hyde Park con la garganta cercenada por una navaja. Ella murió de camino al hospital, pero Robert sobrevivió, aunque terminó acusado de locura y asesinato en un primer juicio; sin embargo, en el juicio posterior, su abogado defensor alegó que Williams, después de ver la cinta *Londres después de medianoche*, fue poseído por una visión de Lon Chaney que le llevó a cometer el crimen. El acusado confesó sentir como si su cabeza, llena de vapor, estuviera a punto de explotar, y un hierro candente le quemara los ojos. Aseguró bajo juramento que vio a Lon Chaney en una esquina, gesticulando y gritándole. Negó poseer una navaja, y mucho menos haberla usado contra la chica; sólo recordaba a una enfermera lavando sus pies al despertar en el hospital. Un doctor opinó que el acusado sufrió alguna clase de locura epiléptica, mientras que su abogado defensor admitió que el maquillaje de Chaney era un terrible y horrorífico espectáculo. A pesar de los argumentos presentados por la defensa, el jurado consideró que el acusado difícilmente pudo sufrir de locura o epilepsia, por lo que fue condenado a muerte; sin embargo, tres semanas después, una recomendación del ministro del interior indultó al condenado por razones médicas, afirmó Skal. Pareciera que estamos hablando de algo más que sólo una vieja película perdida, le hice notar. Si fuera usted, señor Mc Kenzie, advirtió con seriedad, me sentiría afortunado y dejaría las cosas tal como están. No me crea cobarde, ni que intento asustarle, me gustaría que considerara esto como el primer aviso de advertencia de alguien que recibió siete puñaladas en una sola noche. El resplandor de un relámpago iluminó por unos segundos el lugar, Skal miró con sobresalto a sus monstruos, como si súbitamente hubieran cobrado vida, y luego a mí. Cuando cayó el trueno una fuerte ventisca recorrió el cuarto, apagó las velas, y la oscuridad terminó de tender su manto sobre los monstruos y nosotros. Entonces crujió una de las figuras. Quizás era el Conde Drácula.

10

Kandinsky respondió por teléfono un par de horas después de enviarle por fax los documentos bancarios. Se trata de un fideicomiso, dijo, uno muy antiguo, creado a finales de los veintes por Paul Jatzek a favor de Edna Tichenor. Con ello le aseguraba una renta mensual vitalicia. Estuve investigando, fue una práctica común en los inicios del cine. Sobran casos como este: Chaplin le pagó a Edna Purviance, la actriz de sus primeros filmes, su sueldo semanalmente durante 35 años; William Paley, fundador de la CBS, le proporcionó en secreto una pensión anual a Louise Brooks por el resto de su vida. Para los dueños de algunos estudios fue la mejor forma de mantener contentas a sus novias o amantes y evitar que hablaran demasiado; fueron años muy locos, señor Mc Kenzie, tan sólo recuerde el caso Arbuckle, que casi destruyó a la industria. Pagar durante más de setenta años es demasiado tiempo sólo por mantener en silencio a una persona, contesté. Con la muerte de Edna Tichenor el fideicomiso debió haber sido cancelado. Pues en este caso no fue así, hay algunos que incluyen a los descendientes o que fueron otorgados por un tiempo determinado o hasta noventa y nueve años, según los deseos de quien lo contrata, remató Kandinsky. O quizás, lo interrumpí, la hija y la nieta nunca notificaron el deceso de Edna para seguir cobrando la pensión. Es probable, sugirió mi colega, este fue un fideicomiso muy bien planeado: sobrevivió a la gran depresión, la segunda guerra mundial, las crisis petroleras de los setentas, y como una parte significativa de los intereses se reinvirtieron, la renta actual no es nada despreciable. Quien lo contrató, se aseguró de que Edna jamás tuviera problemas económicos. Por desgracia los términos del contrato permanecen sellados por secreto bancario, así que si quiere saber algo más tendrá que preguntar a la viuda de Jatzek, déjeme ver, por aquí tengo su nombre, es una ex actriz llamada Lupita Márquez. Si fuera usted la buscaría inmediatamente: acaba de cumplir noventa y seis años, su última película fue en 1945 y enviudó hace diecinueve. No será fácil obtener algo de ella, dudo que le resulte placentero descubrir que el hombre con el que estuvo casada más de sesenta años enviaba dinero a otra mujer, finalizó Kandinsky.

La mansión se encontraba en las colinas de Sunset Boulevard. Al ver mi vehículo, unos inmigrantes que caminaban al borde de la carretera corrieron a esconderse. Los miré por el retrovisor hasta que me sobresaltó el sonido de una estridente bocina. Si no me hubiese orillado contra el risco habría sido impactado por un camión que transportaba hamburguesas. Las llantas del lado derecho de mi auto patinaron por el borde del camino y la puerta raspó contra la montaña. Bajé la velocidad durante algunos metros. Cuando por fin di con la dirección, una ambulancia venía de regreso, por lo que temí lo peor. Al centro de la propiedad se alzaba una lujosa mansión de estilo decadente, con grandes enredaderas que reptaban por las paredes y cubrían casi todas las ventanas. Parecía que algún día terminarían por tragarla. En un par de años, ni el príncipe de los cuentos con su afilada espada podría entrar, siempre y cuando quisiera hacerlo. Los jardines eran espaciosos y se encontraban bien cuidados. Un french poodle correteaba y daba brincos. Me estacioné, descendí y caminé rumbo a una enorme puerta de madera negra finamente labrada. Estaba por tocar cuando los vi. El jardinero era un hombre de aspecto latino, que me miró por unos segundos, y cuando nuestras miradas se encontraron ladeó la cabeza de tal forma que su sombrero de palma le ocultara el rostro. A su lado, una anciana le daba instrucciones en español desde una moderna silla de ruedas, cuyo motor ronroneaba con suavidad.

En cuanto me acerqué, el jardinero se inclinó para examinar un rosal y se escabulló discretamente. Debió pensar que trabajaba en migración o que era policía, los ilegales desarrollan un sexto sentido que les advierte del peligro. Probablemente en estos momentos estaba ideando la manera de escapar por la parte trasera de la mansión. El perro se acercó y comenzó a olerme: de su cuello colgaba un placa de identificación con el nombre *Chiquita*. Me presenté con cordialidad. Mi apellido es Mc Kenzie, busco a la señora Lupita Márquez, la actriz. Si viene a ofrecerme un papel, llega con sesenta años de retraso; y si lo que quiere es un autógrafo también pierde su tiempo, dijo, elevando una mano temblorosa, inestable, sobre la cual el Parkinson había tomado posesión. Tampoco doy entrevistas, accionó el motor de su silla y se dirigió a la casa. Vengo por un asunto de carácter legal, le expliqué. Si es así, no es conmigo con quien tiene que hablar, sino con mi abogado, vaya a la casa y le darán la dirección, dijo con molestia. Trató de seguir avanzando, pero la rueda izquierda cayó en un agujero que el jardinero no había terminado de rellenar. Hizo un par de intentos que resultaron inútiles: la rueda giraba en el aire. ¿Qué diablos está esperando, que le pida ayuda? Venga y haga algo, válgame Dios, ya nadie hace nada sin esperar algo a cambio. Empujé la silla de ruedas hasta hacerla quedar en terreno firme. Entonces la señora Márquez giró sobre su propio eje ciento ochenta grados hasta quedar frente a mí. Dominaba el funcionamiento de esa silla con la destreza y la resignación de quien sabe que pasará el resto de su vida sobre ella. Ahora creerá que voy a ayudarle porque le debo una, ¿no es así? Yo no le debo la risa a nadie, ¿entendió?, mucho menos a usted, así que váyase, vociferó. Había extendido un brazo tan tembloroso que sólo una maraca habría ayudado a lucir mejor. Le apreté con caballerosidad la mano y me incliné para despedirme. Lamento haberla molestado, que tenga un buen día… esos geranios lucen maravillosos, tiene usted un hermoso jardín, y di media vuelta. Espero que ya haya desayunado, señor Mc Kenzie, advirtió, porque lo único que obtendrá de mí será una taza de café, y si tiene suerte, tal vez dos. Entonces oprimió un botón verde sobre su silla.

En pocos segundos, una enfermera llegó hasta nosotros. No cabía duda que ese modelo era el Cadillac de las sillas de ruedas.

El interior de la mansión era de un lujo y elegancia extremos. Enormes candiles, finos muebles, y molduras doradas en las paredes. No pude resistirme a tocar una de ellas. Límpiese bien los dedos, no se le vaya a pegar algo, dijo Lupita Márquez. Todo eso que ve en la madera son pequeñas láminas de oro puro, es una técnica prácticamente desaparecida, sólo dos personas en todo el país se dedican a su restauración. Y no crea que fui otra de esas actrices bobas, he tenido mucho tiempo para leer a los grandes autores, esta biblioteca que ve, señaló cientos de volúmenes acomodados en los libreros, es una de las más valiosas de la costa Oeste, decenas de universidades esperan a que muera para lanzarse con sus millones sobre ella, así que no está tratando con otra inmigrante analfabeta. ¡*Chiquita!*, le ordenó su dueña, y la French Poodle se acurrucó a sus pies, al tiempo que suspiraba. Era la primera vez que escuchaba suspirar a un perro. Sobre una repisa, antiguas fotografías mostraban a Lupita Márquez como una hermosa joven, delgada y de rasgos finos: jugando tenis, despidiéndose en la cubierta de un barco, o montando a caballo vestida con trajes típicos mexicanos. ¿En qué consiste su asunto legal?, preguntó, y hábleme claramente. Es a propósito de su esposo, Paul. ¿Estuvieron juntos casi sesenta años, no es así? Cincuenta y seis, contestó. ¿Qué tanto conocía a su esposo?, pregunté. Estuve casada con Paul casi el mismo tiempo que tiene usted de estar vivo, señor Mc Kenzie, si es que ese es su verdadero nombre, y si es que en verdad es tan viejo como aparenta, afirmó de manera retadora. ¿Considera usted que cincuenta y seis años es tiempo suficiente para conocer a un ser humano?, me preguntó. Paul no fue sólo mi mejor amigo, sino un extraordinario ser humano, pero sé que a usted eso no le importa, ¿o acaso me equivoco? Yo era joven, inexperta, venía de un pueblo perdido de México, y de repente me descubrí actuando en Hollywood gracias a Paul. Él convenció al viejo Laemmle, el dueño de la Universal, de que filmara versiones paralelas de las mismas películas, pero con actores que hablaran español y así disminuir los costos. Paul siempre fue un genio para eso: mismos decorados, actores que cobraban poco, ya sabe; por eso el viejo Laemmle lo consideraba un hijo. Mientras los americanos rodaban durante el día, nosotros, como vampiros, filmábamos toda la noche y hasta antes del amanecer. Una madrugada, durante un descanso de la filmación de *Drácula*, Paul llegó al estudio y me encontró vestida de blanco y rodeada de dos vampiros: Bela Lugosi, a quien descubrimos dormido en un camerino, y Carlos Villarías, el conde Drácula latino, quien a pesar de recuperarse de un ataque de paperas no faltó un sólo día a los sets. Ambos me tomaban de cada mano, como si se disputaran a su próxima víctima. Fue una verdadera lástima que nadie estuviera cerca para tomar una fotografía. Paul me miró, y como un encantador Jonathan Harker me ofreció su brazo para que lo acompañara. La noche que nos conocimos fue la más maravillosa de mi vida, puedo asegurárselo. Parecía que no era a mí a quien contaba la historia, sino a sí misma, para no olvidarla. Tristemente, el final de la filmación se acercaba y no podríamos vernos más. Contra lo que pudiera pensar, señor Mc Kenzie, mi vida fuera de los foros no era como la de una glamorosa estrella; salvo los llamados del estudio, prácticamente no salía de mi casa más que a comprar víveres y a la iglesia los domingos. No me pregunte cómo lo hizo, pero Paul logró conquistar a mi madre y conseguir una cita para que cenáramos solos, y créame, eso no era nada fácil. Mi madre fue soldadera de Pancho Villa durante la revolución mexicana, hacía explotar trenes como quien lava y plancha ropa. Era una mujer dura como el cuero viejo. Sé que esto no le interesa en lo más mínimo, pero se lo digo para que sepa cómo son las mujeres de mi familia, no conseguirá nada que no queramos darle. Así que si quiere irse... No pensaba hacerlo, al contrario, respondí, mientras daba el último sorbo al café. Entonces aclaré mi garganta y hablé claro: Lamento decirle esto, pero su esposo tenía un fideicomiso, uno que proporcionaba una renta mensual a otra mujer. Me pregunté si tendría oportunidad de llegar a la segunda taza de café. Así que su visita se relaciona con Edna Tichenor, su mano temblorosa intentó asir un terrón de azúcar, con ayuda de unas tenazas de plata. Debí saber que necesitaría algo más para sorprender a la hija de una revolucionaria que dinamitaba trenes. La señora Márquez abrió la tenaza, el cubo de azúcar golpeó con el borde de la taza y cayó al suelo, perdiéndose en la blancura de la alfombra como un cristal en el agua. *El corazón conoce razones que la razón desconoce,* señor Mc Kenzie, citó Lupita Márquez, dejando caer, ahora sin fallar, un segundo terrón en la taza. ¿Desde cuándo lo sabía?, pregunté. Desde siempre, señor Mc Kenzie, nunca subestime la intuición femenina. ¿Y no le importó? Antes de responder, Lupita levantó la taza y la llevó a sus labios, lo cual fue toda una proeza dados los temblores de su mano. Paul fue un gran esposo, un gran hombre y un excelente padre. Jamás, escúchelo bien, jamás dudé de su amor por mí, no importa lo que ese fideicomiso le haga pensar. Las verdaderas historias de amor nunca aparecen en un libro, ni en una película, señor Mc Kenzie. Paul y Edna vivieron la suya antes que yo entrara a su vida, no iba a ser yo quien interfiriera con el pasado. Supe respetar lo que hubo entre ellos, y Paul... se detuvo en seco y me miró. ¿Qué es exactamente lo que busca aquí, señor Mc Kenzie? Alguna pista que me lleve a los descendientes de Edna Tichenor. ¿Aún siguen escabulléndose de ciudad en ciudad como ratones, temerosos de que les quite sus migajas de queso?, preguntó con sarcasmo. Algo así, respondí. Déjeme ser clara, no me interesa por qué las busca, ni si las encuentra, ni nada relacionado con ellas; si mantengo ese fideicomiso, porque créame, tengo el poder para cancelarlo, es por Paul, por el aprecio que él le tuvo a Edna. No soy la malvada del cuento, señor Mc Kenzie, tampoco la víctima, entiendo a Paul más de lo que usted imagina. Yo también dejé a un novio en mi pueblo, allá en México, ¿que me gustaría saber qué fue de él? Claro, ¿a quién no le interesaría saber que la gente que uno amó se encuentra bien?; Paul hizo algo más que eso, se preocupó porque Edna tuviera una vida digna. Se sentía culpable, aunque no tuviera razón para ello. Edna era católica y Paul un judío checoslovaco, mantuvieron mucho tiempo su relación en secreto, la carrera de ella podía verse afectada por salir con un importante ejecutivo de una compañía rival. ¿Cree usted en la mala fortuna, señor Mc Kenzie? ¿Que un pequeño acontecimiento puede encadenarse a otro, y este a uno más y arrastrarnos a la más completa desolación?, me preguntó. La secretaria de Paul equivocó las invitaciones de prensa para el estreno de una de sus producciones e hizo sentar a Louella Parsons no en la primera, ni en la segunda, sino hasta la cuarta fila. ¿Sabe lo que eso significaba en aquellos años? Era como entrar a la jaula de los leones vistiendo un traje hecho con carne fresca. Louella Parsons era la más temible columnista de espectáculos que haya existido. Más temida que los críticos de cine. Fue árbitro moral y social de Hollywood durante décadas, no importaba si usted tenía la razón, ella siempre tenía la última palabra. Acabó con centenares de carreras y destruyó filmes antes de que fueran estrenados. Su columna periodística era como el coliseo romano, donde al terminar de leerla uno sabía que un desafortunado había sido devorado por los leones de la opinión pública. ¿Comprende lo que digo? Bastó un pequeño desliz de Edna, una referencia a su amor por Paul para que ambos quedaran atrapados en ese coliseo, y Louella, sin ninguna clase de remordimiento, girara su pulgar hacia abajo. Cuando la noticia se difundió, el padre de Edna y su madre adoptiva se opusieron. Paul tuvo que ir y hablar personalmente con ellos, y tras grandes esfuerzos logró convencerles de que sólo quería lo mejor para ella, no olvide que Paul era un tipo encantador. Sin embargo algo sucedió... ¿Qué exactamente? No lo sé, la madre biológica de Edna apareció, sin que nadie supiera cómo y se opuso a la boda. Inventó alguna clase de mentira que terminó por romper el compromiso. Nunca se supo qué fue, y Edna, destrozada, devolvió el anillo de compromiso. Ninguno de los dos logró recuperarse. Paul siguió trabajando y se convirtió en un gran productor y en el mejor agente de artistas de su tiempo. La carrera de Edna no sobrevivió al cine hablado, y prácticamente nadie volvió a contratarla por temor a ganarse la enemistad de Paul, aunque él, y créame que lo sé, nunca fue rencoroso, todo lo contrario. Con el tiempo Paul y yo nos casamos y tuvimos una hermosa familia. A partir de los años treinta nadie supo de Edna, fue como si se hubiera desvanecido en el aire. Cuando Paul murió, dijo con voz grave, sus empleados encontraron en el primer cajón de su escritorio, al alcance de su mano, las cartas de amor que Edna le escribió sesenta años antes. Edna y Paul jamás se despidieron. Hay una canción de mi tierra, señor Mc Kenzie, que era la favorita de Paul: *Un viejo amor...*, un súbito acceso de tos la atacó hasta que la enfermera le dio a beber un vaso con agua y acomodó un chal sobre las piernas. Lupita Márquez parecía cansada; su postura, antes recta y elegante, ahora lucía carente de fuerzas, como un globo al que lentamente se le ha escapado el aire; aquella mirada antes retadora e inquisitiva ahora sólo reflejaba unos ojos vidriosos, carentes de vida. Cuando se recuperó, Lupita Márquez alisó con su mano temblorosa el chal para desaparecer las arrugas, y sólo acertó a decir: Mi mayordomo le proporcionará la dirección de mi abogado, ya puede retirarse, dijo de manera cortante, y se fue sin despedirse.

Casi al llegar a la puerta escuché su voz: *Que un viejo amor ni se olvida ni se aleja*, el brazo derecho de Lupita Márquez recuperó las fuerzas para accionar la palanca del motor y quedar frente a mí. Guardó silencio por unos segundos, como si hubiera olvidado la letra, estuviese recordando algo, o tratara de controlar otro acceso de tos, hasta que continuó: *Que un viejo amor de nuestra alma si se aleja, pero nunca dice adiós.* El amor es una isla, señor Mc Kenzie, y nosotros, dudó por unos segundos antes de continuar, nosotros, se detuvo nuevamente como si le faltara el aire, nosotros somos náufragos. Fue lo último que dijo. Me miró en silencio por unos segundos, dio media vuelta a la silla de ruedas y se alejó. Su encorvada figura en la silla de ruedas, la enfermera que la empujaba y la french poodle que las seguía, fueron haciéndose más y más pequeñas a medida que se alejaban por un largo pasillo de mármol blanco, como si flotaran suavemente. Con la nueva pista en mis manos, la casa parecía aún más enorme que al principio.

El abogado de Lupita Márquez resultó ser su sobrino nieto Fernando, quien vivía en los suburbios de Burbank. Para cuando logré comunicarme con él ya había sido advertido de mi visita.

Me hizo pasar con fría cortesía a una extensa sala, donde las paredes se encontraban casi cubiertas en su totalidad por obras de famosos pintores mexicanos y europeos. A primera vista todas parecían originales. De ser así, la pared del lado sur tenía colgadas suficientes pinturas para comprar un apartamento de lujo en la zona más exclusiva de Manhattan. Por lo demás, la decoración era sencilla y sobria, por no decir austera. Una vieja televisión, que debió ser una maravilla tecnológica cuando el hombre llegó a la luna, proyectaba figuras distorsionadas, a la par que emitía un lastimoso zumbido, como si tuviera lugar una conversación entre la NASA y el Apollo XI. Al abogado Márquez el estado de su televisión no parecía molestarle tanto como mi presencia. Tomó asiento en un amplio sillón de cuero negro, y señaló otro, invitándome a imitarlo. He tratado por años de convencer a mi tía abuela para que cancele ese fideicomiso. Probablemente es algo que le trae recuerdos, respondí. Tal vez, contestó, sacando una carpeta del cajón de su escritorio. El fideicomiso siempre ha tenido a Edna Tichenor como titular, años después a su hija como heredera, y finalmente a su nieta, ninguna de las cuales se ha distinguido por su inteligencia, si me permite el comentario. Nunca han reportado el fallecimiento de Edna por temor a perder la renta mensual, y ese mismo temor seguramente les ha hecho cambiar de residencia de manera continua, de un pueblo miserable a otro aún peor que el anterior. En estos tiempos nadie puede ocultarse para siempre, bastaría una llamada al banco para ubicar el lugar donde se retiró el dinero por última vez. Imagino que no fue fácil seguirles el rastro hasta nosotros, dijo, al abrir una carpeta de cuero. No existe ninguna clase de información sobre Edna Tichenor desde los años treinta, contesté, ni registros médicos ni dentales, seguro social, infracciones de tránsito, pago de impuestos, nada. Nada, salvo este fideicomiso, interrumpió, alzando un documento. Es como si ella y sus descendientes se hubieran convertido en fantasmas. Ningún fantasma acude al banco una vez al mes durante setenta años a cobrar su dinero, créame; y no es extraño que no encontrara rastros de Edna Tichenor, agregó, el apellido está perdido, sólo le sobrevive un familiar: una bisnieta de apellido Springer, Emma Philbin Springer, dijo cerrando la carpeta. Me di cuenta que todo coincidía: era el mismo nombre con el que Skal había tenido su único contacto. El abogado hizo un par de anotaciones en una tarjeta y me la entregó. Si fuera usted no perdería tiempo, la nieta podría estar preparando las maletas en este mismo instante: Falfurrias, Texas, no suena como el lugar donde uno quisiera pasar el resto de su vida.

11

EL TELÉFONO SONÓ CUATRO VECES SIN QUE NADIE ATEN-
diera. La máquina contestadora se activó, pero preferí no dejar
mensaje. Me estacioné en Hollywood Boulevard para caminar
un poco y aclarar mis ideas. Me alejé de las calles principales, y el
panorama se volvió sombrío: negocios de ropa estilo *dark*, oscuras cafeterías, tiendas de discos de vinilo, descuidados locales
donde se vendían carretes con avances de películas desechadas
por los cines y *souvenirs* de tan mala calidad que nadie los obse-
quiaría. Un hombre paralítico con aspecto de vagabundo, sentado
en el suelo, limpiaba la estrella de Erich von Stroheim del paseo
de la fama; cuando terminó de dejarla reluciente, se montó en
un carromato fabricado con desechos mecánicos y acomodó
sus piernas como si estuvieran hechas de trapo. Se enfundó un
par de sucios guantes y apretó con sus manos el manubrio para
hacerlo girar. El tintineo de un cascabel metálico atado al carromato se volvió más y más débil a medida que su silueta se
perdía en la oscuridad, hasta que cesó por completo. Me dirigí al
distrito comercial, donde las luces contagiaban de vida las calles,
que los turistas recorrían cargando bolsas llenas de *souvenirs*.
El anuncio luminoso del teatro El Capitán refulgía espectacu-
larmente, mientras que en el Teatro Chino un grupo de turistas japoneses armados con cámaras fotográficas comparaban
sus manos con las que los artistas plasmaron en el cemento,
tratando de descubrir cuánto les faltaba para llegar a ser Greta
Garbo o Cary Grant. Por cinco dólares se podía uno fotografiar

con discutibles dobles de Blanca Nieves, Cenicienta o Luke Skywalker. Elvis Presley y Marilyn Monroe, fatigados después de un día de trabajo, contaban billetes arrugados en la mesa de un McDonald´s. El Rey, luciendo un manto blanco de lentejuelas con agujeros en los codos, tomó una hamburguesa de 99 centavos y como un Mesías venido a menos, que no reparte la abundancia sino la desdicha, la partió y entregó una mitad a Marilyn. Al dar el primer mordisco, un pepinillo resbaló, manchando el vestido de la *sex symbol*, sin que esto pareciera importarle. Su torcida peluca rubio platino y los restos de mostaza en su mejilla podían acabar con el sueño de cualquier admirador. Las lentejuelas de sus gastados trajes brillaron fugazmente. La fábrica de sueños conocida como Hollywood trituraba a los suyos sin piedad cada noche: dólar a dólar, foto por foto. Volví a marcar al teléfono. Dolly, la enfermera de Ackerman, contestó al tercer repique. Forry no se encuentra en condiciones de tomar la llamada, informó, pero si desea venir a verlo no nos moveremos de aquí. Un acceso de tos de Ackerman, de esos que desgarran pulmones, me avisó que debía apurarme. Dolly me colgó el teléfono sin despedirse.

Media hora más tarde, me detuve frente al *bungalow* de madera de un piso. Dolly abrió la puerta y me miró de arriba abajo con suspicacia, como quien observa a un molesto vendedor de enciclopedias, y decide si es conveniente dejarlo entrar. Forry lo recibirá en el sótano, dijo, trate de ser breve. Descendí por una rampa hasta llegar a un gran salón subterráneo parcialmente oscurecido, donde algunos focos amarillentos apenas lograban iluminar los anaqueles empotrados en las paredes. Gruesos travesaños de madera se extendían de un extremo a otro del techo. Un monstruo de unos tres metros de alto, de pelambre parduzco, grandes colmillos, y gruesos brazos formados por rocas unidas, se levantaba amenazante contra Ackerman, quien indefenso, permanecía sentado en su silla de ruedas. A su lado, un Godzilla de casi la misma altura parecía retar al primer monstruo a atreverse a poner una garra sobre el coleccionista. Sogas amarradas a los travesaños del techo sostenían del cuello y el torso a las bestias para evitar que cayeran. Ackerman me miró brevemente, terminó de leer una nota que temblaba en sus manos y la arrugó dentro de su puño. A un par de metros del coleccionista, un maniquí de Vincent Price de tamaño natural, vestido de esmoquin y sombrero de copa, permanecía sentado en una antigua silla de ruedas. El rostro era un gran trabajo de caracterización: la barba blanca finamente cortada, las arrugas que surcaban la piel amarillenta del rostro, así como la mirada melancólica de sus ojos claros le imprimían un realismo que rozaba con la vida. Daba la impresión que de un momento a otro se levantaría para saludar. Su cabeza estaba ladeada de tal forma que el sombrero de copa debía estar pegado para no caer, mientras que sus manos se aferraban a los descansabrazos de la silla de ruedas. Una etiqueta mal acomodada entre sus ropas tenía escrito *House of Wax*, el título de la cinta donde debió haber ser utilizado. Una interminable fila de hormigas brotaba del vientre de Godzilla y descendían ordenadamente por sus patas, llevando sobre sí pequeñas porciones de hule espuma y restos de piel verdosa. Avanzaban a su ritmo por el piso, sin que pareciera importarles cuánto tiempo tardarían en deshacerse del monstruo. Sobre tarimas de madera sin barnizar se apilaban colas de reptiles antediluvianos, garras y pequeños dinosaurios, máscaras de monstruos cubiertas de polvo, con huellas de haber sido usadas en filmación; sólo acerté a reconocer la de *El monstruo de la laguna negra*. Entre los libreros, colecciones completas de antiguas revistas de ciencia ficción, verdaderas joyas de los años veintes, se desplegaban con los nombres más extraños y sugerentes: *Amazing Stories, Astounding Stories, Unknown Worlds, Other Worlds, Miracle Science & Fantasy Stories, Wonder Stories*. Montañas de fanzines de ciencia ficción escritos a máquina, adornados con rústicos dibujos, se acumulaban uno sobre otro, provenientes de los más remotos países; como si cada modesto editor alrededor del mundo considerara necesario participar de su existencia al más entusiasta seguidor del género. Una edición especial de una revista titulada *Amazing Forries*, con la futurista fecha de octubre 2022 y el texto *This is your life Forrest J. Ackerman*, retrataba un cohete espacial con las siglas del coleccionista 4s J+ que ha descendido a un extraño planeta. Ackerman, vestido de capa y atuendo multicolor, extiende la mano para saludar en son de paz a un extraño ser mitad langosta y mitad insecto, mientras que otra criatura celebra el acontecimiento. Otra serie de cables maltrechos apenas lograba mantener en pie las ruinas del Golden Gate; a su lado, una maqueta del Capitolio impactada por un platillo volador, de la cinta *Earth vs Flying Sourcers*, reposaba en los anaqueles. Atrapado en una caja de cristal, como si sólo esperara estar libre para atacar a su víctima, un gremlin sonreía diabólicamente. Detrás de una vitrina cerrada bajo llave, se encontraban algunas piezas notables de la colección: la nave marciana con forma de mantarraya y el brazo alargado con dedos de ventosas de la escena final de *La guerra de los mundos*. Ackerman accionó los controles de su silla y pasó entre las dos criaturas hasta situarse frente a mí. A su espalda, máscaras de bronce de actores de terror colgaban de las paredes: sólo Lugosi y Karloff me resultaron conocidos. La galería de rostros serenos y ojos cerrados que parecían dormir, hacía pensar que los moldes fueron obtenidos de manera póstuma. ¿Cómo va todo?, me preguntó Ackerman, como si tratara de ganar tiempo para recordar mi nombre, al tiempo que dejaba caer distraídamente el papel arrugado bajo su silla de ruedas. Se dio por vencido y alzó los hombros, extendiendo las palmas de las manos hacia arriba. Las comisuras de sus labios se arquearon de manera casi imperceptible, hasta dibujar una sonrisa. No se asuste, no estoy tan mal como me veo, pero no tardaré en estarlo. Tiene que darse prisa, Mc Kenzie, agregó, aferrando sus huesudos dedos a mi brazo, no sea que un buen día no recuerde ni para qué lo contraté, dijo. Una fotografía a color colgada en la pared llamó mi atención: Forrest Ackerman, anciano, viste una chaqueta café de piel, de la cual sobresalen las mangas rojas de su camisa y sus manos blancas. A su espalda se aprecian anaqueles vacíos. Por una fecha escrita a tinta, la foto debía corresponder al último día de la Ackermansión. Pensativo, cruzado de brazos, Ackerman recuerda a un general que comanda un ejército en desventaja. Un camarógrafo luce presuroso por filmar la mayor cantidad de material, antes que los ávidos coleccionistas arrasen con todo. Detrás del coleccionista, como si intentara protegerse de las líneas enemigas, aguarda un tiranosaurio usado en la cinta *When Dinosaurs Ruled the Earth*. Su piel verdosa se ha caído a pedazos, dejando al descubierto el caucho que los años han teñido de amarillo. Ackerman parecía haberse convertido en un ser venido de otro tiempo que dominó su mundo por más de setenta años, y que ahora, se preparaba para su extinción. La fotografía bien pudieron titularla *When Collectors Ruled the Earth*. Sentí que presenciaba la encrucijada que asalta a todo coleccionista: poseer los objetos, o ser poseídos por ellos durante el tiempo que llaman vida. Estuve a punto de golpearme la cabeza con una estructura que colgaba demasiado del techo. Al verla con más detenimiento la reconocí. Me vino a la memoria una función de matiné, donde ese submarino con aspecto de pez surcaba con sus espolones y aletas las profundidades del océano, con dos enormes escotillas como ojos. De aquella majestuosa nave que me maravilló de joven, sólo quedaba una estructura metálica oxidada, despintada, y a la que le faltaba la mitad posterior. Fue un regalo de George Pal, quien lo usó para su producción *Atlantis, The Lost Continent*, comentó Ackerman, aunque parezca difícil, agregó, la otra mitad fue robada con mucho esfuerzo de mi jardín, se necesitaban al menos de tres a cuatro personas para cargarla por las escaleras del patio, pasarla por encima de una barda, y luego subirla a un vehículo para llevársela. Si bien me rompe el corazón perder alguna de mis piezas, reconoció, creo que tanto esfuerzo merecía por lo menos la mitad de un tesoro, ¿no lo cree? A lo largo de los años, afirmó, importantes piezas me han sido sustraídas: el barco de *Jasón y los argonautas* que Ray Harryhousen me regaló, la nave espacial de *20 Millions Miles to Earth*, el brazo mutilado de *The Thing from Another World*, y hasta los discos originales de audio de la primera versión de *Frankenstein*, los mismos que un desvergonzado intentó venderme veinte años después, recordó. Cada mañana mi esposa Wendy me preguntaba ¿qué fue robado hoy, Forrest?, pero ya sabía mi respuesta: querida, con cincuenta mil personas que han entrado y salido de nuestra casa todos estos años, algo tiene que perderse, y dicho esto, me dedicaba una amorosa sonrisa. Pero aún así nunca pensé en cerrar las puertas de mi casa a la gente, reconoció, ¿cuál sería el sentido de tener trescientos mil tesoros si me siento aquí como un viejo cascarrabias a disfrutarlos en soledad? Giró la palanca de su silla de ruedas, y se adelantó un par de metros hasta detenerse frente a una serie de robots: el centurión de *Galáctica*, el robot de *El día que paralizaron la Tierra* y el de la serie de TV *Perdidos en el espacio.* Aproveché que se hallaba de espaldas para recoger el papel que tiró al suelo sin que se diera cuenta. Cuando subamos, dijo, Dolly me conectará a aparatos que medirán mi presión, glucosa y ritmo cardíaco. Llegará el día, Mc Kenzie, en que ni siquiera podré manejar esta silla y terminaré convertido en un autómata, como nuestro amigo, reconoció, mirando el traje plateado del centurión. Subimos por la rampa de regreso al *bungalow*, dejando atrás la colección que le llevó una vida reunir. El motor de la silla de ruedas se esforzaba, pero no lo suficiente; en algunos momentos pensé que esta se vendría en reversa, por lo que decidí aminorar mis pasos. No existe en el mundo ninguna colección como esta, y muy probablemente nunca la volverá a haber, aseguró, logrando por fin llegar a la cima de la rampa. Volví la mirada al sótano. Las figuras de su colección lucían sombrías y ausentes de vida, como si la presencia de ese hombre fuera necesaria para convertirlas en algo más que piezas de utilería. Forrest Ackerman era un hombre producto de su tiempo; un extraño ser nacido entre dos mundos: uno que pagaba millones de dólares por los objetos usados en el cine y otro que los tiraba como basura. Si no puedo llevarme todo esto, afirmó para sí el hombre de noventa y un años, prefiero quedarme, finalizó, antes de perderse al dar vuelta tras una pared cubierta de fotos y pinturas.

Lo seguí hasta la sala, donde decenas de fotografías y cuadros colgaban de las paredes, entre las que destacaba, como si diera la bienvenida a los visitantes, una placa con la inscripción: *Horror Hall of Fame.* El suelo, cubierto de objetos de cine, maniquíes y mesas con naves espaciales, apenas permitían recorrer el lugar sin tropezar. Dolly se encargó de pasar a Ackerman de la silla de ruedas al sofá. No fue una operación sencilla, pero ambos estaban acostumbrados. Aproveché ese momento para echar un vistazo al lugar. Sobre un taburete, una revista *Science Fiction Digest* de 1933, rota y carcomida en los extremos, exhibía en portada el nombre de Forrest J. Ackerman, quien a la edad de diecisiete aparecía como *Scientfilm Editor*, cualquier cosa que eso pudiera significar en aquellos años. Enmarcadas en la pared, una carta del director de cine Fritz Lang le ofrecía una disculpa por no poder acompañarlo a un festival de ciencia ficción, debido a los gastos de remodelación de su casa, la cual no está construida sobre petróleo, finalizaba a tono de broma, mientras que en otra, el director John Landis lamentaba no poder contribuir a la Ackermansión con ningún artículo usado en su película *An American Werewolf in London*, debido a que fue filmada enteramente en Inglaterra. Me senté en un *love seat*. Dolly cubrió las piernas de Ackerman con una frazada que tenía estampado el sistema solar. El universo, tal como lo conoció el viejo coleccionista, había cambiado lo suficiente para que varios años atrás, Plutón hubiera sido excluido y degradado a la categoría de planeta enano. Le susurró algo a Dolly, quien se retiró en silencio y no tardó en regresar con un libro que entregó al coleccionista. Ackerman lo miró un par de segundos antes de ponerlo en mis manos. Era la primera edición norteamericana de *Drácula*, firmada por Bram Stoker, Bela Lugosi y los más reconocidos actores del cine de terror: Karloff, Vincent Price, John Carradine, entre otros. Sonrió al verme sostener su libro como quien recibe un objeto sagrado. Dolly recordó al coleccionista que debía comprar los víveres de la semana. Ackerman echó su cuerpo hacia atrás para sacar una vieja cartera de piel de su pantalón, y le entregó una tarjeta bancaria, al tiempo que dejaba la cartera sobre el descansabrazos del sillón. Dolly avisó que iría a un cajero bancario, y me dejó a solas con el hombre y sus recuerdos: la dentadura ensangrentada y el sombrero de copa que Lon Chaney usó en *Londres después de medianoche*, el robot de *Metrópolis*, el estegosaurio de *King Kong*, cinco de *Las siete caras del Dr. Lao* y la silla de los antepasados de Ackerman, donde según el coleccionista, Abraham Lincoln se sentó una tarde de verano. Le informé de la frustrada exhibición del filme, y concluí: Salvo Skal, todos los que asistieron a la exhibición fueron asesinados, incluyendo el joven que conoció en la cena. Se dedicaron a matarlos de uno en uno como si fueran insectos, enfaticé, algunas veces simularon accidentes y robos, y en otras simplemente los liquidaron a sangre fría. Se quedó pensativo pero esto no pareció sorprenderle. Estas piezas han sido el sueño de muchos, señor Mc Kenzie, explicó, la línea que separa los sueños de las obsesiones es tan tenue que cualquiera puede cruzarla sin saberlo. Le puse al tanto del fideicomiso de Paul Jatzek en favor de Edna Tichenor y sus descendientes, así como mi visita a Lupita Márquez. ¿Lupita está con vida?, preguntó sorprendido. Asentí afirmativamente. Debe tener como doscientos años, comentó. Podía ser una broma, pero preferí guardar silencio. Falfurrias, Texas, dijo pensativo, suena como un lugar donde cualquier cosa podría pasar, ¿no lo cree? Escuché una puerta azotarse, y después todo fue silencio. Permítame un minuto, le dije. Entonces le quité el seguro a mi arma sin sacarla del saco y me asomé a la calle, pero no vi a nadie, únicamente el ruido de un pájaro carpintero que picoteaba con insistencia. Al regresar al salón encontré a Ackerman con los ojos cerrados, la cabeza ladeada y sus lentes tirados en el suelo. Me acerqué y tomé su pulso. Se estremeció ligeramente y comenzó a roncar con placidez. Observé su cartera, que había caído entre su pierna y el sillón. Los seguidores de Ackerman afirmaban que el viejo coleccionista guardaba en su cartera fotos de *Drácula, Frankenstein, el Hombre lobo* y otros monstruos, y que las enseñaba orgulloso a sus amigos, como quien presume a los hijos que nunca tuvo. Intenté acercarme para tomarla, pero justo cuando casi la tenía, un ronquido, seguido de un movimiento involuntario de Ackerman la ocultaron bajo su pierna. Como Dolly no volvía, dejé el libro de *Drácula* entre los brazos de Ackerman y aproveché para revisar los papeles de su escritorio sin encontrar nada interesante. Detecté un mal olor preocupante y abrí el último cajón: un emparedado de jamón con queso y un vaso con leche permanecían ocultos, como si hubieran sido guardados de improviso. Debió haber sido tiempo atrás, porque el moho cubría todo el pan y una espesa capa de nata flotaba en la leche agria. Encontrar algo en esa casa requeriría de meses. Las cabezas de extraterrestres se mezclaban con naves espaciales, las anteriores con cientos de libros, los que a su vez contenían decenas de papeles y manuscritos que sobresalían de sus páginas. De existir algo valioso que precisara ser escondido, este era el mejor lugar. Fijé mi atención en un álbum de fotos, sepultado entre los papeles. Repasé algunas de sus páginas: Ackerman de recién nacido con sus padres, y una más con su hermano. Una revista VOM #39 recargada junto a un platillo volador, protegida por un plástico transparente, mostraba la foto de un hombre joven con un traje militar de la segunda guerra mundial y una gorra. Su rostro era anguloso y sus lentes redondos y sonreía. Debía ser de complexión delgada, porque la chaqueta le quedaba grande. El parecido era notorio, lo suficiente para no tener que leer el texto en la portada: K.I.A Belgium 1 Jan 45, Private First Class Alden Lorraine Ackerman. El texto del reverso, escrito en febrero de 1945 por Forry Ackerman, titulado *My Brother*, podía comprarse por 15 centavos. Escrito muy probablemente en un mimeógrafo escolar, con letra irregular y separada entre sí más de lo normal, el fanzine comenzaba: "El 27 de diciembre del 44 me escribió: 'Ésta es mi última carta para ti ignoro hasta cuándo'. Murió en año nuevo". El resto era un relato sobre su relación con un hermano con el que no tenía nada en común: "Era un buen muchacho, pero murió mucho antes de tener una oportunidad de demostrarlo. Que yo tenga esta oportunidad. Seré una buena persona y haré el bien en su nombre". Miré al sofá, donde sólo el cabello blanco de Ackerman asomaba sobre el respaldo. Una caja de cristal colgada en la pared guardaba en su interior la condecoración del corazón púrpura, junto al nombre: Alden Lorraine Ackerman, D Company of the 42nd Tank Batallion of the 11th Armored Division. Abrí la pequeña puerta de cristal y sostuve la medalla en mi mano. No debió ser fácil compartir las últimas tres líneas del fanzine, mucho menos escribirlas. "El tiempo no puede alcanzarlo, él siempre será Aldie (de casi 21 años), un joven simpático con una sonrisa contagiosa, un carácter de oro y una viva inspiración para su hermano que lo extraña". Alden Ackerman había muerto el mismo día de mi nacimiento. Me pregunté si mi contratación obedecía a alguna clase de plan numerológico, ideado por un viejo coleccionista. ¿Qué pensaría el director Hoover de esta coincidencia? Vi cómo Dolly volvía a la casa y sacaba las llaves. El ruido de la puerta principal despertó a Ackerman, quien me descubrió devolviendo el corazón púrpura a la caja. No han cambiado mucho las cosas desde entonces, señor Mc Kenzie, toda nuestra vida es un combate entre la luz y las tinieblas, entre la vida y la nada, entre saber y olvidar, recuperar y perder. Detrás de nosotros se libran batallas entre poderosos elementos que luchan contra el olvido, me dijo, usted y yo somos como modestos técnicos de revelado, que intentan arrancarle unas cuantas imágenes a la oscuridad, antes de que se pierdan para siempre. Mi memoria, señor Mc Kenzie, es como una vieja fotografía a la que el tiempo va borrando paisajes, cambiando gente de lugar y ensombreciendo rostros, hasta convertirla en un trozo de papel mal revelado. Es suficiente, dijo Dolly, al entrar a la habitación. Entonces me miró con suspicacia y trasladó de nuevo a Ackerman del sofá a la silla de ruedas. Al pasar junto a mí, Ackerman me tomó del antebrazo con más fuerza de la que pensé pudiera tener, al grado que clavó las puntas de sus huesudos dedos en mi piel. El camino más corto para llegar a un punto es una línea recta, Mc Kenzie, pero no es el más seguro, me advirtió, para luego soltarme, mientras parecía dibujar con su dedo índice una espiral en el aire, como un viejo mago que prepara un último sortilegio antes que la magia le abandone para siempre. Dolly empujó la silla por un estrecho pasillo, hasta que ambos doblaron a la derecha y se perdieron de vista.

Salí a la calle y tuve la tentación de mirar hacia atrás. ¿El *bungalow* de Ackerman seguiría ahí o desaparecería como un espejismo, para convertirse en sólo un recuerdo? Metí la mano en el bolsillo de mi saco, donde encontré el papel arrugado que Ackerman había lanzado al suelo. Lo desdoblé. La nota era un mensaje escrito por Dolly: *el hombre que lo visitará se llama Mc Kenzie, usted lo contrató para que buscara el filme perdido* Londres después de medianoche. *Riley recomendó que sea breve con él y lo despida.* Apreté la nota dentro de mi puño. El Alzheimer de Ackerman avanzaba más rápido de lo esperado. Abrí la mano, sólo para que el viento volara la nota. Me pregunté si el hombre y la colección que resguardaba, empezarían a desvanecerse lentamente; si la memoria equivale a una combinación de químicos que un inexperto fotógrafo manipula, sólo para obtener borrosos fragmentos de vida, que alguna vez fueron importantes para alguien.

12

Para llegar a Falfurrias, Texas sólo existen dos caminos: uno corto y uno largo, dijo el anciano de la gasolinera. El largo es recto y estrecho como el filo de una espada, tan desolado que hasta el mismo Duke, se refería sin duda a John Wayne, por la vieja foto que colgada de la pared, pensaría dos veces antes de tomarlo, sobre todo sin compañía. Carraspeó y escupió en dirección a una cucaracha que se deslizaba sobre la arena, a varios metros de nosotros. Por momentos, dijo, la carretera se hace de tierra y se confunde con el desierto, por lo que es muy fácil perder el rumbo. Hay que llevar agua, linternas y anticongelante, como éste que le puedo vender de oportunidad, amigo. Nada más mire, dijo señalando al horizonte, es una loma como el espinazo de un animal, ni crea que las luces del pueblo le guiarán por el camino, no hay un solo punto de referencia, y las brújulas, bueno, no me confiaría mucho en ellas, algo hay en ese desierto que las vuelve locas, dijo, destapando una botella con los dientes, y ofreciéndome un trago, el cual negué con cortesía. ¿Y el corto?, pregunté. ¿Ve esa vereda?, contestó, allí donde empieza el bosque, ahí mismo tiene que entrar, pero tampoco se lo recomiendo, ya no tarda en anochecer, y vea, dijo, señalando la espesura, está más ensortijado que el cabello de mi santa madre. Va a necesitar agua, linternas y mucho anticongelante, yo sé lo que le digo, son los últimos que me quedan, insistió, alzando la garrafa. Allá sólo serán usted y los árboles, muchos árboles, amigo, aún de día hay que encender las luces, porque se oscurece así, dijo mientras tronaba los dedos. Luego dio un largo trago a su cerveza y bebió casi la mitad. Si se le descompone ese cacharro que trae, se refería a la camioneta que renté a un ranchero, tendrá que volver caminando, porque nadie se detendrá para llevarlo, no en este bosque, dijo, regresando la sucia y parchada manguera a la vieja máquina de gasolina, cuyo medidor no se detuvo y marcó indebidamente un dólar y treinta centavos de más. Si eso pasa, y ve alguna cabaña en lo profundo del bosque, no intente acercarse a pedir ayuda, los montañeses de por ahí son gente muy extraña. ¿Sí sabía que ahí se filmó *Masacre en Texas*, la versión original?

No le compré al anciano agua, linternas ni anticongelantes, sino una pistola Luger de la segunda guerra mundial, para tener un arma extra, sólo por si acaso, y decidí tomar el camino que atravesaba el bosque. Un par de horas después, cuando anochecía, la camioneta empezó a fallar. El motor tosió como si buscara un lugar donde morir. El vehículo terminó por detenerse totalmente en una curva, seguido de lo cual se oyó una explosión en el escape. Las aves de un árbol cercano huyeron asustadas, y cuando me bajé y abrí el cofre, me di cuenta que el bosque se encontraba en completo silencio. Ni insectos ni pájaros parecían hallarse cerca. Tuve la impresión de escuchar a la distancia el motor de un auto acercándose, pero cuando estaba seguro de que aparecería por la curva, el ruido se detuvo súbitamente, y el silencio regresó. La espesura del follaje impedía ver más allá de un par de metros, a partir del lugar donde el extremo de la carretera terminaba. En el suelo, el rastro de lo que podría ser un camino de tierra parecía dirigirse al oeste, pero terminaba por perderse al entrar bajo un frondoso ciprés. Se escuchó el crujir de una rama quebrarse, pero no su caída. Realmente era un bosque denso. Con trabajos alcancé a distinguir una columna de humo a lo lejos, la cual rápidamente fue dispersada por una ventisca.

Regresé a la camioneta y traté de encender el motor sin éxito, sólo para descubrir que los platinos estaban dañados. Aprovechando la pendiente del camino, entré a la camioneta y quité el freno de mano. Logré avanzar un par de kilómetros hasta que la carretera se volvió completamente horizontal. Un pequeño rumor, como un grupo de susurros se filtró por entre los árboles. Parecían voces, pero no se distinguía en qué lengua hablaban. Me coloqué la Luger atrás de la cintura y oculté un desarmador en la manga de la camisa, después de todo me encontraba en el bosque donde se filmó *Masacre en Texas*, famosa por su asesino de la sierra eléctrica. Emprendí el camino por una brecha casi oculta entre los árboles, rumbo al lugar donde la humareda se había elevado nuevamente. Y entonces los vi.

Por un momento creí haber cruzado por error la frontera. El claro del bosque se encontraba lleno de mexicanos, de indocumentados para ser más exacto. Un grupo de quince esperaban sentados en el porche de una vetusta cabaña. A un costado varias mujeres lavaban ropa a mano, mientras otras las tendían en lazos que colgaban entre los árboles para que el viento las secara. Todos en ese lugar me observaron con malicia y suspicacia. Un par de hombres con la camisa abierta a la altura del pecho se secretearon entre sí, y uno de ellos caminó lentamente rumbo a un pequeño granero. Entró y abrió una ventana. Lo perdí de vista, aunque seguramente me seguía observando. Entré a la cabaña, seguido por dos de ellos. No había marcha atrás. El lugar parecía una cantina de pueblo mexicano, sacada de alguna mala película. Cuatro hombres de piel cetrina y aspecto campesino esperaban sentados en un rincón, sin soltar sus morrales; otros jugaban dominó, mientras que un par de meseras servían tacos, tortas y toda clase de platillos mexicanos. Se escuchaba el crepitar del aceite desde la cocina y el olor a grasa inundaba todo el lugar. Los que no tomaban cerveza, bebían refrescos de extraños nombres: *Caballito, Titán, Jarrito, Chaparritas, Lulú, Escuis, Jarochito y Pato Pascual*. Sólo por pedir, ordené un Titán de piña. Me lo sirvieron caliente y sin vaso, a pesar de que a los demás se los daban con hielos. Era una botella enorme, con forma de recipiente de laboratorio, lleno hasta el borde con agua coloreada de amarillo, excesivamente azucarada. Medio vaso bien podría inducir un coma diabético. ¿Qué se le perdió, compa?, preguntó en español el hombre tras la barra, que vestía una delgada y sudada camisa blanca, bajo la cual, a la altura del pecho, translucía el tatuaje de un ancla de barco, al lado de las palabras: *El Siete Mares*. Seguramente todos pensaban que era policía o agente de inmigración. Se descompuso mi camioneta, contesté. El silencio se apoderó del lugar, sentí la mirada de todos clavarse en mí. El cantinero, con rostro serio, deslizó lentamente su brazo derecho bajo la barra. Me di cuenta y apreté el desarmador oculto en mi manga, con la mano derecha, mientras que muy discretamente acerqué la izquierda a mi espalda, en busca de la Luger. El cantinero sacó un vaso con hielos y lo depositó en la barra junto al refresco, al cual sólo le había dado un pequeño trago. Termíneselo, mi compa, dijo con voz amable, la casa invita. La mayoría, sonriendo, alzó sus bebidas. Muchachos, dijo, alzando la voz para que todos lo oyeran, se me hace que la virgen de Guadalupe nos mandó un angelito.

El Coyote, propietario de la camioneta, había partido hacía quince días prometiendo regresar por ellos y no lo hizo. Al principio sospecharon de una falla mecánica; más tarde, que la migra lo hubiera atrapado, y al final no pensaron en nada, sólo esperaban y esperaban. El lugar tenía provisiones para soportar un par de semanas, pero a los indocumentados el dinero se les acababa y el ansiado vehículo que los llevaría a un lugar mejor, donde pagaban con dólares, simplemente no llegaba al rescate. Muy pocos en la carretera y en los poblados cercanos conocían ese lugar. Para los americanos era un mito: una estación de paso para indocumentados, un México fuera de México. Para quienes esperaban era México sin ser México. Algunos, los más desesperados sugirieron salir a la carretera a entregarse y así poder regresar a su lugar de origen; pero pasaron horas y horas frente al camino sin que ningún auto pasara, y de hacerlo, no se detendría. Les expliqué que el fallo era serio, y que se necesitaría ir a la agencia o a un taller mecánico por la pieza dañada. Ellos lo repararán, dijo el cantinero. Sólo que alguno de esos pobres diablos traiga un par de platinos en sus morrales, dije, señalando a un grupo de campesinos que calentaban tortillas junto a un herrumbroso anafre, a las que ponían salsa, enrollaban y comían. Tienen ganas de irse a trabajar para mandar dinero a sus casas, con eso basta, dijo el cantinero. Nuevamente le indiqué que sin la pieza nueva, la camioneta no arrancaría. Usted solo deles un vehículo con motor y cuatro ruedas, no importa cómo esté, y ellos lo echarán a andar, como sea, pero funcionará. Son mexicanos, amigo, esta gente hace algo con nada durante todos los días de su vida para sobrevivir. Cuando llegamos al lugar donde quedó la camioneta, el más viejo de todos sacó de entre sus ropas una lija del número nueve y raspó con fuerza los platinos por varios minutos. Al cuarto intento el motor arrancó, y me vi en dirección a Falfurrias, Texas, con una camioneta llena de indocumentados. Mi pensión y un expediente intachable de cuarenta años en el FBI se mostraban inciertos, como el futuro de esos hombres que, arrimados como ganado unos contra otros, se enfilaban a lo desconocido.

Sin contarnos a nosotros, el pueblo de Falfurrias tenía 5 297 habitantes, distribuidos en una superficie de 2.8 millas cuadradas. Un letrero del consejo municipal sugería disminuir la velocidad, lo cual no era tan mala idea, ya que si uno se decidía a meter la segunda en la caja de cambios y acelerar, podía abandonar el pueblo tan rápido como había entrado. La mayoría de las construcciones eran de madera, muy separadas entre sí. El museo histórico era la más pequeña de todas, y su parte trasera se utilizaba como licorería a partir de las seis de la tarde. Uno de los indocumentados pidió que detuviera la camioneta, se bajó y depositó un par de monedas en un teléfono público. Su llamada no duró más de medio minuto, colgó y volvió a la camioneta como un pez que sale a la superficie y regresa al mar ante la falta de agua. Les habló a sus compañeros en un dialecto extraño y los demás asintieron. Déjenos, me dijo, aquí estaremos seguros hasta que pasen por nosotros. Corrieron hasta la iglesia agachados, como si bajaran de un helicóptero, quitándose los sombreros antes de entrar. El hombre que habló por teléfono se detuvo y regresó a la camioneta. Se quitó un pedazo de tela que colgaba de su cuello y me lo ofreció, junto con su lija del número nueve.

Es un escapulario que hizo mi madre, dijo, es *San Cristóbal*, patrón de los que viajan. Dio media vuelta y entró a la iglesia, cerrando tras de sí el portón. Estacioné la camioneta frente al domicilio, que según el abogado Márquez debía ser el de la nieta de Edna Tichenor. Me dediqué a esperar, mientras leía el único diario local. Las noticias eran tan escasas que el periódico se publicaba una vez a la semana; el encabezado era un fuerte ataque a la oficina de inmigración del pueblo, cuya campaña contra los indocumentados había provocado que la mano de obra escaseara, deteniendo incluso la construcción de la propia oficina de inmigración. Un editorial condenaba la detención del único maestro de secundaria del pueblo, ocurrida en la terminal de autobuses de Refugio, Texas, por un elemento de la policía cibernética, quien se hizo pasar en el chat por una menor de trece años con quien el maestro tendría sexo esa noche. Los alumnos ya iban para un mes sin clases y no había noticias de la llegada de ningún maestro sustituto. Una mujer de entre veinticinco y treinta años estacionó una vagoneta color azul, con placas de Arkansas frente al domicilio. Bajó cargando una bolsa de supermercado, revisó el buzón del correo y sacó un sobre, el cual detuvo con los dientes para sujetar mejor la bolsa. Llegó hasta el porche de la casa, dejó la bolsa en el suelo y metió la llave en la cerradura. Entró y cerró la puerta tras de sí. Transcurrieron más de diez minutos hasta que se dio cuenta de su olvido, regresó por la bolsa y cerró la puerta. Aun así, dejó las llaves en la cerradura. Toqué el timbre dos veces. ¿Qué desea?, preguntó tras la puerta. Olvidó sus llaves, contesté. Abrió la puerta. Mirándola detenidamente, era una chica hermosa, si la expresión de cansancio y derrota no se permeara en su rostro y en las ojeras. No sé dónde tengo la cabeza, dijo, con una agradable sonrisa, extendiendo una pálida mano donde deposité suavemente las llaves. Muchas gracias, señor... Mc Kenzie, contesté. ¿Es usted Emma Philbin Springer?, pregunté. La amable sonrisa desapareció con rapidez. Me estudió de arriba abajo y cerró la puerta. Presioné el timbre nuevamente. Escuché los candados de la puerta cerrarse con dos giros. No sería fácil convencerla que mi visita era sólo por amor al cine mudo.

La amenaza de concertar una cita entre ella y el abogado Márquez terminó por surtir efecto. Dos profesores de cine en un mes, ¿no le parece extraño?, preguntó Emma, mientras servía limonada en un vaso con las orillas sucias, al cual sólo di medio sorbo. Sabía agria. El hombre que me antecedió en el sindicato de actores había vuelto a llegar antes. No fue nada fácil ubicarla, comenté. Quiso decir algo, pero guardó silencio. No sé por qué tanto interés en Edna, como le dije al otro profesor, nunca supimos que había sido actriz hasta que revisamos sus pertenencias. Jamás lo mencionó. ¿Quizás su abuela guardaba malos recuerdos del cine?, contesté. Es posible, mi madre contaba que nunca lograron hacerla ver una película, ni en el cine ni en la televisión. ¿Su abuela nunca…? En realidad no es mi abuela, señor Mc Kenzie, me interrumpió, es mi bisabuela, tía bisabuela para ser más exacto, Edna nunca se casó. ¿Pero Robert Springer?, pregunté. Robert fue mi bisabuelo, comentó, Edna tuvo una media hermana: Lula, quien se casó con Robert y tuvieron una hija, Clara Bowles Tichenor, que fue mi madre; muy probablemente ahí se originó la confusión. Skal no sabía tanto como yo creía. ¿Dejó algunas pertenencias?, ¿libros, fotos, proyectores, tal vez cajas con cintas de películas?, pregunté. Sí, encontramos cosas así cuando quisimos agrandar el sótano, contestó, algunas las guardamos aquí, y del resto Edna debió deshacerse, porque no las volvimos a ver. Serviría de mucho para el libro que preparo poder ver las del sótano, afirmé. Fue lo mismo que dijo su colega, pero para mí hubiera sido muy difícil sacarlas. Podría ayudarla, ofrecí. No será necesario, interrumpió, una semana después de la visita de su colega saquearon la casa y dejaron el sótano vacío, dijo con molestia, mirándome como a un futuro perpetrador. No podía culparla por desconfiar de los profesores de cine. La siguiente pregunta obtuvo la respuesta que esperaba. No, no me di cuenta si el sujeto que vino parpadeaba, ¿quién se puede andar fijando en eso?, pero me dio mala espina, sabe, mostraba tanto interés en las pertenencias de Edna, que en ningún momento preguntó por ella. ¿No se le hace extraño viajar tantos kilómetros y no querer visitarla? ¿Edna Tichenor está viva?, pregunté sorprendido.

Hablé con ella hace cuatro días, contestó con tranquilidad. Tal vez pueda concertarle una visita con ella, dijo, si es que en verdad es usted profesor de cine, señor Mc Kenzie.

13

EDNA ES UNA MUJER EXTRAÑA, SEÑOR MC KENZIE, DIJO Emma, mientras llenaba de nueva cuenta mi vaso con limonada. Lo hizo demasiado rápido y el líquido se desbordó, humedeciendo una servilleta sucia que servía de porta vasos. ¿Extraña en qué sentido?, pregunté, mientras observaba la mancha extenderse y reblandecer el papel. Tenía trastornos de sueño, no dormía por las noches, dijo, caminaba sin parar por toda la casa. En una ocasión mi madre la encontró sentada en la parada de autobús, con el cambio exacto para pagar y repitiendo que esperaba el tranvía; otras veces sólo se sentaba en el porche, y antes del amanecer volvía a su habitación, donde se encerraba todo el día. Sufrió insomnio permanente desde los trece años, cuando su madre trató de matarla con un cuchillo mientras dormía. No es el único caso de locura en la familia, ni de sucesos extraños. Un año antes del ataque a Edna, su padre desapareció dentro de la casa, sin que jamás se volviera a saber de él. Lo vieron entrar pero nunca salir. ¿Edna se encuentra recluida?, pregunté. No en un manicomio, sino en un asilo. No fue nada fácil encontrarlas con los cambios de dirección, comenté nuevamente, mientras descubrí un par de maletas listas en el pasillo. Espero que sea mejor policía que profesor universitario, señor Mc Kenzie, dijo, si es que ese es su verdadero nombre. Las mudanzas no son por gusto, continuó, sino por la seguridad de Edna. ¿Corre alguna clase de peligro? Aún no, pero cuando las sombras la encuentren, tendremos que volver a partir. ¿Las sombras?, pregunté, creyendo haber escuchado mal. Un objeto de cristal en la cocina cayó contra el suelo, estrellándose. Sí, señor Mc Kenzie, contestó nerviosa, mientras miraba sobre mi hombro, las sombras. Llevamos años escapando de ellas. Lo dijo con demasiado temor en la voz, para creer que estaba mintiendo. Comenzaba a oscurecer en el pueblo, pero nadie parecía preocupado por encender las luces en las casas vecinas. Ningún vehículo pasó por la calle en todo el tiempo que estuvimos conversando. El pueblo de Falfurrias lucía tan desolado que un fantasma pensaría en mudarse. No crea que me volví loca como la madre de Edna, o como la mía, dijo, sólo porque sí. ¿A quienes vio?, pregunté. ¿No ha oído nada de lo que le dije, la gente sin bocas, narices o rostro? ¿Nunca ha sentido que hay algo a su lado, en la periferia del ojo, y voltea súbitamente y no hay nada? Son ellos, la gente sombra. Pueden desintegrarse así, dijo tronando los dedos, o atravesar las paredes si están a punto de ser descubiertos. No son un espejismo o una mala jugada de la mente, créame, uno al verlos siente que fueron humanos alguna vez. Su presencia es tan poderosa que su silueta puede distinguirse en la oscuridad, advirtió, ¿nunca ha sentido que no está solo en un lugar, aunque no haya nadie? A Edna se le han aparecido de frente, incluso ha conversado con ellos, algo de lo que prácticamente no existen registros. Son una masa sin forma que puede lanzar terribles aullidos. Otro dicen que los han visto moverse como si bailaran, cuando creen estar solos. ¿Qué son? No lo sé ni me importa, ninguna de nosotras ha pensado quedarse para preguntar. ¿Vienen de otros mundos, de realidades alternas o han escapado de su mundo al nuestro para advertirnos de algo terrible? No lo sabemos. Miró a su alrededor y susurró: Dios nos guarde de encontrarnos con el niño sombra. Sé que suena inverosímil, pero Edna, a pesar de su edad, tenía un oído especial. Escuchaba las sirenas de las ambulancias antes que nosotros, los pasos en las otras casas, y una vez, sólo una vez, me pidió que me callara cuando utilicé un silbato para perros. La gente sombra se comunica en un rango de frecuencia que el resto de los humanos no podemos percibir. Mi perro murió hace un par de días. Esa noche, sin motivo aparente, ladró a una esquina de la recámara, y así, como lo estoy viendo a usted, se desplomó sin vida. Ellos están cerca, demasiado cerca, dijo, entrecerrando los ojos. Las maletas en el pasillo ahora cobraban más sentido. Hay demasiada luz, dijo de repente, lo cual era falso, se puso de pie, apagó un foco y corrió las cortinas. Le diré cómo llegar al asilo donde se encuentra Edna. El resto corre por su cuenta y riesgo. ¿Por qué yo?, le cuestioné. ¿Quiere saber por qué le cuento esto a usted y no a su colega?, preguntó. Guardé silencio. Todos estamos conectados de alguna forma, señor Mc Kenzie. Usted pudo haberme atropellado, o su sobrino confundir la medicina con la que mi hijo se envenenaría por error. Desconozco si alguien mueve los hilos que nos unen, señor Mc Kenzie, lo que sé es que esos hilos existen y que es preferible no conocerlos, dijo, incorporándose y caminando con seguridad a pesar de que toda la habitación estaba en penumbras. Entre Edna y usted existen seis grados, lo supe desde que lo vi entrar, afirmó. ¿Seis grados?, pregunté desconcertado. Seis grados de separación, señor Mc Kenzie, sólo eso.

Las instrucciones que Emma Philbin Springer me dio para llegar al asilo, eran capaces de despistar a un GPS, además de que parecían estar destinadas a impedir mi llegada: Tome la interestatal 90 hasta la carretera 22, de ahí, cuente cinco árboles y en el tercero de su lado izquierdo encontrará una flecha de madera con un par de iniciales, no siga ese camino porque seguramente no regresaría, ese bosque está lleno de montañeses extraños, por ahí filmaron *Masacre en Texas*, dijo. Cuente siete arboles más, continuó, y encontrará una flecha metálica, muy oxidada, casi no la podrá distinguir de la corteza del tronco. Dé vuelta y siga el sendero sin detenerse, no importa lo que escuche o vea, o si le parece oír gritos de mujeres pidiendo ayuda, no se detenga, ¿entendió? Ah, y no se baje hasta llegar al final del sendero. Pareció no escuchar mis comentarios respecto a que los árboles pudieron ser talados y las flechas retiradas. ¿Quién perdería su tiempo en eso?, me contestó, nadie en su sano juicio iría a ese lugar si no fuera estrictamente necesario. Es un camino que sólo se recorre de ida, señor Mc Kenzie. A medida que avanzaba por el sendero, la luz se filtraba cada vez menos por los árboles. Aún era de día, pero las sombras daban la impresión de que ya la noche hubiera caído. El viento silbaba por entre las ramas emitiendo sonidos extraños. Me pareció que sombras de grandes animales saltaban entre las copas de los árboles, y en una ocasión tuve que frenar de golpe ante algo que cruzó el camino. Regrese con la luz del día, advirtió Emma, y buena suerte, fue su último consejo.

De camino pensé en los seis grados de separación a los que Emma se refería. ¿Estamos todos conectados de tal forma que no hay más de seis personas entre nosotros? ¿Es el mundo tan pequeño para eso? El director Hoover, sin llamarla por ese nombre, creía que entre la verdad y el agente se interponen un cierto número de personas. Una pregunta lleva a otra y un sospechoso a otro aún más sospechoso, y así hasta resolver el crimen: Todos estamos conectados de alguna forma, Mc Kenzie, su trabajo consiste en encontrar esos hilos invisibles para los demás. ¿Existía algo que me unía a Edna Tichenor, a Ackerman, Riley, Skal, Lupita Márquez, a su abogado y a Emma, que me llevarían finalmente a Edna?, me pregunté, sin dejar de poner atención al camino.

Al oscurecer una densa niebla surgió del sendero. Accioné las luces altas pero no funcionaron. Sólo contaba con un par de débiles faros, que se encendían y apagaban a cada brinco de la camioneta. Llegó un momento en que fue imposible ver el cofre o los árboles al costado del camino; no había diferencia entre conducir con los ojos abiertos o cerrados. Después de más de veinte minutos en esas condiciones logré llegar al asilo. La niebla había descendido ligeramente, permitiendo divisar una enorme y vetusta cabaña, con linternas en las ventanas y una puerta enrejada. Bajé de la camioneta y subí un par de escalones. Jalé el cordón de una campana, cuyo sonido poco a poco se fue perdiendo en el bosque. Un par de minutos después, la puerta se abrió. Un hombre de aproximadamente cuarenta años y cabello encanecido me miró en silencio; a su lado, dos hombres albinos, de casi dos metros, vestían ropas de enfermeros. Mc Kenzie, ¿no es así?, preguntó el hombre canoso, quien se presentó como director del asilo. Asentí. Llega tarde, dijo, ¿no le advirtieron que no se debe regresar de noche por el bosque? Me las arreglaré, no se preocupe, contesté. Tendrá que hacer mucho más que eso. Edna le espera, dijo con voz grave. El asilo hospedaba alrededor de unos diez ancianos, algunos de los cuales se mantenían en cama, otros en silla de ruedas, y unos pocos caminaban con lentitud por los pasillos. Las paredes estaban construidas con gruesos troncos atados entre sí, por los cuales el viento se filtraba emitiendo un agudo silbido. El techo era extremadamente alto, con un candelabro descompuesto. No había espejos, lo que no resultaba extraño, ¿quién los necesita en un asilo? Los dos enfermeros albinos caminaron junto a mí sin dejar de mirarme, como si me escoltaran. Un televisor sintonizaba sólo estática, a pesar de lo cual un par de ancianos sentados en un sofá lo miraban con atención. Otro, en un extremo de la habitación, escuchaba en un viejo tornamesa un disco de vinilo con lecciones para aprender italiano en tres meses, según lo aseguraba el texto de la caja. Todos tenían la expresión de quienes nada esperan, porque saben que nada va a llegar. El piso de madera crujía a cada paso, como si fuera a venirse abajo en cualquier momento. Una desgastada alfombra de color verde mostraba unas marcas de quemaduras de forma circular. Dos sillas de ruedas descompuestas se encontraban en una esquina de la habitación, en una de las cuales dormía un gato de angora, que despertó por el ruido y huyó cojeando, pues le faltaba una pata. Disculpará que no lo pase a la sala de visitas, señor Mc Kenzie, pero nadie viene a visitarnos por aquí, dijo el hombre canoso. Montículos de madera apolillada, como si fueran pequeños hormigueros, se acumulaban en el piso, mientras que un laberinto de telarañas, a las que nadie parecía haber molestado en años, coronaban la mayoría de las esquinas del techo. Un escarabajo desapareció por el agujero de un cojín. Llegamos hasta una habitación que tenía un gran ventanal. Los muebles eran de tal humildad que harían que el cuarto de un monje pareciera la mansión de Playboy. La cama apoyaba cada uno de sus extremos sobre cuatro ladrillos. Una serie de libros, a los que se les había colocado un mantel, servían como mesa, en la que un florero con agua verdosa albergaba un ramillete de rosas muertas y ennegrecidas. Edna vendrá en un momento, agregó el hombre canoso antes de retirarse, trate de ser breve, recalcó, se cansa muy pronto. Ese asilo perdido entre las montañas parecía ser el lugar ideal para olvidar y ser olvidado, un enorme sarcófago donde sus habitantes vagabundeaban como zombies, esperando una muerte que no llegaba. El bosque era tan denso que no dejaba filtrar ningún tipo de luz de la ciudad; en el exterior, un grupo de luciérnagas rebotaban con insistencia contra los cristales. Una multitud de estrellas, invisibles en la ciudad, poblaban el cielo, como si sobre un manto de negrura alguien hubiese dejado caer gotas de pintura plateada. Me dije que muchas de esas estrellas habían muerto hace siglos sin saberlo, como algunos de los habitantes del asilo. En el borde de la ventana descansaba un platón oxidado con restos de leche agria y endurecida. Me vino a la mente el único recuerdo de mi madre, cuando durante las noches, colocaba un plato con leche en el alféizar de la ventana: es para que las hadas buenas beban durante sus viajes y no desfallezcan, me decía antes de dormir. Cuando la casa empezó a llenarse de gatos que iban tras la leche, mi madre decidió que era tiempo para que las hadas buscaran alimento gratis en otro lado. Una serie de pasos muy lentos comenzó a escucharse por el pasillo. Transcurrieron un par de minutos hasta que Edna, quien arrastraba una andadera, lograra entrar por la puerta, seguida de los dos enfermeros albinos. A diferencia de la mayoría de los ancianos, no caminaba encorvada, lo que la hacía ver más alta que el resto. Llegó hasta un viejo sillón y logró sentarse, no sin muchos problemas, mientras los albinos se llevaban la andadera. Esperó hasta que se fueron por el pasillo, y el sonido de sus pasos dejó de escucharse. Dicen que quiere verme, ¿no es así?, dijo, inspeccionándome de arriba abajo. Me invitó a sentarme, señalando un viejo sofá. Sus ojos azules carecían de brillo, y la palidez de su rostro recordaba a una máscara mortuoria, sensación que sólo se rompía cuando ocasionalmente parpadeaba. Debajo de ese mar de arrugas, alguna vez existió un rostro. ¿Me vería así en un par de años?, ¿terminaría mis días abandonado en un asilo en las montañas, soportando el asedio de algún fanático del filme? No me mire como al último pájaro dodo, señor Mc Kenzie, me dijo con molestia. ¿Es usted Edna Tichenor?, le pregunté. ¿No ha venido desde tan lejos para preguntar algo que ya sabe?, me reviró. Yo fui Edna Tichenor, agregó. Vengo a verla por un filme que usted protagonizó, dije, decidido a no perder más tiempo. Si es así, se irá más pronto de lo que cree; mis películas se pueden contar con los dedos de las manos, enfatizó, extendiendo una mano temblorosa, que apenas podía sostener. Ningún personaje que hice se pareció al anterior: fui bailarina, chica vampiro, araña y en momentos difíciles hice de todo. Usted actuó en *Londres después de medianoche*, como *Luna*, la chica vampiro, le recordé. Cuando a Tod, dijo ella, mirando a través del ventanal, Tod Browning, el director, usted sabe, le contrataron para el filme, inmediatamente pensó en mí. Nos unía una vieja amistad de nuestros años en el circo, cuando fui su asistente en el acto de faquir, donde le vi sobrevivir a toda clase de retos, noche tras noche; el mayor de ellos, recordó, consistía en ser sepultado vivo por días. No sabe cuántas veces desenterré a Tod ante el asombro de los pueblerinos; esa experiencia con la muerte debió marcarlo de por vida, contó, mientras seguía con la vista a un insecto volador inexistente. Recuerdo bien la película, dijo, regresando del lugar a donde su mente se había ido, casi me desmayo cuando vi los dientes de Lon Chaney, eran espeluznantes, recordó. Hay una foto, una de las pocas que sobreviven del *backstage*, donde Tod nos indica cómo sostener una lámpara, y le juro que temblaba al estar al lado de Chaney; tanto miedo me infligía que tiré en dos ocasiones la linterna, hasta que el utilero me la amarró a la muñeca con un cordón. Lon Chaney podía ser todos los hombres sin dificultad alguna. Era sorprendente verlo entrar a su camerino como cualquier ser humano y salir convertido en un monstruo, un lisiado o un asesino despiadado, podía disfrazarse de cualquier cosa. Por desgracia tengo buena memoria, me dijo. La gente cree que a esta edad uno va perdiendo los recuerdos, pero es todo lo contrario, señor Mc Kenzie: recordar es lo único que nos queda antes de morir. Un pequeño ratón pasó frente a nosotros como una sombra y se escondió tras un agujero en el piso de madera, para luego chillar un par de veces. Medio minuto después, pasaron otros tres de menor tamaño. No es usted el primero ni el último que pregunta sobre el filme, pero nadie había logrado encontrarme. ¿Por qué tanto interés?, pregunté. Fui contratado por alguien que desea encontrar una copia de *Londres después de medianoche*. ¿Para qué?, volvió a preguntar. Es el filme perdido más famoso en la historia del cine, contesté, imagino que buscan conservarlo para la posteridad. La posteridad, señor Mc Kenzie, es algo para lo que nunca vivimos lo suficiente, afirmó. No importa cuánto cuide o proteja algo, todo esto, usted, yo, el filme, esos ratones que acaban de pasar, nos convertiremos en polvo, sólo es cuestión de tiempo. Encontré unos documentos, le dije, donde se registró que por esa película recibió un pago en especie. Me sorprende que lo sepa, intervino, era algo que sólo hacían con las primerizas, pagarles una parte del sueldo con una copia del filme. ¿Piensa usted que la guardo bajo mi almohada?, ¿quiere revisar?, preguntó, levantando la almohada de la cama, sólo para mostrar una colcha sucia, con manchas de color marrón. ¿Por qué viene a importunarme precisamente en mi cumpleaños?, preguntó. Sus datos biográficos mencionan otra fecha, le dije. Es mi tercer cumpleaños en ocho meses, dijo, estas sanguijuelas que cuidan de mí buscan cualquier excusa para aumentar lo que cobran por tenerme en este agujero. No nací en la fecha que los pocos historiadores de cine mencionan en sus libros, tuve que mentir sobre mi edad para trabajar en el cine, soy más joven de lo que cree, dijo, intentando sonreír. Es verdad que tuve una copia del filme, continuó, pero ha llegado tarde, señor Mc Kenzie, dijo, esperando alguna reacción en mi rostro. Lamento ser su última carta en una partida que jamás podrá ganar, continuó, hay más jugadores en la mesa y tienen mejores manos que la suya. Por su bien, espero que no haya malgastado muchos años de su vida en esto. Paul me advirtió que no aceptara el papel, pero no le hice caso. El filme trajo mala suerte para los que participamos en él, recordó, no de forma inmediata, pero todos teníamos la sensación de que una sombra se extendía sobre nosotros y que tarde o temprano nos alcanzaría. Dicho esto, la parte superior de su dentadura postiza se desprendió y rebotó varias veces contra el suelo. La envolví con mi pañuelo y se la entregué. Edna la enjuagó en un vaso con agua turbia y la regresó a su boca, chasqueó dos veces y tragó saliva. Es usted un caballero, señor Mc Kenzie, algo no muy común por estas tierras de vaqueros y leñadores. El desconcierto durante la filmación, continuó, se contagió a nosotros en el plató. Tod y Chaney lucían preocupados, como si supieran lo mismo que nosotros: que algo extraño sucedía en el set de esa película; todas las noches al terminar el rodaje se encerraban con Waldemar Young a reescribir el guión. La gente sombra no me puso al tanto de su llegada, es extraño que haya logrado eludirlos, comentó sorpresivamente, mientras dirigía su mirada a un costado de la habitación, como si buscara a alguien más. ¿Y a todo esto?, me preguntó, ¿cómo logró dar conmigo? Por el fideicomiso, contesté, sin prestar atención al comentario sobre la gente sombra, Lupita Márquez me dio los medios para encontrarla. ¿Lupita aún vive?, preguntó sorprendida. No respondí. Antes de que pasara lo de Paul fuimos las mejores amigas, ella, yo y Mary Philbin, fuimos consideradas las más prometedoras actrices de aquellos años. Lupita continuó su vida en Hollywood y tanto Mary como yo desaparecimos desde los treintas. Hicimos un pacto de silencio, que Mary rompió al contestar la carta de un despistado fanático de cine mudo, que no sabía que seguía viva. Desde ese momento, no la dejaron en paz ni un segundo: revistas e historiadores de cine la buscaron para entrevistarla, como quien ha descubierto a un cavernícola conservado en un bloque de hielo que ha vuelto a la vida. Nadie se interesó en contratarnos cuando llegó el cine sonoro a causa de nuestra voz, y ahora, casi ochenta años después querían escucharnos, ¿no le parece curioso? Edna desvió la mirada un par de veces, como si se sintiera vigilada. Después de mi rompimiento con Paul, el cine nunca volvió a ser lo mismo para mí. Él se convirtió en el mejor agente de artistas de la época, y yo, en una sombra que se desvanecía como un fantasma, dijo mientras se entretenía en estirar la piel de sus manos para eliminar las arrugas. El verdadero amor es una llama que se queda encendida dentro de nosotros, señor Mc Kenzie. A los afortunados los consume y a nosotros, los desdichados, nos abrasa eternamente. Paul y yo sufrimos esa incandescencia en nuestros corazones para siempre. La madera de una pared crujió con tal fuerza que parecía estar a punto de quebrarse. Un golpe seco cimbró la ventana, como si lanzaran un cuerpo. Edna no se inmutó. Me llevé la mano a la pistola que escondía dentro del saco. Hice el intento de levantarme, pero me detuvo. Un ratón comenzó a escalar la pared y desapareció por un agujero en la madera. Una noche, recordó, cuando trabajaba de extra en una película, vi un ratón en el plató y grité de espanto. Un asistente del director James Whale que pasaba por allí me escuchó. Los gritos de terror de Mae Clark no habían logrado impresionar a Whale, por lo que fui contratada para doblar su voz en *Frankenstein,* pero el destino siempre tiene un juego de cartas diferente para nosotros, señor Mc Kenzie. Cuando Mae vio la clase de maquillaje que Jack Pierce moldeó en el rostro de Karloff, gritó de tal manera que mis servicios ya no fueron necesarios y me despidieron. Esa fue la única oportunidad para que mi voz quedara registrada en una película; después de eso, todo fue cuesta abajo. Sólo pude contratarme de *stand in* para películas de serie B, como sustituto para probar la iluminación, los ángulos y justo antes de que el director gritara: ¡acción!, se me pedía abandonar el plató para que la verdadera actriz entrara. Fui *stand in* de Dorothy Burgess, ¿la conoce?, seguramente no. ¿Puede un ser humano desvanecerse más que eso?, ¿Ser la doble de una actriz de películas B que nadie recuerda? La espiral de la derrota tiene paredes lisas, señor Mc Kenzie, es imposible aferrarse a ellas cuando uno va cayendo, dijo con melancolía. Estos últimos días, recordó, he tenido la misma pesadilla: pertenezco a una manada de búfalos que son perseguidos hasta un desfiladero, no sabemos de qué o de quiénes huimos, pero me detengo en el borde, y observo a muchos de los míos caer al vacío. Este asilo es el límite del precipicio, después de aquí, sólo queda saltar. Las sombras de unos pies se adivinaban en el piso detrás de la puerta; debía ser un enfermero que nos espiaba. Me acerqué en silencio para no ser escuchado. La silueta de los pies continuaba detrás de la puerta, que abrí rápidamente de un solo movimiento. Nadie se encontraba en el pasillo. Edna me miró. Son más rápidos que nosotros, agregó, en cuanto los vemos se desvanecen, excepto el niño sombra, es el único que no huye de nosotros. Una serie de pasos recorrieron el techo muy lentamente, hasta detenerse arriba de nosotros. Hay un santo para cada causa, señor Mc Kenzie, no puede embarcarse en una búsqueda de este tipo y esperar tener éxito sin un santo que le proteja. Debió ser San Cristóbal, patrón de los que viajan quien lo condujo hasta mí, afirmó, mirando el escapulario del indocumentado que colgaba de mi cuello. Ahora contésteme, ¿por qué tanto interés en la película? Deseo cumplir la voluntad de alguien que la quiere volver a ver, le respondí. ¿Y si le dijera que no es un gran filme, que ni Tod ni Lon se sintieron satisfechos durante la filmación, que lo mejor que le pudo haber pasado a *Londres después de medianoche* fue desaparecer? Guardé silencio. El camino al infierno está empedrado de buenas intenciones, ¿por qué no deja las cosas como están antes de que alguien salga lastimado?, no sea que quede atrapado en su propia telaraña, me dijo. Si fuera usted, advirtió, dejaría de meter la nariz donde no me llaman; hay preguntas para las que no obtendrá respuesta, señor Mc Kenzie, por lo menos en esta vida. Conozco las historias sobre la mala fortuna de aquellos que tuvieron contacto con la película; si existiera una maldición, ¿no cree que debería estar muerta?, preguntó. Edna me miró en silencio. Guardé todas mis pertenencias y una copia del filme en un baúl sellado, reveló, mismo que entregué a un notario con instrucciones para que no se abriera hasta veinte años después de mi muerte. La verdad no pensé vivir tanto, reconoció, he tenido que cambiar de notario tres veces porque se han adelantado en el viaje. Usted podría cancelar esa orden y abrir el baúl, dije. No podría aunque quisiera, señor Mc Kenzie, dijo, el último notario desapareció y sus oficinas fueron encontradas vacías, y hasta la fecha nadie ha sabido nada de él, se convirtió en un misterio. Todo este tiempo ha estado buscando una moneda que alguien lanzó a la vastedad del universo, estuvo cerca, agregó, pero cerca nunca es suficiente. Se levantó del sillón y miró a través del ventanal en dirección al bosque. Las estrellas brillaban cada vez menos, mientras que una densa niebla había ocultado la camioneta por completo. Despreocupada, Edna caminó con lentitud rumbo a su cama, como si no le importara que el amanecer la pudiera sorprender a medio camino. Al llegar, se sentó en el borde, justo de espaldas a mí. Acomodó su almohada, dejando al descubierto un grupo de cartas en papel viejo y amarillento, atadas con un cordel. Supongo que sólo me queda desearle suerte en su búsqueda, señor Mc Kenzie, dijo. Se miró al espejo, pasando un cepillo de carey con la mitad de las cerdas rotas por su cabellera encanecida. Carmen Miranda, dijo, sin dejar de peinarse, murió entre el camino del cuarto de maquillaje y su vestidor con un espejo en la mano, y la última llamada de Marilyn Monroe antes de morir fue a su estilista; nadie nace con estilo, señor Mc Kenzie, pero nada nos impide morir con clase. Gracias por su tiempo, le dije, mientras me levantaba del sofá. La miré reflejada en un sucio espejo, el cual le distorsionaba la cara, tornándola algo borroso y deforme. Edna redujo casi al mínimo la llama del quinqué de su buró. Debió ser una ilusión, porque me pareció que su sombra reptaba por la pared y se escabullía entre los resquicios del ventanal. Cuando el doctor Livingstone murió en el África, relató Edna, los nativos con los que convivió gran parte de su vida lo embalsamaron, pero antes de enviarlo a Inglaterra le quitaron el corazón, que enterraron al pie de un viejo árbol; uno puede regresar a morir al lugar donde nació, señor Mc Kenzie, pero el corazón se queda en otro lugar, dijo, escondiendo las cartas bajo la almohada. Caminé hasta la puerta y giré la perilla. La imagen que devolvía el espejo era la de un ser que se desvanecía lentamente. ¿Le gustaría saber cuál era mi deseo de cumpleaños?, preguntó. Si me lo dice no se cumplirá, contesté. Descuide, dijo Edna, de todas formas nunca se hará realidad. Una ráfaga de viento se coló por la ventana y emitió un agudo silbido. Me gustaría tener diecinueve años, aunque fuera por unas horas, finalizó. Giró la perilla del quinqué y nuestras sombras desaparecieron al quedar la habitación a oscuras. Cerré la puerta y abandoné el cuarto sin despedirme. En la sala se encontraba el hombre sin pies escuchando su disco de italiano. *Attenti al lupo, attenti al lupo,* repitió sin prestarme atención.

Me despedí del encargado y sus enfermeros albinos. Durante todo el camino a la camioneta sentí la tierra aflojarse bajo mis pies. Volví la mirada al asilo. La única luz que estaba encendida se apagó y todo el lugar pareció desaparecer, como si la noche lo devorara en un segundo. La camioneta estaba cubierta de pequeñas huellas por toda la carrocería, con la forma de manos de niños o minúsculas garras. Me encontraba por primera vez en mi vida ante lo que los demás investigadores llamaban un callejón sin salida. No sé por qué razón, pero me sentí como un boxeador invicto que desafía al destino aceptando una última pelea. Respiré profundamente, pero me costó trabajo jalar el aire a los pulmones. Una vez que se sufre la primera derrota, nadie se vuelve a parar igual sobre un cuadrilátero. Recordé las palabras de Edna sobre los santos. ¿Debí encomendarme a uno antes de aceptar el encargo? *Santo que no se muestra, santo que no se adora,* dijo una sirvienta mexicana cuando la descubrí prendiendo una veladora en el cuarto de lavado. Levanté la vista al cielo, que ahora lucía completamente negro. Las estrellas no aparecían por ningún lado, sin embargo sabía que ahí estaban: sólo era preciso encontrarlas. Esa noche tuve un sueño que me inquietó. Yo era un enorme y temible tiburón blanco que gobernaba los océanos. Todos se abrían a mi paso y huían. Di un mordisco a un trozo de pescado que flotaba en el mar y fui sacudido por un gran dolor que me desgarraba por dentro. Me recuerdo siendo alzado lentamente por la grúa de un pesquero japonés, que me dejó caer en la cubierta. El golpe fue seco. Di coletazos y dentelladas para que me dejaran libre pero no conseguí más que risas y burlas. Un sujeto con la cara cubierta de tela tomó un garrote y golpeó con fuerza mi nariz. Una, dos, tres, cuatro veces. Cuando un tiburón es golpeado en la nariz con tal saña, sus días como cazador han terminado. Tres hombres de aspecto oriental tomaron sus cuchillos y cortaron con destreza y rapidez mis aletas, las cuales depositaron junto a otras, que llenaban una ensangrentada cubeta de metal. Después de eso me lanzaron nuevamente al mar. Fui descendiendo lentamente sin poder nadar, mientras mi cuerpo herido dejaba una estela de sangre. La luz de la superficie se fue alejando más y más, hasta que todo se volvió oscuridad.

14

Desde niño me gustaron los rompecabezas. Siempre me llamó la atención cómo una imagen clara y precisa podía descomponerse en cientos de pequeñas partes, y de qué manera una totalidad terminaba convertida en desorden y caos. Me intranquilizaba ver las piezas extendidas sobre la mesa; resultaba imposible no sucumbir a la tentación de sentarme y unirlas. El primer rompecabezas que armé constaba únicamente de diez piezas que formaban la cara de Mickey Mouse. Aunque me llevara más tiempo, nunca hice como los demás niños que numeraban el reverso de las piezas para terminar más rápido. Con el tiempo, aumenté no sólo el número de piezas sino la dificultad de las imágenes; a medida que ganaba destreza, descubrí que el primer paso es armar las orillas, delimitar su contorno y de ahí avanzar hasta el centro de la imagen. Lo mismo ocurrió con las novelas de misterio y los programas de televisión de detectives; me resultaba fácil descifrar los enigmas y encontrar a los culpables, nada mal para el hijo del jefe de policía de Wichita Falls, decía mi padre con orgullo. Cuando alguna emergencia le obligaba regresar a la comisaría a mitad de *La hora de Dick Tracy*, se enfundaba el arma al cinto y me preguntaba: ¿A quién vamos a meter a la cárcel hoy?, y una vez que exponía no sólo el nombre del culpable, sino la forma en que se cometió el crimen, sonreía satisfecho y me acariciaba el cabello amistosamente. Mi madre fue un misterio que mi padre jamás se preocupó en aclarar. Se encontraba enterrada en la gran ciudad, a la que siempre prometía llevarme cada diciembre, pero nunca lo hacía. La tía Clara, quien nos visitaba una vez al año, me contaba que murió de soledad, y cuando le decía entre lágrimas que me gustaría verla, sólo guardaba silencio. Una noche, al término de mi fiesta de dieciséis años, cuando ya casi todos se habían ido, los amigos de mi padre le insistieron en que ya era tiempo que me dejara tomar mi primera cerveza. Aceptó a regañadientes, pero cuando la destapó para ofrecérmela, la botella explotó y nos manchó a todos. Me alejé del grupo en dirección a la casa en busca de otra cerveza. Corrí emocionado. Al entrar a la cocina abrí el refrigerador, saqué dos cervezas, una para él y para otra mí, y comí un par de trozos de queso; la radio transmitía un programa de concursos donde el locutor afirmaba que esa noche el destino iba a cambiar la vida de alguien. Cuando salí al porche me detuve de improviso, como quien ve al diablo parado frente a sí. La verja de madera se encontraba rota, al igual que los postes de la cerca. La placa de madera con el nombre del rancho, que colgaba de un travesaño, se había zafado de uno de sus seguros y se balanceaba lentamente. En el suelo, mi padre y sus amigos se encontraban tendidos y sangrantes; de algunos no podía ni distinguir sus rostros, que ahora eran masas sanguinolentas; a uno de ellos, el señor Mc Namara, le faltaba el brazo derecho. La sangre que manaba de los cuerpos teñía la nieve de carmesí y se extendía lentamente, como un bote de pintura volcado sobre un elegante mantel blanco. Mi padre parecía dormido, corrí hasta él y lo tomé en mis brazos. Nunca pensé que ese cuerpo, tan fuerte como un roble y que tantas veces me cargó de la sala a mi cuarto, se sintiera tan inerte, frágil y sin vida, como un tallo después de ser segado. El rastro de las llantas sobre la nieve indicaba la trayectoria que el vehículo recorrió hasta embestirlos. La camioneta de mi padre resultó impactada en el cofre, la suspensión y una llanta estaban completamente destrozadas. A la distancia, logré divisar las luces traseras del vehículo que los había arrollado. Corrí tan rápido como pude, a pesar de que mis pies se hundían en la nieve, y de que el aire me congelaba el pecho. El cansancio no existía, ni el frío, ni el dolor en las piernas, ni el gélido viento que me congelaba las lágrimas; nada de eso existía, sólo esos dos puntos de luz que se alejaban por una oscura vereda entre la nieve. Las luces rojas se hicieron cada vez más diminutas hasta desaparecer tras una colina. Cuando finalmente me detuve, únicamente la luna llena y las montañas nevadas permanecían en el mismo lugar. Ninguno logró sobrevivir para contar lo sucedido. Los postes del teléfono también fueron derribados, por lo que tuve que recorrer más de tres kilómetros hasta la casa de Ana W. Cuando expliqué lo sucedido, su padre tomó el teléfono pero como tampoco servía subió a su camioneta en busca del doctor Chandler. Me senté en los escalones del porche a esperar. Ana W se sentó a mi lado sin decir nada, días antes acababa de rechazarme cuando le pedí ser novios. Te conocí como amigo, dijo, y no puedo pensar en ti de ninguna otra forma, discúlpame. Se veía atractiva a pesar de estar forrada con suéteres, bufanda, una gruesa chamarra y un gorro que casi le ocultaba el rostro, pero nada de eso importaba ya en estos momentos. Una fina nevada comenzó a caer, los copos giraban en espiral, algunos chocaban entre sí creando otros más grandes, mientras que el resto eran arrastrados por la ventisca y se perdían en la negrura de la noche. Ana W puso sobre mis hombros una pesada pero abrigadora chamarra color café con interiores de lana de borrego, que seguramente pertenecía a su padre; poco a poco el calor fue regresando a mi cuerpo, pero en el preciso momento en que ella colocaba su mano sobre la mía recordé a mi padre y sus amigos, muertos, con la nieve cayendo sobre sus cuerpos y me puse de pie. La chamarra se deslizó al suelo y emprendí el regreso a casa. El camino parecía interminable pero finalmente llegué. Tuve la intención de llevar a cada uno de ellos al interior de la casa para protegerlos de la nieve, pero recordé que estaban muertos, y que el consejo de mi padre era: que nadie altere la escena del crimen hasta que llegue yo o el fotógrafo, no destruyan pistas, no le den una ventaja al maldito para que quede impune. Un par de horas después, mis ojos se cerraban de cansancio; poco a poco, a medida que me iba quedando dormido dejé de sentir frío; al descender, los copos de nieve que chocaban entre sí, sonaban como cascabeles navideños. Cerré los ojos por un momento y los abrí al escuchar mi nombre. Junto a la verja rota, mi padre trataba de incorporarse. Escuché un crujido y su tronco se partió en dos; la mitad superior de su cuerpo trató de girar hacia mí con mucho esfuerzo sin poder lograrlo. Fue la primera vez que lo vi darse por vencido. Dudó por unos segundos y sólo acertó a decir antes de desplomarse: ¿A quién vamos a meter a la cárcel por esto? Abrí los ojos desorientado, y divisé las luces de varios vehículos que descendían por la vereda entre las montañas. Mi padre se encontraba en silencio, como sus amigos.

El mismo día que regresé del funeral empecé a investigar. Por debajo de la puerta se acumulaban decenas de notas de pésame, dos de las cuales eran de Ana W. Guardé todas en un cajón sin siquiera abrirlas. Un grupo de familias del pueblo pensaba que el vacío por la muerte de mi padre podía ser llenado con comida, debido a lo cual, después de los servicios religiosos, la mesa de nuestra sala se encontraba repleta de los mejores platillos que cada ama de casa de la región sabía cocinar: soufflé de maíz, tapioca, remolacha, cordero y torres de tartas de calabaza y manzana. Había suficientes reservas para resistir todo el invierno. El rompecabezas que mi padre y yo dejamos a la mitad, se extendía sobre la mesa del rincón. Faltaban más de cincuenta piezas para terminarlo. Después de la cena, era costumbre sentarnos para discutir qué zona del misterio atacaríamos esa noche: la sección de arriba o la de en medio, resolveríamos el dibujo más difícil o el más sencillo hasta que poco a poco todo iba tomando forma, hasta que el sueño nos vencía y decidíamos que era tiempo de ir a dormir. Me impacientaba mirar las piezas dispersas cuando mi padre tardaba en llegar de la comisaría. Más de una vez, mentalmente, traté de ordenarlas pero nunca empecé sin él. Nuestra promesa era comenzar y terminarlo juntos. Quité toda la comida de la mesa que daba a la ventana y como si se tratara de un rompecabezas, el más importante de todos, desplegué un mapa del condado. El rastro de las llantas en la nieve indicaba que muy posiblemente el vehículo era una *pick up*, y por un espejo lateral que quedó incrustado en uno de los amigos de mi padre, se logró ubicar un rango de años para el posible modelo. Teníamos la imagen, una *pick up* de los años 1950-1961 y su tipo de llantas. Marqué con un plumón rojo el lugar del accidente y empecé a buscar mentalmente cada una de las piezas; no cabía duda que el rompecabezas, visto como una ecuación, debía tener variables no controlables que escapaban a mi análisis, por lo que sólo debía trabajar con los datos duros. Calculé la capacidad del tanque de gasolina, con un margen extra por si tenía uno de mayor capacidad, algo muy común por las regiones montañosas; suponiendo que tuviera el tanque lleno, lo cual no creía, pero que me daba un margen de error a mi favor, debió recargar combustible en un rango estimado; así, de acuerdo a los litros de gasolina, la dificultad de transitar en la nieve y el mal tiempo, delimité presumiblemente el área desde donde vino hasta donde pudo haber llegado. El primer paso estaba dado, había formado los límites del rompecabezas, era hora de ir hacia el centro desconocido. La única estación de gasolina del condado vecino, que bordeaba los límites estatales, no tenía registrado ninguna carga de combustible en las horas posteriores al accidente, y se mantuvo prácticamente cerrada por el mal tiempo. En otra estación de gasolina, el dueño había manifestado que una nota de combustible, la única de la noche, podía coincidir en las horas posteriores al accidente; sin embargo, el despachador de esa noche fue despedido al día siguiente por robo y no hubo manera de localizarlo, ya que todas las referencias en su solicitud, salvo el apartado de sexo masculino, resultaron falsas. Más tarda uno en verificar los datos de estos malvivientes que en irse sin dejar rastro, dijo el dueño con molestia. Existía una remota posibilidad que el culpable, presa de los nervios dejara la *pick up* abandonada, o tratara de esconderla en la ladera norte de la montaña, una ruta poco transitada por peligrosa. Llegué hasta la cabaña de abastecimiento que se encontraba a la entrada del camino. Su propietario, el viejo Mc Gillis, recordaba el paso de un vehículo que venía a toda velocidad, al que escuchó derrapar y tirar un poste. Cuando salió de su cabaña sólo observó un par de luces rojas que se alejaban por la vereda. La nieve del día anterior había borrado el rastro de las llantas. Decidí internarme por el camino una media hora pero finalmente me detuve. Un desfiladero serpenteaba la carretera por más de veinte kilómetros, advertía una señal. A un costado, el camino que bordeaba un desfiladero se extendía por más de cincuenta kilómetros. Si el culpable había pasado por ahí, nunca llegó a la estación de gasolina de los límites estatales, donde el camino se cruzaba con la vía principal. En cualquier lugar de esos cincuenta kilómetros pudo dirigir la camioneta rumbo al desfiladero, donde con seguridad nunca la encontraríamos, ni siquiera cuando el deshielo arribara. Detuve mis pasos al borde del desfiladero e instintivamente supe dos cosas: que había llegado al límite de mi capacidad y que nunca podría resolver ese misterio. Cuando llegué a casa me enfrasqué durante una hora frente al rompecabezas, uniendo las piezas con desasosiego, hasta que a punto de terminarlo descubrí que faltaba una. Era una vieja broma de mi padre; guardar la última pieza consigo para que ambos, como los mejores compañeros la colocáramos al mismo tiempo. Seguramente había guardado la última pieza en el bolsillo de su camisa, la noche del accidente. Un auto se estacionó frente a la casa. Alguien tocó con fuerza la puerta y me acerqué para abrirla. La tía Clara llegó con una mujer que dijo ser mi madre, de la misma forma que pudo haber dicho que era el monstruo del lago Ness, un extraterrestre, o el abominable hombre de las nieves, para mí daba lo mismo; a ninguno de ellos los había visto en mi vida y mucho menos creía en su existencia. El monstruo de Loch Ness criticó los muebles de la casa, el descuido en la limpieza y el pueblo perdido donde mi padre me había condenado a pasar la niñez y adolescencia. Prometió que se encargaría de que a la brevedad fuera aceptado en la mejor escuela de Boston para chicos de mi edad, y que con la ayuda de un tutor lograría regularizar mis conocimientos con los del resto del alumnado. Aún estamos a tiempo de reencauzar tu vida, dijo, mientras conducía el auto que detuvo frente a la casa de Ana W. Tía Clara y yo vimos bajar al monstruo de Loch Ness y entregar unos papeles al padre de Ana W. Son para la venta de la casa, dijo la tía, un camión pasará mañana a recoger todas tus cosas. ¿Y las de mi padre? pregunté, pero tía Clara le vio venir, hizo como si el diablo le hablara y no contestó. Cuando se puso el cinturón de seguridad, el monstruo, que parecía lucir más relajado, intentó sonreírme. Fue como ver a un chacal con el hocico ensangrentado, enseñar los dientes antes de atacar. Ana W permaneció sentada en el porche detrás de su padre. No hizo ningún intento por mirar hacia nosotros; no nos veíamos desde el funeral, donde ninguno nos dirigimos la palabra. Se puso de pie y dio un paso al frente, pero sólo eso. Nuestro vehículo se alejó por el camino nevado. Tuve deseos de ver por el espejo retrovisor. ¿Habría cambiado algo descubrir a Ana W correr tras el auto y agitar su enguantada mano en señal de despedida? Nunca lo supe porque preferí cerrar los ojos y no los abrí sino hasta sentirme lo suficientemente lejos. El monstruo intentó poner música, pero de la radio no surgió más que el zumbido de la estática, que nos acompañó durante todo el camino. Mi padre tenía razón cuando dijo que mi madre se encontraba enterrada en la ciudad. Nunca regresé al pueblo. Jamás abrí la carta que Ana W me entregó en el funeral, ni las que llegaron a nuestra casa en Boston; las cuales no dudé en devolver al remitente. Nunca volvimos a saber nada el uno del otro.

No sólo logré regularizarme en menos tiempo del que había estimado el tutor, sino que realizando cursos de verano, que era la mejor manera de permanecer lejos del monstruo, conseguí graduarme antes que mis compañeros. Terminé la universidad con una mención de honor, y cuando mi madre preguntó cuales eran mis planes, respondí sin dudar que llenaría una solicitud para entrar al Buró Federal de Investigación. La sola mención del FBI le hizo recordar a mi padre y guardó silencio. Seguramente pensó en él cuando escuchó mis planes, pero si así fue, no demostró ninguna clase de sentimiento. En el fondo supo que no logró reencauzar mi vida, sino sólo retardar lo inevitable. El monstruo de Loch Ness no fue a despedirme a la estación del tren. No volví a saber de ella hasta quince años después, cuando la tía Clara me informó de su muerte.

15

Mi Loch Ness personal ii

Esta es la organización más grande que jamás haya creado una mente humana, me dijo el instructor al momento de recibir mi placa como agente del fbi. La mente creadora en persona, el director Hoover, nos dio un discurso a los nuevos agentes, donde ponderó sobre todas las cosas la vocación de servicio y el respeto de la gente, que debíamos ganar. Si ese grupo de malhechores que rondan las calles formaran una unidad de conquista, nos advirtió en su discurso, Norteamérica caería ante ellos, no en un mes, tampoco en un día, sino en unas horas. Le escuchábamos como si el director Hoover fuera un antiguo patriarca que transmitiese enseñanzas milenarias a su descendencia.

Mi carrera como agente del fbi fue afortunada desde el inicio. Logré resolver los casos más difíciles que me fueron asignados; algunos no sin grandes esfuerzos. De algunas investigaciones fui separado misteriosamente cuando estaba a punto de encontrar a los culpables. El resto de los agentes no ocultaron sus celos por mis triunfos. Me pusieron de sobrenombre *Little Mac*, en referencia a Melvin Purvis, conocido como *Little Mel*, uno de los mejores agentes de Hoover, el que logró la captura de *Baby Face* Nelson, *Pretty Boy* Floyd, y cuyo mayor triunfo fue acabar con John Dillinger, el enemigo público número uno de aquel entonces. Todos los excesos son malos, me aconsejaron, incluso el exceso de eficiencia; no olvide a Purvis, me dijo un viejo agente, yo presencié cuando los celos del director Hoover provocaron su traslado a un pueblo perdido, y usted sabe cómo terminó todo.

Se refería a la extraña muerte que tuvo el agente Purvis, cuando se le disparó de manera accidental un arma que le acababa de entregar otro agente. Fuego amigo, le llamaban en el FBI. Las hipótesis sobre su muerte iban desde el ya citado fuego amigo, pasando por la venganza del director Hoover, o la participación de la mafia, hasta una muerte accidental al intentar extraer una bala atorada en el revólver con el que mató a Dillinger. Oficialmente los investigadores determinaron que *Little Mel*, uno de los mejores agentes que el FBI haya tenido, decidió suicidarse a los cincuenta y seis años. Cuando alguien comenzaba a destacar en el Bureau, referirse al destino de Melvin Purvis era sinónimo de mantenerse tranquilo y no excederse en el cumplimiento del deber. Los celos del director Hoover sin duda podían llegar fácilmente hasta Florence, South Carolina. Un grupo de agentes, entre los que me encontraba, regresamos a los cuarteles generales de la agencia después de haber asistido al funeral de Brennan, quien fuera secretario privado del director Hoover por más de treinta años. Frank Brennan fue la única persona, después del director asociado Clyde Tolson, en la cual el director llegó a depositar algo cercano a la confianza. Desde su fallecimiento, muchos especularon quién lo sucedería en el cargo. Las cualidades por las que fue elegido eran un completo misterio, pero una de ellas debía ser sin duda la discreción. El director Hoover lo definió como la clase de persona que puede ver tu traje incendiarse y no decir nada si no se lo preguntas. Lo único que sabíamos con certeza de su persona era su afición desmedida por los Medias Rojas de Boston. Para muchos, la siguiente persona a la que el director llamara a su oficina podría ser su futuro secretario privado, un puesto al que unos aspiraban y otros rehuían. Seis agentes fuimos citados para esperar en la antesala. Frente a nosotros, una placa de metal se encontraba colgada en la pared, de tal forma que era inevitable leer la inscripción antes de entrar a la oficina del director: *"Una institución es la sombra alargada de un hombre". Emerson.* Nos miramos. La precaución del director por los gérmenes era tal, que ordenó instalar una luz ultravioleta con la creencia de que eliminaría los virus mientras que un hombre con un matamoscas, tenía la orden de no retirarse hasta haber acabado con cualquier insecto que osara acercarse. Hellen Gandy, su asistente ejecutiva, nos inspeccionaba sin dejar sus ocupaciones. Era la mejor representación de Cancerbero en la tierra. Vigilaba con lealtad y devoción a su jefe; nadie se habría atrevido a pasar sin una cita o consentimiento del director. Fue la barrera que presidentes, fiscales y políticos tuvieron que pasar para llegar a él. Nunca, en los cincuenta y cuatro años que llevaban trabajando juntos, el director la llamó de otra forma que no fuera *miss* Gandy. La primera pregunta que le hizo al llegar al puesto fue si tenía planes para casarse próximamente, a lo que *miss* Gandy respondió de manera negativa. De hecho, ninguno de los dos se casó y nadie le sirvió tan devotamente como ella. Si alguien era indispensable en el FBI, en palabras del propio director, era *miss* Gandy; pocas personas tuvieron tanta influencia a nivel interno, ni manipularon tantas carreras como ella. Sus modales finos y suaves contrastaban con su agudo ingenio y férreo carácter. Todas las llamadas al director tenían que pasar por ella, porque siempre estaría ahí. El interfón del escritorio sonó y se escuchó la voz tan temida por todos. *Miss* Gandy, haga venir al agente Mc Kenzie a mi oficina. El resto de los agentes me miró en silencio, en algunos rostros se reflejaba el alivio y en otros la envidia. La oficina del director era austera, impersonal y tan fría que haría sentir acogedor un quirófano. Las paredes se encontraban blindadas no con metal sino con trofeos, para que nadie que entrara pudiera sentirse más importante que el director: reconocimientos, diplomas, cartas de agradecimiento de gente famosa y las fotos estrechando la mano de los ocho presidentes de la nación a los que había servido; en contraste con la expresión afable del hombre fuerte del FBI, ningún presidente sonreía en la foto; cada uno parecía deseoso de soltarse, como si estuviera estrechando la mano del príncipe de las tinieblas. Su obsesión por la pulcritud y el orden era de todos conocida, al grado de llegar a suspender a un agente por tener una persiana demasiado baja o dejar un papel fuera del cesto. Su primera actividad al llegar a la oficina era pasarse un plumero por los zapatos, para que recuperaran el brillo que pudieron haber perdido en el trayecto de su casa al edificio del Buró. Me hizo una seña para que avanzara. Siéntese, dijo, sin quitar la vista de un documento. Esa mañana el director vestía un traje negro con camisa blanca y corbata azul. Giró su silla para alcanzar un lápiz. Su manía por la perfección era tal que despidió a todo el departamento de limpieza del edificio porque escuchó rechinar su silla. Un pasador con cabeza en forma de león y unos gemelos ajustaban la corbata y las mangas de la camisa para impedir que se torcieran. Su frente era amplia y el cabello negro, la nariz un poco ancha y sus cejas profusas y muy arqueadas. Las arrugas le surcaban casi todo el rostro y sus labios eran tan delgados que parecían no existir. El nudo de la corbata ajustada no lograba ocultar la papada, que se abultaba bajo el mentón. Tomó papel para notas y comenzó a escribir profusamente hasta llenar la hoja, luego hizo un par de anotaciones en los extremos y subrayó un par de palabras. Su caligrafía era firme. Usaba dos anillos en la mano derecha: el de la universidad y el de su logia masónica; mientras que la izquierda estaba destinada a un zafiro en forma de estrella adornado con diamantes, que su madre le regaló en 1924, un día después de ser ascendido al Buró de Investigaciones, y del que, como su cargo, no se separaría en toda su vida. Los memorandos del director habían causado más de un dolor de cabeza, no por su letra, sino por su contenido. Acostumbrado a llenar con anotaciones todo el espacio de las tarjetas, en una ocasión escribió *watch the borders*. Ninguno de sus asistentes acertó a descifrar si se refería a poner atención a los extremos de los memos, o cuidar las fronteras de alguna infiltración extranjera. Temerosos de preguntar, optaron por hacer ambas cosas. El director Hoover tosió un par de veces y reanudó la escritura de su memorando. Cuando lo terminó pulsó un botón de su interfón y *miss* Gandy entró, tomó el memo, preguntó si algo más se le ofrecía y salió sin dedicarme una mirada. Toda la acción no llevó más de unos cuantos segundos. Su expediente es notable, agente Mc Kenzie, dijo. Gracias, señor director. No lo digo como un cumplido, recalcó, es lo menos que espero de todos mis agentes. ¿Continúa armando rompecabezas?, preguntó el director, quien gustaba de hacer menciones personales para que no olvidáramos que sus sistemas de espionaje podían volverse en nuestra contra. Respondí afirmativamente. ¿Sabe cómo le llaman sus compañeros?, preguntó nuevamente. Asentí. Yo también, continuó, conozco cada uno de los sobrenombres que me ponen, no podría ocupar este puesto si desconociera lo que pasa en mi propio edificio. El director Hoover había revolucionado el Buró de Investigaciones, convirtiéndolo en una eficiente agencia contra el crimen, incorporando modernas técnicas de investigación, el uso del laboratorio, un equipo forense y un archivo de huellas dactilares donde, lo quisieran o no, se encontraban tanto norteamericanos con antecedentes criminales como inocentes; sin embargo, su logro principal había sido reunir toda esa información. Amasó una gran cantidad de expedientes no sólo sobre líderes opositores, activistas y luchadores sociales, sino también sobre los políticos del país y la gente de poder. Si Dios estaba en todas partes, los informantes de Hoover se encontraban un paso atrás, grabando todo en una cinta o escribiendo un informe al respecto. Bajo su administración, y con ayuda de sus mejores agentes, mafiosos como *Baby Face* Nelson, Alvin Karpis, *El Ametralladora* Kelly y el más famoso de todos, John D. Dillinger dejaron de ser amenazas. Durante muchos años se especuló que la mafia chantajeaba al director a causa de unas fotografías comprometedoras, a condición de no intervenir en sus negocios, pero los logros del FBI contradecían ese rumor. Condujo la más importante operación de contrainteligencia anterior a la segunda guerra mundial, conocida como el Proyecto Venona, pero decidió no informar de sus resultados al presidente Truman, al abogado general Mc Graith, ni a los demás secretarios de estado. Todo lo concerniente al proyecto se mantuvo oculto bajo llave en un cajón de su escritorio. Su poder no fue igualado por ningún otro funcionario público en toda la historia del país. Los archivos secretos del director Hoover nunca se encontraron, y para todos fue un misterio el lugar donde fueron escondidos. Si para la mayoría de los seres humanos el hombre más poderoso de la tierra es el presidente de los Estados Unidos, me encontraba sentado frente al hombre que había sobrevivido a ocho mandatarios, desde el presidente Cooleridge. Ninguno fue capaz de hacerle renunciar a su cargo, por más que lo intentaron. Así de grande era su poder. Después de cada captura, sus agentes tenían la orden de requisar todo: filmes caseros, álbumes de fotos familiares, diarios, pornografía e incluso inventariar la colección de discos. Su lista de sospechosos de actividades antiamericanas rebasaba los doce mil. En una ocasión, la misma Marilyn Monroe le visitó en su oficina y cuando la abandonó, media hora después, el rostro del mayor símbolo sexual del cine, era sombrío y triste. ¿Sabe por qué se encuentra aquí, agente Mc Kenzie?, preguntó. Asentí. Desde que tenía ocho años llevaba registro de todo, contó el director, desde la nubosidad o la temperatura de cada día, los nacimientos y defunciones en la familia, el dinero que ganaba haciendo pequeños trabajos, la talla de mis sombreros y calcetines, me miró, todo en mi casa debía estar perfectamente catalogado, organizado, recordó. Somos una organización que reúne datos, agente Mc Kenzie, nosotros no exculpamos ni condenamos a nadie, son las personas quienes caen en sus propias redes. Presionó un botón del intercomunicador y segundos después entró un mensajero. El director lo revisó de arriba abajo: rostro, cabello, ropa, zapatos; y le entregó el memorando que acababa de escribir. Esperó a que el joven cerrara la puerta tras de sí, antes de continuar. Trabajé como mensajero en el departamento de encargos de la biblioteca del Congreso, con un sueldo de treinta dólares a la semana; me llamaban *Speed*, por lo rápido que llevaba los paquetes. Una tarde tuve una visión en la biblioteca del congreso. Fue como un relámpago que me cegó y cuando recuperé la conciencia, cada libro que se encontraba en los estantes brillaba con un color diferente. En ese edificio se guardaba toda la información de lo que el ser humano quisiera conocer. ¿Qué pasaría si existiera un lugar paralelo, donde se concentrara todo aquello que los seres humanos quisieran esconder y olvidar? Supe en ese momento que mi vida tenía una misión. Todo el mundo tiene algo que ocultar, agente Mc Kenzie, nunca lo olvide, pero si logra borrar sus huellas, se convertirá en perseguidor, jamás en perseguido. El director sabía de lo que hablaba: su acta de nacimiento no fue archivada sino hasta 1938, cuando él tenía cuarenta y tres años, y los expedientes relativos a sus antepasados así como su árbol genealógico permanecieron bajo su cuidado por décadas; únicamente los hizo públicos después de ser debidamente arreglados. Un hombre con un poder como el suyo tuvo todo el tiempo y los recursos para crearse una nueva vida, y vaya que lo hizo. El secreto más importante de toda la humanidad, dijo, fue el método para construir una bomba atómica, señor Mc Kenzie, ¿Sabe cuánto tiempo fue necesario para que nuestros enemigos tuvieran la capacidad de crear una? Ni siquiera diez años. Si quiere que algo no se conozca, no lo haga, no lo diga, ni siquiera lo piense. No evaluaré su desempeño para darle la oportunidad de ser mi secretario privado, ni sus logros, ni su historial, ni siquiera su filiación política, dijo colocando sus codos sobre el escritorio, y mirándome fijamente. Desde la escuela de leyes admiré a Sócrates, continuó, así que sólo le haré una sencilla pregunta para saber si es usted el hombre indicado para este puesto. Después de todo, la leyenda de cómo Brennan obtuvo su cargo era cierta, pensé. Hoover ordenó en dos filas una serie de memorandos, y me observó con la mirada más dura y fría que he sentido en mi vida. Si tuviera el poder para cambiar algo en el mundo, ¿qué cambiaría, agente Mc Kenzie? Mi cerebro comenzó a trabajar a toda velocidad. ¿Qué clase de respuesta dejaría satisfecho al hombre que aparentemente lo sabía todo de todos? ¿Una reforma al sistema de justicia, un cambio en los métodos de investigación, un plan infalible para acabar con el crimen? Las respuestas posibles se agolpaban en mi cabeza, entraban, subían, daban giros y cuando creía haber encontrado la correcta, otra nueva llegaba para hacerme dudar. El tiempo corría. El director Hoover creyó que todo era una pérdida de tiempo y dirigió su mano al botón del intercomunicador, para que *miss* Gandy llamara a otro agente. En ese momento recordé uno de sus desconcertantes memorandos y tuve una idea, una idea tan absurda que podía funcionar, de cuando se rumoró que el director sería nombrado comisionado de béisbol de las grandes ligas. Por primera vez, sin pensar en nada más, disparé: eliminaría el proyecto para la regla del bateador designado, contesté con voz firme. No movió un solo músculo de su cara ni parpadeó. El director Hoover estaba inerme, como lo estuvo alguna vez la esfinge ante Edipo. Su dedo índice disminuyó la presión que ejercía sobre el botón del interfón. No existe mayor misterio, dijo, que un *pitcher* al bate en el centro del plato. Ningún *manager*, continuó, ni siquiera el gran Connie Mack sería capaz de adivinar lo que puede suceder. Esta es su primera misión, dijo, con expresión seria y entregándome un memorando, en el que se instaba al departamento de parques y jardines a abstenerse de cortar un pino, que estaba plantado frente a la casa del director Hoover. Desde niño siempre dibujé un enorme pino frente a mi hogar, y todas en las que he habitado lo han tenido. Ahora puede retirarse, agente Mc Kenzie. Se puso de pie y estreché una mano tan fría como la mesa de operaciones de un hospital. Cuando llegué al Buró de Investigaciones en 1924, antes que el FBI existiera, me dijeron que fuera contra la corriente, dijo, sin soltar mi mano, ahora, después de tantos años yo soy la corriente, usted decide si nada conmigo o contra mí. Preséntese mañana a las ocho, con su misión cumplida, ordenó. Me despedí, enfilando mis pasos hacia la puerta; pero antes, sin saber por qué, di media vuelta y le miré. ¿Señor?, pregunté. ¿Sí, agente Mc Kenzie? ¿Cuándo contrató al señor Brennan…?, dejé la frase en el aire, la pescó y me miró. ¿Quiere saber qué respondió el agente Brennan, cuando le hice la misma pregunta que a usted? Asentí. Permaneció en silencio por un instante que me pareció eterno. Me miró con gravedad, como un tirador que mide la distancia de su presa antes de disparar. Pensé que acababa de cometer un grave error al hacer al director una pregunta de carácter personal. Haría que los Dodgers regresaran a Brooklyn, eso fue lo que contestó Frank Brennan. Hay algo que debe de recordar desde este momento, dijo, en una mezcla de consejo y advertencia: puede caminar recto en un mundo torcido, pero no llegará demasiado lejos, y dirigió su atención a un nuevo memorando. Después de cerrar la puerta de su oficina me sentí inquie-

to y extrañamente ligero, como si una parte de mí hubiera quedado atrapada en ese lugar para siempre.

16

Mi departamento se encontraba en penumbras. Bajo la puerta se apilaban los recibos de agua, gas y estados bancarios. Pulsé el interruptor pero todo continuó a oscuras. Entonces escuché crujir bajo mi zapato los restos de un foco: como pude comprobar, todas las bombillas del departamento estaban rotas. Inspeccioné las habitaciones sin encontrar a nadie, pero era evidente que el lugar fue revisado. El resplandor de neón de la contestadora telefónica era lo único que se distinguía en el lugar. Avancé y descolgué la bocina. Por fortuna aún no suspendían el servicio. Decidí que no había por qué esperar más para hablar con Ackerman y anunciarle que oficialmente me retiraba de la investigación. Colgué la bocina para buscar su número en mi agenda, cuando intempestivamente sonó el teléfono. La voz de Kandinsky me tomó por sorpresa: Encontré información importante que podría darnos algo de luz en el caso, dijo. La situación tenía su gracia, pensé, luz era lo que más necesitaba en ese momento. Convinimos vernos en media hora. Le pedí que de camino comprara un par de velas o una linterna eléctrica.

Salvo un viejo que leía las tiras cómicas, y ocasionalmente soltaba una risotada, la cafetería se encontraba vacía. Pedí una taza de café negro, que el mesero llevó un par de minutos más tarde. Dejé caer dos terrones de azúcar, que se disolvieron casi de inmediato. Pensativo, observé el líquido aquietarse poco a poco. Mi silueta, así como las aspas del ventilador que giraban lentamente, fueron arrastradas al centro del remolino, a medida que revolvía el café con la cuchara. Me puse a hojear un diario de dos días atrás, mientras esperaba. Un grupo de geólogos chilenos se encontraban desconcertados ante la súbita desaparición de un lago. Karla Luksic, propietaria del rancho ganadero *La Madrugada*, declaró que mientras paseaba con su perra Mika se sorprendió al descubrir que el lago y los enormes témpanos de hielo que había visto un día antes se esfumaron como por arte de magia. Se manejaban varias teorías, pero lo único cierto era que ese lago de cuarenta metros de ancho y siete kilómetros de largo ahora podía recorrerse a pie. En un mundo donde los lagos desaparecían de un día para otro, yo trataba de encontrar una película perdida desde hacía más de cuarenta años.

El timbre de la puerta se accionó y levanté la mirada del diario. Kandinsky entró con un expediente en la mano y se sentó frente a mí sin siquiera saludar. Creo que tuve mejor suerte que usted, y sin viajar tanto, sonrió satisfecho. Estaba ansioso por relatar sus descubrimientos. Encontré un viejo litigio que la MGM entabló contra una pequeña distribuidora de filmes a principio de los años sesenta. Por lo que he podido investigar, Second American Films fue una compañía productora de poca monta, pequeña y de dudosa reputación. Probablemente fue creada para evadir impuestos, porque sus registros fiscales son confusos, y cambiaba frecuentemente de dirección. Cuando ya no pudieron producir filmes de bajo costo, se dedicaron a distribuir viejas y olvidadas películas mudas, propiedad de estudios locales, sobre las cuales no existían ningún tipo de derechos; muchas de esas cintas las adquirieron como parte del mobiliario, junto con cámaras, rollos de película y decorados. El último catálogo que se imprimió en esos años, y del que logré encontrar un ejemplar incompleto, mostraba que era posible adquirir por correo copias de *Londres después de medianoche*; sólo había que pagar $41.98 dólares por la versión en 8mm, o $47.98 por la de Súper 8. El departamento legal de la MGM se enteró y por medio de sus abogados entabló una demanda, ya que eran los propietarios legales de ese y otros filmes que la Second American Films comercializaba ilegalmente. La compañía no tuvo más remedio que acatar la orden judicial, detener todos sus envíos y recuperar las cintas que se habían mandado por correo; algunas se devolvieron a las compañías propietarias de los derechos, pero la gran mayoría fueron destruidas o tiradas a la basura; era más barato eso que transportarlas a las bodegas de los estudios. Por ese lado no había nada más que buscar, pero algo me incomodaba, dijo Kandinsky con presunción, y me extendió un documento que tenía estampada la frase *Sólo para lectura,* sobre el cual puso la mano para evitar que lo tomara. Esta es la dirección y el nombre del abogado que defendió a la Second en su proceso contra la MGM, finalizó, como quien espera una recompensa. Creo que me he ganado el saber de qué conversaron el director Hoover y usted, en sus últimas horas de vida, dijo con interés. No me creería si se lo contara, contesté. Estoy listo para creer en lo que sea, Mc Kenzie, contestó, mientras deslizaba el documento hacia mí.

La oficina del abogado que defendió a la Second en aquel litigio tenía todo lo que uno esperaría encontrar por una consulta de doscientos dólares la hora: enormes libreros con ediciones costosamente encuadernadas, un lujoso cartapacio de piel en el escritorio, un búho finamente labrado en plata, la escultura de las balanzas de la justicia, plumas fuente y abrecartas de oro, todo aquello que los abogados consideraban necesario para impresionar a sus clientes. El hombre me invitó a sentarme, y después de que lo hice, se acomodó en su sillón de cuero negro. Todo en él era fría corrección: el traje sin arrugas, la corbata con un perfecto nudo Windsor, los relucientes zapatos estilo bostoniano, cuyas agujetas tenían el mismo largo en cada pie; extrañamente, sus manos estaban demasiado callosas y agrietadas, contrario a lo que podría esperarse de un exitoso hombre de leyes. Prácticamente no hubo medio de defensa contra la MGM y las otras productoras, afirmó el abogado, que rondaba casi los sesenta años, se llegó a un acuerdo extrajudicial y con la recuperación de los filmes vendidos y la entrega del inventario total a las partes demandantes se dio por terminada la acusación. Es todo lo que recuerdo y lo que encontré en el expediente, dijo, fue uno de los primeros casos que tomé. ¿Tendrá los datos del contador de la Second?, pregunté. Claro, respondió, ¿por qué cree que lo recuerdo? La Second nunca liquidó mis honorarios. Una vez terminada la entrevista con el abogado, consulté el nombre del contador y su número del Seguro Social. Logré ubicarlo en Madison, Wisconsin, y tomé un avión directo esa misma noche.

El contador de la Second tenía más de sesenta años, y cuando lo encontré reparaba un viejo auto en su cobertizo. Una cartulina anunciaba una venta de garage para el fin de semana. Cuando le expliqué parcialmente el motivo de mi visita se mostró amable y me invitó a pasar a su casa. Los muebles eran modestos y antiguos. Desde la muerte de su esposa, el Sr. Johnston ocupaba su tiempo en pequeñas reparaciones domésticas y dejaba pasar la vida con calma. No tardó en recordar el litigio y cuánto dudaron entre afrontarlo o cambiarse de domicilio. Éramos algo así como los gitanos del cine, dijo Johnston, las oficinas eran casas trailer, así que ya se imaginará, dijo, si había problemas sólo era cuestión de enganchar las camionetas y agarrar la carretera; desgraciadamente los abogados de la MGM fueron implacables y finalmente dieron con nosotros. Nos exigieron la entrega de todos los registros de venta de sus filmes. Fuimos obligados a detener todos los envíos por correo y a recuperar aquellos que ya se hubieran entregado. Mandé cartas, viajé a lugares tan recónditos que ni en el mapa aparecían a fin de recuperar las cintas. Hubo quienes se resistieron a devolverlas, pero ante la amenaza de haber adquirido un producto fuera de la ley, aceptaron entregarlas. Se prometió devolverles el dinero vía correo, algo que como puede imaginar jamás ocurrió. De todas formas, continuó, la empresa ya buscaba un lugar donde echarse y morir con un poco de dignidad y la MGM se lo proporcionó. ¿Y sabe qué fue lo que más me enfureció? Que después de recorrer medio país para recuperar los filmes, me di cuenta de que los de la MGM nunca los quisieron ni les importaron, sólo buscaban que nadie más ganara dinero. Un notario público fue contratado por los estudios de cine para dar fe de la destrucción de las cintas. Se les prendió fuego a las afueras de la ciudad, pensando que se consumirían pronto, pero nos agarró la noche y daba la impresión que la hoguera iba a arder siempre. Aunque era su deber esperar hasta que se consumieran totalmente, el notario decidió acelerar todo, firmar los papeles y retirarse. Las llamas se veían a varios kilómetros a la distancia, como si jamás fueran a extinguirse. Le mencioné el filme *Londres después de medianoche* pero no lo recordó. No me importaba de qué trataban, mi trabajo era encontrarlos y traerlos de regreso, siento no poder ayudarlo, finalizó. Sentí una gran decepción, pero sorpresivamente Johnston comentó: Claro que si le interesa mucho, podría verificar mis registros, dijo. ¿Sus registros?, pregunté. La contabilidad, respondió, después de las demandas el dueño de la Second me ordenó destruir toda la documentación, pero no lo hice; si mi nombre aparecía en el juicio me acusarían de destruir evidencia, y para qué ganarse más problemas, ¿no cree? ¿Quiere verlos?, preguntó, deben estar en algún lugar de la bodega. Volvimos al cobertizo. Tiene suerte, señor Mc Kenzie, el domingo era la venta de garage y lo que no saliera, lo tiraba a la basura, ya son muchos años cargando esto, y necesito el espacio.

Me llevó un par de horas sacar todas las cajas y encontrar la documentación. Los registros se encontraban ordenados por filme, pero para mi decepción las veintidós copias de *Londres después de medianoche* fueron recogidas a los compradores y devueltas a la MGM. No hubo suerte, le comenté, no sabe cómo hubiera querido que alguien no devolviera el filme o que ustedes guardasen una copia. ¿Ya revisó las ventas internacionales?, preguntó. No fueron muchas, pero para esas no se extendía factura, así que las manejábamos de manera oculta, ya sabe, para evitar pagar impuestos. Lo que el Tío Sam no sepa no le hará daño, dijo guiñando un ojo. Las ventas al extranjero fueron mínimas, aseguró, pero uno nunca sabe. Las manos me temblaron cuando una hora después encontré un recibo de *Londres después de medianoche* vendido al extranjero. Era un descubrimiento tan sorprendente que no podía creerlo, por lo que le pedí a Johnston confirmar mi hallazgo. En efecto, esa nunca se recuperó, comentó, luego de revisar el documento, no recuerdo haber viajado al extranjero, y se rascó la cabeza. El recibo estaba a nombre de un tal Edward James, cuya única dirección era un apartado postal en la ciudad de Tampico, en México. ¿Estaría aún con vida esa persona? ¿Conservaría el filme? ¿En qué condiciones? Pedí permiso para llevarme la nota con los datos de la venta y agradecí a Johnston. Si hay algo más que le interese, las cosas estarán aquí hasta el domingo, finalizó.

Cuando descendí del taxi en el hotel, un par de hombres ya me esperaba junto a la recepción. Los rasgos de sus caras parecían haber sido cortados con una sierra y sus ojos no dejaron de seguirme desde que entré. Ni siquiera Groucho Marx hubiera podido arrancarles una sonrisa. El corte de sus trajes no era lo suficientemente bueno para que sus armas pasaran inadvertidas. Venimos a hacerle una invitación, dijo uno de ellos. ¿De qué clase?, pregunté con rudeza. Nuestro jefe desea conversar con usted sobre un objeto que es de interés para ambos. ¿Y si no deseo aceptar su invitación?, pregunté. Perderá una gran oportunidad, y créame, nunca estará tan cerca de encontrar lo que busca como si viene con nosotros. Podía tratarse de un engaño para que aceptara, pero no tenía alternativa si quería conocer a la persona que me enviaba guardaespaldas como emisarios de buena voluntad. Tenemos una reservación de avión a su nombre, dijo el segundo. Inmediatamente me vino a la mente el rumor del millonario canadiense que poseía una copia del filme. ¿A Canadá?, pregunté. No respondieron. Vi a un tercero acercarse con mi maleta. Todos parpadeaban normalmente. Nos permitimos preparar todo para su viaje. Comenté que necesitaba ir al sanitario, y fui seguido por uno de los hombres. Me encerré en uno de los baños, memoricé los datos del tal Edward James y me comí el papel. Una pista, tal vez la más importante que nadie había conseguido en décadas, se deshacía en mi estómago. Por primera vez en mi vida sentí que no armaba un rompecabezas, sino que involuntariamente, formaba parte de uno.

17

El misterioso señor Martínez i

El vuelo hasta Nueva York transcurrió sin problemas, tal como se espera cuando uno viaja en primera clase. Champaña, vodka, whisky y toda una serie de sofisticadas bebidas, cocteles y bocadillos desfilaron ante nosotros. Las azafatas abrían y cerraban con prontitud la cortina que nos separaba del resto de los pasajeros, como si temieran que algún virus de la clase turista pudiera infectar a su selecta clientela, cuya única preocupación existencial consistía en elegir entre el caviar Beluga, Ossetra o Sevruga. Como el baño se encontraba ocupado, decidí usar los de la clase turista. Uno de mis acompañantes me siguió discretamente. A medida que avanzaba por el pasillo, sentí las miradas de los pasajeros sobre mí. No se necesitaba ser Einstein para saber que sus pensamientos eran: ¿por qué ese imbécil viaja en primera clase y yo no? Mientras regresaba a la primera clase, una turbulencia sacudió el avión. Se escuchó el chirrido en las alas y observé por la ventana. Uno de los alerones se extendía lentamente por acción de unos engranes. No importa quiénes fuéramos o a qué nos ocupáramos, la vida y seguridad de todos recaían en un piloto sin rostro, o peor aún, en un mecánico anónimo, encargado de apretar los remaches de las alas.

De regreso en primera clase, mi compañero de viaje, un psiquiatra, se dedicó a contar su vida mientras alababa las bondades del psicoanálisis. Fingí poner atención a sus argumentos, pero mi padre siempre me enseñó a desconfiar de los psiquiatras: *Si estás tratando todo el día con locos, algo se te tiene que pegar*, me dijo más de una vez. Justo en el instante en que llevaba a mis labios un whisky en las rocas, otra turbulencia sacudió el avión y mi mano se alzó como si brindara. Me pregunté si había motivos para hacerlo. No los encontré, pero bebí de todos modos. Minutos después, el avión se inclinó a un costado; la estructura del edificio Chrysler surgió imponente, emitiendo reflejos plateados. Desde que iniciamos el despegue la azafata nos indicó que a fin de experimentar la sensación de la cabina, las pantallas quedarían encendidas y veríamos lo mismo que los pilotos. No parecía la mejor de las ideas, lo último que uno quiere saber cuando está en un avión es que se encuentra volando. Exhibir la cinta *Aeropuerto 1975* hubiera sido menos estresante. Minutos después aterrizamos en La Guardia y nos dirigimos a una limusina que ya nos aguardaba. Mi celular fue requisado desde el primer momento, por lo que nadie conocía mi ubicación. Los tres guardianes se sentaron a mi lado y no dijeron palabra alguna hasta que la limusina giró en una calle oscura y se detuvo de improviso. Nos encontrábamos frente a un lujoso edificio de departamentos en Manhattan. Una puerta oxidada, la cual a simple vista pasaba inadvertida, se abrió con lentitud. El vehículo avanzó hasta casi topar con la pared. La puerta se cerró y quedamos sumidos en la oscuridad. Entonces descendimos por un pasillo débilmente iluminado hasta un elevador. Tras unos segundos de espera, las puertas se abrieron y entramos. Un solo botón resplandecía en el tablero. El guardián más alto lo presionó e iniciamos el ascenso. Unos segundos más tarde el elevador se detuvo, las puertas se abrieron y avanzamos por un largo pasillo. Llegamos a un departamento sin número, cuya puerta estaba protegida por una cerradura eléctrica. Una vez tecleada la clave de acceso, la puerta se deslizó dentro de la pared, para desplegar ante nosotros un lujoso departamento desde el cual se tenía una vista privilegiada de Manhattan. El señor tuvo que ocuparse en algunos asuntos fuera del país, por lo que no le será posible atenderlo, dijo el más alto, mientras con un movimiento de cabeza daba una orden a los otros dos guardias, quienes llevaron mis maletas a uno de los dos cuartos. ¿Y si necesito salir a comprarme ropa?, pregunté, pero fui interrumpido. No será necesario, contestó, en su habitación encontrará ropa y zapatos de su talla para varios días, si necesita algo más presione el cero en el teléfono y será atendido. Suena como si fuera un prisionero, afirmé. Huésped, comentó el guardián, es usted un huésped del señor, dudo que existan cárceles como esta, finalizó, mientras se dirigía rumbo al pasillo, seguido por los demás. La puerta surgió de la pared y se cerró de golpe; segundos después, un pasador eléctrico se activó. Esta parecía ser una de esas situaciones donde resulta más fácil dejarse llevar por la corriente que luchar en su contra. Me dirigí al bar, preparé un whisky, ahora con soda, y avancé hasta el enorme ventanal, donde los rascacielos iluminaban Manhattan. Observé mi reflejo: un hombre de mirada cansada, con una bebida en la mano, que ignoraba por qué se encontraba ahí y qué le deparaba el destino. Decidí brindar por eso y choqué mi vaso contra el de mi reflejo. Bebimos al mismo tiempo. Caminé hasta una pared, donde un interruptor eléctrico con luces *leds* parpadeaba. Estuve a punto de presionarlo cuando sentí una presencia en la habitación. Si fuera usted dejaría las cosas como están, demasiada luz atrae a las sombras. Tardé en distinguir una silueta femenina en un sillón contiguo. Mi nombre es Mc Kenzie, dije. Lo sé, contestó la chica, el mío es Rocío, Rocío Garza.

La chica se puso de pie, y dirigió sus pasos hasta el bar, donde se preparó una bebida. Este departamento no es más que un gran escaparate, señor Mc Kenzie, y nosotros objetos, a los que tarde o temprano él etiquetará con un precio, dijo Rocío, saliendo de las sombras. ¿Cuál fue el suyo?, le pregunté. Era una hermosa chica de estatura regular, complexión delgada y piel tan blanca como la leche; debía rondar los treinta años y su rostro oval, ligeramente achatado en la barbilla, mostraba unos labios agrietados, a pesar del brillo de su bilé. El cabello de color castaño, tan corto como el de un niño, le ocultaba parcialmente las orejas, en las que asomaban unos discretos aretes. Vestía una sudadera con capucha de color verde, con estrellas blancas y negras estampadas, y un pantalón de mezclilla deslavado. Se movía en el departamento con seguridad, como un animal que marcara su territorio ante la llegada de un intruso. El maquillaje la hacía lucir más pálida de lo normal, sin que lograra ocultar un par de imperfecciones en el cutis, incluidas dos pecas en la punta de la nariz.

El primer artículo realmente documentado sobre el hombre que ordenó traerlo hasta aquí lo escribí yo, dijo, alejándose un poco y frotando nerviosamente su brazo un par de veces, como si quisiera quitarse algo inexistente. Todo lo demás no han sido más que desafortunadas e inexactas variaciones sobre los datos que obtuve, afirmó con seguridad y aplomo; parecía la clase de chica ruda que se ha criado entre hermanos y que nunca agradecería que le abrieran la puerta. Hace un par de años, continuó, cuando trabajaba de mesera en Los Ángeles, atendí a un grupo de hombres de negocios de México. Pidieron alguien que hablara español y ofrecieron una buena propina, así que me quedé hasta muy de madrugada sirviendo las bebidas. Creyeron que me había retirado a la cocina, pero en realidad me encontraba detrás del bar intentando descansar un poco cuando comenzaron a hablar sobre él; primero en voz baja y luego, a medida que notaron mi ausencia, dejaron de susurrar y se expresaron con mayor confianza. Por momentos dudaba de lo que oía, parecía ser parte de un sueño borroso, de un recuerdo que se transfigura y al cual se le pegan como lapas otros recuerdos ajenos. Un multimillonario regiomontano que nadie conoce. Un fantasma que viaja en metro por Nueva York sin escolta. ¿Quién puede hacerle daño si es imposible reconocerlo? Posee lujosos departamentos en las principales capitales del mundo y ni los porteros de esos edificios pueden dar una descripción precisa de su persona. Los pocos que le han entrevistado, únicamente por teléfono, afirman escuchar una voz distinta cada vez. Un hombre sin rostro ni voz definida. Como Fantomas, si le gustan esa clase de comparaciones: está en todas partes y en ninguna, es todos y nadie a la vez. Lo reciben en los más exclusivos restaurantes del mundo sin necesidad de reservar ni usar corbata. No fue fácil ir trazando las líneas de un ser prácticamente inexistente; durante algún tiempo se rumoró que su nombre era la invención de un grupo de millonarios, quienes decidieron crearse un hombre invisible como un sofisticado juego, pero no fue así; pude descubrirlo cuando tuve acceso a los registros del Colegio Irlandés O´Flaherty, en Monterrey, los cuales después de mi reportaje fueron cambiados a un lugar secreto. Rocío avanzó por el departamento hasta una enorme pecera de cuatro metros de largo, iluminada con luces azules, donde las burbujas de oxígeno buscaban el rumbo hacia la superficie. Compró el departamento más lujoso de Nueva York, le acondicionó paredes de plata y construyó en su interior una piscina reflejante y un acuario; cuando le objetaron que dicha construcción molestaría al vecino del piso inferior, sin más contemplaciones compró ambos departamentos, por los que pagó cien millones de dólares. No posee jets privados y prefiere viajar en clase turista en aviones comerciales. ¿Se imagina al ministro de hacienda de Brasil viendo al hombre que les salvaría de la bancarrota bajar de un avión comercial, en pantalón de mezclilla y saco sport, y tener que pagarle dos horas después setenta millones de dólares por su intermediación? Pocos saben que durante su juventud estudió para sacerdote; y que le ofreció matrimonio a su mejor amiga cuando un novio la dejó embarazada en la preparatoria. Aquella chica le amó lo suficiente para no aceptar y dejarle continuar su vida. No se han visto desde entonces. Rocío subió los pies a una elegante mesa de mármol con acabados de plata y cuyas garras labradas apresaban una esfera que representaba el mundo. Mordió una aceituna hasta dejarla en el puro hueso y la lanzó al tapete del piso. ¿Quién es exactamente esta extraña mezcla de monje, despiadado hombre de negocios y caballero medieval? Nadie lo sabe. Cada movimiento que hace, o que se rumora que hace apenas añade un misterio más al enigma de su persona. Algunos, incluyéndome, consideramos que su único paso en falso fue pagar ciento setenta millones de dólares por un cuadro de Jackson Pollock. Fue como si el fantasma se materializara por accidente y dejara una huella en el piso como prueba de su existencia. El origen de su dinero es tan misterioso como su persona. Sus empresas no tienen logotipos, no se anuncian en ningún lado ni tienen página de internet. Es como si mantuvieran oculta su existencia hasta que alguien, necesitado de demasiados millones, los invocara pidiendo ayuda. Por muchos años fue como un súbito destello, una luz que creemos ver y posteriormente desaparece, dejando la duda de su existencia. Mi reportaje consiguió lo que nadie había logrado: atraparlo, inmovilizarlo y descubrir sus secretos. Fue como fotografiar la propia luz, dijo para sí, como si súbitamente recordara algo. Nunca me lo perdonó, continuó, es la causa por la que me encuentro en este lugar. Y a todo esto, ¿usted qué pecado cometió para estar aquí? preguntó. Caminó hasta el bar donde pulsó un interruptor. A sus órdenes, señorita Garza, contestó una voz a través del interfón. Cena para dos, dijo con desgano. Creo que no tendrá más remedio que esperar hasta que él regrese. ¿Y eso cuándo ocurrirá?, pregunté. Puede ser mañana, en un mes o en dos; pero no se preocupe, señor Mc Kenzie, desde este momento, para usted y para mí, el tiempo corre de manera diferente. Cuarenta minutos después sonó el timbre de la puerta. Al abrirla, encontré una mesa sobre la cual estaban servidas un par de cenas del exclusivo restaurante *Le Cirque*. El pasillo se encontraba vacío. Accioné los botones del elevador pero no se abrió y las puertas de emergencia de cada ala del edificio estaban clausuradas. Pulsé la alarma contra incendios y todo continuó en silencio. Regresé al departamento y nos dispusimos a cenar. Él colecciona millonarias obras de arte como usted tarjetas de beisbolistas, comentó Rocío mientras se llevaba a la boca un poco de la sopa de pera. Si los demás postores saben que hay una obra en la que se interesa, deciden retirarse para no hacer el ridículo. ¿Quiere saber cómo lo conocí?, preguntó sin esperar la respuesta. Pensé que ese reportaje me abriría las puertas del periodismo, sin embargo sucedió todo lo contrario. Estaba sin trabajo, nadie recibía mis currículums, ni siquiera los periódicos universitarios. El sustituto del editor en jefe y el mismo editor que estaba de vacaciones cuando publiqué mi reportaje fueron despedidos. Es extraña esa sensación de saber que uno ha hecho algo grandioso y aun así sentirse como una idiota. Me imaginé como una estúpida que describe la piedra que cae sobre ella con lujo de detalle y es lo bastante tonta para no quitarse. Continuó con un plato de terrina de conejo y yo con una pechuga de pato con chocolate, pimienta y vinagreta. Las venas del dorso de su mano se translucían y bifurcaban a través de su piel, como los cables de un robot, mientras cortaba un trozo de conejo con los cubiertos. Me sonrió al llevárselo a la boca, enseñando una dentadura blanca, con dos dientes frontales idénticos, como si provinieran del mismo molde. Debió ver la expresión en mi rostro frente al elaborado platillo porque me sonrió. Era la clase de comida miniatura que podía satisfacer a un astronauta del Apolo XI, pero no a la gente común; por un momento traté de buscar el gotero para rehidratar los alimentos a su tamaño normal, pero no encontré nada. En mis tiempos, la bonanza de una familia se medía por la cantidad de alimentos en la mesa, pero los tiempos habían cambiado, ahora mientras más dinero se tiene más pequeña es la comida. Comí un par de bocados y dejé el resto de las muestras gratis. Rocío miró mi plato. Pruebe un poco más, señor Mc Kenzie, no sea que las desgracias le agarren con el estómago vacío. Se puso de pie y avanzó con lentitud hacia la pecera. Allí destapó un recipiente y espolvoreó alimento sobre el agua. Las partículas descendieron suavemente, sin que ningún animal saliera a su encuentro. Vi cómo acercaba su pálido rostro al cristal, pero los peces parecían tan irreales como la persona encargada de alimentarlos. Regresé a Monterrey, continuó Rocío, donde la mala suerte me seguía. No pude encontrar empleo como periodista, así que terminé en un restaurante como *hostess,* la cara bonita que sonríe y lleva a los clientes a la mesa. La noche de navidad, para ganar un par de horas extras, decidí encargarme del cierre del lugar. Todos los demás, salvo un mesero que se encontraba a prueba, se fueron rápidamente a sus casas para la cena familiar. A mí nadie me esperaba en casa y era una noche como cualquier otra. Los pequeños hijos y la esposa del hombre, vestidos con ropas muy humildes, esperaban tras la puerta de cristal a que terminara sus actividades, las cuales le llevarían mínimo tres horas más. Sentí algo extraño dentro de mí, al mirar los rostros de los niños, mientras su padre trapeaba el salón comedor. Le dije que se retirara y volviera mañana, que yo cerraría. Si el gerente se molestaba, renunciaría, estaba harta. Se fue tan rápido que no levantó sus cosas, así que tomé el trapeador. La campanilla de la puerta sonó y un hombre elegantemente vestido entró al restaurante. Le informé que no había servicio pero no me hizo caso. Inspeccionó en silencio el lugar y después me observó. Avanzó con seguridad y paso firme sin importarle que el piso se encontrara jabonoso. Verlo caer me hubiera alegrado la noche pero no sucedió. ¿Es usted la señorita Rocío Garza?, preguntó. Asentí. Al señor Martínez le complacería que aceptara la invitación a cenar con su familia esta noche. Creí haber escuchado mal, pero no fue así. El misterioso señor Martínez invitaba a cenar a la chica que le había despojado de su aura enigmática y fantasmal ante el mundo. A menos que tenga algo más importante que hacer, prosiguió el hombre sin inmutarse, mientras yo sostenía un trapeador del cual escurría un líquido color morado. No creo estar debidamente vestida para la ocasión, contesté. Todo lo relativo a su atuendo y transporte ha sido arreglado, explicó. Dudé por un momento, pero si iba a recibir una invitación para cenar con la familia del elusivo multimillonario, no podía ser en otra fecha que navidad. Regreso en un minuto, dije, mientras le entregaba el trapeador, sólo por el gusto de ver a un tipo elegante y serio con un trapeador que escurría. No le voy a aburrir con los detalles, pero en efecto, todo estaba listo para que aceptara la invitación. Pude elegir entre cuatro vestidos de noche de renombrados diseñadores que me ajustaron a la perfección; no olvide que soy mujer y no existe el vestido que nos pueda conquistar, pero ese lo logró. En el más elegante salón de maquillaje de la ciudad me esperaban para atenderme de manera exclusiva. Cuando salí para la cena lucía realmente espectacular. Incluso mi escolta me miró unos segundos con sorpresa, hasta que rápidamente recuperó la compostura. A la distancia se alzaba contra la noche la silueta del parque de la fundidora. Nos detuvimos frente a un semáforo en rojo. Sabía que era cuestión de horas para que la limusina se convirtiera en calabaza, mi elegante vestido en harapos y alguien me regresara de nuevo el trapeador mojado; sin embargo, no me importó. En la punta del cerro de la silla una luz brillaba intermitentemente. Debió ser el foco de una antena de radiocomunicación, pero para mí era la estrella que concedía deseos. Miré mi rostro reflejado en la ventana del auto y sonreí. Esta parecía ser una de esas raras ocasiones en las que la vida decide tratarnos como a una dama y por nada del mundo la dejaría pasar. La niebla descendía lentamente sobre los cerros, hasta casi desaparecerlos; en un par de horas, nadie podría asegurar que ahí estaban, o que alguna vez hubieran existido. La limusina comenzó a subir por el sinuoso camino de una de las montañas. La luna llena permitía una buena visibilidad. Súbitamente el vehículo frenó. Un ciervo se interponía en nuestro camino. El chofer le proyectó dos veces las luces altas pero el animal no se movió. Sonó un par de veces la bocina sin lograr que huyera. Una cortina de niebla pasó frente a nosotros y cuando se disipó, el animal había desaparecido. Un golpe en la ventanilla de mi lado me sobresaltó. El ciervo me miraba. Acercó la punta de su nariz al cristal, olisqueó lo suficiente para empañarlo y se apartó. El vehículo reinició su marcha. A medida que avanzábamos, la figura del animal fue disminuyendo de tamaño, hasta que desapareció cuando tomamos la primera curva. Aún faltaba para llegar a la cima. Miré el reloj en el tablero del vehículo. En menos de una hora estaría en la cena del príncipe y su familia, dijo Rocío mientras terminaba su *Crème brûlée* de *Le Cirque*, y preguntaba si comería mi postre.

Estábamos en la sala de lectura a las diez de la noche sin que el invitado principal llegara, dijo Rocío, una vez que terminó mi *Crème brûlée*. Pensé en abandonar el lugar pero tendría que devolver ese fabuloso vestido, sin olvidar que no había cenado ni tenía cómo regresar a la ciudad. Media hora después de mirarnos casi sin decir palabra, se anunció que el señor Martínez había llegado. Todos fuimos a la mesa en silencio uno detrás de otro, como en una silenciosa procesión. Apareció vestido con un traje y una corbata color azul marino y saludó a todos, incluidos los sirvientes, con excepción de su padre y su hermano. Llegó hasta mí y me observó de arriba abajo, como quien constata si su dinero ha sido bien invertido. Luce encantadora con ese vestido, señorita Gula. Agradecí casi en un susurro. Es un placer contar con su presencia, celebró. Pensé que no vendría, le dije, esbozando una leve sonrisa. En las buenas películas de horror, contestó, el monstruo debe aparecer hasta el final para no decepcionar a los asistentes. Despreocúpese, de ninguna manera es usted un monstruo, le contesté. Guardó silencio. No esté tan segura. Nos sentamos en una lujosa y larga mesa, en una cabecera el señor Martínez y en la otra su madre. El padre y el hermano fueron relegados a la mitad de la mesa, y sentados estratégicamente para que los floreros ocultaran sus rostros, de manera que ni él ni su madre tuvieran que mirarlos. Por cortesía, la señora realizó una serie de preguntas para conocerme. Relaté mi vida brevemente y sin interés. Mi hijo sólo viene a la ciudad la noche de navidad y es la primera ocasión que tenemos una invitada, dijo la señora, moviendo la cabeza al sirviente para que le sirviera vino tinto en su copa. Es bueno tener sangre joven, sonrió. Debía estar más nerviosa de lo que creía, porque por un momento pensé que me mostraría los colmillos. ¿Tu familia debe extrañarte, especialmente en este día, querida?, me preguntó. No tengo familia, respondí en voz baja. ¿Ni familiares lejanos?, preguntó la señora. Negué. Pobre chica, dijo, está usted sola en el mundo, ¿no es una lástima?, agregó, mirando al señor Martínez y dibujando una sonrisa casi imperceptible en su rostro. Sonreí tímidamente. No era extraño que no tuvieran visitas. ¿Acaso eres la última de tu descendencia?, preguntó el señor Martínez, quien hasta ese momento no había tocado la comida. Es una manera de verlo, respondí. El padre habló intempestivamente, como si hubiera esperado todo el año para hacerlo. Se rumora que compraste toda la deuda del Corporativo Rey, dijo. El señor Martínez no respondió. Los miembros de la junta directiva, continuó su padre, están preocupados por cuál será tu siguiente paso, no olvidan que ellos te rechazaron cuando solicitaste empleo. Si tu deseo es vengarte…, continuó, pero fue interrumpido. No es por venganza, padre, si así fuera el corporativo hace tiempo habría dejado de existir. ¿Entonces de qué se trata?, preguntó. Es algo más complicado, dijo con seriedad. Cuando piense en él, señor Mc Kenzie, dijo Rocío, piense en un conde de Montecristo pero más cabrón, sin una mujer ni un criado que logren detener su apetito de venganza. La tensión en la cena, continuó Rocío, era parecida a compartir la mesa con el violador de su hija y no poder hacer nada al respecto. Incluso a los sirvientes que ya le conocían les temblaba la mano al vaciar la sopa en su tazón o el vino en su copa. El señor Martínez se especializa en comprar compañías en quiebra para luego rescatarlas y venderlas en precios exorbitantes, dijo Rocío, mientras sacaba de sus ropas frascos de medicina. No me sorprendería que quisieras comprar mi compañía y resucitarla como a un zombie, dijo su hermano con más rencor. No tienes de que preocuparte, hermanito, tu compañía morirá lentamente, es cuestión de meses. Nos darán un préstamo, intervino el hermano, pero fue interrumpido. Ese préstamo nunca será otorgado, ni ese ni ningún otro, le contestó; dicen que la asfixia, continuó, sin dejar de ver a su hermano, es la peor forma de morir, ver las cosas de este mundo mientras uno se ahoga lentamente y se le va la vida. Eres un cabrón, le gritó el hermano. La madre lo calló: es navidad, dijo a todos con severidad. Su hermano cortó con tanta fuerza el trozo de carne que se escuchó rechinar el cuchillo contra la base de la vajilla. Ese hermano mayor siempre fue el favorito de su padre sobre el señor Martínez, me dijo Rocío, mientras intentaba abrir el frasco con los dientes. Durante décadas escuchó la misma cantinela: tu hermano hizo esto, logró aquello..., siempre fue comparado con su hermano mayor hasta que no pudo más y se fue. Regresó poderoso, millonario y dueño de la situación. No es por coincidencia que su personaje favorito sea el conde de Montecristo y que haya comprado en una subasta uno de los primeros ejemplares publicados que perteneció al propio Dumas, recordó Rocío. Su padre, dijo, volviendo a aquella noche de navidad, lucía cansado, con los hombros caídos durante toda la cena y sin fuerzas para mirar al frente; se la pasó con la cabeza baja como si el pavo en su plato fuera a revelarle de un momento a otro el sentido de la vida y la solución a sus problemas. Me sentía como en ese capítulo de *Dimensión desconocida*, ¿lo recuerda?, dijo Rocío, donde un niño tiene poderes para dominar al mundo y toda su familia le tiene miedo y no hacen más que su voluntad. Aún ignoraba por qué me había invitado a esa cena navideña. Cuando la reunión terminó, únicamente se abrazó con su madre, del resto, incluido su hermano, su padre y los sirvientes, se despidió de manera general. Se ofreció a llevarme a la ciudad y bajamos por las escaleras exteriores de la mansión. La noche sin estrellas y la densa niebla apenas permitían distinguir la limusina que nos esperaba. El chofer hizo una seña con una pequeña linterna, y se acercó para guiarnos hasta la puerta del vehículo. Cuando volteé para ver la mansión por última vez, prácticamente había desaparecido tras la niebla. El motor fue encendido y posteriormente los faros para niebla se desplegaron, emitiendo una luz amarillenta que parecía insuficiente para el sinuoso descenso de la montaña. El resto del camino fue como un extraño sueño. La densa niebla apenas permitía distinguir la punta del auto. Avanzábamos como entre nubes, si es que de verdad nos movíamos. El señor Martínez no habló durante todo el camino de regreso, apenas emitió un leve suspiro, como si algo que le pesara por fin hubiera quedado atrás. Poco a poco la niebla se fue disipando y las luces de la ciudad se hicieron más visibles a medida que descendíamos la montaña. Sabía que con cada kilómetro que me acercaba tendría que despedirme del vestido de diseñador, las joyas prestadas y los zapatos Manolo Blahnik. La limusina tomó una desviación hasta un aeropuerto privado; pasamos junto a una caseta de vigilancia sin que se nos pidiera ninguna clase de documentación y nos detuvimos frente a un hangar, donde un jet era revisado por personal de tierra. El piloto se acercó al millonario, quien bajó la ventanilla de nuestro lado. Las condiciones de clima han mejorado, señor, dijo, podemos despegar cuando usted lo ordene. Lo miré. En circunstancias normales tomaría un avión comercial, dijo, pero es navidad y esta ciudad no me trae buenos recuerdos, así que cuanto antes me vaya, mejor. No se huye de los malos recuerdos en avión, le aseguré. Tal vez no, pero se les aleja más rápido que en coche, contestó. ¿Le gustaría escribir mi biografía?, preguntó sin más contemplaciones, así como pudo sacar una navaja y cortarme la yugular sin que nadie hiciera nada para evitarlo. Pensé que me consideraba su enemiga, le respondí. Un buen biógrafo debe ser eso: un elegante y refinado enemigo. Tal vez descubra cosas sobre mi vida que yo mismo he olvidado, dijo, volteando hacia la pista. El avión partirá en veinte minutos, continuó, tiene ese tiempo para decidir. Cubriré todos sus gastos, viajará a donde yo vaya, se hospedará en los mismos hoteles que yo y su pago será más de lo que nunca podrá haber imaginado. Se bajó del vehículo y caminó rumbo al avión. Un hombre de traje se le acercó con varios documentos, los cuales observó por unos instantes y después firmó. Debió decirle algo sobre mí, porque el hombre volteó hacia la limusina y le contestó algo. Sentí que otra niebla, aún más densa se posaba sobre mí y así ha sido desde entonces.

Rocío llenó una copa hasta el borde y al alzarla derramó un poco de vino tinto en el mantel. Se detuvo a mitad del brindis, como si pensara detenidamente qué decir: Por la llegada de otro náufrago a la isla, brindó y bebió de golpe todo el líquido. Tragó dos pastillas y dejó el frasco en la mesa. Intenté leer el nombre del medicamento. Ella lo notó. Son antidepresivos, señor Mc Kenzie, dijo, nada de qué preocuparse, ya los tomaba antes de conocerlo, la única diferencia es que ahora él los paga. Rocío avanzó con una nueva copa de vino hasta la pecera y presionó un interruptor. Los cristales se iluminaron con una luz tenue de color azul. Un pequeño círculo translúcido, de colores azul y verde, no mayor de dos centímetros de diámetro, se desplazó con lentitud en el agua, agitando sus delgados tentáculos de casi un metro de largo. *Irukandji*, dijo, mirándola hipnotizada, con una mezcla de ensoñación y somnolencia. Las pastillas empezaban a surtir efecto. Es el animal más peligroso de la tierra, continuó, su veneno es cien veces más potente que el de la cobra y mil veces más letal que el de una tarántula, comentó, al tiempo que ponía su mano temblorosa sobre el cristal, intentando seguirla, y daba un sorbo a su bebida para ocultar el temblor. Es casi invisible, como la muerte, agregó, si uno de sus tentáculos lo tocara, no duraría más de tres minutos vivo. Acercó su rostro al ventanal, hasta rozarlo con la punta de la nariz y cerró los ojos. ¿Y si fuera la única salida?, preguntó entre suspiros. Entonces elevó su mano y la sumergió en el agua. Su aliento empañó el cristal, dejando marcadas la punta de su nariz y su barbilla. Tenga cuidado, le advertí. Su veneno provoca una terrible agonía, dijo, un intenso dolor invade todo el cuerpo, el ritmo cardíaco enloquece, la presión sanguínea sube al doble y tras una embolia cardíaca, náuseas, vómito e hinchazones, la víctima muere, finalizó. La medusa nadó lentamente rumbo a la superficie, en dirección a los dedos de Rocío. Ella esperó a que se acercara y sacó la mano justo a tiempo. Me ofreció una sonrisa descompuesta y vació el contenido de su bebida en la pecera. Dicen que se vuelve más mortífera con la edad, como esta, que ha llegado a la edad adulta. Caminó lentamente hasta su habitación y colocó la mano en la perilla de la puerta. Nos miramos. Una chica de piel tan pálida que no podía ocultar sus venas y tomaba antidepresivos no parecía la persona adecuada para guardar los secretos de un millonario. Será mejor que le entregue lo que está buscando, o deje lo que está haciendo, me advirtió tras una pausa, el señor Martínez es alguien peligroso, si fuera usted, lo pensaría dos veces antes de atreverme a nadar en sus aguas.

18

El misterioso señor Martínez ii

Desperté alrededor de las nueve de la mañana y tomé un baño. Revisé el clóset de mi habitación: había suficiente ropa de mi talla para dos semanas, así como tres pares de costosos zapatos que brillaban como si acabaran de ser lustrados. En la sala, los restos de la cena del día anterior habían sido retirados y el departamento lucía limpio y ordenado. Incluso el hueso de aceituna había desaparecido. Sobre la mesa estaba dispuesto el desayuno. Rocío, con el rostro demacrado, comía con desgano junto a la mesa. Vestía una bata blanca de seda sin anudar, con su monograma estampado. No le importó mostrarse parcialmente desnuda mientras regresaba del refrigerador con un bote de leche. En el reverso del envase de cartón aparecía la foto de una adolescente perdida y un número telefónico. Rocío lo observó y le dio vuelta para poner la imagen frente a mí. Usted y yo podríamos estar en el siguiente, dijo. ¿Cómo va con su biografía?, dije por preguntar cualquier cosa. Unos meses bien, otros mal. Al principio empecé por sus recuerdos pero no funcionó. Luego pensé en escribir un libro que fuera como una máquina de pinball, que un primer golpe me llevara a una primera persona que le conociera, este a otro y así sucesivamente, y tampoco lo logré. Luego busqué que cada letra del abecedario narrara algo en especial de su persona, más tarde por las películas que recordaba. Nada sirvió. Estoy en cero. ¿Sugerencias?, preguntó. Guardé silencio. Pareciera poseer una variación del toque de Midas, dijo, tarde o temprano termina por poseer todo aquello que toca. ¿En verdad tiene tanto dinero?, pregunté. El suficiente para no tener que aparecer en la lista de Forbes, contestó Rocío. Usted debe andar tras algo importante, continuó, pocas veces le he visto encargarse personalmente de asuntos como el suyo. En esta ocasión es diferente, estoy buscando algo que él tiene, dije, un filme perdido de la época del cine mudo. Los asistentes a la función de San Francisco murieron, interrumpió Rocío, ¿qué sentido tiene querer acompañarlos? Abrió el mismo frasco de la noche anterior y puso dos pastillas en su boca. Dio un gran trago a un vaso con jugo de naranja, pero la mano le tembló y parte del jugo se derramó en su barbilla, siguió por su cuello y terminó por deslizarse entre sus senos. No hizo ningún intento por limpiarse. ¿Conoce el filme?, pregunté con interés. Algunas veces creo que no soy su biógrafa sino su conciencia. Soy un hueco en un árbol en el que él grita sus pecados y luego lo cubre con lodo, para que nadie más los conozca. Él sigue su vida, mientras el árbol se pudre por dentro. Compartir un secreto es una cosa, pero compartir una atrocidad equivale a contagiar una pesadilla, dijo, cerrando la bata, que volvió a abrirse al instante para mostrar unos senos blanquecinos y bien formados. Él sabe que tarde o temprano usted lo escribirá todo. Ella guardó silencio. Todas mis páginas están en blanco, señor Mc Kenzie, dijo, mientras vaciaba miel de abeja en exceso sobre un waffle. Colocó otro más encima y lo bañó con una dosis aún mayor, ahora de maple. Hizo lo mismo con tres waffles más, hasta tener un edificio del que escurría miel por todos lados. Me va a decir que una escritora pasa años viviendo con su personaje sin escribir una sola línea. Si intenta encontrar algo que a él le pertenece, dijo, ignorando mi comentario, pierde su tiempo. Podría esconderlo en cualquier lugar del mundo, agregó, y aunque viviera doscientos años no estaría ni cerca de hallarlo. Lo que usted busca podría estar en este departamento, en la bóveda de algún banco o escondido en alguna de las propiedades que tiene por el mundo, dijo. En eso sonó el interfón. Rocío se puso de pie y contestó. Su expresión cambió mientras escuchaba. Colgó y me miró. Él llegará en un par de horas. Yo, dijo levantándose y anudando su bata, debo empacar nuevamente mi maleta. No importa lo listo que sea, señor Mc Kenzie, o si cree ser especial por haber sido el último secretario privado de Hoover, advirtió Rocío, nunca se ha enfrentado a alguien como él, y si no se aparta del camino, será la última vez que lo haga. La observé entrar a su habitación, despojarse de la bata para sentarse desnuda en el borde de la cama. No se preocupó por cerrar la puerta. Se agarró la cabeza con ambas manos y la inclinó un poco. Escuché un zumbido. Una mosca negra había logrado burlar la seguridad del edificio y aterrizó en la torre de waffles. Pensaba que había encontrado el paraíso, pero terminó atrapada en la viscosidad de la miel. Buscó escapar a base de aleteos, pero no lo logró. Caminé hasta el bote de basura cromado. Pise el pedal para abrirlo y dejé caer el plato en el fondo. Cuando quité el pie y la tapa descendió, el plato, los waffles, la miel y la mosca desaparecieron de mi vista.

Esperamos por más de cinco horas, hasta que escuché la puerta del departamento abrirse y reconocí a los escoltas que me acompañaron en el avión. El señor le espera, dijo el más alto. Avancé hasta el cuarto de Rocío para despedirme, pero lo impidieron. Llegamos hasta el elevador, introdujeron una tarjeta, teclearon una clave y dieron un paso hacia atrás. El hombre que llegó por mí sería un guardaespaldas rudo como cualquier otro, de no ser porque tenía una peculiaridad: jamás parpadeó. Eso se hizo más evidente a medida que subíamos al último piso. Bien podría tratarse del sujeto que visitó el registro de autor, el sindicato de actores y la casa de Edna. Un par de segundos más tarde, las puertas se abrieron. Un nuevo grupo de guardianes nos esperaba. El hombre que no parpadeaba les dio un par de órdenes y fui escoltado por el pasillo hasta que entramos a un departamento sin número visible. Lujo y fastuosidad eran dos palabras que no lograrían describir fielmente el interior del lugar. En la primera sala se encontraban colgadas obras de renombrados artistas pop, mientras que en el otro extremo un becerro con la piel cubierta de oro flotaba en un cubo con formol. Más adelante me detuve frente a un largo pasillo con paredes de plata. No eran rumores a fin de cuentas. A medida que avanzaba, obras de arte religioso mexicano descansaban sobre pedestales de plata. Antiguas figuras de santos sin restaurar, de todos los tamaños, daban un aspecto de lástima y sufrimiento. A la mayoría de las piezas les faltaban coronas, mantos, manos, piernas y fragmentos de la cara. Dos llamaban particularmente la atención: una escultura sin cabeza, estofada en oro, que sostenía una bandeja con la cabeza decapitada de San Juan Bautista, y un Cristo negro crucificado sin el brazo derecho, que derramaba lágrimas de sangre, a pesar de que su rostro tenía una sonrisa desencajada. Un antiguo portón de iglesia, de madera descascarada y en cuyos paneles habían pintado visiones infernales se encontraba al final del pasillo. Lo empujé para entrar. El hombre se encontraba sentado tras su escritorio; contrariamente al resto del departamento, la oficina era sencilla y amplia, y predominaban las tonalidades blancas. Un antiguo caballito de carrusel descascarado, con la cola rota y la crin apolillada, se encontraba anclado al piso en un tubo de plata, a una distancia tan corta de su escritorio que podría acariciarlo. Me pregunté si estaba mirando su *Rosebud* personal. Lo rodeaban un viejo y gastado libro que descansaba en una vitrina y un cuadro de Mark Rothko, compuesto por sólo dos trazos de pintura, y que según las noticias, fue vendido a un coleccionista anónimo en noventa millones de dólares.

El coleccionista anónimo se encontraba frente a mí. Parecía un tipo como cualquier otro, un neoyorkino más que prefiere subir a un taxi que conducir su propio auto. Lo mismo se podría encontrarlo de pie comiendo un hotdog en el *Gray's Papaya* que haciendo fila en espera de una cancelación en el restaurante más exclusivo de la ciudad. Un rostro que no llamaba la atención y que fácilmente podría olvidarse o esconderse entre la multitud, como una copa de cristal en el fondo del agua. Recordé a un francés con quien me enviaron a entrenamiento. Aseguraba tener el rostro más común, olvidable y que mayor confianza inspiraba en el mundo. Acostumbrado a la presunción de los agentes franceses, decidí pedirle una prueba. Se colocó un par de anteojos y me señaló un desfile que el presidente francés oficiaría en unos minutos y al cual asistimos para que me demostrara sus sistemas de seguridad. Avanzó con paso descompuesto, un poco torpe, sonriendo y saludando con la cabeza. Logró entrar y sentarse en una comitiva de honor sin ser revisado. Se puso de pie y en el momento que le vi saludar al presidente de Francia y darle un abrazo, comprendí que debía pagar una cena con botella de vino.

El señor Martínez, sin pronunciar palabra, me hizo una seña para que me sentara frente a su escritorio. En el extremo derecho de su oficina, una rueda de bicicleta descansaba sobre un taburete: Tardé en reconocer la *Rueda de bicicleta* de Marcel Duchamp y me vino a la mente que la versión original de la misma se había perdido. El hombre revisó un par de documentos, los enrolló y metió en un tubo que recordaba los sistemas de mensajería de las tiendas de los cincuentas. Pulsó un botón y la cápsula fue succionada. Siguió en silencio y realizó un par de operaciones como si se encontrara solo. No me gustan las sombras que no son mías, señor Mc Kenzie, dijo mientras firmaba un documento que apartó para luego mirarme como quien tiene que encargarse de un asunto molesto y tedioso. He seguido con interés cada uno de sus pasos y no es usted otro agente burócrata, Mc Kenzie. Un hombre menos valiente pero más listo se hubiera retirado hace tiempo, advirtió. El señor Martínez estaba en la etapa de inspirar miedo; si eso no resultaba, tarde o temprano ofrecería un trato. Caminó hasta la vitrina donde se encontraba el viejo libro, bajo unas luces tenues. Tecleó una clave electrónica y el cristal se deslizó hacia arriba. Tomó el libro y caminó de regreso hasta mí. El matemático Pierre de Fermat, dijo, escribió en el margen de esta copia del libro *Aritmética*, de Diofanto, traducido por Claude Gaspar Bachet, su famoso teorema en 1665. El señor Martínez se sentó, abrió el libro en una página y lo dejó frente a mí, mientras recitaba de memoria: *Es imposible dividir un cubo en suma de dos cubos, o un bicuadrado en suma de dos bicuadrados, o en general, cualquier potencia superior a dos en dos potencias del mismo grado; he descubierto una demostración maravillosa de esta afirmación. Pero este margen es demasiado angosto para contenerla.* Esa noche la muerte sorprendió a Fermat, quien acostumbraba escribir las soluciones de sus teoremas en el primer libro que tenía a la mano. Quiso el azar o la fortuna que el editor de la *Aritmética* de Diofanto dejara márgenes muy estrechos, donde las notas apenas cabían. Acostumbrado a trabajar a solas la mayor parte del tiempo, sus investigaciones se dieron a conocer gracias a Marin Mersenne, su único contacto con la comunidad matemática, y quien notificaba al resto del mundo los logros de su amigo. Fuera usted matemático o no, señor Mc Kenzie, era imposible no sentirse fascinado por la historia del último teorema de Fermat. ¿Logró Fermat resolverlo, o sólo dejó una broma para los matemáticos del mundo? Durante años, amigos y enemigos de Fermat buscaron por toda su casa la demostración escrita del teorema sin éxito. ¿Puede un hombre ser más inteligente que los demás durante tres siglos? Su *enigma*, que es una abstracción del teorema de Pitágoras, quitó el sueño a los matemáticos durante tres siglos y medio, hasta que en 1995, Andrew Wiles, utilizando herramientas matemáticas que no existían en el siglo dieciséis, finalmente pudo solucionarlo. ¿Quien resuelve un problema o encuentra algo perdido es tan importante como quien lo creó? La nostalgia forma parte de nuestra naturaleza, señor Mc Kenzie, y a la mayoría, ver resuelto un misterio que consideramos como nuestro, más que alegrarnos, nos entristece. De haber tenido el poder y los medios necesarios en 1995, créame que hubiera hecho todo lo posible para que el enigma de Fermat continuara sin resolver. Un selecto grupo de matemáticos ganó la comprobación de un teorema más, pero el mundo perdió un misterio que fascinó a millones durante siglos. Fue hasta un pequeño refrigerador y sacó dos botellas de cerveza. Me tendió una, que estaba helada. Las gotas escurrían por la etiqueta de un emperador azteca. Bien muertas, dijo para sí, como dicen en mi pueblo. Entonces me miró: Soy un hombre que siente predilección por los enigmas, señor Mc Kenzie, confesó. Estoy convencido que no todos los misterios deben ser resueltos, dijo, clavándome la mirada, como para asegurarse de que entendiera a la perfección. Desde niño, recordó, sentí fascinación por aquellos viejos mapas que tenían escritos en los espacios en blanco la palabra *territorio desconocido*. Pensaba, en la soledad de mi cuarto: qué clase de lugares, personas o animales podrían existir en aquellos sitios inexplorados; cuando los mapas en blanco fueron llenándose de ríos, cordilleras y pueblos el mundo fue perdiendo su magia, su misterio. Guardó silencio, en espera de algún comentario de mi parte, que nunca llegó. Respiró profundamente, como quien se encuentra ante un estudiante que no termina de captar lo obvio. ¿Ha oído hablar del manuscrito Voynich? Me mantuve en silencio. Es un misterioso libro ilustrado con símbolos desconocidos, por un autor anónimo en un alfabeto y un idioma incomprensibles, escrito hace más de quinientos años. Ha pasado a lo largo de los siglos por las manos de estudiosos, criptógrafos profesionales y hasta especialistas en códigos de la segunda guerra mundial, y nadie ha logrado descifrar una sola palabra. Para algunos no es más que un sofisticado engaño y una serie de símbolos al azar, pero su estructura cumple con la ley de Zipf, por lo que está basado en alguna lengua natural. El libro está dividido en varias secciones: herbolaria, cosmogónica, astronómica, biológica, de recetas; y contiene extraños diagramas zodiacales e ilustraciones de plantas, seres humanos diferentes a nosotros y castillos que nadie ha podido ubicar. Equipos de criptógrafos de la NSA y la NASA han intentado descifrarlo sin éxito. El mundo necesita conservar algunos de sus enigmas, dijo, mientras daba un largo trago a su cerveza. Usted es todo lo contrario a eso, le contesté. No descubre sino que oculta. Detesto las novelas policíacas, señor Mc Kenzie, ¿sabe por qué?, porque la resolución de un misterio nos genera unos cuantos momentos fugaces de placer; en cambio, un enigma sin resolver puede alimentar la curiosidad de los hombres durante siglos. Los misterios se recuerdan más que las personas que los resuelven: la maldición de Tutankamón y Howard Carter, el teorema de Fermat y Andrew Wiles, y la lista podría seguir, dijo, alzando la cerveza a contra luz. Sabría mejor si estuviéramos sentados en el cofre de un auto después de un partido de fútbol, ¿no lo cree? No contesté, pero di un sorbo a la mía. Una mañana, antes de mi fiesta de cumpleaños, continuó, tuve la ocurrencia de espiar al mago que mis padres contrataron como variedad, dijo mientras daba un largo trago a su cerveza. Observé paso a paso cómo preparaba sus trucos, comprendí que la magia no era más que una suerte de elaborado engaño. A pesar de la emoción de los otros niños, que aplaudieron todos los trucos, esa tarde algo se rompió dentro de mí; cuando uno descubre cómo se hace la magia, esta desaparece para siempre de tu vida. No me interesaban para nada los recuerdos melancólicos de un nuevo millonario. ¿Y los muertos?, pregunté, como si acabara de sentarme hace unos segundos y todos sus argumentos e historias me tuvieran sin cuidado. Decidió pagar con la misma moneda: Los muertos son como las cervezas, señor Mc Kenzie, dijo mientras terminaba la suya de un trago, nomás por gusto, sonrió al tiempo que la dejaba caer en un bote de basura de cristal. Se hicieron las advertencias necesarias antes de la proyección y nadie las tomó en cuenta, dijo a modo de justificación, así que mis hombres no tuvieron más remedio que actuar. Quiso decir: asesinar a sangre fría. *Quid licet Iovi, non licet bovi,* dijo mientras jugaba con la corcholata entre sus dedos. *Lo que es lícito para Júpiter, no es lícito para todos,* señor Mc Kenzie, dijo, creyendo que me ahorraba la traducción. Para mí la vida es como un eterno carnaval veneciano, donde puedo hacer lo que me plazca, sin la preocupación de quitarme la máscara y aceptar las consecuencias de mis actos, porque no existo. Vamos a hablar derecho, señor Mc Kenzie, ¿cuánto vale su olvido?, preguntó con seriedad, como quien no desea perder más tiempo, ni mover más piezas que las necesarias para conseguir su objetivo. Guardé silencio. Sacó un talonario de su cajón, y desprendió un cheque. Lo llenó con rapidez, y lo plantó de un manotazo en el escritorio frente a mí, de tal forma que pudiera leer la cantidad. Contenía suficientes ceros a la derecha del uno, para marear si se les contaba con detenimiento. Una corriente de aire deslizó el cheque hasta dejarlo cerca del borde del escritorio, a punto de caer. Ninguno de los dos hizo nada por tratar de evitarlo. No me rendiré fácilmente, le advertí. Suspiró, como quien desea poner fin a una molesta negociación. Le daré dos regalos: ese cheque y la posibilidad de estar vivo para cobrarlo. ¿Me está amenazando?, le reviré. Tres pueden mantener un secreto si dos están muertos, amenazó, tomando el libro entre sus manos. Ante tal certeza matemática concluí que no me invitaría una segunda cerveza. Edna Tichenor murió la semana pasada y todas sus pertenencias han sido debidamente incineradas, como fue su deseo expreso, contó, esperando sorprenderme. Lo miré en silencio. Alguien tendrá que pagar por esas muertes, amenacé, mientras lo miraba fijamente. Él guardó silencio y alzó los hombros, al tiempo que intentaba sonreír. El cheque terminó por caer, balanceándose suavemente en su descenso hasta llegar a la alfombra. Comenzó a llover. Gruesas gotas como lágrimas se deslizaban por el gran ventanal, distorsionando las siluetas de los rascacielos a sus espaldas. Un relámpago pareció caer sobre un edificio, y pensé en mi padre, en qué haría si estuviera sentado frente a un tipo así. Escuché los pesados pasos de los guardaespaldas acercarse, uno a uno, pero bien pudo ser un dinosaurio, hasta que la luz de otro relámpago me regresó a la realidad. ¿Cuánto tiempo tenía antes de que fuera demasiado tarde? ¿El hombre frente a mí poseía el filme y deseaba destruir todas las copias existentes? ¿O también lo había buscado durante años sin éxito y yo era quien más cerca estaba de encontrarlo? ¿Había pasado de ser una molestia para convertirme en una amenaza? El cheque continuaba en el suelo. El señor Martínez deslizó su mano fuera de mi ángulo de visión, como si buscara un arma o acaso para presionar uno de esos botones que abren compuertas en el piso para que uno caiga al vacío y deje de ser un estorbo. El asunto no es si sus horas están contadas, señor Mc Kenzie, dijo con gravedad, sino qué tan rápido corre su reloj. El señor Martínez intercambió miradas con sus guardias y después conmigo. ¿Tiene el filme?, me aventuré a preguntarle, no iba a dejar pasar una oportunidad como esa. Guardó silencio. Escuché abrirse el portón. Dos guardias que no reconocí, impecablemente vestidos de traje negro, lentes oscuros y radio-comunicadores en sus audífonos, se colocaron a mi lado. Sonrió, al tiempo que sostenía la *Aritmética* de Diofanto en la mano: Tengo una respuesta maravillosa para esa pregunta, señor Mc Kenzie, pero el tiempo que le queda es demasiado corto para contestarle. Me puse de pie y caminé rumbo a la puerta sin despedirme. El hombre que no parpadeaba me bloqueaba el paso. Inmóvil, con sus ojos fijos como los de un muerto, esperaba instrucciones de su jefe. Debió recibir alguna porque terminó por hacerse a un lado. Mc Kenzie, gritó desde su escritorio. Di media vuelta. Él continuaba sentado, con los rascacielos a su espalda, la *Aritmética* de Diofanto entre sus manos, la pintura de Rothko y el viejo caballo de carrusel a su lado. Dije que le abriría la puerta, sentenció el señor Martínez, nunca dije que no soltaría a los perros. Un guardia cerró el viejo portón y quedé a solas en el pasillo, entre paredes de plata. Un majestuoso ángel de mármol, en el que no había reparado antes, extendía sus largas alas, mientras su dedo índice sobre los labios, y su rostro, ordenaban con gravedad guardar silencio. Mientras caminaba a la salida y observaba al grupo de santos mutilados, despintados y caídos en desgracia, me pregunté si algo del niño que se subió a ese caballo de madera quedaba en ese hombre.

19

EL AGENTE DE LA CONTINENTAL

DESDE NIÑO SENTÍ FASCINACIÓN POR LOS DINOSAURIOS. Destruían todo a su paso, sembraban terror y no existía criatura sobre la faz de la Tierra que no huyera al sentir su cercanía; siempre vi todas las películas donde aparecieran, fuera en el cine o la televisión. Me gustaría ser dinosaurio, le dije convencido a mi padre una mañana durante el desayuno. ¿No querías ser detective?, me preguntó. Bueno, contesté, entonces quiero ser un dinosaurio detective, contesté muy ufano. Mi padre se quitó los anteojos y los limpió pacientemente con un pañuelo. Un dinosaurio jamás podrá ser un buen detective, me dijo, nunca pasaría desapercibido, sus pasos retumbarían a cientos de metros, no encontraría donde esconderse, ni de qué disfrazarse y tendría el cerebro del tamaño de una nuez. Los animales grandes siempre piensan lento, hijo, señaló, ¿no quieres ser uno de ellos, verdad? Lo pensé durante todo el día y la noche, hasta que me quedé dormido. A la mañana siguiente, cuando desperté, el mundo había perdido un dinosaurio y ganado un detective.

El director Hoover detestaba las novelas policíacas, pero poseía las obras completas de Sherlock Holmes y alguna vez pidió a un agente que le comprara un par de revistas de misterio, para que no le vieran bajar al quiosco. Las dos cosas más importantes para un agente, Mc Kenzie, me dijo esa mañana, son cumplir con su deber y guardar el secreto. No me importa si salvó al mundo, detuvo la bala que iba para el presidente o desarticuló un complot para asesinarme. Ese era su trabajo y una vez que lo termina es un caso cerrado; y no lo olvide: los casos cerrados son muertos a los que nadie lleva flores. No espere recibir más recompensa que su próxima misión. Usted es el engrane invisible de una gran maquinaria que funciona gracias a esa invisibilidad, perder eso puede costarle la vida. Dashiell Hammett era un comunista de mierda, pero un gran escritor. Pudo haberle ido peor con las investigaciones de McCarthy si no hubiera intervenido para ayudarlo de manera anónima y reducir lo más posible su sentencia. Hammett comprendió algo que todos mis agentes deberían saber. El mejor detective es el más invisible. Si va a perder su invisibilidad, que sea por un buen motivo, Mc Kenzie, un motivo que le lleve a resolver su caso. Piense en *El agente de la Continental* siempre que inicie una investigación. Usted no tiene nombre y nadie lo conoce. Es sólo un tipo al que la gente describe de manera diferente cada vez y es lo suficientemente inteligente para saber cuándo hay que patear una puerta, cuándo abrirla y cuándo entrar por la ventana. Terminó de redactar un memorando y lo sostuvo en la mano en la que percibí un leve temblor, que trató de ocultar al poner nuevamente el papel sobre el escritorio. Prepare mi auto, dijo. Sabía que era inútil preguntar el destino, esa información la guardaba el director celosamente. Me hizo diseñar más de veinte maneras de llegar a su casa y regresar a las oficinas generales. Nunca siguió una ruta dos veces consecutivas e incluso en varias ocasiones me ordenó combinar los trayectos. Nos detuvimos frente a una división privada de los estudios de televisión de la Warner Brothers. La valla de seguridad se levantó y entramos sin que se nos pidiera identificación y no fue preciso bajar las ventanillas. El cadillac avanzó hasta el interior de un estudio, donde se detuvo. Presurosos, un par de empleados cerraron las puertas por fuera. El director Hoover salió del vehículo. Dos hombres vestidos de traje le esperaban. Señor Martin, le saludó, es grato verle de nuevo, les dijo. El placer es nuestro, señor director, respondió el más alto, entregándole una caja, un pequeño presente de parte de la junta directiva del estudio, agregó. Era una caja de cigarrillos turcos Fátima, su marca favorita. El director la miró y sonrió. Se tomó el tiempo parar encender uno, sin ofrecer a quienes nos encontrábamos a su lado. No me presentó, y todos actuaron como si no me encontrara entre ellos. Crawford, su chofer, abrió la cajuela y depositó una caja en el suelo. El director le entregó la caja de cigarrillos y le ordenó retirarse al auto. Son los casos para que sus escritores trabajen en los capítulos de esta temporada, dijo el director. Quiero que se enfoquen en el secuestro, agregó, que todo el país sepa que si se atreven a privar de la libertad a alguien pagarán graves consecuencias. El señor Martin se miró con su compañero, como si decidieran quién debía hablar. Finalmente Martin lo hizo. La señora Betty Davis aceptó participar como invitada especial en un capítulo, dijo, pero fue interrumpido. La lista que les proporcioné fue más que clara, intervino molesto el director, como si hablara a otro más de sus agentes, quienes estén en ella nunca actuarán en la serie y agradecería no los incluyeran en ningún otro programa que los estudios produzcan, dijo, pero la petición sonó como una orden. La señora Davis está en el lugar de honor de esa lista, así que cancelen cualquier trato que hayan hecho con ella. ¿Quedó claro? Los dos hombres asintieron. Hablen con sus escritores, los agentes deben tener una imagen impecable, ser astutos y de buen corazón. Nunca fallan, dudan o demuestran debilidad, y sobre todo, siempre atrapan a su hombre. Al final de cada capítulo deben aparecer los agradecimientos a mi persona y al FBI. Que el pueblo americano sepa que esos inteligentes y avezados hombres que los cuidan tienen un jefe, dijo con autoridad. Una vez que estén escritos los capítulos, deberán ser enviados a mi oficina para su revisión y autorización, dio una fumada a su cigarrillo, uno de nuestros agentes será asignado para que supervise la filmación, ¿quedó claro?, preguntó. Los dos hombres asintieron. Se despidieron con una inclinación de cabeza, mientras subimos de nueva cuenta al cadillac. Cuando abandonamos el estudio el director Hoover me miró. No pensé que la serie de televisión FBI resultara tan exitosa, siete años al aire, ¿puede imaginarlo? Es la mejor publicidad contra esos políticos que quieren disminuir nuestra autoridad. No importa que el pueblo haya dejado de creer en sus políticos, aún nos queda la televisión. El director bajó el cristal que nos separaba del chofer y dio una instrucción. Llévenos a los estudios de la Warner Brothers. El chofer escuchó y por un momento no supo qué hacer, me miró por el retrovisor esperando que hiciera algo. Me acerqué al director y le susurré. Acabamos de dejar los estudios, señor. Su expresión se tornó seria, dura, como si le acabara de avisar que en diez minutos moriría. Guardó silencio. A mi casa, dijo, me tomaré el resto del día. Mc Kenzie, hágase cargo de todo, finalizó y miró la serie de pinos que se extendían por un costado de la calle, por un momento la comisura de sus labios pareció elevarse como si sonriera, pero cuando los pinos quedaron atrás, su rostro se volvió serio y su expresión distante. A la mañana siguiente pasé por el director Hoover a su casa. James Crawford, su chofer, esperaba fuera de la limusina. Todos los días llegaba a las siete de la mañana, después de dejar el auto personal en la oficina central y recoger la limusina oficial, para que nadie pudiera decir que el director utilizaba un automóvil del gobierno fuera de horas de trabajo. El motor se encontraba encendido. Las órdenes del director eran mantenerlo en marcha mientras le esperaban, sin importar cuanto tardara. El temor a desobedecerlo era tal, que la gasolina podía terminarse pero nadie se atrevería a apagar ese motor. Entré por la cocina, donde se comenzaba a preparar el desayuno. En la sala, un par de mujeres de aspecto latino limpiaban los muebles. Una de ellas llamó mi atención. Sacudía el plumero sobre un busto de mármol con la efigie del director, con el cuidado con el que un restaurador trataría un lienzo antiguo. No dejé de notar cómo las manos les temblaban, como si temieran romper algo. Cerca de la chimenea, una vitrina guardaba una de las posesiones más importantes del director: las últimas pertenencias del famoso asaltabancos John Dillinger. La vitrina conservaba sus trofeos de caza: el sombrero de paja, las gafas rotas, el cigarro de cincuenta centavos, una automática del 38 con el cañón estropeado y la máscara mortuoria del criminal abatido, cuyos labios insinuaban una sonrisa. Encima de la vitrina, colgado en la pared, un óleo con el retrato del director en una pose casi napoleónica, se alzaba victorioso sobre los restos de Dillinger, el enemigo público número uno. Subí por la escalera y recorrí el pasillo hasta llegar a la puerta. Los agentes apostados en la calle, siguiendo las órdenes del director, cuidaban tanto la seguridad de su casa, como no pisar su jardín ni merodear por las ventanas. Nadie contestó a los llamados que hice a la puerta de su habitación. Intenté abrirla pero estaba cerrada con llave, por lo que decidí echar la puerta abajo con la ayuda de otros agentes. Encontramos al director en pijama, tirado en el suelo. Usted quédese, me dijo, los demás, ¡fuera!, ordenó. Le ayudé a ponerse en pie y lo llevé hasta un sillón de su recámara. El ama de llaves se encontraba de vacaciones por tres días y una joven fue contratada para sustituirla. La hallaron intoxicada con calmantes en el cuarto de la servidumbre. Dos agentes se la llevaron con vida al hospital. Por primera vez vi al director en su decadencia. El cabello blanco estaba sin teñir y el rostro sin rasurar; su bata se encontraba abierta a la altura del pecho y sus carnes fláccidas caían entre vellos encanecidos. Tenía setenta y siete años. Había asistido a los funerales presidenciales de Coolidge, Roosevelt y Kennedy. Trabajó en el Departamento de Justicia durante la primera guerra mundial en el Registro de Enemigos Extranjeros, fue director del Buró de Investigaciones durante la ley seca, fundó el FBI en 1935 y lo dirigió con mano dura durante la segunda guerra mundial, la guerra de Corea, Vietnam y la Guerra Fría. Presenció al emperador Hirohito perder su divinidad y firmar la rendición del Japón, a MacArthur cumplir su juramento y volver a las Filipinas, a Patton liberar Sicilia antes que Montgomery, y atestiguó la muerte de Hitler, Mussolini y Stalin. Ese mismo hombre se encontraba sentado frente a mí, en bata y calzando únicamente la pantufla del pie izquierdo. Caí y no pude levantarme, Mc Kenzie, dijo con la mirada perdida en el vacío. Recorrí las paredes de su casa, donde colgaban diplomas, trofeos y reconocimientos; ninguna foto de la niñez o juventud del director se veían en el lugar. Posiblemente las escondía para no sentirse envejecer, creyéndose un moderno Dorian Gray. Los rumores parecían ser verdad, porque no vi ningún espejo en su casa, aunque lo cierto es que debió haber alguno para rasurarse todas las mañanas, porque nunca fue con un barbero. El director era muy celoso con su seguridad, jamás hubiera dejado que otro hombre que no fuera él se le acercara con una navaja. Tengo miles de agentes a mi servicio, conozco todo de todos, ningún presidente ha podido destituirme de mi cargo, y no tengo siquiera la fuerza para levantarme, dijo. Fue un accidente, señor. No, Mc Kenzie, no fue un accidente, sino la vejez quien me impidió levantarme. El director Hoover parecía alguien a quien la vida le ha guardado sus facturas y decidió cobrarlas todas juntas. Informe a la oficina que se quedará conmigo a revisar unos documentos y despida a esa *hippie* drogadicta, dijo, refiriéndose a la sustituta del ama de llaves. ¿Quiere algo de tomar, señor?, le pregunté. Un vaso con agua muy fría me vendría bien. No sabe lo que es tener sed toda la noche y no poder levantarse por un poco de agua. Bebió tres vasos seguidos. No dijo nada durante media hora, en la cual realicé una ronda de rutina por su casa. La segunda pantufla nunca apareció. Regresé a su habitación y lo encontré sentado. Había encendido la TV y miraba una caricatura en blanco y negro que no acerté a reconocer. Jamás pensó que me vería de esta manera, ¿no es así?, me dijo. Era una pregunta retórica. Siéntese, Mc Kenzie, dijo, mientras con el otro pie buscaba la pantufla perdida. Me pregunté si entre las excentricidades del director estaría pasearse por su casa calzando sólo la pantufla izquierda. Es usted un buen agente, no sé qué diablos hace aquí, comentó. Guardé silencio. Si muriera mañana, contacte a *miss* Gandy, ella sabe qué hacer. Muchos creen que mi muerte liberará a la institución presidencial del peligro que yo represento, pero es todo lo contrario, Mc Kenzie. Si supiera cuántas veces logré retener y destruir información que perjudicaría al primer mandatario. Más de uno me debe el haber podido terminar dignamente su periodo, y si no dignamente, simplemente terminarlo. Cuando yo muera nadie podrá defenderlos de sí mismos. Tal vez no muera mañana, agregó, sino hoy mismo, dentro de unos minutos; de ser así, y si usted fuera la última persona en verme con vida y yo le diera la oportunidad de hacerme una sola pregunta que yo contestaría por primera vez con la verdad absoluta, ¿cuál sería?, me miró. El director movió instintivamente el pie, buscando la pantufla perdida, pero sólo encontró el vacío. Pensé en la cantidad de seres humanos que darían tantas cosas por estar en mi lugar en ese momento. La mañana en que el director Hoover, por unos cuantos minutos, se convirtió en el hombre más honesto sobre la Tierra. Podía ser una trampa y tal vez sólo deseaba saber algo que en otras circunstancias nunca le diría. Dudé por unos momentos en aceptar su ofrecimiento. Era la clase de persona que arrancaba los secretos de los demás por las buenas o por las malas. Esta vez era por las buenas. Le miré a los ojos, examiné mentalmente la situación, y cuando vi su única pantufla en su pie izquierdo decidí. Del 26 de septiembre al 3 de octubre de 1963 realicé una investigación en México, consistente en seguir a una persona, le dije. El brillo y la suspicacia en los ojos del director volvieron por unos momentos. ¿Quiere saber por qué recibió esa orden que tuvo que cumplir y cuyo recuerdo le ha perseguido toda la vida? Conozco el informe que presentó, pulcro, conciso y concentrado en los hechos. Pensé que ese informe había sido destruido, comenté. Posiblemente para los demás, afirmó, pero nada que yo considere importante puede ser destruido, no bajo mi cargo. No está usted frente a mí sólo por su buena suerte, Mc Kenzie, recalcó el director, investigo bien a los extraños, pero mejor a mis agentes. Antes de responder a su pregunta, por qué no me relata cómo ocurrió todo, no lo que dijo en el informe, sino lo que no puso, lo que pensó y no pudo comprobar, lo que sintió, lo que sospechó. Ambos nacimos el primer día del año, dijo, tal vez fuimos concebidos para iniciar algo. Usted trabaja en mi creación, ¿ha pensado cuál será la suya? Ignoré la pregunta del director y comencé mi relato.

El hombre era delgado, alto, de tez muy blanca, cabello negro, cráneo huesudo y nunca supo que lo seguía. Su forma migratoria registraba que entró al país como fotógrafo, pero nunca le vi cargar una cámara. Caminó nervioso y sin rumbo fijo por la ciudad de México, no como quien busca, sino como quien espera. Nadie hizo contacto con él durante varios días. Comió en un lugar diferente cada vez y no le dirigió palabra alguna a nadie. Se limitaba a señalar los platos del menú a las meseras y pagaba sin esperar el cambio. Todos los días compraba el periódico y lo leía completo. Al terminar lo dejaba en la mesa. No dio la impresión que algún mensaje le fuera comunicado entre sus páginas y la inspección de los ejemplares no arrojó ningún mensaje oculto en ellos. El reporte que hicieron los mexicanos *a posteriori* tuvo muchas lagunas, intencionales o no. No usó pasaporte sino su acta de nacimiento, así que salvo el documento migratorio, no existe otra prueba de su ingreso al país. Se hospedó en la habitación 18 del Hotel Comercio, del 27 de septiembre al 1 de octubre. Su solicitud de visa fue rechazada en tres embajadas. De una de ellas fue expulsado por el personal de seguridad. Lo seguí hasta su hotel en la calle Bernardino de Sahagún número 19. La fachada del edificio estaba descascarada y las varillas de fierro sobresalían de la pared, como si la construcción mostrara sus venas abiertas. Las rejas metálicas estaban tan oxidadas que podrían romperse con las manos. Un par de ratas corrieron por los cables de electricidad y se metieron por la ventana abierta de un cuarto. No se puede esperar mucho del futuro de una ciudad en la que sus ratas se pasean a plena luz del día. Dos agujeros en la pared recordaban a un par de ojos lastimeros. La habitación 18 carecía de ventanas que dieran a la calle y no existía posibilidad de acercarse sin que el huésped lo supiera. Era necesario subir al tercer piso por una escalera de caracol sumamente estrecha y recorrer un pasillo de madera que crujía con cada paso. El lugar parecía una trampa, pero muy probablemente el huésped aún no se sentía perseguido. Tras recibir unos cuantos billetes, el recepcionista aceptó describirlo como un hombre callado, taciturno, de pocas o casi ninguna palabra. Pagó de contado y cada uno de los cinco días que estuvo ordenó que le dejaran al pie de su cuarto todos los periódicos publicados esa mañana. La zona cercana al hotel mantenía una constante actividad comercial. A un par de cuadras se ubicaba la estación del tren de Buenavista, en donde una gran cantidad de viajeros descendían de los vagones cargando sus mercancías para vender. El flujo humano parecía no detenerse nunca, decenas de autobuses foráneos llegaban de todas partes del país a la central camionera, situada a unos metros de los andenes. Los hoteles estaban llenos de familias que recorrían las calles de noche sin preocupaciones para asistir al circo instalado en un terreno baldío de los ferrocarriles. El Hotel Fortín no tenía vacantes, por lo que tuve que tomar una de las pocas habitaciones disponibles en el hotel de junto, desde cuyo *lobby* también se podía vigilar la única entrada del Hotel Comercio. El dueño del Hotel Alvarado resultó ser un español de setenta años, calvo y que no perdía oportunidad de debatir sobre la espiritualidad con cualquier pobre víctima que estuviera cerca. Cuando alguien le hacía enojar o lo contradecía, amenazaba con enviarle una legión de siete mil ángeles, ni uno más ni uno menos, que lo castigaría sin misericordia con su espada flamígera; muy probablemente, había sido él quien colocó junto a la lista de precios un letrero que tenía escrito *Hotel Alvarado: nuestra garantía, un espíritu bueno en cada cuarto.* Tuvo suerte, me dijo, buscando hacer plática, era nuestra última habitación, casi todas están reservadas a los artistas. Los artistas a quienes se refería no eran otros que los integrantes del Circo Atayde, que ofrecía tres funciones diarias en los terrenos adyacentes. Sin duda los circos pasaban por una buena época para permitirse pagar un hotel para sus mejores artistas por unas cuantas noches, y hacerles olvidar su vida trashumante en los remolques. Durante los días que estuve hospedado, el lugar parecía ser parte de un extraño sueño: enanos entraban y salían seguidos de faquires, la mujer barbuda y un lanzador de cuchillos, quien hizo dos exhibiciones para los huéspedes; el hombre fuerte del circo, vestido con un traje de Tarzán, repartió boletos a los niños; sin embargo, cuando se le terminaron, no pudo evitar que una jauría de infantes se le colgaran en el cuerpo exigiendo más, por lo que tuvo que cargarlos durante varios metros. Decidí salir a la calle para evitar distracciones. Un tragafuegos lanzó una llamarada ante los aplausos de un público que lo miraba con fascinación, mientras que malabaristas, changos, equilibristas y enormes elefantes con sus entrenadores se paseaban por las calles con naturalidad, acompañados de dos enormes leones de melenas sucias y descoloridas, que recorrían una reducida jaula que apenas podía contenerlos; en los escalones de una miscelánea, un par de niños platicaban con dos gitanas adolescentes, quienes entre risas les tomaban de la mano y les leían la fortuna. Ese día el hombre cambió su rutina. Abandonó con tal prisa el hotel que tumbó a un enano que hacía malabares con botellas de vidrio. El ruido de los cristales rotos, así como el abucheo y mentadas de madre que la gente le dedicó lo sorprendieron. Nervioso por haber llamado la atención, huyó del lugar con la cabeza baja, las manos en los bolsillos de la chamarra y detuvo un taxi. Yo lo seguí en otro a distancia prudente, hasta que le vi bajarse frente a la hemeroteca de la ciudad. Allí entró a las oficinas y subió dos pisos hasta los archivos, donde conversó con la empleada, quien unos momentos después le entregó un pesado tomo encuadernado. Se fue a la mesa más alejada del salón, donde hojeó el volumen sin prisas durante media hora. Lo vigilé desde una mesa lejana, y oculto tras una columna. Cuando terminó su lectura devolvió el volumen a la empleada y abandonó la sala. Tenía que tomar una decisión, investigar el tomo que había consultado o seguirlo. Como sabía por los informes del encargado del hotel que el hombre tenía su habitación pagada por dos días más, decidí quedarme. La empleada no regresaba de su oficina. Golpeé el escritorio y la llamé, pero nadie vino. El volumen estaba sobre un archivero, por lo que salté la mesa y me lo llevé. Sabía aproximadamente en qué parte del volumen había detenido su lectura, por lo que hojeé varias páginas hasta dar con lo que buscaba. Era preciso detenerle. Abandoné el edificio. Afuera llovía con fuerza y el tráfico estaba congestionado, por lo que tardé casi una hora en encontrar un taxi que me llevara al hotel. Cuando pregunté al recepcionista si el hombre había vuelto, me informó que acababa de liquidar su cuenta y abandonar el hotel; cargaba dos maletas, de seguro va para la central de autobuses, finalizó. Tuve una sospecha. Quiero ver el registro de huéspedes, dije, extendiendo un par de billetes. Me lo mostró. Ni siquiera lo abrí, lo puse bajo el brazo y salí del lugar, sin hacer caso a los reclamos del empleado. No había tiempo para recoger mis pertenencias en el Hotel Alvarado; tal vez con la intervención del dueño, alguno de sus siete mil ángeles podrían llevar mis maletas hasta Washington. Corrí bajo la lluvia en sentido contrario a una muchedumbre que iba al circo. Llegué empapado a la terminal de autobuses, donde diversas compañías ofrecían sus servicios para cualquier parte del país. Recorrí con la mirada sus nombres: *ADO, Corsarios del Bajío, Galgo, Transportes Frontera, Estrella Blanca, TNS*. Podía haber tomado cualquiera, por lo que dejé todo a la intuición y me dirigí a la terminal de Transportes Frontera. No lo encontré entre quienes esperaban, pero logré verlo documentar su equipaje en un autobús con destino a Nuevo Laredo. Fui a la taquilla y compré uno de los últimos tres boletos restantes. El tuvo el asiento 4 y yo el 23. Durante buena parte del trayecto, el camión se detuvo varias veces: la gente que subía le pagaba directamente al chofer, quien se guardaba el dinero en la chaqueta. Me mantuve despierto toda la noche para evitar que bajara intempestivamente sin darme cuenta. No había comido en todo el día, pero el camión parecía un restaurante sobre ruedas: en cada parada la gente subía ofreciendo gran variedad de alimentos: pollo, tamales, atoles, camarón seco, quesos. El conductor anunció que el camión se detendría por diez minutos. Hasta entonces logré comunicarme al FBI, informar casi telegráficamente lo que había descubierto y colgar justo a tiempo para no perder el autobús. De los pasajeros que subieron y bajaron, ninguno entró en contacto con el hombre. Llegamos en la madrugada. La niebla cubría el puente que dividía a los dos Laredos. El hombre caminó por el puente entre la niebla. Lo seguí a una distancia prudente, observándole cruzar la frontera e internarse en los Estados Unidos. Sabía que su suerte estaba echada. Me adelanté para capturarlo, cuando tres agentes de inmigración me sujetaron por la fuerza. De dos logré separarme con un par de golpes y tirarlos al suelo, pero otros tres lograron inmovilizarme. Soy agente del FBI, les grité. Me identifiqué mostrando mi placa, pero ni siquiera la miraron. No les importó y comenzaron a arrastrarme rumbo a sus oficinas. Les advertí que perseguía a un sospechoso y se los señalé, pero esto tampoco pareció preocuparles. Vi la silueta del hombre que seguí durante cinco días desaparecer entre la niebla. Forcejeé una vez más, pero un golpe en la cabeza me hizo perder el conocimiento. Desperté en una habitación cerrada y sin ventanas. Era inútil intentar abrir la puerta, pues no tenía ninguna clase de perilla por dentro. A cuatro metros de altura, una pequeña rejilla permitía que el aire circulara. Permanecí incomunicado tres horas más hasta que fui liberado sin ninguna explicación. Me fue ordenado redactar el informe en una oficina privada. Un superior, a quien jamás había visto y que nunca se identificó, leyó en silencio el informe frente a mí. Ocasionalmente me miró un par de veces. Cuando lo terminó, puso la combinación de su portafolio metálico, abrió los broches y guardó los documentos en su interior, para luego cerrarlo, borrar la combinación y encadenar el portafolio a su brazo. Yo no existo, y su viaje, así como este informe jamás sucedieron, ¿quedó claro?, fue todo lo que dijo. No moví un solo músculo de la cara y endurecí el cuello para que el cansancio no hiciera parecer que asentía. En cuanto abandonó la oficina, dos hombres entraron, uno cargó con la máquina de escribir, mientras el otro le extraía la cinta. Partieron en direcciones contrarias. Quedé solo en la oficina con la puerta abierta. Salvo mi palabra, no había ninguna prueba de lo que momentos antes acababa de pasar. Me levanté para irme y nadie me detuvo. Mientras avanzaba por el pasillo, observé al grupo de agentes que me detuvo, sentados junto a sus escritorios. Todos, salvo uno que no reconocí me sostuvieron la mirada. Debió ser el que me golpeó por la espalda. Todos nos grabamos en la mente nuestros rostros. Cuando salí de la oficina de inmigración caminé hasta el estacionamiento. Por un momento tuve la tentación de voltear y confirmar si todo lo que había dejado atrás alguna vez existió. Siete semanas después me encontraba de vacaciones en mi departamento. Cambiaba los canales de la televisión sin mucho interés cuando me detuve en una telenovela titulada *As The World Turns*. Súbitamente, Walter Cronkite apareció en cámara, sin saco y con una corbata negra. A sus espaldas, todo un grupo de reporteros en el cuarto de prensa chocaban entre sí, como ratones asustados en un laberinto. *Este es un boletín de la* CBS. *En Dallas, Texas, tres disparos fueron hechos contra la caravana del presidente Kennedy en el centro de Dallas. Los primeros reportes confirman que el presidente Kennedy fue seriamente herido por los disparos.* La transmisión de *As The World Turns* regresó y un par de minutos después llegaron los anuncios: un anuncio comercial de Nescafé que parecía no terminar nunca. Los boletines fueron interrumpiendo la programación, hasta que finalmente Cronkite quedó a cuadro, recapitulando lo sucedido en el día. El gobernador de Texas, Connely, afirmó, también se encontraba herido. Escuché el sollozo de una mujer de un apartamento vecino, varias puertas cerrarse, abrirse y gente correr por los pasillos. Las palabras de Cronkite se escuchaban sombrías, como si lo inevitable estuviera cerca y apenas faltara que alguien lo confirmara. A sus espaldas, dos editores esperaban junto a la máquina donde llegaban los boletines de la AP. Uno de ellos tomó el que acababa de salir, lo cortó y se dirigió al escritorio de Cronkite, quien se puso los lentes, lo leyó por un momento y se los volvió a quitar. *De Dallas, Texas, un boletín, aparentemente oficial, el presidente Kennedy murió a la una de la tarde, hora central.* Cronkite miró un reloj en la pared y continuó, *dos de la tarde hora del Este, hace treinta y ocho minutos.* Se detuvo por unos instantes, como quien guarda un respetuoso silencio, mordió su labio inferior visiblemente afectado, tragó saliva y seguramente repitió en su mente la frase con la que finalizaba sus noticiarios todas las noches: *And that's the way it is.* Haciendo acopio de fuerza, continuó con el resto del boletín: *el vicepresidente Johnson ha abandonado el hospital en Dallas, pero no sabemos a dónde se dirigirá. Presumiblemente tomará juramento y será nombrado el trigesimosexto presidente de los Estados Unidos.* Walter Cronkite, el hombre más confiable de los Estados Unidos lo había hecho oficial: el presidente Kennedy había muerto a manos de Lee Harvey Oswald, el hombre a quien siete semanas antes estuve a punto de detener en la frontera con México.

El director Hoover no pronunció palabra ni pareció sentir nada especial tras concluir mi relato. ¿Por qué sospechó de Oswald?, fue lo único que preguntó. El tomo de la hemeroteca era de las fechas en que el presidente Kennedy visitó México, le contesté. Oswald perforó con el dedo la foto del periódico, justo en el rostro del presidente. Pensé que podía tratarse de un complot que incluía contratar mexicanos para atacar al presidente. El mexicano es un mentiroso patológico, me interrumpió el director, pero nunca deberá preocuparle la posibilidad de que uno dispare contra nuestro presidente, no tienen mucha puntería, pero si uno de ellos viene contra usted con un cuchillo, tenga cuidado, me advirtió. Guardó silencio por unos momentos. El director Hoover podía encontrar lo que fuera sobre cualquier persona si se decidía investigarla, era algo por lo que todos le temían; las peores pesadillas de muchos norteamericanos incluían un espía detrás de cada árbol y un agente en sus armarios, y ambos trabajando para el FBI. ¿Y todos estos años usted ha creído que pudo haber salvado la vida del presidente Kennedy, no es así? No contesté. Escuche bien mis palabras, advirtió, porque sólo las diré una vez. Lee Harvey Oswald era un pequeño mosquito de una parvada que iba sobre el presidente. Tarde o temprano alguno hubiera logrado su objetivo. Era más importante saber de dónde venía el enjambre y quién lo enviaba. No intente ir demasiado adelante de los acontecimientos, Mc Kenzie, me aconsejó, si algo nos ha enseñado la historia de este país es que los pioneros terminan cubiertos de flechas. Necesito dormir un poco, dijo el director, haciendo el esfuerzo por levantarse del sillón. Le ayudé a llegar hasta la cama. Últimamente he tenido pesadillas inquietantes, me dijo. Sueño que me atrapan y que destruyen todo lo que he logrado, cuando volteo para mirar quién me ha puesto las esposas, descubro que soy yo mismo. Me conduzco por el pasillo de una cárcel, en cuyas celdas hay hombres con cuerpo de espejos, en los que me reflejo cansado, viejo y esposado. Escucho como si un gran edificio se derrumbara a mis espaldas, como si mis manos hubieran soltado las granadas que tenían a su cuidado al mismo tiempo. Escapé de las ruinas del antiguo Buró para edificar un imperio que les protegiera y ahora quieren derribarlo. El director miró hacia el pequeño buró junto a su cama, donde un vaso lleno de leche, un cenicero vacío, una lámpara y un portarretratos apenas cabían. La foto no era personal, ni de algún familiar, mucho menos tomada con algún político o actor famoso, era la de un perro de raza Airedale Terrier. El día más triste de mi vida, fue cuando tuve que enterrar a Spee De Bozo, dijo el director, tomando la foto entre las manos. Todas las mañanas me acompañaba a comprar el periódico y se echaba bajo la mesa a comer lo que no me gustaba. Fue un buen perro, recordó, inteligente, incondicional, fiel, y sabía responder a órdenes sencillas. El portarretrato pareció pesarle, porque su mano fue descendiendo, de manera que lo tomé y lo regresé al buró. Tosió con fuerza. ¿Quiere que llame a un médico, señor?, le pregunté. No es necesario, contestó. ¿Está usted seguro?, pregunté nuevamente. El director Hoover me miró en silencio. Sólo hay dos cosas seguras en la vida, Mc Kenzie: una, que usted y yo nos vamos a morir, y dos, que la muerte es un misterio. Cerró los ojos sin decir más y supe que cuando los abriera, esperaba que nadie se encontrara frente a él.

20

Llamé a la casa de Kandinsky sin obtener respuesta.
Intenté en su celular con los mismos resultados, por lo que decidí
hablar al FBI. Me tuvieron esperando por casi diez minutos, hasta
que Serling contestó en persona. Mc Kenzie, dijo con alivio, llevamos días buscándolo, ¿dónde se metió? Es largo de explicar, le
contesté, estoy buscando a Kandinsky. No es el único. ¿A qué se
refiere? Desapareció hace un par de días, me informó, su departamento fue saqueado y encontramos restos de sangre y un dedo
mutilado. Los resultados de laboratorio confirmaron que tanto
el dedo como la sangre pertenecían a Kandinsky, me dijo. Es un
empleado de informática de nivel menor, Mc Kenzie, lleva un par
de meses en el Buró, no tiene novia ni familiares cercanos, agregó. Alguien decidió atacarlo con saña y dejar su dedo como advertencia. ¿Tendrá algo que ver con la investigación en la que le
ayuda?, me preguntó. No lo sé, contesté. Las llamadas de mi celular podrían estar siendo rastreadas, por lo que debía ser más
cuidadoso. Me comunicaré con usted más tarde, le dije, para
luego colgar. Apagué el celular y le quité la batería. Tomé el primer
avión para Los Ángeles con escala de seis horas en Dallas. En el
aeropuerto JFK vagabundeé lo suficiente para confirmar que no
me seguían. Luego de verificar que aún cargaba mis documentos
personales pagué en efectivo un boleto de avión, para un vuelo
que en dos horas despegaría rumbo a la Ciudad de México. Logré
entrar a la terminal de vuelos internacionales con el tiempo
exacto para cumplir con los requisitos de migración. El viaje

transcurrió sin problemas en la clase turista, sin ninguna posibilidad de elegir entre caviar Beluga, Ostreva o Sevruga, sino entre cacahuates salados o *Fritos Lay*. Dormí la mayor parte del trayecto, hasta que fui despertado por un aviso del piloto, informando que pronto aterrizaríamos. Desde el avión, la ciudad parecía extenderse al infinito. Miles de luces invadían los cerros, como si la gente tratara de aferrarse a cualquier pedazo de tierra donde vivir. Aterrizamos sin contratiempos. Llené los formularios de migración y salí del aeropuerto durante una noche negra que amenazaba lluvia. Crucé un puente, bajé por el *lobby* de un hotel y me senté quince minutos en un sillón, para cerciorarme de que nadie me seguía. Tomé un taxi en la calle cerca de la medianoche, sin darle la dirección exacta al chofer de mi destino. Una locutora de voz suave hablaba por la radio, dijo algo sobre la lluvia, pero la señal se perdió cuando entramos en un túnel, cuyo sonido mientras lo recorríamos me recordó al mar; cuando la señal regresó estaba una canción. Hacía más de treinta años que no la escuchaba y vine a encontrarla aquí, al final de un túnel. No reconocí al cantante de acento portugués, pero sí la canción. La lluvia comenzó a golpear con fuerza los cristales del taxi. Recordé la luna de miel con Kristen, el paseo por la playa en medio de una noche oscura y un mar del que sólo se podía creer en su existencia por el olor a sal y el sonido de las olas. *My heart is down my head is turning around/I have to leave a little girl in Kingston Town*. La voz de la locutora regresó: acabamos de escuchar *Jamaica Farewell*, en la voz de Caetano Veloso, soy Mariana H y me despido de ustedes en esta noche helada, lluviosa, pero con música. Era un buen nombre, pensé, decía algo sin decir mucho. Todos deberíamos ser un nombre propio y una letra. Nada más que eso. Bajé del taxi, y esperé hasta que lo vi perderse al dar vuelta por una avenida. Caminé cinco calles más, sin dejar de cuidarme las espaldas. El lugar se había transformado, de un incipiente centro de actividad comercial en los sesentas, a un reducto para prostitutas y drogadictos en la actualidad. La estación del tren había desaparecido para ser sustituida por el Metro Revolución, los hoteles familiares descendieron de categoría y se transformaron en hoteles de paso para prostitutas y vendedores de droga. Una descolorida lona colgaba entre dos postes, con el dibujo de un ladrón ahorcado. *Vecinos Unidos contra la delincuencia: Ratero, no te arriesgues, te estamos observando.* Bajo la lona, dos sujetos desvalijaban sin remordimiento un auto estacionado, mientras la gente pasaba sin prestarles atención. A lo lejos, se escucharon un par de disparos, gritos y el sonido de un auto alejarse a gran velocidad. Dos prostitutas discutían en la calle y se empujaban. Cerca de ellas, en los escalones de una casa, un niño dormía hecho ovillo dentro de una caja de cartón. Junto a la puerta del hotel, un anciano con la camisa sucia y los pantalones hechos jirones dormía sentado, abrazando un cajón de madera, en cuyo interior se observaban dulces, frituras, chicles, cigarros y un envase con salsa picante. Miré mi silueta reflejada en el vidrio, donde las letras H y M de Hotel Comercio estaban despintadas. Un empleado, que seguramente dormía detrás del mostrador, se puso de pie al escuchar la campanilla de la puerta. Con ojos legañosos, el cabello despeinado y una marca en la mejilla de donde se apoyó al estar dormido, preguntó en qué podía ayudarme. Pensé que el hotel había cerrado, comenté, no vi ningún letrero desde la calle. La delegación no nos permite anunciarnos, contestó impasible el empleado. Inspeccioné el lugar. Nadie se había molestado en cambiar la decoración del *lobby*, en cuyas paredes, lo mismo colgaban arreglos de navidad, año nuevo, San Valentín, la independencia de México o el día de las madres. Las vestiduras de los muebles, que alguna vez tuvieron color, se encontraban sucias, carcomidas, rasgadas y con resortes expuestos; únicamente alguien con mucho cansancio, poco dinero y ningún lugar a donde ir aceptaría sentarse. La alfombra debía ser la misma desde mi última visita, pero parchada en tantos lugares que parecía un tablero de ajedrez. Encima del mostrador, colgaba un letrero sucio que tenía escrito: *"Se rentan cuartos por día, hora, semana o mes. Nuestro lema: ¿Es usted conocido? Aquí no se le conoce".* Un aviso con los teléfonos de emergencia casi ilegibles, entre los que destacaba el antirrábico, se sostenía en su extremo de una pequeña cinta adhesiva, mientras que otro, escrito a mano, ofrecía los servicios extras del hotel: condones 5 pesos, agua embotellada 6 pesos. Quiero una habitación, dije al empleado, la número dieciocho. Me miró por unos segundos. La dieciocho no es cualquier habitación, tiene un costo especial, pero eso imagino que ya lo sabe. Asentí. Subimos tres pisos por una escalera de caracol, lo suficientemente angosta para que sólo una persona delgada pasara con dificultad. Los escalones crujieron, algunos, los más oxidados parecían estar por vencerse bajo nuestro peso. El empleado sabía su rutina, porque comenzó a hablar sin que nadie le preguntara, muy probablemente en espera de una propina por el paseo guiado. Contó sobre los cinco días que Oswald se hospedó en el hotel y cómo, desde la muerte de Kennedy, clientes de todo el mundo viajaban expresamente a dormir por lo menos una noche en la habitación. Durante varios años, un japonés y una joven artista belga se volvieron huéspedes regulares. El japonés llegó a pagar cuarenta mil pesos durante su estancia, mientras instalaba grabadoras y sofisticadas cámaras fotográficas, con los que quién sabe qué diablos pretendía hacer; incluso pidió permiso para romper las paredes pero se lo prohibieron. Una joven artista belga, Milu, dijo llamarse, se encerró durante diez días, en los cuales no dejaba entrar a la recamarera ni para hacer el aseo. Una noche salió gritando del cuarto completamente desnuda y con el cuerpo cubierto de bombones. Fue la última vez que la vimos, relató. Pasamos junto a un cuarto con los sellos policíacos de clausura en la puerta. Notó que los miré. Hace tres días, dijo sin que nadie le preguntara, dos luchadores enanos murieron en ese cuarto, dijo, aclarando la garganta, los dos entraron vestidos como gente normal y cuando hablé para decirles que el tiempo había terminado, nadie contestó. Algunos testigos afirman haber visto a otro enano salir por la ventana, pero juro que únicamente entraron dos, si no les hubiera cobrado la persona extra. Los encontré muertos en el suelo, con sus máscaras y trajes de lucha puestos; parecían esos muñecos que venden en el mercado con su ring de plástico, con los que juega mi hijo. No se encontró ningún arma, ni rastros de violencia o cartas suicidas.

Este hotel no es como cualquier otro, dijo, cuando llegamos al número dieciocho. La mesa que usó Oswald la robaron hace diez años, continuó, y el libro de huéspedes desapareció el mismo día que dejó el hotel; la silla y la cama sí son las originales. Recordé el libro de pastas duras de color negro, ahora descoloridas y curveadas por el tiempo, el cual consultaba ocasionalmente. ¿Qué esperaba encontrar entre sus páginas?, ¿No lo sé? Tal vez algún nombre que me gritara algo, o algún trazo en la escritura o una letra remarcada que me sugiriera un camino; no fue fácil pero finalmente lo descubrí. Ni el FBI, mucho menos la Comisión Warren, supieron que Oswald o un cómplice, visitó la Ciudad de México y se hospedó en el mismo hotel veinticinco días antes, bajo el nombre de Alek J. Hydell, el mismo alias que Oswald usó para comprar por correspondencia el rifle Carcano con el que finalmente disparó contra el presidente. No existieron archivos consulares de la entrada de Hydell u Oswald en las fechas que indicaba el primer registro del hotel, era una información que muy pocos conocíamos. El director Hoover me dijo una vez que todo hombre necesita guardar un gran secreto durante toda su vida; me pregunté si estaba en presencia del mío. El empleado de mostrador de aquellos años era mi tío, dijo, mientras recorríamos un pasillo, en el que no dejaban de escucharse gemidos de placer en cada puerta. Oswald nunca recibió visitas, continuó, únicamente bajaba bien temprano, casi de madrugada por las primera ediciones del periódico. Fue el tipo más limpio que jamás haya visitado este hotel, aseguró, la recamarera, que aún trabaja con nosotros, dijo que jamás encontró basura en su cuarto. Contaba mi tío que el plomero tuvo que destaparle el inodoro dos veces y nos dijo que le recordáramos no tirar papeles en la taza. Pagó en efectivo su estancia y nunca comió en la cafetería del hotel, aunque no lo culpo, dicen que era malísima. Después del asesinato de Kennedy, la policía revisó todo el lugar, torturaron a mi tío durante una semana hasta que lo dejaron libre por falta de pruebas, no sin que antes un policía de la secreta le sacara un ojo con las manos, sólo por chingarlo. Le di un par de dólares y me entregó las llaves del cuarto. Tiene una hora, dijo, si quiere que le mande compañía o necesita algo más, lo que sea, enfatizó esto último, marque el cero. Se alejó por el pasillo, y se perdió de vista al descender por la escalera de caracol.

El cuarto tenía un olor extraño que no acertaba a reconocer; probablemente una mezcla de humedad, sudor, el semen de varios días en las sábanas sucias y animales muertos entre las paredes. Me sentí mareado, di un par de pasos y apenas alcancé a llegar a la silla. Cerré los ojos por un momento y escuché ruidos extraños; cuando los abrí, Oswald, sentado a la mesa, extrajo varios documentos y una nota de un sobre color café. Dejó los documentos a un costado y leyó la nota detenidamente. Sus mandíbulas se trabaron, pero el resto del rostro continuó inexpresivo. Rasgó la nota y la comió con naturalidad, como pudo haberlo hecho con una manzana o una rebanada de pastel. Depositó los demás documentos en una bandeja metálica, añadió un par de gotas de combustible y les prendió fuego con un encendedor; cuando no quedaron más que cenizas, fue al baño, las vació en el inodoro y jaló la palanca. De regreso, colocó la mesa con las patas hacia arriba, trazó un par de inscripciones en la base interior y aplicó pegamento a un pedazo de madera, con el cual ocultó lo que había grabado. Devolvió la mesa a su posición original y de improviso volteó hacía donde me encontraba, como si todo ese tiempo estuviera al tanto de mi presencia. *Un hombre debería morir con sus recuerdos intactos, ¿no lo cree?*, me dijo, moviendo casi de manera imperceptible la comisura de sus labios, como si intentara reír cínicamente. Parpadeé un momento y Oswald desapareció, junto con la mesa y la silla. Las paredes fueron lentamente invadidas por raíces de plantas que terminaron por convertir la habitación del hotel en un denso bosque. Un árbol, con el tronco cubierto de gruesas espinas triangulares, como pequeñas pirámides, arrancó sus raíces del suelo y avanzó hasta mí. Era una hermosa mujer árbol que extendía sus ramas como brazos; cuando estuvo lo suficientemente cerca para sentir su olor reconocí a Kristen, mi esposa. Escuché a la distancia los ladridos de nuestra pequeña perra Camille y busqué un árbol de menor tamaño que pudiera ser nuestra hija Karen, pero no la encontré. Debí preguntarle por qué nunca llegaron a Chicago, qué les sucedió, si se encontraban vivas o muertas, qué había sido de Karen y que le dijera que su padre la extrañaba; pero no hice nada de eso, tenía tantos deseos de abrazarla nuevamente y no soltarla nunca. Escuché los gemidos de placer de las otras habitaciones, sabía que la visión pronto terminaría y sólo tenía una oportunidad. El abrazo causaría dolor, lo mismo que saber la verdad sobre lo que les sucedió. Avancé para estrecharla con todas mis fuerzas, pero fue como abrazar el aire. Tocaron a la puerta, advirtiéndome que la hora había transcurrido. Intenté levantarme pero no pude, sentí un gran dolor en la espalda, y escuché crujir mis huesos. Me sentí como un vaso de cristal que ha contenido demasiadas cosas por un largo tiempo y al que cualquiera podría tomar entre sus manos y quebrar con más facilidad de la que se hubiera creído.

21

ME DESPERTÓ UN SOBRESALTO, LUEGO OTRO Y FINALMENTE un tercero, al tiempo que dos luces blancas aumentaron su intensidad a medida que se acercaban. Mi cuerpo se balanceó primero a la derecha, después a la izquierda y cuando miré de nuevo las luces habían desaparecido. Me sentí deslizar en medio de la noche a través de una densa niebla. Al desconcierto siguió la preocupación, ¿qué había pasado?, ¿hacía dónde me dirigía?, ¿me encontraba vivo? Escuché el rezo de un salmo a la distancia y temí lo peor, hasta que una gruesa voz de hombre interrumpió la letanía: *¡Ya cállese señora, deje dormir!* Me encontraba en un autobús. Descorrí la cortina y miré por la ventana. Una a una, las siluetas de los postes de una cerca se repetían hasta el infinito, y tras de ellas, a la distancia, se vislumbraba el solitario foco amarillento de una ranchería. Me asomé por el pasillo y miré por el parabrisas, íbamos a gran velocidad por la mitad del camino, la línea de la carretera dividiendo simétricamente el autobús. Media hora después comenzó a amanecer. Subimos por un puente de tensores que atravesaba un río, en cuyas márgenes, como hormigas, pequeños trabajadores unían enormes tubos de una plataforma petrolera, mientras que otra, ya terminada, era arrastrada lentamente por un remolcador, dejando una estela en el río. Junto a las pequeñas y descoloridas casas se alzaban cientos de árboles, como si un gigante hubiera decidido plantar enormes brócolis para después olvidarse de cuidarlos. Descendimos por el puente y quince minutos después llegamos a la central de autobuses. Revisé mi cartera, aún contaba con dinero suficiente para sobrevivir un par de días. Las luces interiores del autobús se encendieron y una canción, que contaba la historia de un puerto que por sus tesoros al pobre hacía feliz, se escuchó en las bocinas. El conductor anunció nuestra llegada al puerto de Tampico.

Una vez en la central, decidí esperar a que amaneciera por completo, ya que un fuerte aguacero se desató de improviso. Las gotas golpearon con fuerza las láminas del techo, como si llovieran pedruscos; minutos después, las goteras terminaron por provocar charcos en el piso que nadie se preocupó por secar. Cerca de cajas de cartón anudadas con rústicas cuerdas, un grupo de indígenas con sus mujeres e hijos dormían acurrucados, cubiertos por periódicos. Un niño de dos años, dentro de una caja para frutas habilitada como corral, jugaba con una naranja que escapó de sus manos y rodó hasta un par de campesinos que dormían con sus pertenencias amarradas a sus pies. Un gato de pelambre pardo olisqueó y arañó una caja, despertando a una gallina en su interior, y después huyó. El ruido en las láminas fue disminuyendo a medida que dejaba de llover, por lo que decidí salir de la estación. Logré detener un taxi y lo abordé. Tuve que acomodarme en un extremo para no clavarme los resortes que salían del asiento. El calor intenso evaporaba el aire, como si se estuviera dentro de una caldera. Me limpié el sudor de la cara con un pañuelo y jalé la camisa para ventilarme. La humedad era tal, que parecía que gotas invisibles de agua se pegaban al parabrisas del auto. A falta de aire acondicionado, un tubo curvo de pvc había sido instalado junto a la ventana del conductor, para que el aire le refrescara a medida que el auto avanzaba. Le pedí que me llevara a la oficina de correos. El chofer, cuya enorme panza mantenía una lucha territorial con el volante, vestía una camiseta interior color blanca, que el sudor pegaba a su cuerpo como una segunda piel. En la radio tocaban un corrido sobre las aventuras de una pareja de contrabandistas llamados Emilio Varela y Camelia *La Texana*. Nos detuvimos en un semáforo. Un vendedor de periódicos se acercó con un ejemplar del *Entérese*, cuyo encabezado a ocho columnas publicaba: *Otra vez ovnis ahuyentan huracán,* ilustrando la portada con una foto de la playa y un par de puntos a la lejanía. Pensé que se trataba de uno de los diarios sensacionalistas que nunca faltan en cualquier ciudad, sin embargo en la otra mano del vendedor otro diario reportaba: *Ovnis sobre Tampico, presagio mortal.* El taxista compró ambos, no sin antes contarme que la ciudad se dividía en dos clases de personas: las que creían que los ovnis nos protegían de los huracanes, y los que como yo sabemos que eso es ridículo, porque los extraterrestres se marcharon seis años antes. Mire, dijo convencido, señalando las nubes, ahí están escondidos, nos están viendo. Un grupo de cinco convoys militares se detuvieron en un semáforo junto a nosotros. Antes patrullaban sentados como si nada, dijo en voz baja el taxista, ahora lo hacen en grupo, usan pasamontañas y apuntan con sus armas al que se les acerca, por si no les da tiempo a disparar. El calor debía ser asfixiante para portar los pasamontañas, pero preferían el anonimato a la comodidad. Se han de estar asando los cabrones, repitió, en el momento en que la luz cambió a verde y los convoys se alejaron a gran velocidad. Arrancó el vehículo y recorrió un par de calles, cuando nos encontramos con un retén. Un grupo de hombres con ametralladoras AK-47 nos bloquearon el paso. Sin dejar de apuntarnos con sus armas, se acercaron lentamente. La ciudad se encontraba, según los diarios internacionales, en medio de una cruenta lucha de dos cárteles rivales de narcotraficantes: el *Cártel del Golfo* y su antiguo brazo armado, *los Zetas,* sin que ninguno lograra apropiarse de la plaza. Varios poblados del estado habían tenido que ser abandonados por la totalidad de los habitantes ante la guerra entre narcos y la corrupción de las policías. Un hombre de sombrero y lentes oscuros hizo una seña al taxista sin soltar su arma. Se saludaron rozando las puntas de sus dedos de ida y de vuelta, para luego chocar sus puños. Cinco pájaros verdes en el alambre forrados hasta los dientes, van pa'l norte, dijo en voz baja, Halcón 4 reportando. El hombre hizo una seña a los demás y el taxi avanzó entre las camionetas. Un par de calles más adelante, un enorme anuncio, que ofrecía recompensas por delatar a un grupo de narcotraficantes, había sido incendiado para que los rostros de los criminales fueran irreconocibles. Llegamos a la plaza Hijas de Tampico, la cual, debido a la hora se encontraba sin actividad. Pagué al taxista, y me dirigí a la oficina de correos. Casi tropiezo con una hermosa chica que hacía *jogging* en la plaza. Su rostro me recordó el de Kristen. Se dio media vuelta y con una bella sonrisa se disculpó, sin dejar de trotar en reversa. Vestía una playera empapada de sudor, con la palabra *REWIND* escrita a la altura del pecho. Giró nuevamente y observé su figura perderse entre los pocos comerciantes que armaban sus puestos. El panorama era desalentador, tal parecía que la mitad de la ciudad se encontraba en renta y la otra en venta por la cantidad de avisos inmobiliarios pegados en las ventanas de lo que alguna vez fueron negocios. Cartulinas escritas a mano informaban del cambio a otra ciudad, o del cierre definitivo a causa de la inseguridad y cobro de cuotas del narco para seguir trabajando. La oficina tardaría en abrir una hora, por lo que busqué algún lugar donde desayunar. A la distancia observé actividad en un puesto que vendía algo llamado *Tortas de la Barda*, por lo que decidí avanzar. Bajé tres calles en dirección al río hasta una antigua construcción de ladrillo rojo y estilo afrancesado, con vistosa herrería, en la que se ubicaba la aduana marítima. La sirena de un barco se escuchó a la distancia y tras el edificio surgió un enorme buque que navegaba lentamente, guiado por una pequeña embarcación, encargada de alejarlo de las zonas bajas. A un costado de la aduana, obreros, albañiles y empleados esperaban la apertura del puesto de tortas. Dos empleados colgaban en el puesto bolsas de plástico transparentes, llenas de agua: es el modo en que los mexicanos ahuyentan las moscas. El dueño del puesto tomó un frasco con alcohol y vació un poco del líquido en la calle, primero en forma de una línea y después otra que la atravesaba. Encendió un cerillo y lo dejó caer. Una cruz de fuego se encendió por unos segundos, los empleados se persignaron y cuando la cruz se extinguió, iniciaron su día de labores. La torta de la barda resultó ser un rústico baguette tercermundista de carnes frías con la forma de balón de fútbol americano. El empleado preparaba cada torta en menos de un minuto, con tal destreza y sincronización que harían sentir orgulloso a Henry Ford de su proceso de producción en cadena: cortar el pan, tirar el migajón, untar los frijoles en el pan, poner las carnes: jamón, queso amarillo, queso de puerco, nuevamente jamón, queso molido, un poco de carne deshebrada, chorizo, aguacate, tomate, cebolla y chicharrón escurriendo salsa verde, para finalmente cubrir todo con otras dos rebanadas casi transparentes de jamón. Veinte años antes, relataba la grasosa hoja que contaba la historia de la famosa torta, todo ese caos alimenticio era coronado con una sardina. Varios metros más adelante, encontré un local de comida conocido como *Juan Derecho: el mitigante del hambre*, donde desayuné seis bocoles: de huevo con chorizo, huevo verde, chicharrón, queso con papa, carne deshebrada y frijoles, acompañado de un refresco con el curioso nombre de *Pato Pascual*. Pagué y me retiré. Me detuve frente un ventanal que llamó mi atención. Dos esqueletos humanos vestidos como una pareja de novios: uno de esmoquin y otro de traje nupcial, con un ramo de flores atado a los huesos de su mano. Cubierta con una túnica morada, una Santa Muerte con su guadaña parecía oficiar la ceremonia, sosteniendo en una de sus esqueléticas manos el mundo y en la otra un reloj de arena; ofrendas de rosas, botellas de tequila, comida y cigarros de mariguana descansaban esparcidos en el suelo. Una joven de piel muy blanca, nariz delgada y ojos ligeramente alargados, se arrodilló para fotografiar a la pareja, al hacerlo, dejó a la vista el tatuaje de un ángel en la parte baja de su espalda. Descubrió que la miraba y me sonrió. Hizo la seña si podía fotografiarme, pero me negué. Regresé a la plaza, en espera de que la oficina de correos abriera sus puertas.

Cerca de las ocho de la mañana, un grupo de personas entró por un pasillo anexo a la puerta principal de correos. La única información que tenía sobre el filme era un nombre y un apartado postal de hace cuarenta y cinco años, pero era la pista más sólida que había sido descubierta en medio siglo. Los carteros salieron por un pasillo, uniformados y con sus bolsas de cuero al hombro, para después perderse por entre las calles. Observé cómo un empleado colocaba el letrero de abierto en la puerta de la oficina de correos y me decidí a entrar. Bastó una sola mirada para comprender por qué el correo mexicano es un misterio. Enviar una botella al mar con un mensaje tenía más posibilidades de llegar a su destino que una carta con la dirección completa y el código postal. Decenas de costales que desbordaban correspondencia se apilaban contra la pared. Algunas cartas estaban en el suelo y otras más bajo la mesa. Viejos empleados seleccionaban cada sobre con la lentitud y cuidado de quien trabaja con material radiactivo; uno a uno era inspeccionado con pasmosa lentitud. Algunos los agitaban esperando encontrar algo o trataban de ver su contenido a contraluz. Un anciano pasó ofreciendo gelatinas y flanes, una empleada de la sección de correo internacional le compró uno y lo puso encima de su escritorio mientras seguía trabajando. El caramelo del flan fue impregnando lentamente la correspondencia, sin que esto pareciera importarle. Archiveros que desbordaban carpetas amarillentas cubrían las paredes y el ruido de las máquinas de escribir se propagaba por el ambiente. Un grupo de carteros que terminaban de desayunar, tomaron sus bolsas de cuero y salieron por la calle, mientras que un anciano escribía con parsimonia en un grueso libro de registros, como un monje medieval que copia un libro con toda una eternidad por delante. Me dirigí a la sección de apartados postales, donde cientos de escotillas numeradas se acumulaban unas contra otras. Busqué el número noventa y seis, traté de mirar por el cristal ahumado y sucio. Ese está cancelado desde hace muchos años, dijo el empleado detrás del mostrador. Su rostro era moreno y tostado por el sol y su nariz redonda como una albóndiga. Hace más de veinte años alguien envió un paquete a este apartado postal, dije, me gustaría saber el domicilio del dueño de ese entonces, el señor Edward James. Uy, joven, dijo, eso va a estar difícil, ya pasó mucho tiempo, y ya ve, aquí nos modernizamos día con día, dijo. Tal vez si lo verifica en su computadora, le insistí. No se burle joven, contestó el cartero, si no me han repuesto el silbato que se me rompió hace cinco meses, ahí ando entregando las cartas a puro chiflido, se quejó. Esos registros son muy difíciles de encontrar, ahora fue él quien insistió, están bien guardados, ya sabe, cosas de seguridad nacional, dijo bajando la voz, mirándome como si esperara que dijera algo, el correo es sagrado e inviolable, sentenció. Soltó un falso tosido. Y nosotros somos muy respetuosos de eso, me guiñó un ojo. Me mantuve en silencio. Tenemos nuestro código de silencio, como la mafia, susurró, mientras extendía la mano y jugueteaba con sus dedos. No dije nada. Mi esposa hace un mole riquísimo, dijo suspirando, nada de esos moles de marca, mole casero, con su arrocito, tortillitas, a 34 pesos la orden. ¿Qué le parece si nos echamos un molito durante la comida y platicamos? Me parece bien, contesté, pues de todas formas tenía que comer. Van a ser 68 pesos, dijo, lo veo aquí enfrente en el parque a las dos y media. ¿No dijo que la orden vale 34?, reclamé. Ah, es que le estoy cobrando dos, ¿a poco no me va a invitar?, dijo, si los carteros ganáramos bien no andaría vendiendo mole, ¿verdad? Vagabundeé por la plaza cerca de la aduana marítima. Viejos periódicos enmarcados tras un cristal, relataban las curiosidades de la ciudad: un parque de béisbol construido sobre las vías del tren, cuyo partido debía detenerse en la séptima entrada para que el ferrocarril cruzara por el *center field*, un estadio de fútbol cuya mitad de cada campo estaba en dos ciudades diferentes: Tampico y Ciudad Madero, así como la filmación de la cinta *El tesoro de la Sierra Madre*. Sentado en una mesa exterior de lo que fuera el Bar Palacio, como si esperara a alguien que jamás llegó, una estatua en bronce de Humphrey Bogart conmemoraba la filmación de la película. Nadie tuvo la cortesía de avisarle a *Bogey* que el bar, del que sólo quedaba un viejo letrero, había cerrado sus puertas para convertirse en una cadena americana de pollo. Los edificios con herrajes artísticos que hacían recordar a Nueva Orleans estaban convertidos en cadenas de hamburguesas, pizzerías y tiendas de ropa barata.

Me senté en una banca junto a la escultura en bronce de un gigante que midió 2.35 metros de altura conocido como *Pepito el Terrestre*, quien según se leía en una placa de metal, fue un tipo popular en la zona. Un hombre sin camisa se acercó para preguntarme la hora, pero lo ignoré. Su pantalón raído y sucio se ajustaba a su cintura con un cordel para atar cajas. Miró el reloj de un comercio a la distancia. Ya son las ocho de la mañana, verdad, se nos fue el día, dijo, dando una larga fumada a su cigarro. La piel rugosa y colgante que le cubría el torso se contrajo contra su esquelético cuerpo, como un animal que aferra las garras contra su víctima. Se mantuvo en silencio un par de minutos, en los cuales únicamente se quitó el cigarro de los labios para escupir una flema, que cayó cerca del letrero de *Cuidemos nuestros parques y jardines*. ¿No tiene un cigarrito que le sobre, joven?, me dijo, a pesar de estar fumando uno y tener otro más en su oreja. En otras circunstancias le hubiera dado algunas monedas para que dejara de molestar, pero debía administrar el dinero que me quedaba. El calor fue incrementándose a medida que la bruma se evaporaba y sentí la camisa pegarse a mi piel sudorosa. Tuve sed, pero si le preguntaba dónde comprar agua, sería imposible quitármelo de encima. Fuimos cuates desde escuincles, dijo, señalando la estatua del gigante, estudiamos en la primaria Gabino Barrera, donde yo lo defendía porque era más chaparro que yo, y ya ve, a los trece años se dio el estirón, y como se salió de la escuela, no le quedó de otra que meterse de cargador en el sindicato de terrestres de los alijadores, dijo, esperando algún comentario de mi parte que nunca llegó. Mi abuelita Nena le hacía sus camisas, recordó; bien tempranito en la mañana asomaba la cabeza por la ventana del segundo piso y preguntaba: ¿Doña Nena, ya están mis camisas?, y mi abuela lo corría a mentadas: Un día me vas a agarrar en calzones, Pepito, le contestaba. Creyó que me haría sonreír con la anécdota, pero continúe sin hacer ningún comentario. El hombre debió ver mi falta de interés, porque se detuvo a pensar qué decir, se agarró la cintura con los brazos y echó el cuerpo hacía atrás como un perro flaco que se estira. Sus huesos crujieron como si alguien pisara los vidrios de una botella rota. Nos pudimos haber hecho ricos, pero nunca me hizo caso. Circos y entrenadores gringos de basquetbol le ofrecieron contratos, pero nada podía apartarlo de su mamá. Nomás aceptó ser referí de una pelea de box entre enanos, y eso porque la hicieron cerca de su casa; ah, y posó para ser la publicidad de unas vitaminas para el crecimiento que nadie compró, por miedo a terminar como él; no le digo que hasta el mentado dueño de las vitaminas nos quiso demandar por echarle a perder el negocio. Dos ardillas pasaron frente a nosotros en una rápida carrera, para después subir por un árbol. Yo estuve en su funeral, recordó, así como si nada se quedó dormido una noche y ya no despertó. La caja que construyeron fue tan larga, que la carroza tuvo que ir con la puerta trasera abierta todo el camino. De repente la carroza se detuvo y los de la funeraria salieron corriendo. Empezamos a escuchar unos golpes y luego, como en las películas de monstruos, se rompió la caja y salió Pepito mentando madres. Los que seguían al cortejo corrieron asustados, y yo nomás me quedé de a seis viéndolo. Lo primero que hizo fue preguntar por su mamá. No supe qué contestarle y temió lo peor, y que se agarra a correr pa´ su casa. ¿Cómo se le dice a un gigante de dos metros treinta que su madre, su adoración, había muerto de tristeza un par de horas después que él? Tumbó la puerta de su propia casa, entró al cuarto donde la estaban velando y cayó de rodillas. Quiso llevarse el cuerpo pero el sacerdote de la colonia se lo trató de impedir; le valió madres y lo lanzó contra una mesa, matándolo del golpe. Una patrulla que pasaba por ahí se detuvo, y dos policías bajaron a meterlo en cintura, pero no le duraron ni pa´l arranque; primero salió volando uno, luego el otro y pa´cabarla de amolar llegó un gendarme que le gritó: ¡Hijo de tu pinche madre, date por preso! No lo hubiera dicho el infeliz, y menos con la mamá del Pepito ahí muerta en la casa; pues que se le viene encima gritando. El pobre güey se encerró en la patrulla y sonó la sirena a ver quién lo ayudaba. Pepito zarandeó la patrulla hasta que la dejó llantas pa´rriba. Toda la colonia del Cascajal se puso en alerta y la gente se encerró a piedra y lodo. Destrozó *Las Glorias de Baco, Cheto´s* y el *Gambrinus Bar*, se llevó botellas de tequila, aguardiente, cañabar, y eso que no tomaba ni rompope. Ya en la madrugada, completamente borracho, tumbó las carpas del circo y dejó salir a los animales. Era como un monstruo, como esos de las películas que está fuera de control. Hasta en los muelles oyeron sus gritos de dolor por su mamá. Ahí fue cuando dije: Cuchi, no importa que seas como su hermano, pélate porque a ti también te quiebra. El hombre se sentó junto a la figura de bronce del gigante para descansar, mientras apretaba en su puño una cajetilla vacía de cigarros llamados *Delicados*. Encendió el último que tenía en la oreja y lo saboreó como quien respira aire puro después de estar bajo el mar. Por momentos parecía que no era a mí, sino a la estatua de su amigo a quien contaba la historia, en medio de reclamos y mentadas. Al otro día, haga de cuenta que por la colonia había pasado el chango ese de las películas que se trepaba a las casas, destrozando madre y media a su paso. Después de esa noche nunca lo volvimos a ver, fue como si se desapareciera para siempre. Las cortinas metálicas de varios comercios comenzaron a levantarse. La ciudad terminaba de bostezar e iniciaba un nuevo día. Un hombre de dos metros treinta no desaparece porque sí, le dije, simplemente no quiere ser encontrado. Me puse de pie y caminé calle arriba. Extrañamente el hombre no me siguió, sino que se quedó sentado junto a la estatua de su amigo: el gigante que lloraba como niño y volcaba patrullas de la policía. También le puedo contar de *La mujer vampiro de la iglesia de Árbol Grande*, dijo, al ver que me alejaba, yo fui ahijado de primera comunión de la mujer vampiro, le alcancé a escuchar. El cartero salió del edificio cargando dos bolsas de plástico y en su hombro la bolsa de cuero con correspondencia. Llegó hasta donde me encontraba y se sentó a mi lado. Me regalaron un litro de huapilla y medio de tepache, ya nos ahorramos el refresco, dijo, mientras abría dos empaques de unicel y me daba un tenedor. No se haga de la boca chiquita porque me lo madrugo, me vine sin desayunar, amenazó. Ya le investigué su asunto, dijo entre taco y taco, pero no fue así de enchílame otra, viera cómo batallé, ya era muy viejo todo lo que me pidió, ese apartado perteneció a Edward James, dijo y guardó silencio, como quien hace una pausa dramática. Nada mal, ¿verdad?, dijo con satisfacción. Esa información yo se la dije, le recordé. ¿Seguro?, preguntó. Asentí. Ah, chingá, pero lo que no sabe es que después de recoger el paquete que usted dijo, no regresó nunca más al apartado y lo perdió por falta de pago. ¿Y no llegó nada más por correo? Sepa, de seguro sí, antes la gente sí escribía, hasta se enamoraban por correspondencia y daba gusto entregar las cartas; ahora ya ni los perros lo persiguen a uno, puros estados de cuenta, publicidad y adeudos que nadie quiere recibir. Si llega alguna carta o paquete y el apartado sigue activo, se le guardan; si ya dejó de pagar o lo canceló se regresan al remitente. Pensé que la Second, al ya haber cobrado el filme, bien pudo enviar la cinta sin datos del remitente para no tener problemas legales. ¿Y si el paquete no tiene remitente?, pregunté. Se guarda por unos meses aquí, luego se manda a la capital Ciudad Victoria, donde lo guardan cinco años; ya pasado ese tiempo lo envían al DF donde se queda otros dos años, y después, se abre para ver si hay alguna información que permita saber quién lo envió, y si no, se incinera. Me vino a la mente la imagen de un aburrido empleado postal, echando al fuego la última copia de *Londres después de medianoche*, junto a cientos de cartas y paquetes sin reclamar. Me señaló un departamento situado sobre el edificio de correos. Estaba descascarado, lucía abandonado y tenía las ventanas tapiadas. Cuando el jefe de la oficina se retira, dijo, algunas veces le regalan una casa donde quiera, pero pues él quiso estar arriba de correos y le dieron ese lugar. Como hace mucho que no vienen sus hijos, porque él ya murió, mandamos a hacer una llave para no llenarnos de cajas y papeles, y de seguro ahí ha de estar todo el archivo muerto de los apartados. ¿Cómo puedo entrar? Uy, joven, eso va a estar bien difícil, es propiedad privada, ya sabe, se puede meter en una bronca; además es propiedad de un ex empleado del correo, como quien dice de un funcionario federal, insistió, como si el término inspirara más respeto que la palabra *cartero*. Está bien duro poder siquiera acercarse sin que nos vean y empiecen las murmuraciones. Además nadie quiere entrar ahí, el tipo era medio raro, fue el primer fotógrafo de la policía, esos que retratan los asesinatos y todo eso; también le gustaban las ondas raras, como místicas, de ovnis y madre y media. Ya ve que aquí no nos ha pegado un ciclón desde el Hilda en el 55, que inundó todo esto que ve, y ¿sabe por qué?, porque en la playa hay una base oculta de extraterrestres, y ellos los mandan pa'otro lado. Lo miré en silencio. Esperó una sonrisa que nunca llegó. ¿No me cree?, no lo digo yo, pero un huracán que según los del canal ese gringo, el *Walter Channel*, ponen trayectoria directito a Tampico, zas, se desvía a Matamoros, Veracruz, o hasta Monterrey, que queda bien lejos. ¿Qué le parece si trato de conseguir la llave y nos vemos en la entrada de correos a la medianoche?, finalizó, sonriendo con todos los dientes.

Recorrí un par de calles, esquivando los puestos de vendedores ambulantes que invadían la acera. Un pintor daba los últimos retoques al anuncio de un despacho legal: *Abogados y periodistas. Descuentos a damas en apuros y personas de escasos recursos.* Me detuve a comprar un ejemplar del periódico de la tarde. Los titulares de la sección policíaca *Barandilla Maderense* iban de: *Fugaz bailongo terminó en violenta zacapela. Ya ni la hacen: transportan mota en ambulancia y con abuelita enferma. Dantesco incendio*, hasta *Cavernario sujeto agarró a tubazos a la autora de sus días.* La nota principal narraba las peripecias de un cocodrilo que fue atrapado al abandonar la laguna del centro de la ciudad, y cómo, debido a la falta de un departamento de fauna y vida salvaje, llevaba dos semanas recluido en las celdas de la cárcel con los demás presos. El reportero, quien omitía su nombre por razones de seguridad, pero se hacía llamar *Lobito, el centinela reportero*, contaba que el jefe de la judicial ordenó subir al cocodrilo al segundo piso de la comisaría y, una vez amarrado e indefenso el animal, se encaminó para golpearlo con una manopla de hierro. Ante la sorpresa de todos, el cocodrilo, que llevaba dos semanas sin ser alimentado se soltó y comenzó a perseguir al jefe policíaco. La foto bien pudo haber ganado un Pulitzer. La primera plana anunció: *Ya se iba el cocodrilo, agobiado por el hambre quiso imitar a Papillon.* El sol se encontraba en su punto más alto, por lo que antes de sufrir una insolación, decidí refugiarme en un cine, para refrescarme con el aire acondicionado.

El taquillero contó las monedas y me entregó el boleto, un par de moscas revoloteaban a su alrededor y se posaron en su cara, sin que hiciera nada por espantarlas. Le faltaba el brazo derecho y la manga sin recoger de su camisa se balanceaba vacía de un lado a otro. De la alfombra roja que debió cubrir todo el piso del *lobby* del cine sólo quedaban retazos. Carteles y fotografías de antiguos actores mexicanos colgaban estratégicamente de las paredes, a fin de ocultar agujeros en los muros o cajas de fusibles. Me pregunté si oculta tras de aquellas vetustas paredes podía encontrarse una copia de *Londres después de medianoche*, pero una placa conmemorativa ubicaba la inauguración del cine a principios de los años ochentas. Un cartel amarillento llamó mi atención: como si se tratara de animales exóticos, la publicidad de *El fantástico mundo de los hippies* anunciaba con orgullo que la cinta contaba con la participación de *cincuenta hippies auténticos.* En la vitrina de la fuente de sodas, un solitario foco se encendía intermitentemente, lo que daba un aspecto macabro a los dulces. Era la clase de cine en donde el conde Drácula se sentiría cómodo. Decidí entrar a la sala. La intensidad de las luces fue disminuyendo, al tiempo que las enormes cortinas de terciopelo cosidas con parches se abrían lentamente. Una serie de anuncios en placas de vidrio desfilaron en pantalla, sin que a nadie pareciera importarle que los dedos del proyeccionista aparecieran deslizándolos. Era una película de karatekas titulada *Maestros inválidos.* Durante buena parte de la función no dejó de escucharse el aleteo de los murciélagos en el techo y los chillidos de las ratas por los pasillos. La trama de la cinta contaba la truculenta historia de un hombre que es traicionado por su jefe, quien como escarmiento le corta los brazos, mientras su hombre de confianza supervisa la tortura; con el tiempo, ese mismo jefe, temeroso de lo que su hombre de confianza sabe, ordena deshacerle las piernas con ácido y dejarlo en el bosque para que muera. Los dos inválidos se encuentran y pelean a muerte, hasta que un anciano sabio los detiene y ofrece entrenarlos en kung-fu para vengarse de quien los mutiló. El sueño comenzó a vencerme en el momento que el hombre sin piernas se subía a la espalda del que no tenía brazos y se preparaban para enfrentar al malvado y recuperar algo llamado *Los ochos caballos de jade.* Me desperté de un sobresalto. La cinta había terminado y en su lugar empezaban los créditos de *El regreso del maestro borrachón,* con Jackie Chan.

Preferí salir del cine a respirar un poco de aire fresco. La noche había caído, pero el calor continuaba. Un anuncio luminoso llamó mi atención y me dirigí a una panadería llamada *Bisquetcity.* En tierras extrañas el nombre me generó confianza, y decidí entrar. El olor a pan me reanimó y tomé asiento. Pedí un café y un bisquet recién horneado. En una televisión situada en una esquina del lugar, un canal transmitía una entrevista a las actrices Kary Correa y Mariana Muriedas, sobre el estreno de su próxima película. El mesero dejó mi pedido en la mesa. Como era la única persona frente al televisor, le pedí el control remoto para recorrer los canales en busca de algún programa que me mantuviera despierto hasta la hora de la cita. Tomé el bisquet caliente entre mis manos y lo partí en dos. El olor a mantequilla se liberó y esparció suavemente por el lugar. Le dí una mordida, realmente estaba bueno. Una sensación reconfortante recorrió mi cuerpo. Cambié los canales con el control remoto: una caricatura del coyote y el correcaminos, dos telenovelas mexicanas donde igual número de mujeres lloraban y un partido de tenis. Me detuve por unos momentos: una de las tenistas, Melissa Torres, servía con doble punto para partido a su favor. Tras cada golpe emitía un suave sonido como si susurrara, hasta que con una certera volea acabó con su rival. En otro canal, una conductora llamada Marcela Mistral anunciaba chubascos aislados para los siguientes tres días. Era una bella joven de dulce sonrisa, tez blanca, cuerpo delgado y cabello castaño que le llegaba a la cintura; vestía una blusa café y una falda corta entallada. Me pregunté si ella y Karen tendrían la edad suficiente para ser amigas, y mentirme con la hora en que regresarían de las fiestas. Creí escuchar algo y bajé el volumen del televisor. La imagen de una serie de cuerpos me hizo subir el volumen: en un canal de noticias, una locutora llamada Jill Begovich reportaba el hallazgo en un rancho de San Fernando, Tamaulipas, de casi cien cadáveres; en su mayoría indocumentados víctimas de los narcotraficantes, que ni siquiera se preocuparon por enterrarlos. No fue la belleza del rostro, el cabello largo hasta el pecho, el dejo de tristeza en su voz, ni la delicada palidez de su piel las que llamaron mi atención, sino la perfección del tabique de su nariz, que me recordó al de Kristen. Cabeceé de sueño por unos momentos. Me sentí molesto, como si me estuviera convirtiendo en esos ancianos que se quedan dormidos en cualquier lugar. Probé nuevamente el café para reanimarme. Cambié a un canal que transmitía un documental sobre la vida salvaje en la Antártida, donde una foca retozaba sobre un bloque de hielo a la deriva. Súbitamente, cuatro enormes orcas, conocidas como las ballenas asesinas, empezaron a rondarla. La foca parecía estar segura, pero las orcas, como un equipo bien coordinado de combate, comenzaron a nadar a su alrededor a fin de provocar un fuerte oleaje que la tiraría al mar. El bloque de hielo se balanceaba de un lado a otro, mientras la foca, que resbalaba, luchaba por no caer. Dos orcas se dirigieron al témpano y antes de estrellarse contra él, nadaron por abajo. Las olas lo movieron más y la foca cayó al agua. Cuando todo parecía perdido, milagrosamente logró subir al témpano. Se escucharon los aplausos de un grupo de turistas desde un barco. Dos pequeñas orcas observaban de cerca el ataque. Tres orcas mayores nadaron alineadas rumbo al témpano y se hundieron unos centímetros antes de impactarlo. Provocaron una gran ola que nuevamente lanzó a la foca al mar. Las orcas más jóvenes se arrojaron sobre su víctima. El agua a su alrededor se tiñó de sangre. El video registró los lamentos de los turistas. Las orcas mayores se alejaron en manada seguidas de las más jóvenes, poniendo fin a la lección de cacería. Apagué el televisor. Mientras miraba la pantalla en negro, me pregunté si en algún momento de nuestras vidas, todos vamos sobre un frágil témpano de hielo que flota en el mar y del que fuerzas ocultas intentan hacernos caer.

22

ESPERÉ LA LLEGADA DEL CARTERO HASTA EL FILO DE LA ME-
dianoche. Los perros callejeros ya habían tomado posesión de la
plaza y la recorrían con completa libertad, como quien vigila su territorio. Un perro con la piel atacada por la sarna llevaba en el hocico una bolsa con basura; a medida que se alejaba, poco a poco
su silueta rosada se perdió en la noche. Un vagabundo dormía
sobre una banca, envuelto en periódicos. La música proveniente
del bar Astorga era lo único que rompía el silencio de la noche. Dos tipos de bigote y sombrero salieron del bar abrazados.
Diez minutos más tarde, llegó el cartero, girando una llave en
su dedo mientras sonreía. No fue fácil, pero ya estuvo, me dijo.
Hay que entrar de una vez, advertí. Ni madres, contestó, yo ahí
no entro ni de día ni de noche, ¿no le dije que el tipo ese estaba medio loco? Yo nomás le conseguí la llave. El velador del
edificio dice que oye ruidos raros, cosas que se arrastran, como
si movieran muebles, y luego, como si algo mecánico se acti-
vara. Aquí le dejo una lámpara, la llave y el velador ya sabe que
puede entrar, pero nomás unas horas. Lo que tiene que buscar,
enfatizó, son unos archiveros color verde, con la etiqueta Apartados Postales, y en el fólder debe estar además el número el
historial, y ahí algo debe decir. Quién quita, a lo mejor ahí diga
si llegaron más paquetes y a dónde los mandaron; porque de
la fecha que me dio, nadie regresó a recoger nada al apartado
postal, a lo mejor se murió el dueño, ya ve, nadie tiene la vida
comprada. Le extendí un par de billetes, los cuales tomó y se

persignó con ellos. Hay que darle una propina al velador, ese fue el trato, agregó, mientras me entregaba las llaves. ¿Está seguro que son las llaves correctas?, le pregunté. Usted no pierda la fe, dijo, sonriendo y mostrando unos dientes grandes, como de conejo, pero ande con cuidado, advirtió, porque como decía mi abuela: *el que busca, encuentra*. Se echó la mochila al hombro y se alejó cantando algo sobre el caballo favorito de Pancho Villa, llamado *Siete leguas*. La ventisca se llevó poco a poco su voz y la última frase que escuché era algo así como: *Oye tú, Francisco Villa, ¿qué dice tu corazón?* Tuve que despertar al velador del edificio para que me dejara entrar. Con ojos legañosos, la camisa abierta y en chanclas, me encaminó a la escalera de caracol. No dijo nada mientras me veía subir, parecía más preocupado en contar los billetes de su propina.

La cerradura de la puerta estaba tan oxidada que apenas pude introducir la llave. La giré a la derecha y cargué todo el peso de mi cuerpo sobre el hombro. Pude abrirla lo suficiente para entrar. La sirena de un barco que entraba al puerto hizo vibrar los cristales de las pocas ventanas que no estaban rotas; largas e intrincadas telarañas se extendían como un sistema de puentes por las esquinas de la habitación y los muebles; algunas iban desde el techo hasta el suelo. La linterna que el cartero me prestó emitía una lastimera luz que apenas ayudaba a distinguir los objetos. Le di un par de golpes y la intensidad pareció mejorar. Desde el segundo piso la niebla comenzaba a cubrir la plaza, dejando a la vista únicamente las luces borrosas de los faroles. En el centro de la habitación se encontraba una mesa con todos los elementos para revelar fotos y una vieja imprenta. Colgadas de un lazo, pendían viejas fotos en blanco y negro. Sobre un escritorio, entre papeles revueltos encontré un álbum forrado con cuero de animal con los restos de una inscripción tan desgastada que no pude descifrar. Lo revisé. Contenía varios cientos de fotografías de los más diversos temas: paisajes, temas urbanos, un grupo de campesinos chinos en un arrozal, un mercado de frutas de los años veintes y una inundación en los treintas seguramente antes de que los extraterrestres protegieran el puerto.

Rostros morenos y anónimos, con la mirada perdida y el agua casi hasta el cuello, se aferraban a los extremos de las lanchas de madera, sobre las cuales mujeres y niños se abrazaban, en medio de una inundación que elevaba las lanchas al segundo piso de los edificios. Me llamó la atención un hombre, que a pesar de tener el rostro casi cubierto por el agua, flotaba abrazado a un tronco y mantenía puesto su sombrero. Cerré el álbum. El agua que se filtraba por el techo, había encharcado diversas zonas del cuarto. Coloqué la linterna sobre una pila de cajas, pero no encontré el archivo muerto de los apartados postales. Restos de piezas arqueológicas de todos los tamaños descansaban sobre las repisas de las paredes. Me acerqué a una apolillada puerta de madera, protegida por un candado oxidado, y lo volé de un golpe, sin gran esfuerzo. Tan pronto la abrí una figura apareció frente a mí, y solté la linterna, que se estrelló contra el suelo se apagó y rodó en la oscuridad. Me alejé instintivamente, mientras buscaba con prisa el encendedor entre mis ropas. La luz de la luna se recortó sobre la silueta, que permaneció inmóvil. Cuando logré acercar la llama del encendedor comprobé que era un traje completo de buzo, que se mantenía en pie como si alguien estuviera en su interior. Alumbré la escafandra de bronce, que por acción del tiempo lucía verdosa. El cristal del visor, casi del tamaño de un puño estaba completamente blanquecino. Una placa de metal unida al traje tenía grabada la inscripción *United States Navy, Diving Helmet Mark V*, y el nombre del fabricante en Brooklyn. Por un instante me pregunté qué serie de extraños acontecimientos provocaron que ese traje terminara oculto en Tampico, y me respondí: los mismos que me llevaron a viajar hasta aquí. Luego de retirar el traje de buzo entré a la bodega. Frente a mí se encontraba un grupo de cajas que fui abriendo de una en una: cartas devueltas por el remitente, cartas con dirección desconocida, el destinatario no quiso recibirla. Al fondo, una caja de metal tenía una etiqueta marcada con las palabras: Archivo muerto, apartados postales 1946-1978. En su interior hojeé diversas carpetas ordenadas de acuerdo al número de casillero. Algunos minutos después localicé una tarjeta amarillenta y manchada que tenía escrito a máquina el nombre que esperaba: Edward James. Al reverso, los datos del propietario se limitaban a señalar: Domicilio desconocido. Tuve deseos de arrugar la tarjeta, pero me contuve. El director Hoover siempre comentó que un buen agente debía visualizar y dar forma a su investigación: ¿se encuentra ante un bosque, una espiral, un laberinto cretense o una caverna con infinitos túneles? Esto le permitiría saber qué clase de terreno estaba pisando, y qué podría esperar de él. En mi caso yo había empezado siguiendo un cable que se adentraba en un bosque muy denso y que poco a poco se transformó en una delgada telaraña agitada por una ventisca, la cual podía romperse en cualquier momento. Bastaría una fuerte ráfaga para que el rastro se perdiera para siempre. Ese viento, finalmente, había llegado: el reverso de la tarjeta se encontraba en blanco. El dolor en mi espalda se acentuó y terminé por sentarme. Me sentía como un pesado y lento buzo que tratara de avanzar por un terreno cenagoso, unido a un delgado tubo de oxígeno que le mantiene con vida y a un pequeño vidrio, angosto y sucio, por donde creía ver la realidad. Dejé caer la tarjeta al suelo, sobre un charco de agua. La tinta con el nombre de Edward James empezó a decolorarse, cuando noté algo extraño. Detrás de la tarjeta aparecieron caracteres que rápidamente se diluían por el agua. La rescaté y la examiné con avidez. La tarjeta estaba pegada a otra, muy fina, que con mucho cuidado logré separar. Escrito en letra manuscrita, con la tinta descolorida por los años y la humedad, había una dirección. Aquello podía significar algo, pero bien podía conducirme a la nada. Con dificultad logré ponerme en pie. A través de la ventana, la ciudad parecía estar atrapada por una delgada telaraña, que una corriente de aire mecía suavemente. Una fina lluvia, apenas visible por las luces de los postes, caía sobre la ciudad. Cerré la puerta, bajé, entregué la linterna al velador y salí a la calle. Hice la seña a un taxi que se acercó. Tuve que repetirle al conductor la dirección de la tarjeta. Perdone, pero no lo puedo llevar hasta allá, esos rumbos son bien peligrosos, allí asaltan lo que se mueva, nomás respetan al camión del pan Bimbo y al de la Coca Cola, porque si los roban se quedan sin pan ni bebidas. Le ofrecí el triple de la tarifa normal y terminó por aceptar.

El interior del taxi olía a humedad y a comida podrida. Bajo mis pies había hoyos en la lámina que dejaban al descubierto el camino por el que transitábamos; por lo menos cinco cucarachas salieron por los agujeros de mi asiento. Ni los paneles de las puertas, la cubierta del tablero, ni el tapiz del techo del auto existían, por lo que los mecanismos, fierros y cables quedaban a la vista; era como viajar dentro de un esqueleto cuya piel había desaparecido tiempo atrás. Lo único nuevo en el taxi era un estéreo con una pequeña pantalla, en la cual se apreciaban figuras estroboscópicas y ondas hertzianas de colores. El taxista aprovechó cada semáforo en rojo para limpiarlo con toallas *Armor All*, con el cuidado de quien atiende una herida, hasta que a su juicio lució impecable. Diez minutos después, llegamos a un grupo de colonias sucias, derruidas y mal iluminadas. Un módulo de policía se encontraba reducido prácticamente a cenizas y pintarrajeado en los restos de la única pared en pie podía leerse en letras rojas: *No que no se iban, putos.* La desconfianza del mexicano por su cuerpo de policía era proporcional al miedo a denunciar un crimen ante las autoridades. Un viejo policía de Río Bravo, al que conocí en un congreso de criminología tras una borrachera de dos días me lo confesó, como quien dicta una máxima romana: *En México nadie vio nada, pero todos saben quiénes fueron.* El taxi se detuvo. Nomás sígase cuatro cuadras y doble a la derecha, ahí donde está pintarrajeado *Soñé que me querías,* y es como otra media cuadra más adelante, dijo el conductor. Espéreme, no tardaré. ¿Aquí?, ¡Ni madres!, contestó, yo hasta aquí llego, si no hasta el taxi me quitan y ni es mío. Esa gente mata a sus compadres, nomás imagine lo que le hacen a los extraños. Le pagué y le di una generosa propina, para convencerlo de que me esperara. No había dado más que unos pasos cuando escuché al taxi echarse en reversa y perderse al doblar la esquina, donde un vagabundo disputaba las bolsas de basura con los perros. Escuché canciones a lo lejos y decidí caminar en esa dirección.

El anuncio de neón tenía la mitad de las letras fundidas y el resto se iluminaban intermitentemente, como si enviaran señales de auxilio en clave Morse. Pintado en la pared, bajo el nombre de

El pollo brujo II, se veía una gallina gorda con ligueros morados, sombrero de plumas, brassiere escotado y mejillas pintadas de rojo, mientras que un pollo vestido como sacerdote leía la biblia, junto a un caldero sobre leños ardientes del que un pollo joven asomaba la cabeza. La cadena que separaba la selecta clientela de la entrada consistía en un alambre de púas amarrado a dos tubos que se sostenían de sendas llantas tiradas al suelo. La puerta de entrada exhibía suficientes sellos de clausura como para llenar un álbum. Desde el interior del local una canción repetía la misma frase como un mantra tropical: *Me roba me roba el oso polar, me roba me roba me va a llevar. El pollo brujo II* era la clase de bar al que uno no entraría aunque lo vinieran persiguiendo. Un gordo en la puerta, que intentaba cumplir las funciones de cadenero me miró: Ya empezó el show joven, pásele porque se lo pierde, no hay cover, dijo, mientras quitaba el alambre de púas para dejarme pasar. Entré y caminé por una serie de corredores que pertenecían a una vecindad abandonada. Subí por una escalera de concreto, cuyos peldaños estaban seriamente resquebrajados y por el cual asomaban las varillas oxidadas. A medida que me acercaba al segundo piso, la canción del oso polar se escuchaba con más fuerza. En una terraza, un grupo de personas manejaba un modesto equipo de sonido, mientras otros instalaban un barril de cerveza, sillas de plástico y mesas de metal con tableros para jugar damas pintados en la superficie. En el centro del salón un grupo de hombres se unieron para poner sus manos en un tubo mecánico y levantarlo. Accionaron con desesperación un par de palancas para empotrarlo a presión desde el techo al piso, pero sus intentos eran en vano. No tenían el heroísmo de los soldados de la fotografía *Izando la bandera de Iwo Jima*, pero sí la convicción de quienes saben que si no empotran el tubo al techo, la *stripper* no bailará. Nunca vi a tantos mexicanos unidos para un mismo fin y probablemente nunca más los volvería a ver. Un tipo se lastimó golpeando la palanca con la palma de la mano y otro entró en su ayuda intentando hacer presión. En un extremo de la terraza que daba a una laguna, sentada en una silla, una joven de piel morena, delgada, pechos operados y cabello rojizo, esperaba con la displicencia y tranquilidad de quien cobra por hora, mientras fumaba tranquilamente su cigarro. Se acomodó el brassiere de lentejuela y cruzó la pierna. Los animó con un acento cubano tan falso como sus implantes. Nadie pareció ponerle atención. Estaban tan ebrios que les podrían servir un litro de gasolina y habrían exigido que la acompañaran con un poco de hielo y agua mineral. La *stripper* habló en voz baja y sin acento cubano con su acompañante: Estos pinches nacos me tienen hasta la madre, manita, yo audicioné en el Ballet Real de Londres, dijo, dando una última fumada a su cigarro y lanzando la colilla por la terraza. El cigarro recorrió un arco como una estrella fugaz y desapareció en la noche. Desde la terraza se observaban las luciérnagas que flotaban erráticas sobre la laguna, en la que se veía chapotear a los peces, los cuales soltaban destellos como monedas de plata. Por fin el tubo quedó sólidamente fijo y todos sonrieron con la satisfacción de una misión cumplida. La *stripper* se puso de pie e inspeccionó el tubo como si fuera un experto ingeniero en resistencias; lo probó balanceándose en él y dando una vuelta de giro en el aire. Sí aguanta, muchachos, dijo ante la celebración de todos. La música comenzó y todos procedieron a sentarse en las sillas de plástico con anuncios de cerveza. Un hombre con la camisa sudorosa y prácticamente desabotonada me miró con desconfianza y se acercó. Como si fuera espuma de mar, el vello canoso de su pecho cubría el tatuaje de un ancla con dos iniciales. Como que anda norteado, mi compa, me dijo, mirando a sus amigos, lo que se le haya perdido mejor búsquelo en otro lado, advirtió. Busco al señor de Terreros, dije. ¿Terreros el viejo?, preguntó, ¿de parte de quién? Mi nombre es Mc Kenzie, pero él no me conoce. Pues si no lo conoce a lo mejor no lo quiere recibir, ¿no cree?, dijo. No tardaré mucho. No, se puede tardar lo que quiera, nadie lo visita desde hace años. Baje por esa escalera, me dijo, pero cuidado con el cuarto escalón porque está podrido, advirtió, no se vaya a dar en la madre, después vaya todo derecho hasta que tope con pared y tuerza a la izquierda hasta el departamento cinco, el que tiene la imagen de El Santo Niño de Atocha. No toque la puerta porque casi no oye, usté nomás entre. No hay luz, comentó, porque se la cortaron hace un chingo, así que mejor llévese esa veladora, señaló una con la imagen de un santo llamado *Niño Fidencio*. No lo han echado porque ese cuarto lo usan como bodega y él echa aguas si algún ratero se mete, comentó. Me alejé un par de pasos, cuando le escuché advertirme: Terreros está ciego desde hace más de veinte años. Seguí sus instrucciones hasta llegar al departamento marcado con el número cinco. Empujé la puerta. La única bisagra que la sostenía crujió lastimosamente. Alumbrado por la veladora avancé por el lugar. El hombre del tatuaje de ancla tenía razón: el cuarto era una bodega repleta de objetos que nadie quería tener cerca, incluido un hombre ciego y casi sordo que respondía al nombre de Terreros. Muebles cubiertos con sábanas, sillas, burós y un refrigerador se apilaban entre sí. Colgadas de un cable que atravesaba la habitación de lado a lado, se encontraban prótesis médicas cuarteadas, despintadas, etiquetadas con precios y medidas. Manos, brazos, piernas, narices, senos y caderas esperaban inútilmente que alguien necesitara de ellas. En el fondo, sentado en una vieja silla de ruedas, que suplía la falta de la rueda izquierda equilibrándose en dos ladrillos, se encontraba Terreros. Detrás de él, se hallaban los restos de un anuncio luminoso de Coca Cola que pregonaba *la chispa de la vida*. Junto a un cenicero con montañas de colillas descansaba un viejo globo terráqueo en su estructura de bronce. Terreros debía tener alrededor de ochenta años. Una manta que olía como si fuera la mortaja de un gato le cubría las piernas. El cuarto se encontraba casi en el subsuelo y su única ventana tenía los vidrios rotos. ¿Jonás?, preguntó Terreros. No, contesté, mi nombre es Mc Kenzie. ¿Qué hace usted aquí?, preguntó nuevamente. Estoy buscando a un hombre para el que usted rentó un apartado postal hace más de veinte años, dije sin más preámbulo. Ese inglés loco, respondió, esbozando una leve sonrisa, hace años que nadie me lo recordaba. ¿Para qué lo busca?, preguntó en un tono gutural, casi imperceptible. A finales de los años sesentas recibió un paquete muy importante... No pierda su tiempo, no podría acordarme de todo lo que le llegaba. Semana tras semana fui a recoger cajas y más cajas que le enviaban, a veces eran muebles, esculturas, pinturas. Decía que era surrealista, continuó, pero para mí que le faltaba un tornillo. Cuando se emborrachaba me juraba que era hijo ilegítimo del rey de Inglaterra y que para proteger la corona lo encerraron en un sótano por diez años, entre ratas, arañas y otros animales; pa´mi como que le hacía mucho al enmascarado de plata. Lo que sí era cierto es que era millonario, de joven recibió una herencia cuando un tío que dizque era lord murió aplastado por un elefante durante una cacería en la India. Yo creo que por eso siempre me dijo que su animal favorito era el elefante. Como buen millonario se la pasó viajando por todo el mundo, que París, que Roma, Viena. En España se enamoró de una bailarina y decidió seguirla, nomás que por pendejo se equivocó de barco y en lugar de ir a Nueva York, terminó en México. Aquí se dedicó a viajar por todo el país, y ya cuando se iba a regresar, en una selva de por aquí cerquita, mientras caminaba encuerado por una poza sintiéndose muy Tarzán, lo rodearon cientos de mariposas y ya sabe cómo son los locos y los artistas, lo agarró como una visión mística de que ahí debía construir un palacio sin fronteras parar unir al mundo. No me hizo caso y compró casi regaladas miles de hectáreas de tierra que nadie quería y se agarró a construir su palacio. Como administrador era un desastre, podía tener semanas paradas las cuadrillas con trabajadores, en espera de que le llegara la inspiración, y entonces dibujaba y los ponía a construir día y noche. Ni cuando se iba a Europa se olvidaba de su castillo, me mandaba postales con dibujos rarísimos e instrucciones para construirle más loqueras: escaleras que iban al cielo y terminaban en la nada, enormes flores de cemento, pozos con formas de ojos, narices y bocas, o pilares que debíamos moldear en las faldas de la montaña. Películas, dije, tratando de detener sus recuerdos, ¿vio usted dónde guardaba las películas que le llegaban al apartado postal? Eso sí quién sabe, pero debió ser en una bodega enorme porque eran cientos, también tenía decenas de proyectores y hasta se mandó traer butacas de la misma ópera de París para construir una sala de cine, pero ya no supe en qué terminó todo. Ese inglés loco tenía un proyecto diferente cada día del año. Al final me regresé a Tampico para tratarme una molestia en los ojos y mire en lo que terminó, dijo, tocándose unos párpados pegados con costras, como membranas. ¿Estará vivo?, pregunté. Vaya usted a saber, ya no era ningún jovencito cuando lo dejé. Yo nací en 1930 y él como en 1907 o 1908, aunque ese inglés era bien correoso: subía a las montañas, se bajaba a las cuevas, se paseaba con sus ropas blancas como si fuera un após-tol de la selva. Como ya no mandó más dinero, pues me fui des-entendiendo de sus cosas y no supe nada más del apartado postal hasta hoy que usted llegó. Se escucharon cuerpos deslizarse entre los objetos arrumbados, posiblemente ratas o gatos; cualquier clase de alimaña podría vivir en aquel desorden. Me llevó a algunos de sus viajes por el mundo, continuó, debería haber visto cuando llegaba a los más famosos hoteles de Francia, lo recibían como alto dignatario, sin importarles que llegara cargando un pequeño cocodrilo vivo bajo el brazo. No le reclamaron cuando las dos boas con las que viajaba se salieron de sus jaulas y sembraron el pánico en el *lobby*; pero todos estaban locos en Europa por esos años, recordó, a cualquier tontería le llamaban surrealismo, así hasta yo me hago artista. Hay una foto por ahí, dijo señalando a la derecha, entre objetos arrumbados, que se tomó con los más famosos surrealistas, que escritores, músicos, pintores, dizque poetas; y por poco salgo en la foto yo, pero el pintor ese de los bigotes como de villano me empujó, de manera que nomás se ve mi mano derecha y el hocico del cocodrilo que James me dejó a cuidar. Aunque no pueda ver, conozco cada lugar que visitamos, dijo, tanteando el viejo globo terráqueo y haciéndolo girar. Lo detuvo y lo palpó, repitiendo el país que sus dedos tocaban. Este es España, por acá está Yugoslavia y de este lado Polonia. No consideré oportuno decirle que la mayoría de las veces señalaba Mongolia o el océano Atlántico, o que un buen número de países europeos de ese mapa habían cambiado de nombre desde la caída de la cortina de hierro. ¿Cómo puedo llegar al castillo de James?, le pregunté. Después del olvido en que lo tuvo tanto tiempo, la selva ya se lo debe haber tragado, lo único que encontrará serán ruinas, contestó, tallándose un ojo, como si así pudiera hacerlo funcionar. Si no se le perdió nada allí, yo de plano le recomendaría que no se acercara, advirtió, hay pumas, tigres, osos negros, víboras mazacuatas y siete narices que atacan y piensan como humanos. No me importa, contesté. Allá usted, respondió, pero no me venga a reclamar si se topa con un tigre. El sonido de la lluvia nos acompañó durante algunos instantes, hasta que el ciego suspiró: Como usted quiera, dijo, lléveme allá arriba, a la fiesta de esos cabrones y pregunte por mi sobrino El Cañuelas, tengo un encarguito para él. Le va a costar su buena lana, pero mi sobrino es el único lo bastante pendejo para llevarlo al castillo de Edward James en estas circunstancias.

Desde la partida de la *stripper* la intensidad del festejo había disminuido hasta casi desaparecer. Pregunté por El Cañuelas y me señalaron a un tipo que dormitaba en la terraza, con botellas de cerveza a su alrededor. Me llevó diez minutos despertarlo. El Cañuelas apenas podía mantenerse en pie, tenía los ojos enrojecidos, la barba y el bigote desaliñado y era bizco. Prepara la troca, le dijo su tío. Trató de oponerse, pero le interrumpió, como esté te la llevas, porque se van en media hora y Dios quiera que no les agarre la niebla. Su sobrino se retiró. Agradecí. Súbitamente, como si supiera dónde me encontraba, Terreros tomó mi brazo con una mano gelatinosa. James decía que algunas veces hay que cruzar una pared de fuego para llegar a lo que buscamos, nomás no regrese a reclamarme, señor Mc Kenzie, dijo, y me soltó el brazo. Un insecto recorrió su rostro y se paseó por las cuencas de sus ojos, como quien busca la entrada a dos cavernas sin vida.

El Cañuelas me llevó hasta un garaje que servía como deshuesadero de autos y donde motores, llantas, transmisiones y puertas dispersas en el suelo formaban parte de un rompecabezas que nadie estaba interesado en armar. Avanzó hasta una lona y la retiró para descubrir una vetusta camioneta de los años cuarentas, completamente oxidada y repintada en diversas partes. Lanzó una mochila al interior de la camioneta y guardó un machete bajo el asiento. El Cañuelas encendió el motor, que tosió como un enfermo terminal. El chillido de dos piezas mecánicas, el girar discontinuo de una banda y la marcha que se arrastraba, más que una señal de vida eran un diagnóstico. Un mecánico honesto hace tiempo habría extendido el certificado de defunción de esa camioneta. El escape expulsó humo en medio de una explosión, cuyo estruendo echó en corrida a un grupo de gatos que dormían entre las refacciones. La camioneta avanzó un poco sobre las llantas casi desinfladas. No se preocupe güero, el mecánico que revisó el motor dijo que la *campana* ya no suena y el *sinfín* se acabó, pero sí llegamos, repitió confiado El Cañuelas, nomás pasamos por una vulcanizadora a checar los birlos, ponerle agua, parchar una llanta, bueno, a lo mejor las cuatro pa´no errarle y nos vamos. No me permitió manejar, asegurando que únicamente él conocía los secretos de la camioneta, además de que pasaríamos por una sierra traicionera. Cerré la puerta y me acomodé en el asiento. En cuanto apoyé los pies, la lámina del suelo se vino abajo. No se apure, güero, ahorita lo arreglamos, dijo, mientras habilitaba un pedazo de madera para sustituir el piso y la remachaba al metal con un taladro. Los cinturones de seguridad eran menos que un recuerdo y el parabrisas estaba estrellado en dos partes, en los puntos en que debieron golpear la cabeza del anterior conductor y su acompañante. Revisar las llantas en la vulcanizadora nos llevó casi media hora. Arrancamos y no se detuvo hasta llegar a determinado semáforo, situado junto a una plaza comercial, donde un *table dance* llamado *La piña* operaba sobre el templo de una iglesia cristiana. Debajo del anuncio de mujeres desnudas se alzaba una ventana que ostentaba un letrero: *Iglesia cristiana verbo fuente de vida: uniendo familias en Cristo*. La luz cambió a verde y reiniciamos la marcha por las calles desiertas. Ocasionalmente nos topamos con veloces camionetas que repartían los periódicos. Al momento de abandonar la ciudad y tomar la carretera me pregunté qué tan bien puede manejar un hombre bizco que ha bebido toda la noche. El dibujo de una jaiba sonriente, en un anuncio carcomido por la corrosión, despedía con su tenaza a los amigos turistas.

23

La carretera estuvo desierta la mayor parte del tiempo. En algunos trayectos del camino, pesados trailers, tan iluminados como árboles navideños, pasaban en sentido contrario estremeciendo la camioneta. Comenzó a llover, primero suavemente y después con tal intensidad que los limpiadores apenas permitían distinguir la línea de la carretera. En cuanto salimos de Tampico, El Cañuelas puso un casette con canciones de un ritmo llamado *reggaeton*. Una hora después, mientras escuchaba una canción que potenciaba hasta el infinito la misma frase que decía: *me enamoré me enamoré, de la chinita de los ojos cafés*, me convencí que la CIA hubiera pagado muy bien por esa música para su programa de Control Mental. Le pregunté por su verdadero nombre. Todos me dicen El Cañuelas, contestó, metiendo la velocidad y pisando el acelerador. Mi padre siempre se sintió menos por su nombre, dijo, estaba seguro de que ninguna persona por más estudios y títulos que tuviera podía ser tomada en serio si se llamaba Madronio. Así que aunque le cobraron más en el registro civil, nos puso nombres extranjeros que nos hicieran sentir orgullosos y abrieran las puertas del éxito. Le miré en silencio. Mis hermanos se llaman Lincoln y Roosevelt, y yo soy Washington Chocoteco para servir a usted, dijo, como un súper héroe que revela su identidad secreta a un extraño, en espera de reconocimiento o asombro. No dije nada. Por estas carreteras ha habido muchos accidentes mortales, comentó, dicen que los aparecidos engañan a los conductores, haciéndoles creer que hay troncos sobre el camino, para que se accidenten al tratar de evitarlos. Así que si nos topamos con uno, haga como que no existe, dijo confiado. ¿Y si es un tronco de verdad?, pregunté. Usted no se preocupe, yo los sé distinguir, contestó, sonriendo y mirándome con sus ojos bizcos, para luego regresar la vista al camino. ¿Tiene miedo?, le pregunté para tantearlo. ¡Qué va, mi güero!, respondió sonriendo, cuando era niño, mi apá me llevaba en la noche a lavar tumbas, pa´ganarme unos pesos, recordó.

Después de una hora de estática en la radio, y cuando ya estaba venciéndome el sueño, tuve un sobresalto; una música grave, majestuosa e imperial, como si se estuviera en un palacio egipcio, antecedió a una voz imponente que surgió de la radio: *¡Kaaaaaalimán!... caballero con los hombres, galante con las mujeres, tierno con los niños, implacable con los malvados... así es Kalimán, el hombre increíble, en su nueva aventura: el valle de los vampiros...* ¿Qué demonios es eso?, pregunté. Ya va a empezar, dijo emocionado. Debía ser una radionovela muy popular, porque El Cañuelas la escuchaba en un estado casi de misticismo, como si esperara un mensaje de la mismísima virgen. El locutor repitió el nombre del capítulo: *el valle de los vampiros... interpretado estelarmente por la bella actriz del cine nacional Carmelita González, Eduardo Arozamena, Luis de Alba y como narrador Isidro Olace, e interpretando a Kalimán...* (el locutor hizo una pausa dramática)... *el propio Kalimán.* El programador de la estación debió quedarse dormido, porque los episodios se sucedieron sin cortes comerciales. Por lo que logré entender, el tal Kalimán era el séptimo hombre de la dinastía de la diosa Kali, descendiente de una antigua civilización que habitó las profundidades de la Tierra, un hombre sabio y justo que recorría el mundo para luchar contra la maldad y la injusticia, haciendo uso de grandes poderes y habilidades: hipnosis, desdoblamiento astral, ventriloquía, faquirismo, judo y karate, por nombrar sólo algunos; estudioso de todas las artes del conocimiento, cada una de sus frases parecía extraída de un libro de Confucio. Esa larga noche Kalimán debió trabajar tiempo extra para enfrentar a criminales del hampa, extraterrestres, traficantes, nazis, vampiros, zombis, la bruja blanca soberana de los gorilas y su gemelo maligno, quien en un fallido intento de originalidad fue llamado Namilak. Kalimán, el bueno, no el malvado, recorría Londres acompañado por su protegido Solín, quien se mostraba sorprendido de que tuvieran una cita en su primer día en la capital británica, a lo que Kalimán, con acento extranjero le contestaba: *Mi querido y pequeño amigo Solín, en la vida, siempre tenemos una cita pendiente... cada segundo que transcurre de nuestra existencia se convierte en una cita con el destino.* El sueño terminó por dominarme, justo cuando un grupo de feroces tigres, a los que los poderes telepáticos de Kalimán no podían dominar, estaban por devorarlo a él y al pequeño Solín. *Serenidad y paciencia, pequeño Solín,* le dijo Kalimán, *quien domina la mente, lo domina todo,* alcancé a escuchar, entre los rugidos de los tigres. Me desperté algunas horas más tarde, al sentir que la camioneta disminuía su velocidad para salir de la carretera. Al abrir los ojos me percaté que tomábamos un sendero y nos deteníamos frente a una reja que bloqueaba el paso. El Cañuelas encendió una linterna, para después apagarla inmediatamente. Sacó un arma de debajo del asiento y luego de comprobar que estaba cargada, se apeó, dejando el motor en marcha. Con la cacha del arma golpeó lo que supuse era un candado hasta romperlo y luego arrastró la reja para dejar libre el paso. Reiniciamos la marcha con las luces apagadas durante casi una hora, aprovechando la luna llena, hasta que volvió a detenerse y apagó el motor. Poco a poco distinguimos el rumor de un río. El Cañuelas encendió y apagó la luz de la camioneta rápidamente, como si parpadeara. Logré distinguir que estábamos frente a un desvencijado muelle. Duérmase un rato, me dijo, no podemos hacer nada hasta que amanezca, yo aquí vigilo. Cerré los ojos y caí en un profundo sueño. Estaba bajo el sol, en un dorado campo de maíz. Apenas pude reconocer a mi padre. Su cuerpo parecía estar dibujado por trazos borrosos e irregulares. Cortó un diente de león y me lo obsequió. Súbitamente, un gran ventarrón azotó el campo, y la imagen de mi padre fue dispersándose, al tiempo que los pétalos del diente de león fueron arrancados uno a uno, hasta quedarme con el tallo vacío. Está arañando la superficie de cosas que no puede entender, Mc Kenzie, aún está a tiempo para detenerse, dijo el director Hoover, sentado a mi lado, mientras tomaba el tallo vacío y lo ponía en el ojal de su traje. Su rostro era una masa descarnada y gelatinosa, como si fuera un extraterrestre al que un rayo sónico ha comenzado a desintegrar. Extendió su brazo pegajoso y palmeó amistosamente mi hombro un par de veces. La verdad siempre estará ligeramente desenfocada, Mc Kenzie, su trabajo consiste en aclarar las cosas. Cuando retiró su brazo escuché un crujido y observé que su mano desprendida seguía sobre mi hombro. Siga el rastro de los hilos y lo llevarán al titiritero, agregó el director, con una voz que se fue diluyendo hasta perderse. Desperté con un sobresalto como si estuviera cayendo y me sacudí del hombro la inexistente mano del director Hoover. Ora, ora, me dijo El Cañuelas, ¿trae pulgas o qué? Faltaba poco para que amaneciera, cuando reiniciamos el camino. Descendimos por una peligrosa ladera, en espiral, como si cayéramos por un embudo; la montaña, desgajada, mostraba sus diversas capas geológicas como las rayas de una cebra. No pude reprimir el pensamiento de que viajábamos en sentido contrario al tiempo. Estas montañas son de mármol, le dije, es extraño que se mantengan sin explotar. No parece que haya marmoleras cerca, me dijo El Cañuelas, y no me extraña, se siente raro andar por aquí, ¿usted no lo siente?, me preguntó. No contesté. Mire, me dijo, señalando a la distancia. Enclavados en la parte más alta de la montaña, para que fueran vistos, se encontraban ataúdes de madera. Quien quiera que haya hecho la advertencia, logró transmitir su mensaje. El Cañuelas detuvo la camioneta. Una enorme montaña de piedra volcánica se alzaba en nuestro camino, mientras que un túnel parecía atravesarla. Debía ser de gran extensión, porque no se percibía su final a simple vista, pero su ancho apenas daría cabida a un vehículo. Una hilera de focos colgaban a lo largo del túnel, cuyas luces se perdían a la distancia. Se ve como boca de lobo, agregó El Cañuelas, al manejar lentamente en dirección al túnel, siento como que nos va a tragar. Usted decide mi güero, no tenemos gasolina para regresar, informó, ¿nos quedamos aquí o vemos hasta dónde llegamos? Nuestras miradas se cruzaron. Observé el túnel en silencio por unos segundos. Pues como dicen ustedes, *Pa´tras ni pa´ agarrar vuelo*, le animé, antes que todo se volviera oscuridad.

Poco a poco la intensidad de la luz fue disminuyendo, pues la mayoría de los focos estaban fundidos. Las luces de la camioneta fueron nuestra única guía; el espacio era tan estrecho que las puertas casi raspaban la montaña. Sólo en una ocasión encontramos un espacio lo suficientemente amplio para que dos autos pudieran pasar. Cada doscientos metros aproximadamente observé puestos de vigilancia construidos en la roca, sin ningún ser humano en su interior. Unos kilómetros adelante, el túnel terminó y vimos la luz del día. De no ser por un burro amarrado en un abrevadero y un par de campesinos que se escurrieron por las calles al vernos llegar, parecería que habíamos llegado a un pueblo abandonado. La calle principal estaba casi desierta y la mayoría de las tiendas se veían abandonadas o cerradas. En la plaza principal, salvo las de Pancho Villa y Emiliano Zapata, las esculturas de los héroes de la patria estaban decapitadas. Impactadas por grandes orificios de balas, las paredes del ayuntamiento tenían las ventanas rotas e incendiadas. Escondido tras una columna, un obrero con su overol lleno de grasa revisaba pedazos rotos de un billete de lotería, como si el unirlos le permitiera descubrir un mensaje de vital importancia. Una ráfaga de viento trajo un golpe de calor, como si el diablo exhalara su pestilente aliento sobre el pueblo. Un pueblo fantasma, dijo El Cañuelas con seriedad. No parecen estar muertos, contesté. Un niño que vendía dulces pasó corriendo cerca de nosotros. Lo detuve y le pregunte dónde estaba la estación de gasolina. En cuanto logró soltarse de mis manos gritó: Ya vienen, ya vienen. Luciría como cualquier pueblo miserable, si las calles de la plaza no estuvieran construidas de mármol, ni un Jaguar último modelo permaneciera impactado contra la pared de una cantina llamada el *Farallón*, como si llevara tiempo así y nadie se preocupara por retirarlo; una calle más adelante, un BMW convertible estaba volcado frente a la plaza principal. Entramos a una tienda de abarrotes y llamamos pero nadie calló. Un hombre a nuestras espaldas cortó cartucho a su escopeta. ¿Qué andan haciendo?, gritó, ¿Quieren que los maten? Venimos de paso, dijo El Cañuelas, necesitamos gasolina. ¡Pélense! ya mero vienen, dijo preocupado. ¿Quiénes?, preguntó El Cañuelas. El hombre nos empujó hacia fuera y cerró desde dentro la puerta del local. Se escucharon los motores de varios vehículos acercarse a la distancia. *Los malosos*, dijo el cantinero por la ventana rota. Se van a dar en la madre con los narcos rivales por el control de la zona, informó; estamos aislados desde hace meses, nadie entra ni sale, continuó, no sé cómo chingados pudieron llegar hasta acá. Nos cortaron la luz, el agua, se llevaron las radios, las teles, estamos sin periódicos ni teléfono desde hace tres meses. Ni celulares, ni computadoras, se llevaron todo. Ah, dijo, casi de despedida, y si yo fuera ustedes me largaba, no les gustan ni tantito los fuereños, finalizó cerrando la ventana y cortando cartucho. Antes de que pudiéramos volver al coche vimos que un grupo de diez camionetas Hummers, Jeeps, Ford Lobo y otros vehículos de color negro se estacionaron en la plaza. Hombres morenos, de sombrero, lentes oscuros, botas y ametralladoras, se bajaron y luego de apuntar en nuestra dirección, vinieron a nuestro encuentro. Fue la única vez que escuché cómo El Cañuelas tragaba saliva, bastante nervioso. ¿Qué vamos a hacer?, le pregunté. Dígame usted, mi güero, no soy huapanguero pa´andar improvisando. Un hombre bajito, cuya ametralladora le daba el aspecto de un enano armado, se nos acercó, acompañado por más sicarios. Ustedes no son de por aquí, ¿verdad? El Cañuelas respondió que no, que veníamos de Tampico. El chaparro me miró y ordenó que le entregara mi cartera, la cual revisó. Tú eres gringo, me dijo, que se me hace que eres de la DEA. Claro que no, afirmé. Todos cortaron cartucho y nos apuntaron. Otra camioneta Hummer se detuvo y de ella bajaron tres hombres con armas al cinto. Uno de ellos, de estatura regular y al que le faltaba una oreja me miró. El enano le dio mis documentos y los leyó. ¿Ya llegó mi carnal?, preguntó a sus escoltas, los cuales negaron. Búsquenlo, ordenó, haciendo una seña para que los demás se alejaran. ¿Cómo llegaron hasta acá?, nos pre-

guntó. Por el túnel, contesté. ¿Nadie los detuvo?, preguntó nuevamente. Nadie. Ya se han de haber chingado a La Pala y al Mongo,
dijo, tú, ordenó a uno, manda gente al túnel pa´ que estén pendientes, si alguien entra ya saben: primero disparan, y luego ven
quiénes eran. El sicario se alejó en una camioneta. ¿Qué lo trajo a
nuestro pueblo encantado?, me preguntó con burla el que daba
las órdenes. El Cañuelas iba a contestar, pero le apuntó con un
arma. A ti no te pregunté, cabrón, le gritó, estoy hablando con el
güero aquí presente. Busco el castillo de Edward James, contesté
con la mirada fija. Hace mucho que nadie va para allá, ¿qué se le
perdió? No contesté. El más bajo le mostró mis documentos.
Seguro que es de la DEA, le dijo, nomás que ha de venir encubierto.
Noté cómo aferró con más fuerza el gatillo de la ametralladora.
Dos de sus escoltas llegaron con un joven de tez morena y rostro
serio, quien parecía estar incómodo en ese lugar. ¿Dónde te me-
tes, carnalito?, le dijo al joven, mi apá te anda buscando, ¿Qué
ondas tuyas de escaparte a la primera que puedes? El hermano
menor me miró varias veces, como si tratara de reconocerme, y
preguntó a su hermano mayor, el de la ametralladora, ¿Y estos
qué hicieron? Ya son difuntitos, por si quieres rezarles, a este
pinche gringo, dijo, mientras me apuntaba con la ametralladora,
le vamos a dar piso porque de seguro es agente de la DEA; y al
otro cabrón, ese que tiene cara de pendejo, señaló al Cañuelas, le
vamos a cortar los güevos y a colgarlo de cabeza por andar de
guía de turistas donde no debe. Nos amarraron las manos y nos
cubrieron la boca con cinta de aislar, para luego tirarnos a la
parte trasera de una camioneta y taparnos con una manta, y
arrancaron. El chofer encendió el motor, metió la velocidad
y arrancó, derrapando las llantas. Subió el volumen de su estéreo
donde se oía una canción norteña. Me pregunté si mi último
recuerdo de esta vida, tendría que ver con la historia de una
granja y de una perra amarrada, que por más que ladrara no
debían soltarla, porque se iban a arrepentir los que no la conocían. Escuché una ráfaga de ametralladora y sentí cómo la camioneta se detenía y ponía en marcha en reversa. Nos bajaron
violentamente. Los dos hermanos nos miraban. El mayor se

puso la ametralladora al hombro, mientras uno de sus sicarios nos quitó las vendas de la boca. Mi carnal, dijo el mayor, mirando a su hermano menor, dice que lo conoce, ¿es verdad?, preguntó. Por más intentos que hice, no logré reconocerlo. Los va a ayudar a salir del pueblo sin que los agujeren. Me miró, primero con seriedad y después una débil, casi imperceptible sonrisa se le dibujó en la comisura de los labios. Se me hace que aún no llega su hora, mi buen, dijo, tocando mi hombro con su ametralladora. Quítenles las amarras, dijo a dos de sus hombres, el resto, recarguen sus armas y síganme, gritó. Tú, ordenó a un sicario, márcales la troca pa´ que no los detenga la policía. El sicario fue hasta una camioneta y regresó con un envase de pintura en aerosol. Puso la cartulina en una puerta y le roció el spray, para que una serie de letras y números quedaran pintadas. El hermano mayor fue hasta su camioneta y regresó con una pequeña figura de madera, que representaba a un hombre de camisa blanca de estilo norteño, un lazo negro como corbata, tez morena, cabello negro y bigote, cuyo busto descansaba sobre una base que tenía escrito el nombre de Jesús Malverde, y se la entregó al Cañuelas. Póngalo en el tablero, pa´que el Santo los proteja. Nos subimos a la camioneta y el Cañuelas puso la imagen de manera que fuera visible, con la cara de frente al camino. El hermano mayor se acercó y le dio media vuelta, de manera que el santo nos mirara. Nadie le disparará a Jesús Malverde por la espalda. Se fue seguido de sus hombres. ¿No les falta nada?, preguntó el hermano menor. Gasolina, contestó el Cañuelas, nomás poquito, agregó con timidez. El hermano menor se puso los índices en las comisuras de sus labios y emitió un largo y agudo silbido. El despachador de la gasolinera salió de la nada, se quitó el sombrero y lo agitó, haciendo señas para que nos acercáramos. Los sicarios armados aumentaron en número, recorriendo las calles del pueblo, mientras que otros, que portaban ametralladoras, emergieron en los techos de las casas. Cuando terminen de cargar gasolina sigan de frente sin detenerse, advirtió, jamás digan que estuvieron aquí ni se les ocurra regresar, mejor rodeen el pueblo como si no existiera. ¿A quién debo agradecer?, le pregunté. A San Cristóbal, patrón de los que viajan, contestó, devolviéndome la cartera, sin dejar de mirar el escapulario que me colgaba del cuello. Guiñó un ojo, al tiempo que le hacía una seña al Cañuelas para que nos fuéramos. Por lo de Falfurrias, me dijo, al tiempo que lo reconocí, favor con favor se paga, mi güero. Cuando terminamos de cargar gasolina, el Cañuelas arrancó y nos alejamos. A medida que los miraba por el retrovisor, los sicarios que custodiaban el pueblo fueron haciéndose más y más pequeños, hasta que desaparecieron con la primera nube de polvo del camino. Una construcción mostraba una pared llena de impactos de bala, junto a un letrero en el que apenas podía leerse: *"Feliz viaje les desea taller eléctrico El Pitufas"*.

Una hora de camino más tarde, el Cañuelas detuvo la camioneta frente a una vereda, casi oculta por la vegetación. Hasta aquí llego, mi güero, me dijo. Le pagaré más, ofrecí. Ya no se trata de dinero, sino de estar vivo para gastarlo. Siga esa vereda, la señaló, y no se pare a curiosear, no importa lo que vea o escuche, o lo seguro que crea sentirse, no se detenga, insistió. Si sigue de frente llegará al castillo de James, si es que aún queda algo que no se haya tragado la selva. Hubo tiempo en que la gente lo visitaba, pero ocurrieron extraños accidentes y el lugar terminó abandonado. Tomó el dinero de su paga y se persignó con él, para luego guardarlo en su bolsillo. ¿Y cómo voy a regresar?, pregunté. De la misma forma que llegó hasta aquí mi güero, con mucha suerte y rezándole a San Cristóbal, patrón de los que viajan. Tenga, dijo, entregándome el machete que guardaba bajo su asiento. Acto seguido se quitó el sombrero y se despidió. Yo me quedé allí parado mientras él subía a la camioneta, la arrancaba y daba vuelta en dirección contraria al pueblo de los sicarios. Apreté el mango del machete. La hoja metálica tenía grabada la inscripción *Empúñame y seré tu defensor.* Cargué la mochila con mis pertenencias al hombro y me interné en el bosque.

24

El camino que alguna vez llevó a los visitantes al castillo de James estaba prácticamente oculto. Ni siquiera la basura, que los mexicanos acostumbran dejar como huella de su paso, aparecía por ningún lado. Con el machete corté la maleza que me impedía el paso. El rumor de una cascada se escuchaba, pero lo denso de la vegetación impedía ubicarla. Unos veinte metros más adelante llegué a un claro en medio del bosque. La humedad sofocaba, como si alguien succionara el poco aire que quedaba en el ambiente. Gruesas gotas de agua escurrían por las hojas de las plantas. Escuché a un ser de dimensiones humanas moverse en la maleza y huir. Me interné por entre un grupo de árboles y cuando creí que estaba a punto de darle alcance, el cielo se abrió ante mí. Por un reflejo logré sostenerme de una rama para no caer por la barranca. Asustados, una parvada de loros emprendieron el vuelo. A unos cuantos metros, una cascada descendía hasta el fondo de un valle. Las aguas color azul turquesa tenían tal claridad que se podían distinguir las piedras en el fondo de la poza. Miré el paisaje por varios minutos. El único modo de descender era por una serie de escalones tallados en la pared de la montaña. Vacié de la mochila los artículos menos necesarios, con el fin de eliminar peso. No había barandales, sogas, ni arneses en los cuales apoyarse, por lo que un mal paso significaba caer al vacío. Bajé poco a poco, asiéndome de las rocas, plantas, raíces y cualquier objeto que me pudiera ayudar a mantener el equilibrio. Las rodillas me punzaban y a cada paso, sentía como si estuvieran a punto de dislocarse de mis piernas. Un par de escalones se resquebrajaron bajo mi peso. Apenas logré agarrarme a la raíz de un árbol para no caer; sin embargo el machete y la mochila no corrieron con la misma suerte. Descansé unos minutos para recuperar el aliento. Miré hacia arriba y descubrí que la escalinata resultó seriamente dañada, al grado que sería imposible usarla para regresar. Lentamente, paso a paso, logré llegar al fondo del valle. Intenté buscar mi mochila y el machete pero fue inútil. Súbitamente, dejé de escuchar los ruidos de los animales que me acompañaron durante todo el descenso. El silencio me tomó por sorpresa y extrañé el machete. El sudor resbalaba por mi frente hasta los ojos, irritándolos. Los froté. No podía creer lo que estaba frente a mí, por lo que tuve que frotarlos nuevamente. Una serie de picos verdosos, pertenecientes a la columna de un estegosaurio emergían entre la jungla. El viento sacudió la maleza. Al no percibir ningún movimiento, decidí acercarme cautelosamente. Tomé una piedra del suelo y la lancé contra el animal. El golpe seco contra el concreto quebró la piedra. La escultura fue construida de tal forma que el cuerpo del animal prehistórico parecía acechar entre la vegetación. El musgo, adherido al concreto, terminó por imitar la piel del réptil. El resto del cuerpo del estegosaurio no existía, bastaba con su columna para crear la ilusión. Siguiendo el sendero, era preciso cruzar por un camino a través de una puerta, resguardada por dos estructuras que simbolizaban un par de navajas. Grabada en la roca, casi oculta por el musgo, podía leerse una frase: *St. Peter and St. Paul Gate.* Unos diez metros más adelante, al costado del sendero, siete serpientes de concreto se alzaban en posición de ataque. Sus ojos tenían incrustadas piedras de obsidiana. Limpié el musgo de la quinta serpiente y descubrí los restos de una inscripción, en cuyos bordes apenas podía descifrarse la palabra: *Superbia.* El resto de las serpientes debían representar los seis pecados capitales restantes. Cientos de pequeñas hojas escalaban por una de las serpientes, cubriéndola de un color verde intenso, para luego desaparecer en el hueco de sus fauces. Debajo de las hojas, aparecieron las hormigas cortadoras que cargaban con ligereza los trozos. Subí por un camino empedrado, del que estuve a punto de resbalar a causa del musgo y la humedad. Detrás de unos arbustos, cincuenta metros más adelante, dos manos de cemento del tamaño de un ser humano, brotaban de la tierra con las palmas extendidas. Las uñas, los pliegues y las líneas de cada una eran tan visibles que se les podría leer la fortuna. Largos y delgados tubos de concreto con la forma de bambúes se elevaban como si fueran lianas que se perdían entre los árboles. Un gran ojo, construido sobre una ladera, vigilaba a los caminantes. Tuve que apoyarme en las paredes para no resbalar. Llegué hasta una plaza, donde una enorme flor de lis se sostenía sobre una serie de piernas humanas de concreto. A pesar de estar agrietadas por el paso del tiempo, las hojas y pétalos mantenían los colores con los que fueron pintadas originalmente. Un poco más adelante encontré un letrero de madera carcomida y húmeda, en la que alguien había grabado con cuchillo: *The house with three stories that might be five.* La construcción era una casa de cinco desniveles sin paredes, de tal forma que la vegetación se enredaba como si fuera un huésped que hubiera decidido quedarse más de lo debido. Otra cascada, de unos ochenta pies de altura, descargaba sus aguas para llenar lentamente las pozas. En el centro, la poza principal tenía la forma de un ojo, en cuyo iris peces de todos tamaños nadaban libremente. Otras pozas, de diversos tamaños y formas extrañas, se llenaban por la corriente de un río que brotaba entre las piedras. Una familia de ciervos con sus crías bebían despreocupados. La dirección del viento debió cambiar, porque levantaron sus hocicos, olisqueando el aire; al descubrir mi presencia, huyeron temerosos, como si el mal hubiera llegado a su paraíso. El túnel entre las montañas, lo inaccesible del valle y los cerros que lo rodeaban y protegían del mundo exterior me recordaron *El mundo perdido*, de Conan Doyle. Todo el lugar era un sofisticado y caprichoso jardín de cemento, donde la mano del hombre edificaba plantas, flores y esculturas sin ninguna utilidad aparente, para ser absorbidas por la naturaleza. Su constructor debió sentir predilección por los arcos, las flores y las casas abiertas. El abandono permitió que el musgo invadiera cada una de las construcciones y esculturas. Una silueta se movió entre la maleza y se detuvo al descubrir mi presencia. Era un gigante que cargaba un melón. Su rostro anguloso recordaba la horma de un zapato. La nariz era un trozo de piedra cuyos rasgos nadie, ni siquiera los años, habían tenido tiempo de suavizar. Sus párpados entrecerrados, apenas permitían adivinar unos ojos pequeños y furtivos, mientras que unos labios delgados y finos destacaban sobre el mentón rectangular. El cabello canoso le daba la apariencia de un viejo y solitario yeti. Su camisa estaba tan gastada que era posible ver a través de la tela. No fue difícil reconocerlo. Usted es Pepito el Terrestre, dije, esperando su reacción. Guardó silencio, como si tratara de recordar un nombre que hacía tiempo no escuchaba. Me confunde, dijo al cabo de casi un minuto. Mide dos metros con treinta, contesté, recordando la biografía de su estatua, su quijada alargada, la cicatriz en la mano en forma de Z que le dejó un ataque con tenazas para hielo, la forma en S de su cuerpo, como una serpiente erguida y su omoplato desviado del lado izquierdo. ¿Es policía?, preguntó con dureza. Descuide, no vengo por usted, contesté para tranquilizarlo. Me gustaría que lo intentara, retó, mientras partía el melón en dos con las manos. Le dio una gran mordida. El jugo de la fruta resbaló por su mentón y le manchó la camisa. Tiró las mitades al suelo y se alejó. Decidí seguirlo. Detuvo su paso frente a un castillo, que parecía estar construido entre los árboles. Le perdí de vista cuando pasó junto a un árbol de plátano. Una serie de moldes de cemento con la forma de pies descalzos, del doble del tamaño normal, indicaban el camino. El castillo era una construcción de tres pisos, con una mezcla de estilos arquitectónicos mexicano, inglés y mudéjar, armado con vistosa herrería en negro y ventanas hexagonales, como las celdas de un panal. Un antiguo portón de madera servía de entrada. Tallado en su superficie, un ángel con vestiduras azules, rojas y doradas, alzaba una espada en llamas. Bajo sus pies agonizaba un demonio negro alado, mientras una batalla se libraba en el cielo entre ángeles y demonios. Empujé con fuerza. El rechinido de la madera contra el piso debió alertar a todos en el lugar, pero nadie salió a mi encuentro. El interior se encontraba impecable, como si lo hubieran limpiado un par de horas antes. Macetas con plantas colgaban en las paredes, junto a muebles y pequeñas mesas de madera. Un loro revoloteó y se detuvo en una argolla de la pared. Tenía en su cuello un pequeño collar de cuentas. Se rascó el ala y salió por una ventana. Caminé por los pasillos hasta llegar a una sala, donde una mujer leía un libro. Nuestras miradas se cruzaron. Continuó con su lectura, como si yo fuera una aparición que pronto tendría que desvanecerse. Cuando se convenció de que no me iría, dejó el libro sobre la mesa y sonrió. Miré el título: *Dashiell Hammett Interrogatoires*. Se puso de pie y lentamente se acercó hasta donde me encontraba. Debía tener alrededor de treinta años. Los ojos eran color aceituna y su piel blanca con pequeñas pecas. Su nariz era fina y recta y sus labios pequeños y suaves. La forma de su rostro terminaba en una barbilla ligeramente puntiaguda. El cabello estaba suelto y sin peinar, vestía una camisa de manga corta holgada, que apenas permitía adivinar unos senos bien formados, y unos pantalones de estilo pescador deliberadamente flojos y rabones, que sin embargo delineaban su cuerpo delgado y atractivo. Era una joven que se tomaba el trabajo de ocultar su belleza. Si acaso es usted un fantasma..., comenzó. Mi nombre es Mc Kenzie, le interrumpí, busco a Edward James. El mío es Malka, contestó, y sir James no está aquí, advirtió. ¿Dónde puedo encontrarlo?, pregunté. Descansando en su casa de West Dean, en Inglaterra, contestó, vaya por el *arboretum* de St. Roche y encontrará su tumba, y agregó, llega usted con más de veinte años de retraso. ¿Y su familia?, pregunté. Nunca tuvo hijos, contestó la chica, al morir donó todas sus posesiones al colegio de West Dean, excepto las pozas y el castillo, dijo señalando el paraje. Él construyó este jardín en medio de la nada para que significara algo y después de treinta años, sin ninguna explicación, un buen día decidió abandonarlo a su suerte, para que el tiempo se encargara de desaparecerlo. Tosí. Tenía las ropas sudorosas y mis botas estaban tan mojadas que se podría nadar en ellas. No sé cómo logró llegar hasta aquí, comentó. No fue fácil, respondí. Pero lo que sea que le haya traído a este lugar, continuó, fue en vano, señor Mc Kenzie. No son buenos tiempos para andar por esta zona, el mal anda suelto, dijo. Por primera vez en muchos años, se han escuchado disparos de ametralladoras y helicópteros que sobrevuelan más allá del valle, del lugar de donde usted vino. El ejército debe estar combatiendo en los alrededores, comenté. ¿Podría hablar con Pepito el Terrestre?, pregunté. ¿Quién?, contestó, intrigada. El gigante que vive aquí, insistí. Su nombre es Lotario, contestó, llegó aquí sin un centavo, hambriento y enfermo de tuberculosis, cuando se comenzaron a construir las pozas; James lo cuidó hasta que se recuperó. Siempre comentó que no hubiera podido edificar algo de esta magnitud sin la ayuda de su gigante bienhechor, como le llamaba. Cuando a James se le acabó el dinero, continuó, nadie se quiso quedar para ayudarle con su sueño más que Lotario y José, el carpintero. Vive en la pequeña cabaña que James se mandó hacer junto a las pozas, dijo, baja al pueblo una vez al mes a traernos víveres y nos pone al tanto de lo que pasa en los alrededores. No habla mucho, agregó, en quince años he conversado con él en muy contadas ocasiones. Alzó los hombros. Veré que le preparen algo de comer, debe estar hambriento, dijo, mientras tanto puede conocer el castillo, dijo al alejarse en dirección a la cocina. Gracias, respondí. Se detuvo, dio media vuelta y me miró, esta vez sin sonreír. Mañana deberá irse, no aceptamos huéspedes, visitantes ni viajeros perdidos, finalizó. Empujó una puerta y desapareció tras ella. El castillo de James tenía alrededor de trece alcobas con ventanales estilo gótico y vista a las montañas. Al abrir cada puerta sólo era posible ver el ventanal, a fin de guardar la misma privacidad de las moradas árabes. Los pasillos largos estaban bien iluminados y el agua de las cascadas salpicaba los cristales de las ventanas. Desde el segundo piso observé a Malka hablar con una mujer indígena de baja estatura en los jardines y me descubrió. Dijo algo al oído de la mujer y me pidieron que bajara. Nos sentamos en un comedor rústico, con ollas, cazos y vitrinas, sobre la cual dos ballenas fabricadas en plata colgaban del techo. A través de la ventana, podían observarse las esculturas extenderse por todo el valle, hasta donde la vista alcanzaba. Me dieron unas enchiladas rellenas de huevo verde, acompañadas de un gran trozo de cecina, guacamole, frijoles refritos, unos nachos que llamaban totopos y salsa de chorizo. La mujer indígena de baja estatura, que resultó ser la cocinera, desdobló una hoja de plátano y nos sirvió un queso tan fresco y suave que podía beberse. Su rostro parecía estar descuadrado y ostentaba una cicatriz por herida de machete. Puso una cazuela de barro en la mesa, en cuyo interior se encontraba otra hoja de plátano de mayor tamaño amarrada con cordeles. Nos sonrió tímidamente y se retiró. Malka cortó los cordeles con un cuchillo y abrió con cuidado las hojas para liberar el vapor. Era como un gran tamal relleno de puerco, pero de consistencia más suave. Me sirvió una porción y le colocó a un costado chiles y zanahorias en vinagre. Llenó un jarro de barro con café, que vació de una olla. Lo probé y me gustó. Tenía un sabor dulzón y acanelado. Lo terminé de tres sorbos. Malka rellenó mi bebida. Uno siempre recuerda su primer café de olla, señor Mc Kenzie, dijo, algunas veces por la compañía, otras por el lugar o el estado de ánimo, pero es de las cosas que no se olvidan, finalizó, tomando el jarro con ambas manos y dándole un pequeño sorbo al café. Entrecerró de manera casi imperceptible sus ojos claros, como si tratara de leer mis pensamientos. El loro del collar revoloteó y se posó sobre una de las ballenas de plata. Malka me sonrió de manera extraña, sin que sus labios terminaran de extenderse completamente, como si supiera que algo estaba mal, o que pronto lo estaría.

La mujer indígena me condujo a una habitación para que descansara. Me instalaron en el cuarto de don Eduardo, situado en el segundo piso, con vista a las montañas, un baño, un ventilador de techo y una cama matrimonial. La puerta era blanca, delgada y alta, con dos cristales tallados con la forma de una espiral, para que la luz traspasara. Los muebles eran de madera, había tres mesas, una pequeña biblioteca, una chimenea, junto a la cual unos pequeños escalones subían sin llegar a ninguna parte. Un tablero de ajedrez tenía una partida iniciada, en la cual las piezas negras lograrían dar jaque en tres movimientos. El piso tenía losas con forma de rombos blancos y negros y uno de los muebles de madera tenía tallado en su parte más alta la silueta de una gran hoja de árbol. Arcos de hierro forjado decoraban las paredes y el techo. El baño era pequeño, pero bien distribuido, con un lavabo de porcelana, una rejilla para poner los artículos de aseo y un espejo con apenas el tamaño justo para ver el rostro. Abrí la llave y me empapé la cara. Alargué el brazo para tomar la toalla, pero fue imposible separarla del tubo. Me sequé con el dorso de la mano y descubrí que la toalla estaba fabricada de concreto. El castillo debía parecer un lugar simpático, si estaba uno de humor. Dormí profundamente un par de horas. Cuando desperté estaba a punto de atardecer. Divisé un cobertizo a lo lejos, fuera del castillo y fui a investigar.

Bajo el tejado se encontraban dispersas en el suelo grandes tallas de madera, que debieron servir como moldes para las esculturas. Una silueta pasó junto a la ventana. La seguí por varios minutos. Era Pepito el Terrestre, quien con la ayuda de un machete se movía entre la maleza. Se detuvo al pie de una columna con la forma de una flor y sacó de su bolsa un machete, dos botes de pintura y una brocha. Yo también tengo un machete como el suyo, le dije, a fin de iniciar una conversación. No es un machete, corrigió, se llama guaparra. Tomó una brocha, con la que comenzó a pintar un descolorido pétalo. Un animal pequeño, parecido a un mapache, se acercó tímidamente, tomó un par de ramas y se escabulló entre los matorrales. Conocí a un amigo suyo en Tampico que dijo ser su representante, le comenté. Se mantuvo en silencio. Este lugar…, agregué, mirando el paisaje. He vivido aquí casi treinta años, no necesito que un fuereño me diga cómo es este lugar, me interrumpió, y acto seguido limpió con un trapo la pintura en las tapas metálicas. No es usted a quien busco, le advertí, mientras le veía guardar todas sus cosas en una bolsa de cuero, pero debo preguntarle una cosa: ¿Supo si alguna vez le llegaron a James películas, carretes, rollos o latas con cintas? Me ignoró por completo. El mismo animal regresó y se llevó entre las fauces una bolsa de papel manchada con pintura. Dicen que usted le ayudó a construir este lugar, comenté. Se mantuvo en silencio. ¿Cómo está?, preguntó finalmente. ¿Quién?, reviré. Ese representante del que me habló, dijo. Como todos nosotros, contesté, intentando sobrevivir. Asintió.

El animal volvió y se llevó una botella de plástico. Pepito se dio cuenta de que miré al animal. Es un animal coleccionista, dijo, se lleva todo lo que puede a su paso y lo guarda. Lo junta cerca de su madriguera para que nadie se acerque sin que lo note, así el ruido le avisa cuando hay que escapar. Es imposible perseguirlo entre todo el basurero que deja. Arrancó un pedazo de pan que guardaba en su bolsa y lo lanzó al lugar donde desapareció el animal, pero este nunca regresó. ¿Trae cigarros?, me preguntó distraídamente. No fumo, contesté. Sonrió como si recordara algo. Mi madre siempre me regañaba cuando me veía fumar, no vas a crecer si sigues así, me decía, y vea cómo terminé. La voz se le cortó al final, se puso de pie y comenzó a recoger sus cosas. Su amigo me contó lo de la muerte de su madre, dije, siento mucho que las cosas hayan acabado de esa manera. Me miró con los ojos inyectados de furia. ¿De qué manera?, contestó. No sé de qué me habla, dijo, alzando la voz y clavando la guaparra en la tierra. No dije una sola palabra.

Luego de un tiempo prudente, el gigante suspiró y volvió a retomar sus actividades. Entonces le pregunté: ¿James tenía alguna clase de bodega? Por primera vez tardó en contestar, como si estuviera pensando qué decir. Siento no poder ayudarlo, dijo, llevamos caminos diferentes, agregó, será mejor que vuelva por esa vereda al castillo, no se vaya a perder. Este lugar es un laberinto, afirmé, mirando a mi alrededor. Se equivoca, contestó con firmeza, las pozas no son un laberinto sino un mapa, pero hay que saber leerlo, advirtió, lo sé porque ayudé a construirlo. Tosió un par de veces y desapareció entre la vegetación, empujando la maleza a su paso, como un animal herido que regresa a un lugar remoto del que nunca debió salir.

Llegué hasta la plaza don Eduardo, donde se encontraba la poza principal. Talladas en la roca, tres columnas parecían sostener por sí solas todo el peso de la montaña. A unos metros, entre los árboles, se alzaba una columna. Dos escaleras sin barandales se enroscaban como serpientes a su alrededor, creando la ilusión de proyectarse hasta el infinito. Cada peldaño tenía la forma de las teclas de un piano. Subí un par. James la llamó "La escalera al cielo" dijo una voz a mis espaldas. Era Malka, que cargaba una mochila de excursionista. Por un lado suben los pobres y por el otro los ricos, pero no importa el camino que tomen, ambos llegarán al mismo lugar, dijo. Son treinta y tres escalones, afirmó, uno por cada año de la vida de Cristo. Dejó su mochila en el piso, para después abrirla y sacar una cantimplora que llenó con el agua de las pozas. James creía que aquella persona que se arriesgara a llegar al último escalón tendría una revelación mística o una respuesta a sus problemas, que lo convertiría en alguien diferente. No parecen muy seguros, comenté luego de examinar los escalones, ¿y usted ya subió? Estoy contenta con quien soy ahora, respondió, ¿para qué subir? Dio un largo trago a su cantimplora. El agua resbaló por su camisa verde, impregnando su pecho. Será mejor que regresemos antes que nos agarre la noche. La ruta era complicada porque la vegetación prácticamente había invadido el camino empedrado y resultaba fácil perder el rumbo. A medida que nos encontrábamos con las construcciones, Malka las nombraba, algunas veces explicando una breve historia o el significado que James buscaba transmitir: la casa de los loros, el puente de *fleur de lis*, la flor de bromelia, la terraza del tigre, el palacio de bambú o el templo de los patos. En un momento en que se agachó, noté que llevaba una pistola entre el pantalón. Sus movimientos eran precisos y seguros, casi militares. Un par de veces se detuvo de improviso, escuchando los sonidos a la distancia. No lo dijo, pero cambió de ruta en tres ocasiones. ¿Sabe cómo usarla?, pregunté. Ella sacó el arma de detrás de su espalda y la manipuló con agilidad: Estuve en prácticas con el ejército israelí durante la guerra del golfo, dijo a modo de respuesta. Si se perdiera en este valle, Mc Kenzie, créame que le convendría estar a mi lado, contestó. Media hora después, justo antes que el sol se ocultara tras las montañas, llegamos al castillo. En cuanto entramos, Malka cerró la puerta y miró por una ventana, como para asegurarse que nadie nos hubiera seguido. Lo veré en la cena, dijo antes de subir por una escalera.

Decidí recorrer todo el castillo nuevamente. Golpeé los muros intentando descubrir alguna pared falsa o hueca, levanté los tapetes buscando entradas secretas a algún sótano, volteé todos los cuadros en espera de encontrar alguna caja fuerte y revisé cada libro en busca de anotaciones o documentos, sin éxito. Escuché a Malka llamarme desde el salón comedor. Cuando me sentaba a la mesa me preguntó: ¿Llegó por la escalera de la colina, verdad? Sí, pero ya no es posible regresar por ese camino, comenté. La cocinera llevó un gran platón con tortillas bañadas en chile rojo, rellenas de queso en su interior, acompañadas de frijoles refritos y rodajas de aguacate. Enchiladas potosinas, las llamó. Levantó una jarra de barro y vació un agua de color amarillo en mi vaso. Tenía un sabor dulce pero pastoso y provenía de un fruto negruzco, que me supo delicioso. Que busquen a Ramiro, dijo Malka a la cocinera, tiene que estar mañana al mediodía aquí con su lancha para llevar al señor Mc Kenzie al pueblo. Sacó de una canasta un trozo cuadrado de color verde oscuro, semejante a una barra de jabón. Es uno de los mejores quesos de tuna de la región, recomendó, cortando un pedazo y colocándolo en mi plato, aunque yo las prefiero al natural, dijo, mostrando un fruto redondo de color rojo. Lo peló y le dio una generosa mordida. No imagino a una soldado del ejército israelí comiendo una tuna en un lugar como este. La vida da demasiadas vueltas, señor Mc Kenzie, las suficientes para tenerlo aquí entre nosotros, ¿no lo cree? Antes de llegar aquí me gustaban las cosas que no sabían a nada: las ostias, las palomitas, recordó, debió ser porque me encontraba en una etapa de mi vida en la que no me importaba extrañar nada, ni siquiera un sabor. Una abeja se posó en el queso de tuna. Malka se levantó de la silla como si hubiera recibido una descarga eléctrica y manoteó desesperadamente, como quien despierta y trata de alejar una pesadilla. Se separó de la mesa, hasta un rincón del cuarto. Le dije que era el primer soldado que veía huir de una abeja. Cuando la abeja saltó al mantel tomé un vaso de cristal y lo coloqué sobre ella, atrapándola. Revoloteó un poco en su interior, chocando con los bordes, hasta que supo que estaba atrapada en una prisión transparente y se resignó. Malka regresó y llamó a la cocinera, quien se llevó el vaso con la abeja. ¿Es alérgica a su picadura?, le pregunté. No lo sé, simplemente no puedo acercarme a ellas. Antes de volver a sentarse miró la sala en busca de más y entonces fue a cerrar la ventana. ¿A James le gustaba el cine?, le pregunté. Es posible, contestó, sentía interés por las artes. Su familia no sólo fue rica sino extravagante: un tío que afirmaba ser el inventor de la fotografía a color, sus hermanas resentidas, a quienes el nacimiento de James les limitó sus privilegios y dotes y que se convirtieron en cuatro arpías que lo atormentaron toda su niñez, convenciéndolo que era un débil mental que terminaría sus días en un manicomio; como juego lo encerraban en el sótano durante las frecuentes ausencias de sus padres. Su madre debió ser la peor de todas, porque cuando un sirviente le preguntó con cuál de sus hijos saldría a pasear, simplemente respondió: prepare al que haga juego con mí vestido azul. Sume a todo eso los rumores de que era un hijo bastardo del rey de Inglaterra y hasta usted comenzaría a perder la razón, dijo Malka. Tal vez pensó que si su destino era terminar en un manicomio, lo mejor sería construirlo y eligió este lugar, opiné. James era un excéntrico, pero no creo que estuviera loco, afirmó. Un excéntrico no es más que un loco con suficiente dinero para ser tomado en cuenta, contesté, y a James le sobraba. No siempre fue así, contó, para 1933 la familia había perdido West Dean y cuando estaba construyendo las pozas se descubrió sin un centavo, pero sorprendentemente volvió a tener dinero de la noche a la mañana. Las cartas que el correo entregó con posterioridad a su muerte contenían instrucciones erráticas: desde estructuras imposibles de sostenerse, hasta el bosquejo de un mapa indescifrable. ¿Podría consultar ese mapa?, pregunté con interés. Se destruyó durante un incendio que consumió parte de su museo personal, que contenía sus cartas, poemas, dibujos y diarios, contestó. Cortó otro pedazo de tuna fresca y se lo llevó a la boca. ¿James dejó alguna clase de testamento, notas, planos? Malka negó. Nadie ha hecho planos de todas las pozas ni de las esculturas, únicamente los bocetos que James mandaba dibujados en postales para que los carpinteros las construyeran. Edward James compró una película a finales de los años sesenta, dije, desviando la conversación, la cinta llegó a Tampico y fue transportada por un amigo suyo de aquella época hasta este lugar, ¿sabe algo al respecto?, pregunté. Ni siquiera había nacido entonces, contestó. Malka evadía las preguntas principales y las envolvía con historias sobre James y su obra. Bien podía desconocer lo que le preguntaba, o simplemente no querer dar ninguna pista. ¿En verdad es tan importante para usted encontrar esa cinta?, me preguntó. Fui contratado por un anciano que quiere verla por última vez, para él significa mucho encontrarla, es un coleccionista. Yo trataría de no relacionarme con ese tipo de personas, Mc Kenzie, me dijo; los coleccionistas son gente extraña, insistió, no concibo malgastar toda la vida acumulando objetos y ser lo suficientemente egoísta para no separarse de ellos, dijo, mientras jalaba un hilo del mantel y lo cortaba. James también coleccionó toda clase de objetos, relató, regalos de artistas, libros raros y cualquier edición del Quijote que se hubiera publicado; se rumora que poseía tres ejemplares de las primeras ediciones y un manuscrito original de Cervantes. Todo eso se perdió, o se subastó en 1986 en el patio de su casa en West Dean. Se limpió los dedos con una servilleta de tela y contuvo un bostezo. Decidí contarle brevemente acerca de mi búsqueda, omitiendo los detalles más importantes, pero haciendo énfasis en la importancia de la cinta. Suena como una historia con demasiados cabos sueltos, comentó. Es como armar un rifle en el ejército, intervine, sólo es preciso juntar las piezas. Como soldado se lo puedo asegurar, señor Mc Kenzie, una vez que se memorizan las piezas armar un rifle es un acto mecánico y sólo un defecto de fabricación puede ponerlo en problemas. Lo que le trajo a este valle ocurrió hace demasiado tiempo, agregó, y según parece todos los involucrados están muertos. No llegué hasta aquí para darme por vencido, le hice ver. Es una pena que su búsqueda termine aquí, finalizó, como quien desea acabar con una conversación incómoda. Llamó mi atención una antigua fotografía recargada sobre una mesa, que mostraba a una bella mujer desnuda con una enorme serpiente enroscada en el cuello. Es Tilly Losch, la famosa bailarina, dijo Malka como si contestara una pregunta que nunca formulé. Fue la única esposa que tuvo James, dijo. La amó con suficiente locura como para traer la duela del departamento que compartieron en Nueva York y ordenar a un carpintero grabar las huellas que ella dejó en el piso. La relación de ellos fue patológica, Tilly disfrutaba engañándolo con cuanto hombre cruzara en su camino, y cuando James finalmente la acusó de adulterio, ella aseguró a todos que se había casado con un homosexual. Sus hermanas en Inglaterra debieron disfrutar el deplorable espectáculo durante sus reuniones a la hora del té. Nunca tuvieron hijos. Una noche, durante una discusión, Tilly, completamente ebria, le confesó cómo abortó al hijo de ambos, sólo por conservar la figura. Me levanté de la mesa y tomé la fotografía. Una corriente de aire trajo un olor a tierra mojada por la ventana rota. Algunas veces la vida es una cínica paradoja, Mc Kenzie, dijo Malka, la serpiente que ve le rompió el cuello y la dejó paralítica. James la rescató de un barrio de mala muerte en Europa y la trajo a Xilitla para que pasara sus últimos días. Nunca se dirigieron la palabra. Pasaba las tardes en su silla de ruedas mirando el piso con sus huellas grabadas. La luz de un relámpago iluminó por segundos la silueta de la montaña. Malka tomó una linterna y me entregó otra. Si se le ocurriera salir de noche del castillo, algo que no le recomiendo, mantenga la luz encendida junto a su cuello, aconsejó, los murciélagos en este lugar son más grandes de lo que pueda imaginar, algunos podrían derribarlo. Tomó su linterna. A medida que se alejó por el pasillo, la oscuridad fue envolviendo su cuerpo, hasta crear la ilusión de que la luz flotaba por sí sola.

Encaminé mis pasos al salón principal, con la intención de pensar un poco antes de dormir. Con la ayuda de un largo portavelas de metal, encendí uno a uno los cirios de un candelabro de hierro forjado que colgaba del techo. Sentí un leve mareo y cerré nuevamente los ojos. Me dejé caer en un sofá rojo con la forma de los labios de Mae West. Un escalofrío recorrió mi cuello. Sentí una presencia acercarse y el roce de una barba crecida junto a mi oído. Súbitamente, la habitación se llenó de una luz blanca. Un punto rojo surgió en la pared y fue creciendo poco a poco hasta tomar la forma del sol naciente de la bandera del Japón. Escuché algo rascar la pared y abrir un agujero en el centro del disco color rojo. Era un papagayo de plumaje multicolor y larga cola. El ave levantó el vuelo y se posó en el hombro de la joven Tilly Losch, quien se bañaba en una tina de cerámica blanca, sostenida por cuatro patas doradas con forma de garra de arpía. La mujer salió completamente desnuda y danzó muy despacio sobre el piso de madera. Las huellas de sus pies húmedos quedaron marcadas en el suelo. Entonces subió por una escalera de caracol con la lentitud y teatralidad de una vampiresa del cine mudo. La huella de su pie, compuesta de agua, se mantuvo temblando en cada peldaño. Volteó el rostro y sonrió. Dentro de su boca podían apreciarse tenedores y cuchillos de plata que se movían y chocaban entre sí, a medida que articulaba las palabras. *Uno puede sentir nostalgia por lugares que jamás ha visto, señor Mc Kenzie, y hasta perder la vida por personas que no llegó a conocer bien, ¿no lo cree?*, dijo antes de desvanecerse a través del techo. Pensé en seguirla, pero los labios de Mae West me mantenían pegado al sofá, en un beso eterno. El papagayo no la siguió, sino que se mantuvo aleteando en el aire, hasta posarse sobre un antiguo teléfono negro, con una langosta posada sobre el auricular. Los números en el disco iban en orden descendente, y en los agujeros para meter los dedos y marcar, aparecían rostros de personas. El timbre sonó pero no pareció asustar al animal, que levantó el auricular con una garra y se inclinó a escuchar. Tras unos segundos, extendió la bocina con forma de langosta hacia mi oído: *Es para usted*, dijo. En el otro extremo de la línea, una voz repetía como un mantra: *el arte sostiene al mundo*. Desperté y miré a mi alrededor. El piso había vuelto a ser de ladrillos blancos y negros, la bañera, el teléfono o la escalera de caracol no aparecían por ningún lado y el sofá de Mae West se convirtió en una incómoda banca de madera. Revisé el lugar en el techo donde desapareció Tilly Losch sin encontrar nada. Subí por la escalera al segundo piso que estaba hasta el otro extremo del salón e intenté ubicar el lugar donde Tilly Losch había desaparecido. Algo estaba mal, porque las dimensiones del lugar no correspondían. Empotrado en la pared, con la figura de un enorme vampiro con las alas extendidas, se alzaba un fastuoso marco de madera antigua estofada en oro. Un espejo, del tamaño justo de un rostro, se situaba en el lugar que hubiera debido ocupar el corazón del vampiro. Palpé por un costado del espejo que estaba carcomido y sentí una oquedad por la que se filtraba una suave brisa. Un par de palomillas grisáceas surgieron detrás del mueble y revolotearon sobre la luz de la linterna. Busqué algo en el salón para hacer palanca y terminé por descolgar una vieja espada de la pared. Despegué con dificultad el marco de madera, apenas lo suficiente para que mi cuerpo pudiera pasar. Encontré un pasillo, por el cual se apreciaban los primeros peldaños de una escalera que se perdía en la oscuridad. Subí con cuidado uno a uno, sin dejar de apoyarme en la pared con una mano y sosteniendo la linterna con la otra. A medida que avanzaba, las luces de la sala fueron iluminando cada vez menos el lugar, y al dar vuelta por un rellano, la linterna se convirtió en la única luz que podía guiarme. Llegué hasta lo que debía ser el final del pasillo sin encontrar nada, por lo que decidí regresar. Me golpeé con una pequeña mesa de madera que no advertí. Por ese lado del castillo no existían ventanas, por lo que la puerta era el único medio para entrar a la habitación. Un par de metros más adelante encontré otra puerta. Delineada en su superficie, los trazos dibujaban una iglesia con dos enormes torres a sus costados. La madera se sentía rugosa y apolillada. La empujé y sentí la estructura ceder, casi al grado de romperse. Con un empujón seco la puerta se abrió. Iluminé el lugar con la linterna. El cuarto debía medir en total dos metros de ancho por cuatro de largo. Como imaginé, no existían ventanas ni tragaluces. En algunas secciones de la pared, el cemento se había resquebrajado, al punto de permitir que corrientes de aire recorrieran el cuarto. Parecía haber sido clausurado desde hacía tiempo. El excremento de rata se acumulaba por los rincones y el olor a humedad y a podrido llenaban el lugar. En el centro de una mesa se encontraba el esqueleto de un animal. A primera vista parecía un ave, pero a medida que acerqué la luz, descubrí que era un murciélago de regular tamaño. Los huesos de las alas eran largos, delgados y tubulares. Un cráneo pequeño, con una mandíbula alargada abría sus fauces, mostrando largos y filosos colmillos. Los agujeros de los ojos parecían estar con vida, mientras que la posición del cuerpo, así como de la espina dorsal, recordaban a un animal listo para atacar. Los restos de un par de abrigos roídos por la polilla colgaban de un perchero. Dentro de una larga vitrina con forma de mesa, se guardaban una serie de documentos y fotos. Los iluminé a través del cristal. Las fotos eran de un Edward James joven, apuesto y sonriente, acompañado por los que seguramente eran pintores escritores y artistas. Reconocí a Dalí y a Picasso. Una foto rasgada, pero pegada con cinta, mostraba a Tilly y James el día de su boda. Él parecía contento, mientras su esposa, elegantemente vestida, evitaba mirar a la cámara, a la vez que lograba mantener una milimétrica separación para no tocarse con su esposo. Revisé cuadernos con anotaciones, pero estaban en español y ninguno parecía tener la caligrafía de James. Eran resúmenes de cuentas, sueldos, saldos, precios de madera y sacos de cemento, así como bosquejos de esculturas con su costo de construcción. Desaté cuidadosamente el cordón de un pañuelo de seda y lo extendí. Contenía dos dientes humanos y una nota escrita por James: *Pelea con Robert Desnos, París, 1937*, en un costado, alguien había escrito la frase: *El surrealismo es un laberinto sin paredes, James*, junto a las iniciales RD. Doblado en cuatro partes, un papel amarillento sobresalía de una pequeña caja. Al abrirla se activó el mecanismo y una canción que no acerté a reconocer, pero que me recordó a un vals. Acerqué la luz de la linterna al papel y traté de identificar los trazos de James. Era un rudimentario mapa sobre las pozas, con bosquejos de las principales esculturas, anotaciones de hacia donde debían orientarse y las frases que debían ser grabadas en cada una de ellas. Uno a uno fui leyendo los nombres de las esculturas y reconociendo aquellas que ya había recorrido: *The House With a Roof like a Whale, The House With Three Stories That Might be Five, The Stegosaurus Colt, The Fleur-de-Lys Bridge and Cornucopia, The St. Peter and St. Paul Gate, The Temple of the Ducks.* Sentí algo agitarse en mi interior, como si mis latidos enviaran un desesperado mensaje en clave Morse. Escrita con lápiz, casi

borrada por el tiempo, con letra manuscrita, apenas legible podía leerse: *The House Destined To Be a Cinema*. Creí escuchar un
ruido a la distancia y escondí el papel entre el elástico de mi ropa
interior. Di un paso para atrás y pisé un animal que chilló de
dolor. Escuché sus huesecillos quebrarse. Perdí el equilibrio.
Con la mano que me quedaba libre intenté aferrarme a algo que
no existía. Sentí un fuerte golpe en la cabeza y súbitamente, todo
se volvió oscuridad.

25

Cuando desperté, cuatro cirios funerarios ubicados en cada extremo de la cama iluminaban el lugar. Mi visión aún se encontraba borrosa, pero logré distinguir a la cocinera de la gran cicatriz en el rostro, que entraba con un vaso de cristal con agua y lo ponía debajo de mi cama, mientras del mismo lugar se llevaba otro casi vacío. Me sonrió. Las arrugas de su rostro y la cicatriz se tensaron como una cuerda que sostuviera un enorme piano. Se alejó. Traté de tomarla con el brazo, pero sentí el tirón de una aguja clavada en mi vena. La miré marcharse en silencio, como si sus pies flotaran sin tocar el suelo. Seguí el delgado tubo de plástico, desde mi brazo hasta una bolsa con suero, que colgaba de un clavo en la pared. Revisé el elástico de mi ropa interior, sin encontrar el mapa que había escondido. En el buró sólo descubrí mi cartera, el pasaporte y algunos frijoles saltarines, los que a causa de la débil luz no pude notar si aún se movían.

Me estiré hacia el buró para tomar mi cartera. La revisé. Había guardado las dos fotos juntas por tanto tiempo que se pegaron, por lo que hace tiempo decidí enmicarlas. Esas dos fotos que siempre llevaba conmigo eran mi principal nexo con Kristen y nuestra hija Karen. Esta vez, al verlas, decidí memorizarlas como si fueran un poema. Kristen poseía una belleza especial que irradiaba una sensación de paz y contemplación para quien la miraba, como si se estuviera en presencia de una delicada escultura en un museo que ha cerrado sus puertas. Todo en ella parecía un suave bosquejo: su cabello largo color negro descendía en espirales hasta la espalda, el rostro oval, finalizado en un delicado mentón, sin líneas de expresión ni hoyuelos, sólo un pequeño lunar en forma de corazón en la mejilla izquierda; la silueta del labio superior recordaba una gaviota que vuela con las alas extendidas, debajo de la nariz más hermosa que haya visto en mi vida. Sus ojos pequeños, intensos y expresivos, recordaban un ansiado horizonte lejano e inalcanzable. La foto del reverso la retrata de lado, con el cabello dividido en dos largos mechones sobre el pecho, dejando al descubierto una hermosa oreja, de donde pende un arete. Su cabeza está ligeramente inclinada y su brazo derecho, blanco y desnudo, se adivina apoyado en la cadera. La expresión de su rostro es divertidamente contradictoria: una bella sonrisa se dibuja en sus labios, mezclada con una mueca que pareciera estar a punto de regañar amorosamente a alguien de menor tamaño que está fuera de cuadro: nuestra hija Karen, de quien sólo logra verse una pequeña mano, como si el resto del cuerpo hubiera dejado de existir. Escuché ruido en el pasillo y guardé rápidamente las fotos en la cartera. Una suave brisa se coló por la ventana y apagó tres de los cuatro cirios. Estaba demasiado cansado para levantarme, por lo que decidí cerrar los ojos y esperar.

Desperté nuevamente al escuchar el rechinido de la puerta. Todo era oscuridad en la habitación. Una serie de pasos recorrieron el lugar: primero se acercaron para posteriormente alejarse. Una luz se desplazó de derecha a izquierda, como si flotara. El primer cirio se iluminó y descubrí el rostro de Malka, serio como en un funeral. Uno a uno fue encendiendo los tres restantes, acercó una silla y se sentó a mi lado. Quitó la aguja del suero de mi brazo con delicadeza. ¿Qué sucedió?, le pregunté. No contestó, como si estuviera eligiendo cuidadosamente las palabras antes de decirlas. El brillo de sus ojos del día anterior era menos que un vago recuerdo. Me alegro que esté bien, dijo, rehuyendo la pregunta y mi mirada. Dio un par de pasos y descorrió una cortina. Una luna llena con resplandores rojizos descansaba sobre los cerros y su luz bañó la habitación, ofreciendo una débil claridad. ¿Dónde está el mapa?, le pregunté. Será mejor que descanse, fue su única respuesta. ¿Sabía del pasadizo oculto que lleva al museo de James?, le volví a cuestionar. Me alegro que se encuentre mejor, dijo, sufrió una fuerte conmoción, pensamos que había muerto. Debo estarlo, porque parece que le estoy hablando desde el más allá, no escucha nada de lo que le digo. No contestó. ¿Qué sabe de *la casa destinada a ser un cine*?, le pregunté. Debió irse cuando pudo, Mc Kenzie, y nada de esto habría pasado, dijo, a modo de advertencia. Siguió evadiendo el tema. Necesita reponer sus fuerzas, recomendó. Cuando las recupere, contesté molesto, tiene mi palabra que le apretaré el cuello hasta que escupa toda la verdad. Esto último pareció enojarla, pero se contuvo. La comisura de sus labios se elevó imperceptiblemente, como si contuviera una sonrisa burlona. Veré que le preparen algo de comer, me dijo, perdió el conocimiento durante dos días. No va a funcionar conmigo, le advertí. ¿A qué se refiere?, preguntó Malka. La brujería del vaso con agua bajo mi cama, contesté. Se dirigió hasta una puerta de hierro forjado, cuya perilla tenía la forma de una mano que simulaba apretar una pelota imaginaria. La vela de la lámpara que sostenía en la mano se agitó a punto de apagarse, pero resistió la corriente de aire. Es por su alma inmortal, Mc Kenzie, contestó Malka con seriedad. Si su alma se despierta con sed durante la noche y se aleja en busca de agua, corre el riesgo de que no regrese nunca, me advirtió. El vaso con agua le protegerá, dijo. Debió ser una mala jugada por el cansancio, o la poca luz de la vela, porque cuando entrelazó sus dedos con los de la perilla, me pareció que esta cobraba vida y apretaba la mano de Malka. Las bisagras de la puerta rechinaron a medida que la fue abriendo. Un objeto golpeó contra el cristal de la ventana. Volteé sin encontrar nada. Cuando volví a mirar a la puerta, Malka había desaparecido.

Un par de horas más tarde, escuché el primer golpe. Luego vino otro, y después muchos más. Parecían pedradas lanzadas contra el cristal. Cientos de pequeños escarabajos buscaban entrar por la ventana entreabierta. El piso de la habitación comenzó a llenarse de ellos y algunos alcanzaron a caer en mi cama. No volaban, sino que avanzaban lentamente como si reconocieran el nuevo territorio. Los más desafortunados, que cayeron patas arriba, luchaban por darse la vuelta. Logré tirar a varios al suelo, pero aún me sentía cansado para intentar levantarme y cerrar la ventana. Malka entró nuevamente, acompañada de la cocinera. Por más que lo intentaran, era imposible caminar sin aplastar los escarabajos. El chasquido de sus cuerpos al ser destrozados bajo sus pies equivalía a caminar sobre vidrios rotos. Malka colocó un candelabro sobre la mesa y cerró la ventana. Hasta ese momento la cocinera comenzó a sacarlos de la habitación con una escoba. Los escarabajos emitían un sonido extraño, como si enviaran señales de auxilio en clave Morse a los demás. Hice un esfuerzo por ponerme de pie y me senté al borde de la cama. Experimenté un mareo. Moví el brazo para sostenerme de una barra de la cama, pero no la alcancé. Mi cuerpo se inclinó hacia el frente. Malka alcanzó a sostenerme para que no cayera. Aún está débil, será mejor que se recueste, aconsejó. No tuve más remedio que hacerle caso. No encontramos en sus pertenencias ninguna dirección o teléfono para llamar a sus familiares. Despreocúpese, no hay a quién avisarle. ¿Esposa, hijos, nietos?, preguntó. Meneé la cabeza. Como no encontré más que una tarjeta, hablé al teléfono de alguien llamado Kandinsky sin obtener respuesta, relató. Está muerto, interrumpí, lo mutilaron y asesinaron. Trabajaba en el FBI y colaboraba conmigo en la búsqueda del filme. Pues alguien contestó la primera llamada y colgó, lo intenté nuevamente pero entró el buzón, dijo. Malka mostró una pequeña bolsa de cuero, de donde sacó una llave, una vieja foto familiar y mi anillo de matrimonio. Nunca comentó que estuviera casado. Es posible que aún lo esté. ¿Se separó?, preguntó nuevamente. Mi esposa y mi hija desaparecieron hace treinta años, le conté brevemente la historia. No encontraron el auto, ni los cuerpos, el equipaje, nada, continué, fue como si nunca hubieran existido. Debe ser difícil para un agente del FBI no poder solucionar un caso así, dijo, en especial cuando su propia familia está involucrada. Malka había revisado demasiado bien mis pertenencias. ¿Qué edad tenía su hija cuando desapareció?, me preguntó. Cinco años, contesté, se llamaba Karen. Yo fui adoptada a los seis, dijo, podría ser su hija, aventuró, arriesgando una leve sonrisa. Agradecí la broma en lugar del convencional y forzado pésame. La gente cambia mucho físicamente, comentó, e imaginé si Karen tendría las pecas de Malka, su nariz fina, su sonrisa, y si deseara como ella por sobre todas las cosas del mundo una lonchera de *Don Gato*. Me devolvió la foto, el anillo y la llave, la cual colgué nuevamente en mi cuello. Me detuve un instante para pasar mi dedo pulgar por el rostro de Kristen. Guardé la foto y el anillo bajo la almohada. Una brisa agitó el cabello de Malka y la sorprendí mirándome. Levantó la sábana y cubrió mi brazo con ella. Cada vez que mi padre me veía sufrir por una mala experiencia amorosa, decía algo tan cursi que me reconfortaba: el amor está a la vuelta de la esquina, finalizó. Es posible, contesté, pero el mundo está lleno de esquinas, ya no tengo tiempo de recorrerlas todas, contesté, pero gracias, fue un buen intento. Malka se levantó del borde de la cama y encendió una pequeña vela que llevaba consigo. *Kitty*, así le decía de cariño, es decir Kristen, tenía la nariz más hermosa que haya visto en mi vida. Malka se detuvo sin saber qué decir. Un perfecto triángulo escaleno unido a su rostro. Una nariz a la cual ningún hombre hubiera rehusado hacerle el amor. ¿Se puede amar a una nariz?, preguntó sonriendo. Hay cosas que el ejército israelí no pudo enseñarte, contesté. ¿Y qué pasó?, preguntó. Fui descubriendo poco a poco a la mujer que estaba pegada a esa nariz y me casé con ella, contesté. Malka iba a decir algo cuando se escuchó el rechinar de la puerta. La cocinera entró cargando una bandeja con comida y agua, la cual dejó en una mesa a mi lado, para retirarse inmediatamente. Que pase buena noche, recomendó Malka, lo veré en la mañana. Cerré los ojos. Por primera vez me sentí viejo, inútil, cansado y terriblemente solitario.

A la mañana siguiente me desperté en mejor forma. Caminé un poco por la habitación, estiré los brazos y poco a poco fui recuperando las fuerzas. Bajé por las escaleras sin encontrarme con Malka o la cocinera, así que salí y caminé por el valle. Miles de escarabajos tapizaban el suelo alrededor del castillo. Algunos se movían erráticamente, mientras que otros permanecían inmóviles, como si estuvieran muertos. Observé uno boca arriba, que extendía sus patas con desesperación para darse vuelta. A su lado, un grupo de hormigas lo rodeaba para devorarlo. Tomé la brizna de una planta y ayudé al escarabajo a ponerse en pie. Escapó lo más rápido que pudo de la horda de hormigas y se perdió entre la vegetación. A mi edad podía permitirme romper algunas leyes, incluso de la naturaleza.

El rumor del agua era suave y relajante. Me senté junto a la poza en forma de ojo, observándola. Mi silueta reflejada en la superficie cristalina del agua se distorsionaba con el viento que soplaba suavemente. Tiré la brizna al agua. Ésta flotó durante algunos segundos, hasta que fue atrapada por la corriente. Giró en espiral acompañada por los cuerpos de los escarabajos y terminó perdiéndose entre las columnas talladas en la montaña. Sentí una punzada en el cerebro, como si una aguja para tejer lo atravesara limpiamente. Cuando abrí los ojos me encontraba boca arriba y las manos suaves de Malka acariciaban mi mejilla. No parecen las manos de una soldado, comenté. Trate de no hablar, sugirió, no sabemos cuánto tiempo estuvo desvanecido. Miré mi reloj. No estaba seguro, y no quise decirlo, pero debió ser casi una hora. De no caer para atrás, habría terminado ahogado en la poza como los escarabajos. Me senté en una roca. No es posible que se quede más tiempo, necesita recibir atención médica. El clima en este valle es agradable, comenté, ¿es así todo el año? ¿Está pensando en quedarse a vivir?, preguntó Malka. La temporada de lluvias aquí es muy peligrosa, la corriente crece y arrastra todo a su paso, ni las montañas o los canales pueden contenerla. James parece haberlas dominado antes de construir las pozas, contesté. Al agua nadie la detiene, tarde o temprano encuentra su camino, dijo, observando la cascada. Malka, necesito conocer *La casa destinada a ser un cine*, le dije, tomándola de la mano. Ella se soltó de inmediato, como si recibiera un choque eléctrico: James planeó demasiadas cosas en su vida, algunas las terminó, otras únicamente las imaginó. Malka contestaba con la rapidez de quien quiere hacer notar que tiene prisa, para terminar lo más pronto posible. El lanchero llegó hace una hora, me anunció, él lo acompañará al pueblo para que tome el autobús que sale para la ciudad. Subiré a la habitación por mis cosas, dije, buscando ganar tiempo. Todo está en el bote, aclaró, sólo falta usted. ¿Por lo menos puede devolverme el mapa que me quitó cuando me revisó la ropa interior?, pregunté molesto. No sé a qué se refiere, contestó, mientras me entregaba una bolsa de cuero, en cuyo interior encontré mi pasaporte, el reloj, la cartera, las fotos de Kristen y dos frijoles saltarines que sostuve en la palma de la mano. Guardé en la bolsa del pantalón el único que aún se movía y tiré el otro. Para algunas personas los objetos son tan importantes como los seres humanos. Ni usted ni yo estamos en esa situación, Mc Kenzie. Escuché algo acercarse. Un hombre moreno, de baja estatura, con sombrero de palma y que se apoyaba en una pata de palo le hizo una seña. Es el lanchero, dijo Malka, él lo llevará hasta el bote, dijo a modo de despedida. Una puerta dentro del castillo se cerró, provocando un gran estruendo. El coleccionista que me contrató, relaté, mientras la miraba fijamente a los ojos, sin saber qué esperaba encontrar, está convencido de que las películas perdidas son como doncellas en peligro que piden ser rescatadas. Un par de abejas zumbaron junto a nosotros, pero no pareció prestarles atención. Dígale que cuando llegó era tarde, el dragón ya se las había comido. Era su forma de decir adiós. Nadie derramaría lágrimas, ni estrecharía manos que nunca desearía soltar. El lanchero se apretó la pata de palo para retirarla de la tierra húmeda donde se había hundido. Mientras avanzamos por un pasillo empedrado, su pata de palo no dejó de golpear rítmicamente las baldosas, en cuyas grietas emergía el musgo. Llamó mi atención que usaba las ropas al revés. Llegamos hasta el río, cuyo violento caudal arrastraba todo a su paso. Una gran cuerda atravesaba de un lado a otro de la orilla. Debía ser una suerte de ayuda, por si algún desafortunado era arrastrado por la corriente. Una sencilla lancha, de no más de tres metros de largo por medio de ancho, esperaba amarrada a un rústico muelle, que se mantenía a flote gracias a dos toneles de metal. Nos subimos. La lancha tenía agua estancada y un par de viejos remos estaban sobre unas argollas de metal. Sólo un milagro debió hacer que llegara completa y sólo otro más poderoso, evitaría que naufragara de regreso: dos milagros era pedir demasiado. La corriente volvió a sacudirnos y me agarré de un extremo del bote. No vi ningún chaleco salvavidas en la embarcación. No se ponga nervioso mi güero, esta lancha ya está bien calada, hasta sabe el camino sola, dijo, y por los remos no se apure, bromeó, mientras golpeaba su pata de palo contra el casco, traigo uno de repuesto. Soltó las amarras y fuimos río abajo. Para entonces, y a pesar de la fuerza de la corriente, el nivel del río se encontraba más disminuido que el día de mi llegada. Las marcas en los árboles, las rocas, las cavernas indicaban que en temporada de lluvias el nivel debía subir más de cuatro metros. No se vaya a caer, me recomendó, porque no hay forma de recogerlo, dijo el lanchero. El río es traicionero, aunque vea remansos no se confíe, por abajo hay remolinos que se han llevado hasta caballos. Todo este lugar está lleno de cavernas bajo el agua. Un buzo que vino a explorarlas se perdió y se le acabó el aire. Una expedición lo encontró y trataron de rescatar el cuerpo pero dos murieron en el intento. Lo pincharon con arpones, porque estaba todo hinchado y ya no cabía por donde entró, y pues mejor lo dejaron donde estaba. ¿Las cavernas se encuentran exclusivamente en esta zona, o hay otras más arriba, cerca de las pozas?, le pregunté. Muchas de esas montañas están huecas, me dijo, yo iba con mi hermano y cuando la corriente bajaba en la temporada de sequía, nos metíamos a explorarlas. Encontrábamos de todo: puntas de flecha, huesos de gente, nichos... cosas que los antiguos dejaban para sus muertitos. ¿Viene muy seguido al castillo?, le pregunté. Una vez al mes si el río lo permite. Traigo los víveres y algunos encargos. Golpeamos con una roca bajo el agua y la lancha se sacudió. Una cámara fotográfica de película cayó de un saco y se abrió. En la madre, dijo el lanchero, me van a matar si se chinga. El rollo de película quedo esparcido en el suelo en espiral. Lo recogí y traté de meterlo nuevamente en la cámara, entre dos tubos. Me llegaron las imágenes como destellos. Los escarabajos y la brizna de planta arrastradas en una espiral desaparecieron tras las columnas que parecían sostener la montaña. *El arte sostiene al mundo*, dije para mí. La lancha volvió a sacudirse y la cámara escapó de mis manos, hundiéndose en el río. Ahora sí ya sacamos boleto, dijo el lanchero, me van a colgar de los güevos, lamentó. ¿Hay una caverna atrás de la poza principal, la que tiene tallada las columnas?, pregunté. Sí, contestó, es la más grande de todas, pero nomás se puede ver en la temporada de sequía, el resto del año está bajo el agua. Lléveme, tengo un presentimiento. Yo también, güero, presiento que me van a partir la madre por su culpa si me ven traerlo de regreso. Le pagaré bien, contesté, lo suficiente para comprarse una lancha de verdad y que se olvide de esta piragua. Más respeto güero, que le perteneció a mi..., se interrumpió a media frase, ¿cree que me alcance para una lancha con motor Mercury de 80 caballos fuera de borda?, preguntó con el rostro iluminado. Asentí. Entonces lo voy a llevar por un atajo, nomás agárrese. Nos desviamos por un estero. La velocidad de la corriente disminuyó hasta volverse apacible. En tres ocasiones la propela se enredó con el lirio y hubo que echar en reversa y levantar el motor para liberarla. El calor era más sofocante a medida que nos internábamos, por lo que me vi obligado a humedecer un trapo para empaparme el rostro. La altura de la maleza nos rebasaba, impidiendo ver a la distancia. Era como viajar a ciegas. Comencé a sentirme levemente mareado y me aferré a los extremos de la lancha para controlarme. Respiré profundamente y cerré los ojos. Sumergí la mano en el agua para refrescarme. Si fuera usted la subiría, hay mucho cocodrilo por aquí, dijo el lanchero azotando el remo contra el agua para asustarlos, no perdí la pierna nomás por olvidadizo, güero. Le hice caso. Durante todo el camino seguí pensando en las tres columnas talladas en la montaña y la frase de James: *El arte sostiene al mundo*. Tenía un presentimiento, el último que podía permitirme.

Avanzamos a través de una densa vegetación, abriéndonos paso con la ayuda de machetes. A pesar de tener una pierna de madera, el lanchero se movía con agilidad y era difícil seguirle el paso. No se quede atrás, mi güero, no nos vaya a salir un chaneque. Vengo preparado, le dije, mostrando una herramienta filosa que robé del castillo. El lanchero rió. Eso no le va a servir ni pa´l arranque, güero, me dijo, chaneque quiere decir: *los que viven en lugares peligrosos,* son espíritus traviesos que cuidan el bosque; pero no se confíe, les gusta asustar a la gente para hacerla perder su camino o robarle su *tonalli.* Un animal pequeño debió pasar cerca de nosotros, porque la maleza se agitó para luego volver a quedarse quieta. Ustedes no creen en esas cosas porque viven en la ciudad, el *tonalli* es un regalo que los dioses nos dan cuando nacemos. Gobierna todo: lo que uno piensa, hace y hasta cómo vamos a morir. Nos encontramos de frente con un altar, consistente en cuerpos de animales muertos y quemados, que colgaban de una vara, junto a un montículo de piedras volcánicas, equilibradas de manera sorprendente. Una pequeña extremidad, con forma de garra humana, no había logrado chamuscarse y era devorada por grandes hormigas negras. El lanchero lo miró en silencio y se santiguó; lo rodeamos a una distancia prudente, aunque esto significara perder tiempo. Quienes los han visto dicen que miden poco más de un metro, contó, son como enanos con cara de niño, con los pies al revés y el cuerpo deforme, con cola, y no tienen la oreja izquierda. Son bien canijos, advirtió, y como sus travesuras consisten en aventar piedras, robarse cosas o asustar a los animales de corral, pues a uno de niño le echan la culpa de ellas. A mi hermanito se lo llevó un chaneque negro, lo engañó para que se metiera a un hoyo a buscar el puerco que se nos escapó. Yo lo escuché pedir ayuda con su voz bien débil. Entonces vivíamos más cerca de la ciudad. Vinieron los de la tele con sus cámaras y toda la cosa, pero se fueron sin que nadie pudiera rescatarlo; dicen que se murió, pero estoy seguro que el chaneque negro se lo llevó para convertirlo en su sirviente, recordó. ¿Y hay forma de librarse de ellos?, le pregunté. Amuletos, dijo, ponerse la ropa al revés y no andar a solas por el monte. ¿Está contando eso para asustarme?, le pregunté. No sea güey, si el que se está cagando de miedo soy yo, ¿no se quiere poner sus ropas al revés, nomás por si las moscas?, me preguntó. Llegamos por un costado de la montaña, para no ser vistos desde el castillo de James. Por ahí es, dijo el lanchero, señalando una caverna oculta bajo una cascada. La luz se filtraba por las grietas, iluminando un pequeño lago interior. Subimos por una ladera, cuya crecida vegetación casi nos cubría, por lo que tuvimos que cortarla a machetazos. Póngase buzo que por aquí está lleno de serpientes pezoneras, me advirtió, nomás pegan el brinco, dijo, señalando con dos dedos como colmillos sobre su tetilla derecha, y ya valió madre, finalizó. Nos detuvimos ante una grieta lo suficientemente ancha para que entráramos por ella. Ahí le sigue usted, güero, dijo entregándome una linterna de baterías, ya no soy escuincle pa´ andar jugando al explorador. Péguese siempre a la pared del lado derecho, porque si se pierde ya se chingó el avance, a lo mejor ni regresa. No sé de ningún güey que haya andado por todos los túneles, pero si quiere arriesgarse, es su pedo. Como decía mi compadre el licenciado: a lo mejor allí está la verdad, nomás hay que rascarle tantito pa´encontrarla, dijo como quien relata una verdad sagrada, oculta por siglos. Si en una hora no regreso, busque ayuda, le dije, alargando un par de billetes que saqué de mi cartera. ¿Por qué mejor no me los deja todos, güero?, preguntó el lanchero, allá dentro no le van a servir. Le ignoré e inicié el camino.

Avancé aproximadamente quince minutos sin ninguna complicación. En las paredes descubrí dibujos de antiguos moradores y sus manos plasmadas en la piedra como firmas. La humedad calaba hasta los huesos. Toqué la pared y la sentí fresca. Por algunas grietas escurría el agua, lo que indicaba que detrás de ellas debía correr un manantial o un río. El aire olía a sulfuro y guano. Las vetas de algún mineral se extendían por las paredes, como las venas de un cuerpo. Pisé algo en el suelo que se quebró. Era una mano. Escuché aleteos en lo alto de la cueva y dirigí la luz de la linterna al techo. Quedé paralizado. Tuve que sostenerla con fuerza para no soltarla. Una serie de cuerpos momificados se hallaban pegados al techo. Murciélagos y otros animales anidaban en los huecos de sus rostros deformes, mientras que sus brazos se extendían buscando atrapar a los intrusos. El viento se filtraba entre los cuerpos, emitiendo un agudo silbido. Toqué los restos de la mano en el suelo y descubrí que estaba hecha de barro. Las momias resultaban intimidantes, fueran reales o no. Me topé con otra abertura al final del pasadizo y me agaché para poder entrar. Bajé por unos escalones tallados en la caverna. Restos de antorchas encendidas muchos años atrás colgaban en aros de hierro empotrados en la pared. Con la ayuda de mi encendedor logré que algunas ardieran. Apagué la linterna, ya que a medida que descendía, la luz se filtraba por las grietas y huecos en el techo, mejorando la visibilidad notablemente. Un claro se extendía en la cueva. Descendí lentamente, admirado por lo que tenía ante los ojos. Ordenadas en dos bloques, unas cincuenta butacas se desplegaban por el lugar. Debieron ser muy lujosas en su tiempo. El trabajo de diseño era delicado y artístico. Una inspección más detallada me reveló que estaban bañadas en oro. El terciopelo de los asientos olía a podrido. Me pareció escuchar animales en su interior. Había algo seguro, existía una entrada más grande en algún lugar. Detrás de las butacas se elevaba lo que debió ser la sala de proyección. Parcialmente oculta por el musgo, una imponente figura de Medusa tallada en piedra, con las serpientes de sus cabellos agrietadas o rotas, conservaba el rictus de haber sido capturada a mitad de un grito. De su boca debió salir la luz para proyectar las cintas. Una enorme pared, trabajada para que no presentara rugosidades y tan lisa como una pista de patinaje, sirvió de pantalla. A un costado, dos enormes cortinas de terciopelo rojo y sus faldones, desteñidos por el tiempo, se alzaban como las columnas de un templo antiguo. *La casa que debía ser un cine,* había sido algo más que un proyecto en la mente de un hombre. Las aguas de un río interior serpenteaban entre los dos bloques de butacas, creando una atmósfera relajante, como si se estuviera dentro de una pintura. Un poema de cinco metros de alto fue tallado en la pared del lado sur. El tiempo había quebrado gran parte del texto, pero aún podían leerse algunas líneas entrecortadas:

I have seen such beauty as ... man has seldom seen;
therefore will I be grateful ... die in ... little room,
surrounded by ... forests,

Tras un gran fragmento roto, que los murciélagos usaban como guarida, podía leerse:

You did your best, rest ...

Y medio metro más abajo:

You, through ... trees, shall hear them, long after ... end calling me beyond ... river.

La última línea del poema estaba intacta:

my soul among strange silences yet sings.
Edward James

Las paredes de la sala fueron decoradas con enormes pinturas, en marcos finamente tallados. Debían ser parte de la colección de James que jamás se encontró. Una de las pinturas representaba una locomotora que brota de un espejo, ante un grupo de azorados espectadores vestidos de etiqueta. Otra más, del lado derecho, mostraba a un hombre con traje y corbata sentado frente a una mesa de madera. Su brazo izquierdo estaba flexionado hacia atrás, de tal forma que sólo la mitad de su mano era visible. Sobre la superficie, los dedos de su otra mano parecían tensos, como si estuvieran a punto de arañar la madera. Una luz cegadora de forma circular resplandecía en donde debería estar el rostro del hombre. Subí hasta la sala de proyección. La puerta de la cabina se desplomó al tratar de abrirla. El golpe fue seco y levantó una densa nube de polvo. Decenas de viejos carteles cubrían las paredes, algunos rotos, otros carcomidos y unos cuantos más cuidadosamente conservados. Reconocí uno de la primera versión de *King Kong* en buen estado. De ser original, podría valer casi medio millón de dólares. Un generador de electricidad se hallaba detrás del proyector. Desenrosqué un tapón. El olor a gasolina asentada en el fondo inundó la cabina. Intenté agitar el tanque pero pesaba demasiado. Jalé dos veces el cable para ponerlo en marcha. El motor tosió un par de veces como un anciano enfermo hasta que finalmente se ahogó. Una cinta se encontraba en el proyector, como si la función hubiera sido interrumpida súbitamente. Revisé el negativo contra la lámpara, era una cinta del viejo oeste. La lata de metal que la contenía carecía de etiqueta. Bajé de la sala y caminé junto a las butacas. Desplegué una cortina para descubrir los restos de lo que alguna vez fue una puerta. Estaba tan rota que pude pasar a través de ella. En el interior, acomodadas en anaqueles había figuras arqueológicas, ídolos rotos, mujeres embarazadas con grandes senos a las que les faltaba la cabeza. Una lámpara con forma de cisne tenía escrita una suerte de reclamo de una mujer a su amante infiel, a quien llamaba despectivamente "sapo cruel". Una maleta roja, completamente oxidada, permanecía cerrada sobre una mesa. Liberé los broches y la abrí. Se encontraba vacía, aunque alguien había dibujado figuras y edificios en el forro de cartón. Revisé las paredes del cuarto en busca de alguna puerta oculta, sin encontrar nada. Regresé al salón principal. El río que dividía las secciones de las butacas no parecía muy profundo, pero preferí cruzar por un puente que había sido instalado para tal efecto. Una gran cortina de terciopelo negro cubría la parte oriental de la caverna. La abrí y encontré un anaquel con una lata para contener películas. Luego vi dos, más tarde tres. El número aumentó a medida que extendía la cortina. Fui hasta un extremo y hallé los cordones para deslizarla. Los jalé y se trabaron. Intenté con más fuerza y se rompieron, provocando que la cortina se desplomara al suelo. Una extraña sensación recorrió mi cuerpo, seguido de un ligero temblor en las manos. Toda la pared de la cueva estaba cubierta con películas guardadas en sus latas, cuidadosamente apiladas en forma vertical. Todas tenían los títulos pegados en un costado y una letra grande dibujada en la madera indicaba que estaban ordenadas alfabéticamente. La mayoría de los títulos no me decían nada, pero para Ackerman y sus amigos seguramente significarían algo. En la letra G encontré un grupo de latas unidas por un cordel que tenían escrito *Greed* (1924). Las conté, en total eran cuarenta y dos. Me encontraba ante la versión de nueve horas de uno de los diez filmes perdidos más famosos en la historia del cine. Sólo su director, Erich von Stroheim, y un par de periodistas, asistieron a la única exhibición privada, antes de que un ejecutivo del estudio ordenara la destrucción de la versión completa para extraer la plata del nitrato de la cinta. Si bien las cintas estaban ordenadas alfabéticamente, los nombres se mezclaban en inglés y español. El corazón me latió atropelladamente al encontrar bajo el espacio de la letra V el filme *La voluntad del muerto*, la versión con actores de habla hispana que Skal y otros daban por perdido. El lugar había sido diseñado como una ultramoderna cineteca donde cualquiera podría elegir la cinta que deseara ver. Se necesitarían de varias cajas y personas para vaciar los anaqueles. Me dirigí a la letra L, y mi vista fue recorriendo uno a uno los títulos. *Londres después de medianoche* no apareció por ningún lado. Ackerman debería esperar para una mejor ocasión y buscar a un nuevo detective. Comencé a buscar otra salida con más amplitud, por donde James y su gente debieron introducir todo el mobiliario para la sala de cine. La caverna parecía una ratonera con muchos pequeños agujeros para escapar, pero ninguno lo suficientemente grande para permitir el paso de un cine completo. Me detuve. Recordé que en el catálogo de la Second el filme que vendieron a James también tenía escrito *El hipnotista*, título que tuvo originalmente y con el que se exhibió en varios países, incluido México. Llegué a la letra H y recorrí uno a uno los títulos hasta que mi vista se detuvo en algo que me resistí a creer. No era posible. Allí estaba. La cantidad de latas correspondía al número de rollos que los registros mencionaban. Abrí la primera con impaciencia. El negativo se encontraba enrollado en espiral, sin que se advirtieran rastros de hongos. La desenrollé contra la luz. Tras un par de cuadros negros aparecieron los créditos de la cinta. Seguí revisando los cuadros y la silueta de Lon Chaney con su sombrero de copa apareció uno a uno, como si se repitiera hasta el infinito. Las manos me temblaron y la tapa de la lata cayó al suelo. La levanté y la cerré. Escuché un ruido y volteé pero no vi nada. Me dirigí al cuarto del lado derecho y traje la maleta de metal. Comencé a poner uno a uno los rollos en su interior, y aún quedó espacio para dos más. Aseguré los broches de la maleta. Miré nuevamente todos los estantes como si comprobara que no se trataba de un espejismo. Cargué la maleta y me alejé. Por primera vez en mucho tiempo sonreí. Había llegado en busca de un manuscrito y me encontraba con la biblioteca de Alejandría. El olor a gasolina era más penetrante. El agua se filtraba por el suelo, por lo que tuve que caminar con cuidado para no resbalar en el lodo. Me pareció escuchar un ruido a la distancia. Una vez que se es policía, se es policía para siempre; igual pasa con los detectives. No es como un gastado traje que uno decide quitarse un buen día y guardar en el clóset. Ni como un abogado o un plomero que deciden no volver a hacer lo que practicaron toda la vida. Un policía retirado es como un boxeador que pretende haber abandonado los cuadriláteros, pero se pone en guardia cuando escucha una campana. La sangre, la pólvora y el miedo son olores que no se olvidan; así como el sonido de un revólver amartillarse a tus espaldas. Di media vuelta. Kandinsky me apuntaba con un arma a la cabeza y se encontraba lo suficientemente cerca para no fallar. A la distancia, una voz retumbó en las paredes, como el eco en una casa vacía. ¿Cómo acabará esto, señor Mc Kenzie, con una bala de plata o con una estaca en el corazón?, dijo el señor Martínez, acompañado por dos de sus guardaespaldas, uno de los cuales apretaba por el cuello al lanchero. Reconocí a uno: era el tipo que no parpadeaba. No contesté. Está usted en el lugar correcto por las razones equivocadas, señor Mc Kenzie, dijo, mientras centraba su atención en la caverna y en los anaqueles. Tuve algo de suerte, contesté, sólo por decir algo. Finalmente parece que encontró lo que buscaba, dijo, observando la maleta. No contesté. Miré la mano de Kandinsky. Le faltaba el dedo índice de la mano con la que no me apuntaba. La maleta comenzaba a pesarme, pero no quería dejarla en el suelo. Pensamos que estaba muerto, le dije a Kandinsky. Estuve más cerca de lo que cree, contestó. A diferencia de usted, interrumpió el señor Martínez, el señor Kandinsky entendió la primera advertencia y se convirtió en un eficiente colaborador que me permitió dar con usted. El señor Johnston habló, interrumpió Kandinsky, y un agradecimiento le hicimos un favor reuniéndolo con su finada esposa. Le perdimos la pista en Tampico, agregó, pero una llamada telefónica nos trajo hasta aquí. Rastrear la llamada de Malka desde mi celular no debió significar un gran problema, el resto fue preguntar y soltar billetes a los lugareños. Se escuchó el motor de un helicóptero sobrevolar las montañas. Blink, como decidí llamar al jefe de los guardaespaldas que no parpadeaba, tomó un transmisor pero no logró entablar comunicación. Las montañas debían interferir con la señal. Estuvimos sin noticias suyas durante mucho tiempo, el suficiente para sospechar que quizás había encontrado el filme, dijo el señor Martínez. Su amigo, continuó, se negaba a darme su ubicación. Cortar el primer dedo sirvió para comprobar que no sabía nada; el resto fue llegar a un acuerdo beneficioso para ambos. Su departamento revuelto, la sangre, incluso el dedo fue un buen montaje, doloroso pero eficaz para desviar las sospechas, afirmó, los psicólogos del FBI deben estar en estos momentos muy ocupados, creando el perfil para un asesino maniático que no existe. Matar a uno de sus agentes en activo es como deshacerse de un periodista, continuó, causa más problemas que soluciones, pero nadie se preocupará por la muerte de un agente jubilado. Kandinsky se acercó, me abrió la camisa y arrancó la llave de Hoover, que colgaba de mi cuello. No sabe dónde está lo que abre, le advertí. Descuide, me contestó, tengo toda la vida para averiguarlo. Tarde o temprano alguno traicionará al otro, le dije. Me preocuparé cuando ese día llegue, anciano, contestó guardándose la llave en el bolsillo. Debo aceptar que hizo un buen trabajo encontrando este lugar, Mc Kenzie, aceptó el señor Martínez, nunca pensé que pudiera existir. Un baúl de roca donde proteger los recuerdos del resto del mundo, continuó, James debió estar loco. Viniendo de usted es todo un cumplido, le contesté. Kandinsky apuntó el arma directamente a mis ojos. Uno de los guardaespaldas tiró al lanchero desde la saliente. Su cuerpo no hizo nada por evitar la caída. Se hundió por unos momentos, antes de salir a flote. La corriente del río lo arrastró hasta donde nos encontrábamos, dejando una estela de sangre en el agua. Tenía tres impactos de bala en la espalda. Nuestro mundo se divide en cuatro tipos de personas, señor Mc Kenzie: usted, que trata de encontrar algo; yo, su némesis; la gente a sueldo que sigue mis instrucciones; y los inconscientes que creen ayudarlo. El destino ha querido reunirnos aquí por última vez, dijo el millonario. Ackerman, Riley y Skal morirán esta noche, dijo, como un severo juez que emite una sentencia, los habitantes del castillo están muertos y usted lo estará pronto. Todo va a terminar, así que no le busque por ningún lado: no hay más cera que la que arde, dijo. Me encontraba ante un verdadero desquiciado, alguien que no iba por el mundo resolviendo misterios, sino ayudando a que permanecieran intactos a cualquier costo, y eso incluía el asesinato. Las escaleras se barren de arriba abajo, señor Mc Kenzie, es usted el último escalón, dijo, como quien coloca la última ficha de una partida de dominó. ¿No considera una cruel paradoja quedar enterrado con uno de los mayores acervos fílmicos que se hayan encontrado?, me dijo. Para quien quiere escapar siempre hay una salida, le contesté. La muerte, señor Mc Kenzie, es su única salida. Escuché un ruido a sus espaldas. Algunos pedruscos comenzaron a caer por la saliente. Temo que se convertirá en algo que siempre buscó, agregó el señor Martínez, un misterio sin resolver. Kandinsky apuntó nuevamente el arma a mis ojos. La bajó y disparó. La bala entró en mi brazo y perforó el hueso. El impacto hizo que la maleta saliera empujada hacia atrás. El segundo disparo rozó mi costado y caí al suelo. Me arrastré como un animal herido buscando la maleta. Kandinsky me siguió, como quien persigue un insecto que no termina de morir. La vida continúa, señor Mc Kenzie, es una lástima que no sea la suya, me dijo, amartillando su arma. Me seguí arrastrando hacia la maleta, que parecía quedar cada vez más lejos. Cada movimiento me causaba un profundo dolor, como si una pelea de tejones se desarrollara en mi interior. No sentía el brazo herido, era como si de repente hubiera dejado de pertenecerme, como si se negara a trabajar. Los tipos como usted no dejan de sorprenderme, Mc Kenzie, gritó el millonario desde la saliente, empiezan como caballeros medievales en busca del honor y la verdad y terminan como vagabundos, derrotados en un callejón. ¿Ha pensado qué hará con la verdad cuando la encuentre?, me preguntó, ¿la gritará para que todo el mundo la conozca, la enmarcará en su oficina para que sus clientes la miren?, ¿cree que a alguien le interesa lo que usted hace, lo que sufre en este momento y cómo terminará? Tomó una pistola y la apuntó desde donde se encontraba. ¿Qué otra cosa puede hacer un hombre honrado en un mundo deshonesto?, me gritó, como una suerte de justificación. El dolor ya no me importaba, tampoco el futuro, si es que existía, mi única misión en la vida era llegar hasta esa maldita maleta que parecía inalcanzable. Sentía la sangre resbalar por mi costado. Un disparo atravesó la mano de Kandinsky, mientras que otro, realizado de manera certera le destrozó la rodilla. Cayó a mi lado gritando de dolor y agarrándose la pierna. Un guardaespaldas que vigilaba desde otra saliente desapareció como si fuera succionado por una aspiradora. A unos veinte metros de mí, Malka sostenía dos armas. Una apuntaba a Kandinsky y la otra al señor Martínez, quien no parecía muy preocupado por el rumbo que habían tomado las cosas. A su lado, Blink apuntaba a Malka. Una situación interesante, dijo el millonario. Le llamaría de muchas formas, contestó Malka, pero interesante no sería una de ellas. El simple hecho de que se encuentre aquí, apuntándome, creyendo que podrá salir bien librada de todo esto debe significar que estoy rodeado de ineptos, dijo el millonario. Un bramido retumbó de la caverna por donde había desaparecido el guardaespaldas. Súbitamente su cuerpo fue expulsado, como si una catapulta lo lanzara al vacío. Golpeó contra las rocas, hasta terminar su caída sobre unas butacas. Quedó doblado y exangüe, como un muñeco de trapo al que nadie volverá a levantar. Ninguno de los que estaban armados se distrajo. Kandinsky recuperó su arma y disparó sobre Malka, hiriéndola en el hombro. Blink aprovechó para dispararle pero falló, perforando un barril con gasolina. El combustible se derramó hasta llegar al río. Me arrastré con la maleta, usándola como escudo, cuando sentí la mano de Kandinsky sujetarme del tobillo. Lo golpeé despiadadamente con la maleta en el rostro, no

una sino varias veces, como si para mí hubiera dejado de pertenecer al género humano, y sólo fuera un trozo de carne al que era
necesario ablandar antes de cocinar. Busqué entre sus ropas y
recuperé la llave. Escuché disparos, sin saber si iban dirigidos
contra mí. Blink sacó algo de entre sus ropas que ocultó en su
puño. Una enorme figura apareció a sus espaldas y lo elevó, con
la facilidad de quien levanta una caja vacía. Pepito el Terrestre lo
azotó contra la pared de la cueva, sin soltarlo, como dos tenazas
que sujetan un bloque de hielo. Blink hizo un movimiento con su
brazo, como si abriera una lata de cerveza. De sus manos se deslizó un objeto, que rebotó contra las salientes a medida que descendía. Nada cae más en silencio, ni con más lentitud, que una
granada sin el seguro que detiene su viaje junto a un barril con
gasolina. La explosión fue terrible. Fragmentos de piedra salieron disparados, y cuando volví a abrir los ojos se comenzaban a
incendiar las cortinas. El fuego se extendió hasta las películas,
que ardieron con la velocidad con que un tragafuegos inicia su
acto. Pepito golpeó la cabeza de Blink contra la pared. Una, dos,
tres veces, hasta que los brazos dejaron de oponer resistencia y el
cuerpo perdió su rigidez para transformase en algo gelatinoso
que se le escurría en los brazos. Lo lanzó al río como quien tira
una envoltura de papel. El señor Martínez, sorprendido por el
ataque, desenfundó una pistola. Lo vi ser alzado del cuello como
un muñeco de trapo y patalear con desesperación. Disparó directamente al pecho de Pepito, quien se estremeció, pero no lo
soltó. Como un monstruo que por primera vez decide hacer
lo correcto, lo apretó contra sí con todas sus fuerzas y le gritó
algo que no pude entender. Saltó con él y cayeron al río, entre las
llamas de las películas. Ninguno salió a flote. Otra explosión sacudió la cueva. Una pared se derrumbó y un torrente de agua entró
violentamente. Los rollos de película, arrastrados por el caudal
del río, ardían sin que las llamas lograran consumirlos. La corriente debía llevarlos a una salida. Malka me gritó a la distancia,
cuando otro barril con gasolina explotó. El fuego comenzó a
quemar las butacas y se extendió a los cuadros colgados en las
paredes. Los anaqueles, ardían tras una cortina de fuego que me

separaba de Malka. Detrás de mí, el agua inundaba la sala de cine. Era imposible regresar por donde entré. Me encontraba atrapado. La cueva era una ratonera a la que alguien decidió prender fuego. Tras un gran estruendo, una sección del techo de la cueva se vino abajo. Las palabras del anciano Terreros retumbaron en mi cabeza: *algunas veces tendrá que cruzar una pared de fuego para llegar a lo que busca.* Apreté la maleta contra mi pecho. Que arda, pues, me dije, y avancé hacia las llamas. El fuego comenzó a abrasarme. Sentí un gran dolor en mis ojos y no supe más.

26

De niño jugaba a cerrar los ojos por largo tiempo y
descubrir siluetas en la oscuridad. Las había de todas formas:
alargadas, circulares, en espiral; otras eran como puntos lumi-
nosos que quedaban suspendidos por momentos, para luego
perderse, como un diente de león que el viento arrastra a voluntad. Los sonidos comenzaron a hacerse más claros e identifica-
bles. Escuché dos copas chocar entre sí, seguido de unas risas.
A pesar de no ver claramente las figuras, podía adivinarlas. Era
una fiesta de sociedad, elegante y exclusiva, donde los hombres
vestían de etiqueta, aunque sus rostros eran de animales: jaba-
lís con arracadas, rinocerontes agitando sus martinis y leones
con melenas envaselinadas, disfrutaban de la música. Una mujer atravesó lentamente el salón. Su delgadez hacía pensar en
un esqueleto al que se le ha untado una delgada capa de piel.
Ensartó una aceituna en el colmillo del jabalí que la acompañaba, riendo con descaro, como si esa sola ocurrencia distrajera
lo suficiente para que el tatuaje en su espalda desnuda pasara
inadvertido. Conversaba con otra mujer que alguna vez fue joven
y hermosa. Parecía una momia rejuvenecida a base de un gran
esfuerzo, que ha cambiado sus vendas por un apretado vestido
strapless, que las estrías en sus senos luchaban por sostener. Junto a ellas, vestido de esmoquin, el luchador enmascarado Blue
Demon les aconsejaba: "No lo olviden, chicas, lo primero que
hay que hacer cuando las momias ataquen, es no perder la serenidad". Ambas le escucharon con el mismo interés con que un

velador anota las palabras *sin novedad* en su bitácora nocturna. La mujer del tatuaje articuló una sonrisa forzada y sus arrugas rechinaron, como una puerta eléctrica que recorre un riel oxidado. Una música tétrica y sombría, digna del funeral de un jefe de Estado europeo, se escuchó a la distancia. Blue Demon me miró, y apartando su atención de las mujeres, me dijo: *Todo hombre tiene una línea, y una vez que decide cruzarla, esta se borra para siempre y es imposible regresar el camino o retroceder el tiempo.* Un lejano punto fue acercándose poco a poco, hasta convertirse en una silueta, y después en una hermosa mujer. Reconocí el rostro de Malka. Me sonrió, y cuando lo hizo, algunas de sus pecas se separaron de su mejilla, flotando suavemente. Me voy a volver pequeña para que puedas cargarme, me dijo, ahora con su rostro de niña, mientras apretaba en su pequeña mano una lonchera de metal con el dibujo de *Don Gato*. Una serie de tentáculos emergieron de la lonchera y fueron enroscándose en su pierna. Siempre estuvimos esperando por ti, papá, ¿por qué nunca viniste a salvarnos? No dejó de sonreír, a pesar de que los tentáculos comenzaron a cubrirla poco a poco hasta que quedó irreconocible.

Desperté manoteando al aire. Me llevé la mano al rostro y sentí cómo las vendas lo cubrían. Intenté quitarlas pero alguien lo impidió. No dijo palabra alguna, pero escuché su respiración suave, apenas perceptible. Pregunté dónde me encontraba pero siguió sin responder. Escuché sus pasos alejarse y cerrar una puerta. *De las pesadillas se escapa, de los sueños sólo se despierta, Mc Kenzie,* oí susurrar, a pesar de sentir que me encontraba a solas. La puerta se abrió nuevamente. El sonido de unos zapatos golpeó contra el suelo, hasta detenerse a mi lado. Señor Mc Kenzie, soy el agente Burton, dijo una voz a modo de presentación, fui comisionado para hacerme cargo de su regreso a los Estados Unidos lo más pronto posible. ¿Cómo se encuentra?, preguntó, como quien debe cumplir un formulismo. No lo sé, acabo de despertarme, por qué mejor no me lo dice usted. El director Serling se encargó personalmente de su situación, dijo, eligiendo cuidadosamente cada palabra. Se le declaró fuera de peligro, aclaró.

¿Dónde me encuentro?, pregunté. En Tampico, contestó, lleva en el hospital casi una semana, fue tratado por heridas de bala y serias quemaduras, pero su evolución ha sido favorable, según los doctores. ¿Cómo está Malka?, pregunté, sin saber por qué no lo hice antes. ¿Quién?, dijo Burton. Malka, la joven que estaba conmigo. Nadie con ese nombre fue encontrado con usted. Lo único que sabemos es que alguien lo trajo al hospital con sus pertenencias y se retiró. La ciudad se encuentra en medio de una guerra entre los cárteles de la droga, relató, no es raro que se dejen heridos, ni tampoco que horas después vengan a rematarlos grupos rivales; comprenderá que quienes trabajan en urgencias no hacen demasiadas preguntas. Escuché un par de pasos entrar a la habitación. ¿Cuál es el nombre completo de la persona que busca, es norteamericana?, preguntó Burton. No lo sé, sólo que se llama Malka, tiene alrededor de treinta años, tez blanca, pecas, cabello castaño suelto, complexión delgada, ojos verdes y estuvo en el ejército israelí. Burton negó nuevamente saber algo al respecto. Resultamos heridos en el ataque al castillo, relaté. ¿Un castillo?, preguntó. Sí, con esculturas surrealistas en medio de un valle perdido, a un par de horas de aquí; lo construyó un inglés loco apellidado James, le dije. No sé nada de un castillo, ni de alguien llamada Malka, contestó. Sentí la tela irritarme la piel a la altura de los pómulos. Escuché otros pasos entrar al cuarto y recorrer la habitación. Burton guardó silencio. Soy la doctora Reyes Alexandre, dijo una voz joven, modulada pero firme. Cuando lo dejaron con nosotros llevaba varios días sin atención médica, pero afortunadamente las quemaduras en su cuerpo sanaron mejor de lo esperado. ¿Cuándo me quitan las vendas de los ojos?, pregunté. Se aclaró la garganta. Un olor suave y dulzón flotaba en el aire, probablemente su perfume. Es necesario que lo sepa, continuó con gravedad, tanto su rostro como sus ojos resultaron seriamente dañados, se detuvo, como quien espera que la otra persona descifre lo que falta por decir. No lo hice. Siento informarle, dijo bajando la voz, que ha perdido la vista. Fue algo que no esperaba. Mi primera reacción fue pensar que había escuchado mal, pero en el fondo sabía que no era así. Uno sabe cuando no hay que preguntar nuevamente por una mala noticia. En un par de días, continuó la doctora, estará en condiciones de dejar el hospital, dijo. Es afortunado de estar con vida, señor Mc Kenzie, dijo. ¿Hay alguna operación, algo más que se pueda hacer?, pregunté. No somos un gran hospital, dijo, imaginando lo que pensaba de su diagnóstico, pero en cualquiera le dirán lo mismo: el fuego consumió sus ojos por completo. Guardó silencio por unos segundos. La donación de órganos sería la única posibilidad, continuó, pero debo serle franca, las listas de espera en todos los países están saturadas y la edad es un factor determinante en los criterios de selección. Preferible un joven con más años por delante para ver el mundo, afirmé. No lo diría de esa manera pero..., su localizador emitió un sonido. Debo irme, informó, cualquier cosa que necesite puede contactarme, finalizó. Recordé la imagen de una joven invidente que todos los días caminaba frente a mi casa, ayudada por su bastón. Tuve un pensamiento absurdo pero sobrecogedor: me pregunté si en mis sueños aparecerían imágenes. Mientras pensaba en ella, me pregunté: ¿para qué camina un ciego? Cualquiera que fuera la respuesta, tenía el resto de mi vida para encontrarla.

Serling me llamó a la mañana siguiente. Fue cortés pero directo: se alegraba de que me encontrara con vida y me informó que todo estaba listo para mi traslado a los Estados Unidos. Kandinsky está con vida, le informé. ¿Está seguro?, me preguntó. Intentó matarme, contesté. Se unió a un millonario desquiciado que asesinará a quien trate de encontrar la cinta, relaté. Guardó un silencio incómodo y suspiró, como quien lo hace por lástima. Seguramente Burton le había contado del castillo, las esculturas, una ex integrante del ejército israelí y Serling pensaba que había perdido la razón. Sé que suena imposible, dije, y me interrumpió: Mc Kenzie, encontramos la sangre de Kandinsky en su departamento y su dedo mutilado, en lo que a mí concierne la única línea de investigación que seguimos es la de asesinato. Si me ayuda yo podría demostrar, dije, y me interrumpió nuevamente: Si no lo hubiera ayudado, Kandinsky estaría vivo, y usted no habría perdido la vista. Necesita descansar, dijo, un hombre llamado

Forrest Ackerman denunció su desaparición, y eso nos puso sobre alerta. ¿Ackerman está vivo?, pregunté, ¿David Skal, Phillip Riley, se encuentran bien?, volví a preguntar. Serling pareció no prestarme atención. Ha pasado por un gran trauma y necesita recuperarse, me dijo, nunca debió haber aceptado ese caso. Burton se encargará de que llegue con bien a su casa. Nos mantendremos en contacto. Y colgó. Burton dejó un objeto largo y delgado sobre mis piernas. ¿Qué es esto?, le pregunté, pasando mi mano por un tubo de metal frío y liso, como el fémur de un muerto. La doctora recomendó que comenzara a caminar con la ayuda de un bastón. Cómpreme un bastón de verdad, objeté, uno que tenga vida. Este es el que la doctora aconsejó. No creo que le cueste mucho trabajo encontrar uno más vivo en el mercado municipal, le indiqué, vaya allí y busque un puesto donde hay dos calaveras vestidas como novias, dé vuelta a la derecha y dos locales más adelante hallará un hombre que vende bastones; en su local encontrará colgado uno de madera con mango curvo, tallado con motivos mexicanos: águilas, serpientes, aztecas, nopales, le describí, créame, lo reconocerá cuando lo vea. Si quiere que salga de este hospital, encuéntrelo, porque será el único que usaré, le ordené y arrojé al piso el bastón metálico, que rebotó dos veces, provocando un gran estruendo. Escuché a Burton retirarse y cerrar la puerta.

Transcurrió más de media hora en completo silencio, hasta que un grupo de albañiles de una construcción cercana, comenzó a dar golpes de martillos y a taladrar el concreto. Parecía no importarles guardar silencio ante la proximidad del hospital. A la hora de la comida detuvieron las labores para calentar sus alimentos. El olor a aceite, carne y tortillas se filtraba por la ventana. Desde el primer día que desperté, hasta mi partida, los albañiles no dejaron de escuchar una radionovela llamada *Porfirio Cadena, el ojo de vidrio*. Llegué a memorizar la entrada del programa, en la que el locutor narraba con una canción ranchera de fondo: *¿por qué se hizo criminal El Ojo de Vidrio?... Voy a cantar el corrido, del salteador de caminos, que se llamaba Porfirio, llamábanle Ojo de Vidrio... la borrascosa juventud de Porfirio*

Cadena, ¿cómo perdió uno de sus ojos y por qué tuvo que seguir la vida criminal, perseguido por sus poderosos enemigos?... Una nueva serie campirana del escritor norteño Rosendo Ocañas. Media hora después, cuando la radionovela terminó, y los albañiles regresaron a su trabajo, entró la doctora con un par de enfermeras al cuarto. Me realizaron algunas curaciones y revisaron mis signos vitales. No pareció importarles el ruido de la construcción. Mañana será dado de alta, dijo, y escuché unos pasos retirarse. Burton, llamé, puede quedarse unos momentos. Debió sorprenderse, porque tardó en contestar. Su loción, le dije, además de que cuando la doctora habló, no lo hizo de frente a mí, sino que desvió su voz a la derecha. ¿Consiguió alguna información del castillo?, le pregunté. Burton no contestó. Estamos retirados de ese lugar y la gente de aquí perdió la confianza de hablar con los extraños; sus pertenencias están listas, mañana temprano será dado de alta. ¿Mis pertenencias?, pregunté. Son pocas, dijo, ¿siempre viaja tan ligero? ¿Entre ellas hay una maleta roja de metal? Sí, contestó, o lo que queda de ella. ¿Puede traerla? Creo que es conveniente que descanse, dijo la doctora, su pulso se acelera demasiado. Tráigala, ordené. Burton regresó al cabo de varios minutos. Le pedí abrir la maleta y describirme su contenido. Son rollos de película, dijo, se encuentran en buen estado, aunque la maleta está quemada casi en su totalidad. Los rollos están numerados, busque el número uno y desenrolle la cinta para que la vea a contraluz: ¿Qué ve? Figuras, respondió. Los créditos, le dije con molestia, busque los créditos al inicio de la película. Le hice repetir *Londres después de medianoche*, suficientes veces hasta estar completamente seguro que tenía la cinta entre sus manos. ¿Puede dejarla en la habitación, junto a la cama?, le pedí. Escuché cómo cerraba los broches de la maleta. Deslicé mis dedos por la superficie, y sentí el metal levantado y rugoso a causa del fuego. Dicen que los ciegos tienen mucho tiempo para pensar. Debió ser mi imaginación, porque escuché una moneda caer y rebotar un par de veces contra el suelo. Una llave goteó toda la noche desde el baño; cuando me pareció insoportable, me levanté de la cama. Me arranqué el suero del brazo y quité las vendas de mis ojos. Toqué mi rostro, se sentía como la superficie de la maleta. Avanzaba un par de pasos cuando, súbitamente, el sonido de las gotas cesó. Sin ninguna forma de guiarme, me sentí desubicado, sin saber hacia dónde ir. Extendí los brazos esperando encontrar una pared pero no lo logré. Caminé torpemente, hasta que mis pies chocaron contra un objeto. Me arrodillé para intentar reconocerlo. Era la maleta. Como un vagabundo con su única pertenencia, la apreté contra mi pecho y me arrastré a una esquina del cuarto. Esa noche, por primera vez en mucho tiempo, dormí de un tirón.

A la mañana siguiente escuché a Burton entrar en el cuarto. Nos saludamos con fría corrección. Dos enfermeras me sentaron en una silla bajo la regadera y comenzaron a bañarme. Nada hace sentir a un hombre más desvalido que ser auxiliado en las funciones más elementales. Burton me ayudó a vestir y un par de minutos después me sentaron en una silla de ruedas. Entre mis pertenencias aparecieron la llave de Hoover y mi cartera. Abrí los compartimientos, saqué lo que debía ser la foto de Kristen y la acaricié por algunos momentos, como si el hacerlo tuviera algún sentido. Pedí a Burton que enlazara la llave a una cadena y la coloqué en mi cuello. Insistí en no separarme de la maleta en todo el camino. Entramos a un elevador y posteriormente fui llevado por un pasillo, entre el rumor de la gente. Reconocí el olor del perfume de la doctora y me adelanté a saludarla. No expresó su sorpresa. Hola señor Mc Kenzie, el señor Burton lleva una copia de su expediente médico para iniciar el tratamiento de su recuperación, dijo, he recomendado que consulte a un cirujano plástico para operar las heridas en su rostro. No encuentro el sentido de operar un rostro que jamás podré mirar, le dije. Es su decisión, admitió. ¿Podré ver en mis sueños?, le cuestioné. La pregunta debió tomarla por sorpresa, porque no contestó. Sé que seguiré soñando, pero ¿habrá imágenes en mis sueños?, insistí. No es mi campo de estudio, reconoció, pero médicamente su cerebro no sufrió ninguna clase de daño y no parece presentar ninguna clase de efecto postraumático, está en perfecto estado, de manera que soñará con imágenes. No sé si con el tiempo estas dejen de ser importantes y se vayan desvaneciendo de su memoria. Debimos llegar al final del pasillo, porque escuché algo parecido a una puerta eléctrica abrirse y me llegó una suave brisa y el olor a tierra mojada. ¿Conoce a algún mago?, le pregunté a la doctora. ¿Perdón?, contestó desconcertada. El funeral de un mago, continué, sobre todo de un viejo mago, es lo más triste que puede presenciar, le expliqué, algunos de sus compañeros asisten en sillas de ruedas con sus viejos trajes con olor a guardado; y aunque se cuentan anécdotas, una sensación de melancolía flota en el ambiente. Su mejor amigo se para junto al ataúd, toma la vara mágica del mago muerto y la quiebra frente a todos. Es un sonido único: duro, seco, pero que perdura en la memoria por siempre; en el fondo, uno sabe que un hombre y sus trucos han dejado de existir. Me apoyé en los descansabrazos de la silla de ruedas y me puse de pie. Los agentes no tenemos nada parecido en nuestros funerales, recordé. Usted no ha muerto, señor Mc Kenzie, dijo la doctora. Sentí los rayos del sol calentar mi cuello. Un agente no es nada sin la observación, le dije, poniéndome los lentes oscuros que Burton colocó en la bolsa de mi chaqueta. Hay más formas de ver el mundo que a través de los ojos, dijo ella, pronto las descubrirá, y puso su mano en mi hombro, que debe ser la forma en que se termina la conversación con un ciego. Burton me entregó un bastón, lo palpé, intentando reconocer los grabados aztecas. Más vale que sea el que le pedí, advertí, no trate de engañar a un ciego. Una mano ayudó a que no me golpeara la cabeza al subir al auto. Esa acción yo mismo la había realizado a cientos de detenidos, pero fue extraño sentirla en uno mismo; supuse que debía acostumbrarme, ya que a partir de ahora, mi mundo estaría lleno de extrañas y nuevas sensaciones. El motor del auto se encendió. ¿Doctora?, le llamé, esperando que aún se encontrara ahí. ¿Sí?, contestó. ¿Se ha preguntado por qué extraña razón, nadie abraza a un ciego? Guardó silencio, sin saber qué contestar. No estaría mal que alguien lo hiciera de vez en cuando, le dije a la doctora. Golpeé dos veces el techo con mi bastón, para indicar a Burton que estaba listo y el auto arrancó. Una suave brisa con olor a sal entró por la ventanilla. Debimos detenernos en un semáforo, porque escuché unos pasos acercarse. *Reaparecen ovnis ante tanta violencia,* gritó un vendedor de periódicos, seguramente repitiendo el encabezado, *tal parece que nos vigilan, ojalá sea para bien,* lea *El Entérese,* cómprelo porque se acaba. Tanteé la puerta hasta encontrar la manija y comencé a subirla, hasta que la brisa cesó. El vendedor debió golpear la ventanilla un par de veces, esperando quizá que le comprara un diario. En ese momento el auto reinició la marcha, dejando todo atrás.

El vuelo por avión transcurrió sin contratiempos. Abordé antes que los demás pasajeros y recibí un trato cordial de las azafatas. Me coloqué los audífonos y puse un canal de música instrumental. Los agentes de migración dudaron por unos momentos al verificar mi fotografía. ¿Cómo compararla contra un rostro irreconocible? Tomaron mis huellas digitales y, tras unos momentos de espera, logré pasar. Bienvenido a los Estados Unidos, dijo mecánicamente un empleado, tras golpear dos veces con su sello el documento de la embajada. Insistí en caminar usando el bastón, pero Burton dijo que las distancias eran largas y pidió un vehículo de transporte interno. Subimos a un taxi, cuyo chofer escuchaba en la radio un partido de basquetbol. Entramos al departamento que rentaba, donde una enfermera, enviada por la oficina de retiro del FBI, esperaba para atenderme. Me llevó un par de días reconocer el departamento con la ayuda del bastón, a fin de poder moverme con seguridad. Al tercer día abrí la ventana para escuchar el ruido de la ciudad. El viento trajo un olor a basura quemada y en el parque cercano un árbitro hizo sonar su silbato. Un auto frenó con violencia. Dos bocinazos largos y luego el silencio. Un pájaro debió aterrizar cerca del alero del edificio, porque escuché sus aleteos. Cerré la puerta tras de él. Luego, un poco inquieto, caminé hasta el clóset y lo abrí. Me puse de rodillas y tanteé hasta que encontré la maleta. La sostuve con fuerza y me la llevé conmigo. Me mantuve sentado en el sillón, tamborileando con los dedos sobre la superficie quemada de la maleta. Los sonidos del parque habían cesado. El vecino apagó su televisor. Recordé el último comentario de Edna: *Lon-*

dres después de medianoche era una moneda que alguien había lanzado a la vastedad del universo. Me vino a la mente la idea de que sólo existen dos clases de historias: en las que uno encuentra o pierde algo, y para la mayoría de los seres humanos, encontrar siempre es mejor que perder. Este no era uno de esos casos. Golpeé la superficie de la maleta con fuerza. Sentí el metal abollarse bajo mi puño.

Dos días después recibí una llamada de Phillip Riley. Conversamos por espacio de una hora, preguntó por mi estado de salud y si estaba en condiciones de recibir visitas. Le dije que prefería tratar el asunto por teléfono. Pensé que Ackerman, Skal y usted estarían muertos, comenté. No contestó. Le escuché contener la respiración por unos segundos. Mi auto resultó embestido por un camión con reporte de robo. Fue pérdida total para el seguro, los médicos aún no se explican cómo sobreviví sin lesiones de gravedad. ¿Y el conductor del camión?, pregunté. Ni rastro de él, ni huellas en el volante o las portezuelas y el chofer que debía conducirlo esa noche apareció muerto un par de días más tarde. Esa misma noche, la alarma de la casa de Ackerman se activó, fue una suerte que se encontrara hospitalizado. La policía sólo encontró vidrios rotos y al perro guardián muerto de un disparo. ¿Cree en las coincidencias?, me preguntó. No le contesté. David Skal desapareció, continuó, no encontraron rastros de violencia en su departamento y no parecía tener enemigos; la hipótesis de un robo no parece lógica, pues encontraron siete mil dólares en su caja fuerte, además de objetos de cine muy valiosos, que no fueron sustraídos del departamento. Tal vez escapó, afirmé. ¿De quiénes?, preguntó. Le relaté la historia del señor Martínez, y todos los acontecimientos, tal como los recordaba, o creía recordarlos. Parece como un sueño, acertó a decir. ¿Usted sabía que la búsqueda del filme podía ser peligrosa?, le cuestioné. Tuve algunas sospechas al principio, dijo con voz sombría, un par de detectives aceptaron el caso para rechazarlo días después y uno más desapareció sin cobrar los cheques de su pago. ¿Recibió alguna amenaza directa del señor Martínez o de su gente? No contestó. Era una batalla desigual, tratar de adivinar las reacciones por el tiempo de respuesta, la respiración y la intuición. ¿Hizo contacto con usted un hombre que no parpadeaba?, le pregunté. No creo que nada de eso tenga importancia en este momento, contestó. Forry regresó a casa hace un par de días, comentó. ¿Cómo se encuentra? Su condición es irreversible, la memoria le va y le viene por momentos, contestó, es probable que no se acuerde de usted, ni por qué lo contrató. Debo encontrarme con él lo antes posible, afirmé, pero usted disculpará, debo hacer algo antes. Nos despedimos y colgué. Me comuniqué con Burton, y le dije que necesitaba verlo. Llegó una hora más tarde. Me encontró sentado en el sillón, con la maleta sobre mis piernas. Abrí los broches. Necesito que copie esta película en videocasette, devedé, o cualquier formato que se pueda proyectar con facilidad, le comenté, hágalo con la mayor discreción y no puede guardarse ninguna otra copia en disco duro, computadora o como llamen a esas cosas, ¿quedó claro? Contestó afirmativamente. A Burton debió parecerle extraño que a un ciego le apremiara tener la copia de una cinta, pero no dijo nada. Puede llevarme un par de días transferir la cinta a video, agregó. No importa, le contesté, en estos momentos el tiempo corre de manera diferente para mí. Cerré de golpe la maleta y sus broches. Me puse de pie, ayudado por el bastón y extendí el brazo al frente, sosteniendo la maleta. Sentí cómo la quitó de mis manos. Burton, le dije, cierre al salir. El noticiero de las seis relató la noticia de una mujer alemana de treinta y cinco años que murió en su departamento y fue encontrada un año más tarde. Todas sus cuentas de gas, agua y electricidad se pagaron con cargo a su banco y sólo cuando el contrato de la renta se venció la encontraron. Ninguno de los pocos vecinos de su piso se enteró del fallecimiento y su contestadora no tenía ningún mensaje grabado de familiares o amigos. Me pregunté qué tan solo y olvidado puede llegar a estar un ser humano.

27

La calle más segura de Washington, D.C. no era la avenida Pensilvania, que comunica a la Casa Blanca, sino la que cruzaba por la casa del director Hoover. En ningún otro lugar del mundo los vecinos podían sentirse tan protegidos; sin embargo, una noche de navidad, desafiando a uno de los hombres más poderosos del país, alguien, presumiblemente un par de niños, robaron las luces de navidad de los pinos que el director tenía frente a su casa. Los agentes asignados a la seguridad fueron degradados y terminaron sus días detrás de un escritorio. Detuve mi auto frente a la acera a las 8:15 a.m., como todas las mañanas. El cadillac blindado del jefe acababa de ser lavado y lucía como salido de la agencia. El chofer se acercó para comentarme que la marcha se arrastraba ligeramente al arrancar y pidió permiso para llevarlo al taller mecánico. Nada de talleres, el auto se repara aquí durante la noche, le dije, me encargaré de eso. El director nunca tuvo confianza en la gente de fuera y ordenaba que todas las reparaciones de su auto fueran realizadas por personal del Buró. El rumor del agua en el estanque se escuchaba a través del jardín. Una camioneta de la florería Jackson & Perkins, la preferida del director, se estacionó, y después de una revisión exhaustiva, sus empleados comenzaron a plantar los rosales en el jardín. La casa era de dos pisos, con ladrillos color rojo y crema y un techo gris de dos caídas, estilo *Federal Colonial*, como el de los primeros pobladores de la zona; al frente se hallaba un pequeño jardín con dos enormes pinos. Entré a la cocina, donde

Annie, su ama de llaves, terminaba de preparar el café y el desayuno del director. Mi taza estaba humeante y lista como todas las mañanas, con dos panecillos con mantequilla y azúcar a un costado. Le agradecí y comí rápidamente. El señor aún no toma su baño, no se escucha el agua correr, comentó Annie. Probablemente el ruido de los jardineros no le permitió escuchar la regadera; pero por lo regular siempre esperaba que fuera yo quien le informara que el desayuno estaba listo. Annie creía en los rumores, seguramente difundidos por el mismo director para no ser molestado por las mañanas, de que dormía completamente desnudo. La sala estaba poblada de todo tipo de antigüedades: sillones, muebles, grandes cajas de música, esculturas y tapetes orientales; de tal forma que era necesario zigzaguear para evitarlas. Podía tratarse de una forma de defensa y protección territorial: cualquiera que tratara de huir con prisas por esa sala terminaría en el suelo y probablemente lastimado. Pinturas que retrataban al director en distintas épocas de su vida colgaban de las paredes, mientras que una considerable cantidad de bustos con su efigie descansaban sobre columnas de mármol, como si se tratara de la casa de un César que rinde tributo a sí mismo. Una serie de fotos del director, autografiadas por cada uno de los presidentes a los que sirvió, con excepción de Truman, colgaban de las paredes, dedicadas y autografiadas. Dibujos que lo caricaturizaban, muchos como un viejo bulldog, colgaban a los lados de la escalera. Más fotos, estas con famosos actores y actrices de Hollywood, decoraban el pasillo del segundo piso; llamaba la atención que estrellas de cine sonrieran orgullosas de ser fotografiadas con el director, como si la simple existencia de esa foto pudiera protegerlos del mismo Satán. A pesar de la gruesa alfombra que las cubría, las maderas del pasillo chillaban a medida que uno se acercaba al dormitorio, acaso como un sistema de alarma que le prevenía de los intrusos. Llamé dos veces a la puerta sin obtener respuesta. Una voz, casi gutural, me hizo detener el tercer golpe. Puede pasar, agente Mc Kenzie, dijo la voz. Giré la perilla y entré. No importaba la hora del día que fuera, su dormitorio siempre se encontraba en penumbras. Las persianas de las ventanas nunca se abrían hasta que abandonaba el cuarto, y la mayoría de las veces estaban ocultas por un largo biombo chino. Era imposible adivinar desde fuera sus movimientos en el interior. El director se encontraba sentado al borde de la cama, como si llevara toda la noche en ese lugar. Su cabello enmarañado le daba una apariencia poco prolija y su papada parecía una bolsa con agua bajo su rostro. Un mosquito parado en su cuello le succionaba la sangre sin preocupaciones, como si tuviera todo el tiempo del mundo para llenarse. Un par de ronchas indicaban que se habían alimentado toda la noche con la sangre del director. Se lo espanté y trató de alejarse, pero voló tan pesadamente que apenas se sostenía en el aire. Lo aplasté con ambas manos y su muerte se escuchó como una gran burbuja que explota en medio del silencio. Una mancha de sangre quedó en las palmas de mi mano, que limpié con mi pañuelo. Sus dos perros, G-Boy y Cindy, se encontraban en los mismos lugares de siempre: en el rincón del dormitorio y a los pies del sillón favorito del jefe, respectivamente. ¿Llegaron mis rosales?, preguntó el director, quien nunca daba los buenos días a sus agentes. Sí, le contesté. ¿De Jackson & Perkins?, volvió a preguntar. Los están plantando en este momento, en la tarde quedaran listos, dije, adelantándome. Muy bien, contestó, ¿encontraron mi segunda pantufla? No señor, le respondí. Es un misterio, como el robo de mis luces navideñas, ¿no es así? Guardé silencio. El director algunas veces hablaba para sí mismo; otras, para el resto de la gente. No era fácil distinguir lo que quería. Los misterios sin resolver son como heridas que no cicatrizan, que manan eternamente hasta desangrarnos, dijo en voz baja. Eran las 8:45 A.M. y teníamos casi veinte minutos de retraso con el itinerario. Los hábitos del director, rígidos como el acero, comenzaban a relajarse. Me encontraba en presencia de una minúscula fractura en una sólida pared de mármol, que durante años pareció impenetrable. Muchos en el FBI creían que el director Hoover, el director asociado Tolson y Helen Gandy eran inmortales y sólo envejecían ficticiamente para evitar que sospecháramos de ellos. ¿Sabe cuál ha sido mi secreto todos estos años?, me dijo. ¿Disculpe, señor director?, contesté sorprendido. Sí, dijo, el secreto para mantenerme todos estos años en mi puesto, para lograr que ocho presidentes no hayan podido destituirme, ¿lo sabe? Negué. Nunca subestimar al enemigo, declaró. Una vez conversé con el mejor pitcher de todos los tiempos, relató, por supuesto que no le diré quién fue, pero lanzaba como el mismo demonio, con tanta fuerza que el *catcher* se ponía un filete de carne detrás del guante para amortiguar el golpe y cuando caía la novena entrada el filete estaba cocinado. Podía ser una broma, pero preferí no sonreír. Estornudó con un gran estruendo. Una tarde le pregunté cuál era su secreto para ser tan grande, y sobre todo para serlo siempre, y ¿sabe qué me contestó? Me mantuve en silencio. *Le lanzo a cada bateador que se para en el plato como si fuera el mismo Babe Ruth, ese es mi secreto.* Nunca subestime al enemigo, agente Mc Kenzie; si es posible, hágale creer que es más listo que usted, y le aseguro que tarde o temprano lo atrapará en una mentira y será suyo. Los peores criminales que he visto en cuarenta años de aplicación de la ley, continuó, tuvieron una cosa en común: todos y cada uno de ellos eran unos mentirosos. Se puso de pie. El elástico del pantalón de su pijama estaba flojo, por lo que tuvo que sostenerlo para evitar que cayera. Se calzó la única pantufla que le quedaba y se encaminó al baño. Prepare todo, me dijo, no tenemos tiempo que perder. La llave de la regadera se abrió y el agua comenzó a caer.

A media mañana el director se había recuperado totalmente. Se mantuvo callado y esquivo conmigo, como alguien a quien se le ha revelado un secreto y cuya presencia se vuelve incómoda. Me ordenó de mala manera que diera seguimiento a unos expedientes mientras conversaba a solas con el director asociado Tolson. *Miss* Gandy, su secretaria, debió verme molesto, porque dejó lo que estaba haciendo para mirarme en silencio. Cometí una imprudencia al hacerle una pregunta personal. ¿Nunca ha confiado en nadie?, le pregunté. ¿Perdón?, contestó *miss* Gandy. El director, ¿nunca ha confiado en nadie?, ¿en usted, por ejemplo? Confianza es una palabra oscura en este medio, agente Mc Kenzie, afirmó, el director Hoover no confía ni en la ley de gravedad, y con un trabajo como el suyo, yo tampoco lo haría. He trabajado para él durante cincuenta y cuatro años y jamás me ha llamado por otro nombre que no sea *miss* Gandy, dijo, para luego mirarme con seriedad, debería preguntarse por qué está aquí, agente Mc Kenzie, por qué no hay otro en su lugar, recalcó sin mirarme, algo debió ver el director en usted, finalizó, mecanografiando con rapidez un documento, como si tuviera que recuperar el tiempo perdido. Sentí como si Cancerbero, contradiciendo su naturaleza más profunda hubiese ocultado sus colmillos y lamido mi mano para infundir algo parecido al afecto. Me retiré de la oficina y esperé a que las puertas del elevador se abrieran. Antiguos compañeros bromeaban en la cafetería del Buró. Al verme entrar sus rostros cambiaron, para de inmediato hablar en voz baja y centrar la atención en sus alimentos. Ninguno se acercó a mi mesa, o hizo alguna señal para que me sentara con ellos. Comí en silencio, en una mesa apartada, sin nadie a mi alrededor. Todos me miraron como un animal solitario que ha dejado de pertenecer a la manada.

Al final del día, poco antes de retirarme, *miss* Gandy me mandó llamar. Tras unos minutos de espera, pasé a la oficina del director, quien me hizo una seña para que me adelantara. Escribía un memorando con lentitud, deteniéndose algunas veces para ocultar el casi imperceptible temblor de su brazo. Me recordó a un viejo acorazado que ha navegado demasiado tiempo en aguas minadas, y que una vez superadas descubre que navíos más modernos y veloces lo van dejando atrás. Al final del día, cuando la tarde decaía, poco antes de retirarme, me mandó llamar nuevamente y me senté frente a su escritorio. Detuvo su escritura y sacó una llave atada a una delgada cadena de oro. Me la entregó. ¿Qué debo hacer con…? pregunté, pero fui interrumpido. No se separe ni un segundo de la llave, dijo con seriedad, considérese unido a ella como si fuera una mano o una pierna. No la esconda, no la guarde, no la preste, porque nunca sabrá cuándo podrá ser contactado. Llegado el momento es posible que alguien lo contacte para que la use. Su pluma fuente debió fallar, porque la agitó un par de veces antes de continuar escribiendo. Llegué al

Buró de Investigaciones en 1924, hace cuarenta y ocho años, me contó, y en 1935 ayudé a fundar el FBI: ocho administraciones presidenciales han pasado frente a mí, he asistido al funeral de cinco presidentes. Fui el primero en informar a Robert Kennedy de la muerte de su hermano, y aunque ambos juraron acabar conmigo estuve sentado en la primera fila de sus funerales. He defendido al país de mafiosos, espías alemanes, rusos, de los comunistas, de las panteras negras; incluso los he protegido de sí mismos, sin esperar ninguna clase de recompensa. Mis críticos dicen que he utilizado ese poder para ocultar asuntos de importancia para la nación, incluidos datos sobre mi persona: dónde nací exactamente, cuáles son mis orígenes familiares, hasta mi verdadera edad, cosas como esas. Mi vida siempre fue un libro abierto, agente Mc Kenzie, simplemente arranqué los capítulos más interesantes, no es mi culpa que nadie supiera cómo encontrarlos. Extendió el memorando para que lo tomara. Fuerzas extrañas están tratando de colapsar todo lo que he logrado, agente Mc Kenzie, pero cuando lo logren, se darán cuenta de lo necesario que éramos para mantener el equilibrio de su mundo. Leí el memorando y supe que el colapso había llegado. Con letra irregular, el director escribió: *investigar si el grupo de rock and roll llamado Los Beatles está formado por extraterrestres que intentan dominar a nuestra juventud con su música.* Me puse la cadena con la llave en el cuello. Prepare todo para ir a casa, me dijo, ha sido un largo día. El director se levantó y se enfiló a la puerta por la cual se entraba al baño. La abrió y debió sorprenderse, porque se mantuvo unos segundos mirándose al espejo. Molesto por la equivocación, cerró la puerta con fuerza y se enfiló a la salida. Guardé el memorando en el bolsillo del traje. El camino rumbo a su casa transcurrió en silencio. Mantuvo los ojos cerrados la mayor parte del trayecto. Nos detuvimos frente a la casa y entramos a la cochera. Se bajó e inspeccionó el jardín. Miró los rosales, tocó un par de pétalos y entró por la puerta de la cocina. Saludó a Annie con una leve inclinación de cabeza y avanzó por la sala, esquivando las sillas, muebles y los bustos de sí mismo, como una serpiente que se desliza por territorio conocido. Me dijo que le acompañara a la mesa, donde la cena estaba por servirse. Ordenó a Annie otro plato para mí. Yo tenía un compromiso, pero era imposible negarse. El director Hoover era lo que los viejos marinos llaman una ola no negociable. Annie llegó con la cena. Me extrañó que ésta consistiera en huevos escalfados y tostadas, como si nadie se atreviera a decirle que nadie acostumbraba comer eso a ésa hora. Llamó a Annie. El huevo está roto, fue todo lo que le dijo. Le retiró el plato y un par de minutos después le trajo otro similar. El director lo observó, como quien pasa revista a un cadete. Probó un bocado y el resto se lo dio al perro. Un tenedor resbaló de su mano y cayó sobre la alfombra. Estaba por ponerme de pie para recogerlo cuando me detuvo con un gesto. Déjelo, ordenó. Ocho administraciones, me dijo, ¿sabe lo que es trabajar para ocho hombres que se consideran todopoderosos? Se creen demasiado inteligentes como para resolver los problemas del mundo, pero siempre esperan que lleguemos nosotros en el último momento a salvarles el día, enterrar sus ilegalidades y errores políticos. Son lo suficientemente tontos para cortar las amarras del puente que los sostiene y pretenden estrangularme con ellas, agregó. Colocó los cubiertos a un lado del plato y llamó a Annie para que se llevara los restos de la cena. Uno termina por cansarse de ellos, comentó, son muchos años de cuidar las espaldas de gente que se empeña en destruirme. Quiso alcanzar un vaso con agua, pero un movimiento involuntario le hizo tirarlo. El líquido se derramó sobre el mantel y comenzó a extenderse. Molesto, se puso de pie y caminó rumbo a la escalera. Me mantuve a sus espaldas mientras subía uno a uno los escalones. Se detuvo un par de veces a mirar sus fotos con los presidentes; no supe si lo hizo porque lo deseara o como una forma de ganar tiempo y no mostrar fatiga. Entramos a su dormitorio, siempre en penumbras. Se dirigió a su sillón y se sentó. Por la forma en que se dejó caer supe que hizo un gran esfuerzo por subir las escaleras. Era como presenciar a un hombre que trata de contener su propio derrumbe. Descansó durante casi quince minutos, en los que por algunos instantes comenzó a cabecear por el sueño. Nunca fui como los demás niños, su confesión me sorprendió. Mi madre me dijo una vez, antes de dormir, que yo era su estrella más brillante y ¿sabe lo que le pregunté? Me mantuve en silencio. Si yo soy la estrella, ¿quiénes son las sombras, madre, y cuánto tiempo tardarán en encontrarnos? Fue la única vez que le escuché hablar de su familia. Se incorporó y avanzó hasta el baño, cerrando la puerta tras de sí. Algunos minutos después, regresó con su pijama puesta, calzando una sola pantufla. Dio un par de pasos hasta la cama pero no se sentó. Se mantuvo en pie, balanceándose ligeramente, como un viejo roble cuyas raíces carcomidas apenas pueden sostenerle. ¿Quién es el titiritero?, gritó, sacudiéndome de los hombros, ¿quién es el titiritero? Traté de calmarlo pero manoteó. ¡Alguien nos está soñando a todos, Mc Kenzie!, vociferó, llamándome por primera vez por mi apellido. ¡Si lo despierta moriremos!, seguido de lo cual me dio un fuerte abrazo. Sentí toda su humanidad derrumbarse y lo sostuve. Lo senté al borde de la cama, donde quedó por varios segundos; su cabello despeinado se alzaba como la cresta de un gallo. Chasqueó dos veces sus labios y los hilos de saliva entre ellos se estiraron como viejas telarañas. Escuché a Annie acercarse por el pasillo y abrí la puerta para interceptarla, a fin de que no lo viera en ese estado. Me dejó una bandeja con el vaso de leche que el director acostumbraba pedir todas las noches. Annie contaba que nunca descubrió que bebiera un solo sorbo, pero siempre ordenaba dejar el vaso en su buró. Mañana lo espero a la hora de siempre, dijo el director sin siquiera despedirse, mientras se acomodaba bajo las sábanas. G-Boy, con sus dieciocho años a cuestas, estaba echado en un rincón del dormitorio; mientras que Cindy, con la mitad de edad, no se separaba de su lugar habitual, a los pies del sillón favorito del director. Ninguno de los dos ladraba, pero estaban más melancólicos y callados que de costumbre. G-Boy suspiró. El director terminó de arroparse, y fijó su vista en el techo. A la mañana siguiente, tanto él como el vaso con leche estarían en el mismo lugar, sin haber sufrido ningún cambio. Cerré la puerta del dormitorio al salir y bajé en silencio las escaleras; pasé por la cocina, y al no encontrar a nadie, empujé la puerta trasera. Una suave brisa agitó los rosales, sobre los que una abeja revoloteaba en círculos. La espanté con el dorso de la mano y la observé alejarse por el jardín. Sobre la habitación del director los rayos del atardecer se reflejaban en la ventana. Entré a mi auto y lo puse en marcha. Miré por el retrovisor la casa. A medida que me alejaba, los agentes que resguardaban al director fueron disminuyendo de tamaño hasta convertirse en pequeños puntos, como hormigas que caminan contra un cielo carmesí.

Entré a mi departamento alrededor de las ocho y media de la noche. Sophie, una bella traductora de la ONU que a la mañana siguiente partía definitivamente para Francia y a quien yo debía ver esa noche, se cansó de esperar y dejó una nota en la puerta de mi casa. Intenté localizarla por teléfono en su departamento pero nadie contestó. Nunca más volvimos a vernos: el destino tiene suficientes caminos para que dos personas no puedan encontrarse jamás. Encendí el televisor para tratar de buscar algún noticiero, pero sólo encontré algunas mesas redondas sobre política, en una de las cuales se criticaba la actuación del director Hoover, de manera que preferí apagar el aparato. Me preparé un emparedado de salami con tres quesos, a cuyos panes corté las orillas y tosté hasta sentirlos crujientes. Hojeé dos de los principales diarios en busca de las columnas de política. En los últimos meses, las presiones y rumores sobre el inminente cese del director por parte del presidente Nixon parecían ser más que rumores. Los informes presumían el interés del presidente de poner un incondicional al mando del Buró, y así convertir al organismo en un ala de espionaje de la Casa Blanca. Algunos de los principales articulistas del país, quienes durante años fueron amigos del director y que se congratulaban cuando este les daba una exclusiva o una declaración para la primera plana, ahora lo criticaban como algo obsoleto que debía desaparecer. De erigirse por muchas décadas como una fiera a la que todos temían, el director se había transformado en un animal viejo y huraño, que se replegaba en las sombras para proteger sus dominios. Jack Anderson, uno de los principales periodistas del país, fue el primero en desafiar abiertamente al director, usando sus mismas técnicas para obtener información, revisando literalmente su basura para encontrar aquello que pudiera servir a sus propósitos. "Hagamos a Hoover lo que él nos hace a nosotros", dijo a sus colaboradores, mientras investigaba posibles nexos del director con miembros de la mafia, o exhibía sus principales fallas y excesos contra las libertades civiles al aplicar la ley. El director consideraba a Anderson como algo más bajo que la suciedad que los buitres vomitan; pero lo que realmente le molestaba era que mucha de la información que conseguía le era suministrada desde dentro del Buró. La enorme y sólida presa que el director construyó para almacenar los secretos comenzaba a tener filtraciones. Apagué las luces de la casa y me dirigí al dormitorio. Me tumbé en la cama y cerré los ojos; antes de quedarme dormido me pareció escuchar algo que goteaba a la distancia.

A la mañana siguiente estacioné como todos los días el auto frente a la casa del director. El pavimento de la calle se encontraba mojado. A la distancia las nubes negras presagiaban tormenta y el cielo se oscureció. Una fina lluvia comenzó a caer. Los perros correteaban por el jardín, uno de ellos, Cindy, se acercó al estanque y bebió agua, para luego regresar a la casa. Los agentes estaban apostados en sus posiciones: unos al frente de la casa, otros en las esquinas y un tercer grupo más alejado, cuya misión era identificar y apuntar los números de placa de todos los vehículos que pasaran frente al domicilio; esa lista era comparada periódicamente y las placas que con más frecuencia cruzaban eran identificadas y se investigaba a sus dueños; muy pocos de ellos persistían en utilizar esa ruta. Entré por la cocina, donde Annie preparaba el desayuno. El crepitar de la grasa de las rebanadas de tocino sobre la sartén sonaba como la interferencia de una radio de onda corta. Las puertas que comunicaban con la sala habían sido cerradas y el sistema de ventilación encendido para evitar que el olor de los alimentos se propagara por la casa. El director odiaba los olores en su cuarto, en especial el del tocino al freírse. Annie no escuchó el ruido de la ducha, pero los perros estuvieron inquietos y ladrando en el jardín desde temprano. Sujetó con unas pinzas el tocino y lo dejó sobre una servilleta, donde la grasa escurrió; posteriormente lo depositó junto a dos huevos estrellados y dos panes tostados. En la sala, G-Boy descansaba inmóvil sobre un tapete persa, como una más de las esculturas de la sala. Por primera vez me gruñó al pasar. Subí la escalera y recorrí el pasillo. Llamé dos veces a la puerta sin obtener respuesta. Entré. El cuerpo del director se encontraba tirado sobre el tapete oriental junto a la cama. Caminé hasta él y toqué su mano. Estaba fría. Salí al pasillo y llamé a gritos a Annie y a Tom. Annie se comunicó con el médico personal del director. Miré mi reloj y a pesar de la hora traté de localizar al director asistente Tolson en su casa. Clyde Tolson fue un hombre de costumbres rígidas; sin embargo, después de su primer ataque tuvo que olvidar muchos de sus hábitos, incluidas las caminatas con el director al iniciar el día rumbo al trabajo. Los tiempos habían cambiado. Debía encontrarse en camino al FBI; no obstante, esa mañana, por primera vez en muchos años, olvidó su sombrero y decidió regresar a casa. Sorprendido por la noticia, me informó que pronto nos alcanzaría. La serie de eventos que siguieron a la llamada fue como la activación de un mecanismo bien aceitado, uno que esperaba la muerte del director para ponerse a funcionar. Tolson habló con *miss* Gandy, y juntos empezaron a dar las órdenes. John Mohr, Alex Rosen y Mark Felt, ayudante del director asociado, informaron a doce asistentes, quienes a su vez notificaron a sus divisiones. Un télex codificado fue recibido por los agentes a cargo de las cincuenta y nueve oficinas federales en el país, así como a las diecinueve en el extranjero. Todos comenzaban a tejer la misma telaraña, para que cualquiera que decidiera empezar a investigar fuera contenido y retrasado por lo intrincado de sus hilos. El tiempo que tardara en darse a conocer la noticia al presidente Nixon y su equipo era un recurso que manejado sabiamente podía jugar a su favor. Tolson sabía que en ausencia del director, o de su muerte, él era el encargado, pero el miedo que todos sentían por el director, ahora muerto, podía transformarse en odio y deseo de venganza contra él, su mejor amigo y protegido. Tolson y su equipo se encontraban solos, era cuestión de tiempo para que todos se lanzaran contra ellos. El presidente no tardó en enviar a L. Patrick Gray para encargarse del

Buró, quien lo primero que hizo fue cerrar la oficina del director, para que ninguno de sus archivos confidenciales fuera retirado o destruido. Gray, identificado por todos como alguien externo a la organización, fue demasiado ingenuo al pensar que el director tendría sus archivos privados y personales cerca de él. Este error generó un tiempo valioso que Tolson y *miss* Gandy aprovecharon sabiamente. Las instrucciones que dio Hoover para deshacerse de los archivos más comprometedores llevaban horas de estarse cumpliendo. Debió ser como destruir la biblioteca del congreso a contra reloj. *Miss* Gandy se encargó de los documentos clasificados bajo la letra D; *D* de *destrucción*. Mientras los enviados de Nixon se vanagloriaban de la toma de la oficina del director del FBI, el tesoro que buscaban día a día iba haciéndose trizas bajo sus propias narices. Media hora después, un grupo de agentes comenzó a sacar cajas de documentos de la casa del director y a llevarlas a un camión de mudanzas sin placas ni logotipos que esperaba en la calle. Todas las cajas estaban etiquetadas con las palabras: *Oficial* y *Confidencial.* Al abrir la puerta trasera pude observar desde donde me encontraba cientos de cajas apiladas al fondo de la caja del transporte. Las palabras del director Hoover retumbaron en mi mente: "Sólo somos una organización que recoge datos. Nosotros no exculpamos a nadie. Nosotros no condenamos a nadie". El conductor, un hombre de barba que usaba una gorra de los Red Sox, apenas me miró tras sus lentes oscuros; habló en voz baja con un agente, quien le entregó un trozo de papel. Subió al camión y se alejó, escoltado por dos autos del Buró. *Miss* Gandy entregó a Mark Felt doce cajas, de las que nunca se supo su paradero. Días después, el propio Felt, sin que se lo preguntara, habló escuetamente sobre el tema. Fue como tirar lingotes de oro al fondo del mar, me dijo. *Miss* Gandy afirmó bajo juramento que nunca se deshizo de ninguna clase de información relacionada con el FBI y aseguró que los únicos documentos del director que destruyó contenían información personal, como declaraciones de impuestos, recibos personales y el pedigrí de sus perros. Los fiscales nunca le creyeron, pero el único hombre que podía contradecirla y que conocía el verdadero contenido de los documentos estaba muerto. A la fecha, nunca estuve convencido que lograran destruirse todos los archivos secretos del director; era una labor que hubiera requerido meses y gente, y con el director muerto y un presidente buscando dominar el Buró, el número de personas en quienes se podía confiar se reducía notablemente, sin contar que la posesión de cierta clase de documentos podía salvarles contra las embestidas presidenciales y del congreso. Los perros del director sobrevivieron sólo un par de meses a su deceso: G-Boy se pasaba los días bajo la cama del dormitorio, mientras que Cindy, la más cariñosa con su dueño, no dejó de estar echada junto al sillón de su amo, hasta que fue encontrada muerta. Gray tuvo mayores preocupaciones en su cargo que encontrar los archivos del director. Fue el encargado de investigar a los ladrones, cuyas indagatorias desembocaron en el escándalo de Watergate. Nixon nominó a Gray como director permanente del Buró el 15 de febrero de 1973, pero el senado rechazó ratificarlo. Tres meses más tarde, Gray renunció luego de admitir que destruyó documentos no relacionados con el escándalo de Watergate que John Dean le entregó.

Visité por última vez al director asociado Tolson en su casa durante los primeros días de agosto de 1974. La sala de su residencia estaba decorada con sobriedad y aburrimiento tal, que invitaba a cerrar los ojos y dormir. Estaba impecablemente limpia, pero olía a encerrado; como si ninguno de los objetos en su interior hubieran tenido contacto humano desde hacía mucho tiempo. Colgada de la pared, detrás de un vidrio, se podía ver desplegada la bandera del país; debía ser la que cubrió el ataúd del director durante su funeral y que le fue entregada a Tolson al terminar la ceremonia. Viejas fotos de sus andanzas de aquellos años lucían enmarcadas en distintos lugares. Tolson y el director Hoover, con sendos gorros para celebrar el fin de año en una lujosa fiesta, conversaban con una hermosa mujer vestida a la usanza de los años treintas. El director y Tolson sonriendo, sentados en unas tumbonas en una playa, con ropas y sombreros blancos y cruzando la pierna con sus zapatos de dos tonos. En otra, la más famosa, el director asociado Tolson, con la ayuda de un policía, toman en custodia al gángster Harry Brunette. El policía viste un abrigo, donde resalta su placa, mientras intenta equilibrar con su brazo derecho su tolete sin soltar al prisionero. Tolson, con un sombrero de ala ancha, lo sostiene por el lado derecho, metiendo su brazo entre el de Brunette, mientras esconde su mano en la bolsa derecha de su abrigo de dos botones, como si cargara un arma lista para disparar. No es posible ver el rostro de Harry Brunette porque su cabeza, cubierta con un sombrero, está agachada; pero su chaleco está abierto y su camisa sucia. El modo de caminar de cada uno de los tres hombres delata su posición en la escena: el policía parece perder el equilibrio mientras lucha por no soltar al prisionero, en tanto que Brunette es sólo un cuerpo sin rostro, que mira al suelo mientras da pasos vacilantes, como en busca de algo. Tolson, con paso firme, avanza mirando al frente, con la decisión de quien sabe que las fotografías le colocarán al día siguiente en la primera plana de los diarios.

La puerta de la sala se abrió silenciosamente y el director asociado Tolson entró, sentado en su silla de ruedas, empujada por una enfermera de aspecto oriental. Una frazada le cubría las delgadas piernas. Sus vínculos con el mundo exterior hacía tiempo que estaban rotos, por lo que tardó en reconocerme. Me hizo una seña para que tomara asiento. Edgar Hoover y Clyde Tolson fueron hombres de costumbres y rituales. Una fotografía famosa los mostraba en el restaurante del hotel Mayflower, donde almorzaron juntos cada día durante cuarenta años. Todos los días a las doce en punto bajaban de la limusina y se sentaban en una mesa reservada exclusivamente para ellos, un poco más arriba que las del resto de los demás comensales. Comían hamburguesas y helado de vainilla, o sopa de pollo y ensalada si se encontraban a dieta. Tolson se sentaba de cara a la puerta y el director de espaldas a la pared, para que nadie pudiera sorprenderlos. El ritual de la cena no variaba mucho. Cinco noches a la semana, los dos hombres más poderosos del FBI asistían al restaurante Harvey, pedían bistecs término medio, sopa de tortuga verde, bebían Grand-Dad con agua de seltz y al finalizar el director se iba con una bolsa de jamón y pavo que los empleados de cocina le daban para sus perros. Nada de eso quedaba ya. Quien estaba frente a mí era un anciano triste, indefenso y cabizbajo; muy alejado de aquellos que nunca pierden oportunidad de recordar a los novatos sus luchas míticas contra los gángsters. Había perdido peso drásticamente desde mi última visita. La calvicie había invadido la mitad de su cráneo y su nariz, antes recta, ahora lucía redonda e hinchada como una albóndiga. Sus rasgos finos y simétricos ahora eran angulosos; en su mentón se dibujaba una mueca de disgusto. Sus ojos acuosos parecían dos diques a punto de reventarse, mientras que su rostro tenía tantas arrugas que las lágrimas podrían quedar atrapadas eternamente en los pliegues de su piel. Los viejos hábitos difícilmente mueren, y el director asociado Tolson era un hombre de hábitos y costumbres, sobre todo respecto a la ropa. Vestía de traje y corbata todos los días, aunque llevaba años sin salir de casa. Me pregunté qué tan difícil es vestir de traje todas las mañanas a un hombre viejo y qué sentido tendría hacerlo. Era como ver a un elegante cadáver con un sombrero de ala ancha que no termina por sentarle bien, esperando una muerte que no llega. Poco o nada quedaba de aquella enciclopedia humana con mente fotográfica, que comandó junto con el director el Buró de Investigaciones. Ya nadie le llamaba *Killer Tolson*, o *Hatchetman*, mucho menos recordaban el famoso tiroteo de la fotografía de Brunette, ni de cuando capturó a un grupo de saboteadores nazis en Long Island y Florida. Su salud había decaído notoriamente. Cuatro años menor que el director, ahora, sin su compañía y a los setenta y cuatro años, sus padecimientos se habían acumulado como una abultada hoja de servicio de la que es imposible separarse. Sufría del corazón, úlceras, tuvo un aneurisma abdominal y parálisis parcial en ambos lados del cuerpo. La visión de su ojo izquierdo se le iba y regresaba sin razón aparente; escribir su propio nombre era una hazaña que difícilmente volvería a realizar. Su misión en la vida fue proteger la vida del director Hoover y la cumplió por más de cuarenta años, hasta que la esquiva muerte libró su vigilancia. La lluvia comenzó a golpear los cristales, mientras el agua se metía por una ventana abierta. La enfermera se levantó a cerrarla y posteriormente se retiró a buscar al ama de llaves. Del segundo hombre en importancia en el FBI durante cuarenta años ya nada quedaba. Desde la muerte del director se había refugiado en su casa a comer caramelos y ver televisión, convirtiéndose en una figura patética a la que los vecinos visitaban ocasionalmente para regalar chocolates o una tarjeta el día de San Valentín. Sus detractores lo describieron como *un hombre tan gris que resultaría invisible si se pusiera delante de una pared del mismo color;* sin embargo, ahora el director asociado Tolson parecía una esfinge de piedra que el viento ha ido desgastando poco a poco hasta convertir en ruinas.

Luego de reconocer la llave que colgaba de mi cuello por fin me sonrió. Abrió la boca y su quijada tembló como si estuviera a punto de desprenderse de un momento a otro. El lugar más oscuro siempre estuvo al lado del director, logró decirme después de un gran esfuerzo, con voz pausada, como si cada palabra se hubiera convertido en un viejo objeto que era necesario desempolvar antes de usar. Todos los que convivimos con él, relató de manera casi mecánica, como si leyera un telegrama, terminamos por convertirnos en sombras de las personas que alguna vez fuimos. El director no veía en usted a un simple agente, Mc Kenzie, continuó Tolson, con voz rasposa y débil, cuyos sonidos, difíciles de descifrar, parecían desvanecerse en cuanto abandonaban su boca. Esa fue la razón por la que decidió no involucrarlo en la operación final, la que comenzamos cuando lo encontró sin vida. La muerte, dijo mirándome a los ojos, siempre fue un misterio que nuestros agentes nunca lograron resolver. Se quedó en silencio por varios minutos y su cabeza fue inclinándose poco a poco. Parecía estar a punto de dormirse. Me puse de pie para buscar a la enfermera. Tenía planes diferentes para usted, me dijo, mirando de nuevo la llave colgada de mi cuello. Tolson seguramente había conocido a todos los que la guardaron antes que yo, incluido Brennan. Pensé en preguntarle si alguna vez vio al director abrazar a alguien, o mostrar un verdadero afecto, pero no tenía sentido. La lluvia disminuyó, hasta que el sonido de las gotas contra las ventanas se volvió un rumor. Al despedirnos trató de levantar su brazo para estrechar mi mano, pero sólo logró despegarlo unos cuantos centímetros del descansabrazos; sus labios temblorosos trataban de decir algo, pero las palabras no salían de su boca, como si el aliento que las empujara hacia fuera hubiese dejado de existir. Tras un gran esfuerzo, logré escucharlo: *nunca haga cosas que no esté seguro de poder ocultar, agente.* Dejé al director asociado Tolson con sus fotos, sus recuerdos y la bandera que juró proteger durante los más de cuarenta años que sirvió al país. Días después, Richard Nixon, el hombre que le obligó a renunciar como director del FBI, renunciaba como trigésimo séptimo presidente de los Estados Unidos de América. Ambos hombres murieron sin saber que *Garganta Profunda*, la fuente anónima que dio información privilegiada a los periodistas Bernstein y Woodward sobre el escándalo Watergate, no fue otro que Mark Felt, el segundo de Tolson y a quien Gray y Nixon decidieron mantener como director asistente del FBI. Clyde Tolson la mente más brillante del FBI después del jefe, desde luego, seguramente observó a Richard Nixon extender sus brazos y hacer la V de la victoria, momentos antes de subir al helicóptero Army One, en el que abandonaría la Casa Blanca por última vez. Tras una sonrisa que le llenó el alma, debió musitar para sí mismo: *En los viejos tiempos, esto nunca hubiera pasado.*

28

Le llevó al carpintero dos días quitar todas las puertas del departamento, excepto la de la entrada. ¿Para qué pueden servirle a un ciego, si no es para chocar contra ellas? Más tarde le pedí que clavara mesas, sillas y la cama al piso. Mis pocas posesiones debían ser como montañas, que no cambiarían de lugar; ahora sólo bastaba con memorizar el mapa.

Ese mismo día Burton regresó con el original y dos copias de la cinta. Guardé la maleta en el clóset y dejé el devedé junto con el videocasette sobre la mesa y le agradecí. Es una película muda, dijo con algo que sentí como desilusión de su parte. En efecto, respondí. ¿Por qué tanto misterio?, ¿qué tiene de especial? Me quedé en silencio por unos momentos. Nada, le contesté finalmente, manías de viejo, uno termina por volverse melancólico por el pasado. Investigué sobre usted, me dijo, como quien trata torpemente de iniciar conversación. Me preocuparía por su futuro como agente si no lo hubiera hecho, contesté. Trabajó con el director Hoover sus últimos años, dijo, como quien espera que le cuente la historia, pero no lo hice. Cuentan que era su hombre de confianza, agregó. Confianza es una palabra oscura en este medio, agente Burton, le dije, recordando las palabras de *miss* Gandy. Sabiendo que llegó en auto, pues lo escuché estacionarse, le pregunté: ¿Puede llevarme a una cita? Claro que sí. Avenida Russell 4511, en Hollywood, le dije, anticipándome a su pregunta. Me levanté y fui al baño. Abrí el botiquín detrás del espejo y tanteé hasta encontrar el segundo nivel. Apreté el paquete.

Al sentir la suavidad supe que era lo que buscaba, de manera que retiré la envoltura y comencé a desenrollarlo. Cambié mis vendas por unas nuevas, aseguré el gancho para que no se desprendieran y cerré el botiquín. Al pasar la mano por mi rostro, separé un poco las vendas a la altura de los ojos, como si me estorbaran para ver: fue un reflejo que pronto olvidaría. Volví a la sala apoyado en el bastón. Traiga la maleta con la cinta y las copias, le indiqué a Burton, tenemos una entrega pendiente por hacer. Conté los pasos: cuatro largos, uno corto, y al extender la mano: la puerta. En la parte superior, los seguros, y abajo, un poco a la izquierda, la perilla. Más allá, el misterio de un mundo al que alguna vez pertenecí.

El auto recorrió las calles con demasiada lentitud para mi impaciencia. La tapicería olía ligeramente a encerrado. Una pieza de metal golpeó durante todo el camino, hasta que el sonido se convirtió en parte del viaje. Apreté el bastón y deslicé la mano hacía abajo para sentir las figuras grabadas, sin lograr reconocer ninguna. Aún era un ciego inexperto. Dos veces debió cruzar con el semáforo en amarillo, porque aceleró de improviso e hizo sonar su bocina como advertencia. Dobló una calle, bajó la velocidad y se orilló. Avenida Russell 4511, anunció Burton. Perfecto, dije, y esperé a que me abriera la puerta. Golpeé el bastón contra la acera, como quien anuncia su llegada. Respiré profundamente, como un animal desorientado que intenta guiarse por el olfato. Subí uno a uno los escalones a un ritmo de tres golpes. Un pie, dos pies, el bastón. Un pie, dos pies, el bastón. Golpeé la puerta con fuerza. Un largo rechinido de las bisagras y después el silencio. Incluso en Hollywood, debía parecer extraño que un hombre con el rostro totalmente vendado tocara a la puerta de la casa. Nadie dijo nada. Busco a Forrest Ackerman, anuncié. Dolly debió reconocer mi voz, porque no pudo disimular su sorpresa: Puede pasar, señor Mc Kenzie, dijo sin hacer ninguna clase de pregunta sobre mis heridas. No tuve más remedio que aceptar la ayuda de Burton. Un aprendiz de ciego y su bastón debían ser una pesadilla para la casa de un coleccionista como Ackerman. Me senté en un mullido sillón de dos plazas. Si nada había cambiado desde mi última visita, el sofá favorito de Ackerman debía estar del lado derecho. El robot de Metrópolis con guirnaldas navideñas al frente y a sus pies un ataúd de madera. Escuché pasos acercarse, unas ruedas girar y el golpe de otro bastón sobre el piso de madera. El olor de la colonia de Ackerman lentamente comenzó a impregnar la habitación. Los resortes del sofá rechinaron al recibir el peso de su cuerpo. ¿En qué puedo servirle, señor Mc Kenzie? Ordené a Burton colocar la maleta en el suelo y dejarnos a solas algunos minutos. Dolly me preguntó si deseaba tomar algo, pero me rehusé cortésmente. Ackerman pidió un whisky con agua y hielos. Debió tenerlo prohibido, porque ambos se mantuvieron en silencio por unos segundos, hasta que Dolly finalmente cedió y dijo que pondría muy poco whisky. Los pasos de Burton se alejaron por el pasillo. Unos minutos más tarde, Dolly regresó con el vaso que depositó en una mesa. Volveré en un momento, comunicó, es necesario cambiar el oxígeno. Debió arrastrar el carrito con el tanque, porque el sonido de llantas rodando fue perdiéndose poco a poco, hasta que cerró la puerta y quedamos a solas. Me recuerda a Claude Rains en *El hombre invisible*, dijo Ackerman, sólo le faltan los lentes oscuros. ¿Sabe que lo nominaron al Oscar como mejor actor y sólo aparece unos minutos en pantalla?, agregó, el resto de la cinta es su poderosa voz y unos grandiosos efectos especiales. Una sucesión de rápidos golpeteos se escucharon sobre el techo del *bungalow*. Es un pájaro carpintero, explicó Ackerman, pero me mantuve en silencio, es la terquedad con alas, agregó, todos los días picotea un tanque de concreto creyendo que algún día lo quebrará. Permanecimos en silencio por varios minutos, sin que ninguno tomara la iniciativa para decir la primera palabra. Le escuché sacar algo de una bolsa de plástico. Me gusta su bastón, dijo, muy mexicano. Le agradecí, sólo por decir algo. Este padecimiento, continuó, refiriéndose al Alzheimer, me ha obligado a llevar un cuaderno de apuntes. Debió recorrer las hojas una a una, porque repetía el abecedario en voz muy baja, hasta que llegó a la M. Mc Kenzie, dijo, tras unos segundos, en los que pareció leer el contenido de su cuaderno. Según esto, usted debía buscar un objeto perdido muy preciado para mí. Así parece, le contesté. Mi memoria, señor Mc Kenzie, es como una vieja fotografía a la que el tiempo le ha borrado paisajes, cambiado gente de lugar y ensombrecido rostros, hasta convertirla en un trozo de papel mal revelado. Estoy viejo y cansado, reconoció, he perdido los recuerdos y cometido muchas locuras a lo largo de noventa y un años, pero si de algo estoy seguro es de no haber contratado a un detective ciego para buscar un filme perdido. Es una larga historia, contesté. Puede contarla bajo su propio riesgo, me dijo, pero será como escribir un libro sobre hielo que el sol no tardará en derretir. No le puedo prometer recordarlo para siempre, es más, ni siquiera dentro de un par de horas. Decidí contarle todo sin omitir detalles. Entretanto él gruñó un par de veces, tosió y se aclaró la garganta. Preguntó un par de cosas sin importancia, más bien generales, y terminé. ¿La cinta está en esa maleta quemada?, preguntó. Sí, respondí. ¿Está completa?, volvió a preguntar. Tanteé con la mano el vacío hasta encontrarla y la alcé hacia él. Ocho rollos de nitrato de plata en buen estado, le contesté. No dijo nada. Debió ponerla sobre su regazo, porque escuché abrir los broches uno a uno. Se mantuvo en silencio por varios minutos. Esto debería de significar mucho para mí, dijo, si lograra recordarlo. ¿Pasé prácticamente toda mi vida buscándola?, me preguntó. No hice ningún comentario. No pude saber si acarició la cinta, si sonrió, o si todo le era indiferente, como el regalo a un niño que llega a destiempo. Su respiración era agitada, pero para un hombre que espera la recarga de su tanque de oxígeno, podía ser normal. Supongo que ahora podemos cerrar el libro de nuestras vidas, me dijo, cerrando de golpe la maleta y asegurando los broches. Me puse de pie y llamé a Burton, quien me guió por la sala. Nada hace sentir más viejo e inútil a un ser humano que la necesidad de apoyarse en el hombro de otro para ser guiado. ¿Le gustaría acompañarme a verla?, dijo, será un gusto narrarle lo que pasa. No deja de parecer extraño, le dije. Extraño es una palabra común entre nosotros los coleccionistas, señor Mc Kenzie, afirmó. Esta película debió significar mucho para mí y también para usted, explicó, si decidió pasar por todo lo que me contó para encontrarla. Sería una pena no compartir ese momento. Le diré a Dolly que prepare todo, agregó, sin esperar mi respuesta. Me vino a la mente el recuerdo de un anciano en la sierra de Chihuahua, con quien escuché un partido de béisbol de grandes ligas por la radio. Seguramente no sabía que los Indios jugaban en Cleveland ni que los Marineros en Seattle, pero pasó tres horas y media sin despegarse de la narración; a su manera, vivía sus emociones a través de la voz de un desconocido. Forrest J. Ackerman sería mis ojos durante los sesenta y nueve minutos que duraba la cinta; aunque después de contármela ese recuerdo comenzara a desvanecerse en su mente, como el hielo que debía flotar en su vaso. Después, cuando todo terminara, me pondría de pie y regresaría al departamento, para enfrentar lo que me restaba de vida. Ackerman narró la cinta con precisión, todo el tiempo se sorprendió con la actuación de Lon Chaney. No refirió ninguna anécdota, ni datos bibliográficos, sólo comentó distraídamente que el sombrero y la dentadura de Chaney le recordaban a unas que guardaba en su museo. Al final aplaudió. Entonces me puse de pie y me apoyé en el bastón. Decidí no llamar a Burton y arriesgarme a salir solo del lugar. Mc Kenzie, dijo Ackerman, tengo una proposición para usted, finalizó. No tengo la más remota idea de qué pueda ser, dije, pero si va a encomendarme otro caso, necesitaré un asistente. ¿Qué tanto puede ocultarse un detective ciego?

La proposición de Ackerman no resultó tan descabellada como mi idea de establecer una agencia de detectives dirigida por un ciego. ¿Le gustaría mudarse a esta casa?, ofreció. No es tan amplia como la primer *Ackermansión*, pero estará más cómodo que en su departamento. En mi libreta apunté que tanto usted como yo, no tenemos familiares directos con vida, comentó. Me pregunté si el término "desaparecidos" entraba en alguna categoría especial. No estoy tratando de pagar ninguna clase de deuda ofreciéndole hospedaje, continuó, pero creo que para usted y para mí lo mejor será permanecer juntos. Puede pensarlo el tiempo que guste, ofreció, no tengo planes para salir de este *bungalow.* Me enfilé rumbo a lo que intuía era la puerta de salida, inseguro, vacilante. Piense en mí como un nuevo socio, finalizó. Una semana más tarde, el descubrimiento del filme perdido más buscado en la historia del cine se hizo oficial. Decenas de directores, historiadores y críticos de cine se dieron cita para la primera exhibición pública después de más de ochenta años. Editores de revistas de cine de todo el mundo visitaron la casa de Ackerman para entrevistarlo. Él esquivó la mayoría de las preguntas, no porque lo deseara, sino porque ignoraba las respuestas. Las reporteros acudían a Ackerman como a un gurú en busca de respuestas; sin embargo, en lugar de conseguir información, cada reportero le revelaba al gurú algo desconocido de la cinta. Ackerman sólo les dedicaba una emotiva y dulce sonrisa, y los entrevistadores se retiraban con la satisfacción de una misión cumplida. Convinimos en no revelar las circunstancias de cómo apareció el filme y todo lo relacionado con las personas involucradas, así como mantener mi anonimato. Un periodista francés, enviado por el *Cahiers du Cinema*, preguntó insistentemente quién había encontrado la cinta. Ackerman debió dudar por unos segundos, olvidar nuestro trato, o sentirse cansado de la misma pregunta, porque lo pensó por unos instantes. No supe si me miró en busca de ayuda o aprobación. *El hombre invisible*, contestó. ¿Cómo dijo?, preguntó incrédulo el periodista, en cuya voz percibí un dejo de molestia. *El hombre invisible* fue quien trajo la cinta hasta mi puerta, repitió. Sonreí y me puse de pie. El periodista debió pensar que una de las figuras del museo de Ackerman cobraba vida cuando observó a un hombre con el rostro vendado acomodar sus lentes oscuros y alejarse con la ayuda de un bastón decorado con motivos mexicanos; podría apostar que su siguiente pensamiento fue si el maniquí de Vincent Price, que Ackerman mandó traer del sótano para hacernos compañía, se quitaría el sombrero de copa para despedirse, mientras empujaba su silla de ruedas fuera de la habitación.

Un par de semanas más tarde, un breve comunicado de tres líneas informó que *Londres después de medianoche* había sido retirada de la lista de los diez filmes más buscados por el

American Film Institute. Bastó presionar un par de teclas para borrar el título y actualizar la base de datos. Automáticamente otra cinta ocupó su lugar, como un enfermo que sube un peldaño en la lista de espera de trasplantes. Una mañana, Ackerman sufrió un desvanecimiento. Su presión, así como su ritmo cardíaco bajaron peligrosamente. Los paramédicos llegaron en cuestión de minutos. Antes de subir a la ambulancia con ellos, Dolly me tranquilizó diciendo que su primo no tardaría en llegar. El sonido de la sirena fue disminuyendo, a medida que la ambulancia se alejaba. Un par de minutos después todo parecía ser sólo un recuerdo. Estuve atento a cada coche que pasó frente al *bungalow*, pero ninguno se detuvo. El tiempo transcurre diferente para un ciego que para el resto de los seres humanos. No hay relojes ni amaneceres, o puestas de sol que signifiquen algo. Todas las horas parecen la misma hora y todos los días el mismo día. El primo de Dolly nunca llegó. No me consideraba el mejor vigilante para cuidar el resto de la colección Ackerman, por lo que descolgué el teléfono, pero me detuve. ¿A quién llamar? ¿A Dolly, a Burton, a Serling, al 911? ¿Qué podría decirles que no me hiciera parecer un niño asustado que tiene miedo a la soledad? Escuché ruidos en el jardín trasero y después en la ventana. Cualquiera podía entrar y robar la capa de Lugosi, la dentadura y el sombrero de Lon Chaney de *Londres después de medianoche*, o la silla de Lincoln. El anillo que Karloff usó en *La momia* estaba en reparación con el joyero y me pregunté si esa podría ser la causa de la sorpresiva recaída de Ackerman. ¿El poder que lo mantenía vivo era más que una simple leyenda? La puerta de madera, que seguramente por las prisas nadie recordó atrancar, se abrió lentamente, rechinando sus goznes. Levanté el bastón mexicano como arma de defensa. Debí verme ridículo pero no me importó. Descuide, Mc Kenzie, no le haré daño. Aun ciego, reconocí con claridad la voz de Malka. No creo en las coincidencias, fue lo primero que dije, una ex soldado del ejército israelí no aparecería aquí simplemente porque sí. Llevo algunos días vigilando la casa, admitió. Es un *bungalow*, corregí, y no creo que deba temer a un anciano coleccionista, a un ex agente del FBI ciego y a la mujer que los cuida. Guardó silencio. Para gran parte de los ciegos todo es escuchar; algunos prefieren oler, pero uno termina por llenarse más de sonidos que de aromas. No es de ustedes de quien me escondo, susurró, estoy convencida de que no murió. ¿Quién?, pregunté. Usted sabe a quién me refiero, contestó, al millonario de la cueva, bajó un poco más la voz, pude investigar con ayuda de algunas amistades de mis años en el ejército y descubrieron cosas interesantes. Pero yo vi cuando Pepito y el millonario cayeron al río, le recordé. Nunca encontraron sus cuerpos, insistió. Las corrientes de agua pudieron llevarlos debajo de alguna roca, o fueron devorados por los cocodrilos, le respondí, podrían haber terminado en cualquier lugar. Un ingeniero en computación, dijo en voz baja, que aseguró a un diario local haber descifrado el manuscrito Voynich desapareció misteriosamente, y su oficina, con todo su archivo fue saqueada, relató Malka. Antes de que dijera algo me interrumpió. Cuatro días después, intentaron robar el manuscrito de la Universidad de Yale. No sé a usted Mc Kenzie, pero a mí tampoco me gustan las coincidencias, agregó. Nadie ha vuelto a ver al millonario en su departamento de Nueva York o Londres desde entonces y las operaciones financieras de sus empresas han disminuido al mínimo, es claro que está escondiéndose, aseguró. ¿De usted?, pregunté, con un poco de burla. Si estuviera vivo, intervine, en este momento ninguno de los dos estaría frente al otro. Pareció no escucharme. Tarde o temprano dejará una pista: un nuevo negocio, la compra de un cuadro que llame la atención, y cuando eso suceda, estaré ahí. Asesinó gente que me importaba, destruyó la colección perdida de James y lo dejó en ese estado, deberá pagar por todos sus crímenes. En cuanto él descubra su identidad, le advertí, se invertirán los papeles y será usted quién tendrá que esconderse. Mi nombre no es Malka, dijo, no como quien confiesa sino como quien revela algo necesario para seguir conversando. Nadie sabía quién era antes y nadie sabrá quién soy ahora, ni siquiera usted. Conozco el lugar de una cita, continuó, a la que no podrá faltar. La cena de navidad con su madre, pensé inmediatamente. Malka había investigado demasiado bien. Sentí una mano posarse sobre las vendas y acariciar mi rostro suavemente. Se escucharon pasos en el porche. La alarma de un auto se activó. Malka, o cualquiera que fuera su nombre, me abrazó. Fue un acto tan rápido que no tuve tiempo de reaccionar. Escuché sus pasos alejarse por la puerta trasera. No hubo tiempo para ninguna clase de despedida. La puerta del frente se abrió y una voz gruesa se presentó como el primo de Dolly, disculpándose por el retraso. Una corriente de aire entró por la ventana, refrescando mi rostro por entre los vendajes. Por un momento pensé en preguntar al primo de Dolly si había visto a una chica a mi lado, pero me contuve. Dijo que iría a la cocina para buscar algo de tomar, sin preguntar si se me ofrecía algo. Escuché nuevamente el ruido del pájaro carpintero picoteando el tanque de concreto, como todas las mañanas. El bastón cayó de mis manos. Tanteé el piso pero me fue imposible encontrarlo. Me sentí como un saco de arena abierto que una tolvanera va vaciando poco a poco, como si en ese acto se escapara la propia vida.

A pesar de estar cerca de morir, una semana después de recuperar el anillo de Boris Karloff, la salud de Ackerman mejoró hasta ser dado de alta. A los quince días presentaba un mejor aspecto y bromeaba. Una llamada telefónica pareció alegrarle la mañana. Es una invitación, reveló, después de colgar. Carla Laemmle, nieta del viejo Laemmle, fundador de la *Universal*, cumple 99 años. Carla no sólo fue *prima ballerina* en *El fantasma de la ópera,* junto a Lon Chaney padre, rememoró, sino que pronunció el primer diálogo en una película de monstruos en la historia del cine, ella es la joven que lee la guía de viaje en el carruaje que va por el paso del Borgo en *Drácula,* ¿la recuerda?, insistió emocionado. Guardé silencio. ¿No le gustaría acompañarme?, preguntó, tal vez vayan Lupita Márquez y Baby Peggy, agregó, tratando de convencerme. Negué con cortesía; la presencia de un hombre ciego y cubierto de vendas resultaría demasiado, incluso para una reunión como esa. Imaginé por unos segundos a Ackerman, Laemmle, Márquez y sus amigos sobrevivientes arribando en sus sillas de ruedas, empujadas por un séquito de enfermeras; sin duda intentarían brindar con lo único que sus estómagos pudieran resistir, al tiempo que conversarían en voz baja sobre cómo la inmortalidad elige a sus víctimas. Un mes más tarde, entre la correspondencia habitual, llegó la primera postal procedente de Roma. Con letra menuda, que Ackerman leyó con dificultad, Malka informaba de los movimientos de alguien que sospechaba pudiera ser el señor Martínez. La sucesión de postales llegó con intervalos de uno a tres meses, conteniendo pistas, indicios, rumores, breves descripciones de lugares y estados de ánimo, pero nada concluyente. Ackerman las leía con gozo e interés. Semanas más tarde, las volvía a encontrar y las releía como si las descubriera por primera vez. Tiempo después, las postales dejaron de llegar. La tarde del día de navidad, mientras nos encontrábamos sentados en la sala, Dolly nos dijo que por la mañana el cartero había traído un sobre. Un grupo de niños cantaban villancicos en la calle. Ackerman se emocionó y lo tomó, mientras leía lentamente. Es una carta para usted, me dijo, pero no es de nuestra amiga, la letra es diferente, me informó. Rasgó el sobre por un extremo. Son dos fotos, reveló. La primera es de una joven de ojos verdes sentada en una plaza tomando un café, luce pensativa y no sabe que le han fotografiado; es buena foto, aclaró. Dolly abrió la puerta a los niños, quienes al entrar se acomodaron junto al robot de *Metrópolis*, decorado como árbol de navidad, con guirnaldas y esferas. La otra es una foto instantánea, al parecer de un hombre, dijo. ¿Es o no es un hombre?, pregunté con dureza. No lo sé, contestó Ackerman, está borrosa, pero lleva puesta una máscara y está escrito a lápiz: *La vida es un carnaval veneciano, Mc Kenzie.* Qué extraño, comentó Ackerman en voz baja, en el reverso tiene escrita otra frase, pero en latín: *Quis custodiet ipsos custodes?*, repitió. Debió mirarme en espera del significado, pero pensaba en Malka y si se encontraría con vida. Pensaba en una cena navideña en Monterrey con una invitada inesperada. Pensaba en una caverna que se derrumba, y en el fuego abrasador; en actrices del cine mudo, ancianos coleccionistas, solitarios historiadores de cine y dinosaurios atacados por la gente. Pensaba en amores que no se olvidan, en cartas ocultas por décadas en gavetas de escritorio, y en reencuentros familiares que jamás sucederán en esta vida. Pensaba en qué pasaría con cierta colección cuando los anillos perdieran su poder y Ackerman muriera. ¿Sería subastada un par de meses después, por un hombre de traje y corbata armado con un martillo de madera? Me pregunté si alguien puede ponerle precio a los recuerdos de otro ser humano. *¿Quién vigila a los vigilantes?*, le dije a Ackerman, pero no me entendió. Los villancicos de los niños comenzaron. *¿Quién vigila a los vigilantes?*, le grité nuevamente, sin saber si me había escuchado. Un par minutos después, los niños se retiraron. Ackerman los despidió como un abuelo comprensivo. El reloj dio ocho campanadas y Dolly avisó que la cena estaba servida. Los ancianos dormimos temprano la noche de navidad. Cenamos antes que todos, festejamos en falso adelantándonos al reloj, robándole horas al tiempo que se nos va. Al término de la cena, Dolly puso una frazada sobre mis piernas. Esa noche Ackerman celebró haber encontrado una vieja película de karatecas en la televisión. Se llamaba *Maestros inválidos*, me dijo, es sobre dos hombres que son traicionados por su jefe, quien le corta los brazos a uno y a otro le deshace las piernas con ácido; los dos hombres pelean entre sí hasta que un anciano sabio ofrece enseñarles kung-fu, a condición de que unan sus discapacidades para vengarse de quien los dejó inválidos. ¿La conoce?, preguntó Ackerman. La imagen de un hombre sin piernas subiendo a la espalda de uno sin brazos, listos para pelear, recorrió mi mente por varios segundos. Negué, sonriendo detrás de los vendajes. Sería un placer que me la narrara. Dolly le comunicó la llegada de un paquete y se lo entregó. Un joven mexicano, contó Ackerman, mientras le escuchaba rasgar la envoltura, compra objetos que fueron vendidos cuando se cerró la Ackermansión, y me los envía de regreso. Uno vive por momentos como estos, Mc Kenzie, me dijo con gusto, mientras pedía a Dolly colocar las piezas sobre la repisa de la chimenea. Ackerman no dijo nada al respecto, pero debió parecerle extraño tenerlas de vuelta: como si la vida fuera un bumerán que viajara a través del tiempo y regresase de manera necia e insistente. Dolly se retiró a la cocina a seguir tejiendo una frazada con el nuevo sistema solar que, según Ackerman, pronto terminaría. El pájaro carpintero comenzó a picotear nuevamente el tanque de concreto. Pensé que la vida es una madeja que los necios desenredan sólo para descubrir que al final no hay nada que no hubiéramos visto al principio.

Tampico, 14 de marzo de 2011

Agradecimientos

Al recuerdo de mis padres: Augusto Miguel Cruz Pérez y Alicia G. García Mora. A mi hermano Gustavo, por su apoyo incondicional.

A Elisa Berzunza Castilla, sin cuya paciencia y comprensión, este camino difícilmente hubiera llegado a buen fin, va dedicada esta novela.

Por ser como una segunda familia, mi gratitud a Florentino Terán Álvarez y Alejandra García, Adriana Terán García, Alejandro Terán, Florentino Terán y Luz Ariadna, Daniel Terán y Alexandra Ochoa, y a las familias Solares Heredia y Berzunza Castilla: Concepción Castilla, Alejandro, Mabel y Carlos.

A Susana Patrón Moreno: por la amistad que desconoce las distancias, y a Evelyn Laboy Patrón. A Karen Chacek: *la Agente K*, por la complicidad de la literatura, la amistad y las tres palabras que incendiaron la novela; a Verónica Vega: por la primera entrevista, Janice Orozco: por la semblanza y a Juan José Villela. Gabriela León Vázquez y a la *Pocha Nostra*: Guillermo Gómez Peña *El Mexterminator*, Roberto Sifuentes, Violeta Luna, Lula Chapman, Laura Milkins y Milú. A los compañeros del taller de novela de Oaxaca, Fernando Ortiz Márquez, Jessica Gracia, Nancy Fuentes Blanco, Iny Arenas Aguilar: por las amistades que los caminos bifurcan y *Who´s gonna ride your wild horses?*, Melissa González L., Rocío Garza Morales, Blanca Garza Peña, Jill Begovich y Elizabeth Márquez Maldonado. A todo el personal de *Bisquetcity*. A Nicolás Echevarría, Mario González

Suárez, Alejandra Hernández Linares, Juanita Saldívar Padilla, Francisco Barrenechea, María Sol Infante Pérez, Adolfo Ríos Molina, Gabriela Cantú Westendarp, Francisco Toledo, Natalia Toledo, Joaquín Bissner, Andrea Damián, Ralph Bakshi, Claudia Lizaldi, Guillermo Olguín, Agar, José Luis Terán Álvarez y familia, Adolfo Cabal Cuervo y Marcela Ruiz Villegas, Adolfo Cabal Ruiz y Marcela Cabal Ruiz.

Parte de esta novela fue escrita con el apoyo del Programa de Estímulos a la Creación de Desarrollo Artístico, del Instituto Tamaulipeco para la Cultura y las Artes del Gobierno del Estado de Tamaulipas y del I y II Taller de Novela del Centro de las Artes de San Agustín Etla, en Oaxaca. Mi agradecimiento a los escritores invitados a ambos talleres por sus generosos comentarios y compartir sus experiencias y visión de la novela: Hugo Hiriart, Ricardo Yáñez, Francisco Goldman, Mario Bellatin, David Toscana, Álvaro Uribe, Elmer Mendoza, Leonardo Da Jandra, Jorge Volpi, Daniel Sada, Margo Glantz, Juan Villoro, Sergio Pitol, Alberto Chimal, Francisco Hinojosa. A Julio Villanueva Chang, por hacer que Forrest Ackerman tuviera más vida que nunca a través de la crónica. Jorge Ayala Blanco, por los datos del estreno de *Londres después de medianoche* y su seminario de cine. A Rafael Álvarez Díaz y Miguel Álvarez Díaz. A Freddy Domínguez y Cuitláhuac Barajas, por la hermandad literaria y sus generosos comentarios, y a Rubem Fonseca: por revelar las tres cosas que se necesitan para escribir una novela, prometiéndome no divulgarlas.

A los amigos de Ackerman, tan numerosos como las estrellas con las que siempre soñó: Joe Moe, Margaret y Ron Borst, Kevin Burns, David Skal, Philip J. Riley y todos quienes alguna vez visitaron la *Ackermansión*. A Richard Sheffield y Gary D. Rhodes, por mantener vivo el espíritu del señor Blasko. A Lupita Tovar, Carla Laemmle y Diana Serra Cary *(Baby Peggy)*, protagonistas de la época mágica del cine: cuando las divas bajaban por majestuosas escaleras sin mirar los peldaños.

Este texto no sería posible sin el testimonio ni la labor de reconocidos historiadores de cine, biógrafos, periodistas y críticos, cuyo trabajo en libros, revistas y redes sociales fue de gran ayuda para la investigación de esta novela, entre los que destacan: *Dark Carnival, Hollywood Gothic, Monstershow*, de David J. Skal, *London After Midnight: A Reconstruction*, de Philip J. Riley, *J. Edgar Hoover: The Man and the Secrets*, de Curt Gendry, *Official and Confidential: The Secret Life of J. Edgar Hoover*, de Anthony Summers, y la crónica de Wilbert Torre sobre un personaje tan misterioso como fascinante.

Esta novela tiene una deuda de gratitud con Martín Solares, amigo y editor, sin cuyo apoyo, consejo y solidaridad, *Londres después de medianoche* no existiría.

CONTENIDO